W0184506

Les cadavres ressuscités

PATRICK WHALEN

Les cadavres ressuscités

TRADUIT DE L'AMÉRICAIN
PAR RICHARD CREVIER

ÉDITIONS J'AI LU

Ce livre est dédié à mes parents,
Violet et Bill Whalen.

Titre original :

OUT OF THE NIGHT
Pocket Books,
a division of Simon & Schuster Inc., New York

Copyright © Patrick Whalen, 1990
Pour la traduction française :
© Éditions J'ai lu, 1993

PROLOGUE

PREMIÈRE PARTIE

Octobre 1889

A peine la lune fut-elle voilée par les nuages que les habitants de Ravina se jetèrent tous ensemble à l'assaut de la colline. Se déplaçant d'un seul mouvement et formant une masse sombre sur le fond noir de la colline, la foule longea le funérarium nouvellement construit et poursuivit son ascension en se bousculant frénétiquement autour des pierres tombales et des mausolées afin d'arriver au sommet avant que la lune ne réapparaisse.

Au sommet de la colline, les formes indistinctes groupées autour des braises d'un feu mourant sentirent venir la menace mais leur rituel touchait à sa fin et elles étaient affaiblies : impuissantes et à bout de forces, elles ne purent que rester sur place tandis que les humains montaient vers elles.

Peu après, la foule impatiente surgit, s'agglutina autour des formes, leur passa un nœud coulant autour du cou... et les pendit haut et court aux branches d'un chêne voisin.

Les lynchages avaient été exécutés en silence et

dans une quasi-obscurité. Il fallut un moment aux habitants de la ville pour comprendre que tout était fini. La vérité apparut alors à certains qui poussèrent des cris de joie tandis que d'autres faisaient des actions de grâces, la plupart se contentant toutefois de céder au soulagement. Leur cauchemar était terminé et la certitude que leur vie allait enfin reprendre son cours habituel était là, qui pendait maintenant à l'arbre sous la forme de six silhouettes. Six ombres dont les formes humaines se balançaient lentement au cœur de la nuit.

Ils avaient mis un terme à la terreur, aux assassinats démentiels de leurs amis et voisins. Les enfants allaient cesser de disparaître de la maison de leurs parents pourtant close.

Enfin, ils étaient libérés des étrangers arrivés chez eux durant la nuit six jours auparavant, de ces nouveaux venus qui avaient assemblé leurs roulottes tout en haut de la colline à l'ouest de la ville. Durant la journée, les roulottes paraissaient désertes, leurs toiles souillées battant au vent, tels les volets d'une bâtisse à l'abandon.

Mais, la nuit venue, on pouvait apercevoir l'ombre des étrangers autour du feu. En ville, on ignorait combien ils étaient ou ce qu'ils étaient venus faire. Tout ce qu'on savait, c'était que ces inconnus avaient installé leur campement au sommet d'une colline dont le propriétaire était un étrange individu solitaire du nom de Horrcove. Il avait fait son apparition dans la vallée quelques mois auparavant, avait acheté l'unique cimetière de la ville et fait ensuite construire le premier funérarium de Ravina. Depuis son arrivée, le commerce de Horrcove n'avait guère été florissant car Ravina était une ville jeune où l'on était en bonne santé : on se passait aisément de ses services.

Mais les choses avaient bien changé : après l'arrivée des roulottes, les gens s'étaient mis à mourir. Il y avait eu un décès chacune des cinq nuits précédentes. Des morts horribles, incompréhensibles.

Le premier à trépasser avait été le médecin de la ville. Son corps, déformé comme une vieille pomme ridée, avait été trouvé à la sortie de la ville. On lui avait arraché dents et ongles. Le suivant avait été un jeune adjoint du shérif. Un ivrogne avait découvert son corps dans une ruelle un peu après minuit et le lendemain, vers midi, le cadavre s'était entièrement décomposé. La troisième nuit, c'était le propriétaire du journal local qui avait été tué, et la quatrième, une prostituée avait été déchiquetée.

Une peur aussi dense qu'un brouillard s'était abattue sur la ville. Les gens s'étaient barricadés chez eux, quelques-uns allant même jusqu'à déménager. Le shérif et l'unique adjoint qui lui restait désormais avaient bouclé marginaux, vagabonds et étrangers. Ces mesures n'avaient pourtant pas mis fin à l'horreur, qui avait même redoublé. La cinquième nuit, non seulement une autre mort avait eu lieu mais deux enfants de sexe masculin avaient disparu de la maison fermée à clé de leurs parents. C'est alors que rumeurs et racontars sur les gitans avaient commencé à se répandre en ville : les gitans, disait-on, tuaient pour le plaisir, adoraient le diable et offraient des cadavres d'enfants en sacrifice à leur divinité. C'étaient ces ragots qui avaient uni les habitants de la ville et leur avaient donné le courage de s'attaquer victorieusement au mal invisible qui les décimait.

Mais tout cela était maintenant du passé. Les gitans étaient morts : la populace de Ravina venait de les pendre à un vieil arbre au sommet de Horrcove Hill, ainsi qu'on appelait la colline.

Le tanneur de la ville, un gros homme du nom de Rawlins, réclama le silence, puis prit la parole :

– Allumez les torches, je veux les voir. Je veux voir de quoi ils ont l'air.

Un murmure d'approbation parcourut la foule. Plus d'une douzaine de torches furent allumées en même temps puis dressées au-dessus des têtes, leur flamme jetant dans l'obscurité et sur les branches du chêne une vive lueur blanche. Poussant en chœur des hourras de victoire, la foule leva les yeux vers ceux qu'elle venait de pendre et ses cris d'allégresse se figèrent en un silence stupéfait.

C'est seulement à ce moment, en effet, que les lyncheurs purent constater qu'ils n'avaient pas pendu des gitans... ni même des êtres humains. Ce qu'ils venaient de pendre dans l'obscurité, c'étaient de hideuses créatures malfaisantes qui, même dans la mort, avaient encore le pouvoir de les fixer avec des yeux qui semblaient dévisager chacun d'entre eux, des yeux dans lesquels la populace rassemblée sur la colline vit non pas la mort mais un éclat triomphant annonçant l'avenir horrible qui lui était réservé.

Abandonnant leurs torches, les habitants de la ville se ruèrent en débandade au bas de la colline, vers leurs demeures trop fragiles pour les protéger des horreurs que la nuit recelait encore. Ils eurent beau se cacher, pleurer, prier, le jour ne s'était pas encore levé que deux d'entre eux s'étaient suicidés, un troisième tuant toute sa famille avant de se donner la mort. Ceux qui moururent cette nuit-là allaient être à l'origine d'un enchaînement d'événements qui devaient se perpétuer à Ravina pendant une génération.

Peu avant l'aube, un chariot tiré par des chevaux, à bord duquel se trouvaient un homme et deux enfants, gravit lentement la colline. Un épais brouillard enveloppait l'homme d'un voile propice au secret dont il avait besoin pour accomplir sa tâche. Ce qui venait de se passer n'avait pas suscité chez lui de la terreur mais seulement une immense tristesse. Il arrêta son chariot sous chacun des cadavres suspendus à l'arbre et, avec d'infinies précautions, il coupa les cordes et déposa avec délicatesse et compassion les corps dans le chariot. Le brouillard qui flottait dans l'air faisait comme une lueur sur son visage et des gouttelettes se mêlaient à ses larmes.

Sa besogne terminée, il descendit du chariot et creusa de ses mains nues un trou profond dans la terre près de l'arbre qui avait servi à la pendaison. Il écarta ensuite soigneusement les cendres du feu refroidi d'où il retira les ossements calcinés de deux enfants. Il les déposa dans le trou, les recouvrit de terre puis fit passer les chevaux et le chariot sur la fosse de façon à éliminer toute trace de sépulture.

Toujours enveloppé dans la blancheur du brouillard, il remonta dans le chariot et, sans un mot à l'adresse des jumeaux assis à côté de lui, il pressa les chevaux vers la route. A mi-chemin, à flanc de colline, il fit s'engager les bêtes sur un sentier rarement emprunté et creusé d'ornières qui devait les mener, lui et sa cargaison, à l'unique funérarium de la ville.

Extrait d'un article paru dans la *Ravina Weekly*

Gazette en date du 4 janvier 1890 : *... le corps a été découvert par la femme du défunt, Mme Nora Hobbs. Celle-ci, comme M. Hobbs était en retard pour dîner, s'était rendue au commerce tenu par la famille. On savait que M. Hobbs souffrait d'une maladie douloureuse qui l'obligeait à prendre constamment du laudanum. Sous l'effet de la souffrance, il en aurait absorbé une quantité mortelle. Les obsèques d'Edwin Hobbs auront lieu le...*

Extrait d'un article paru dans la *Ravina Weekly Gazette* le 12 février 1890 : *... visiblement sous le choc de la découverte macabre qu'il a faite chez les Bleeker, le shérif Teal a déclaré : « Il a probablement tué d'abord sa femme avant d'aller de chambre en chambre faire de même avec ses enfants. Cela accompli, il s'est tiré une balle dans la tête. »*

Les amis et voisins de M. Bleeker ne s'expliquent pas son geste car il avait la réputation d'être un bon mari et un père aimant. Les obsèques de William et de Mary Bleeker ainsi que de leurs six enfants auront lieu le...

Extrait du rapport du médecin légiste du comté de San Luis Obispo, en date du 17 juillet 1890, concernant Carl Rawlins : *... en conclusion, tout m'amène à penser que M. Rawlins a placé un établi près de la cuve dans laquelle il faisait bouillir les peaux, qu'il est monté dessus et qu'il s'est jeté dans la cuve bouillante. Le fait que M. Rawlins était seul dans son atelier, dont les portes étaient fermées à clé, me conduit à la seule conclusion possible, à savoir que la victime s'est donné intentionnellement la mort le 7 juillet 1890, et cela d'horrible manière.*

Rapport respectueusement adressé au comté de San Luis Obispo ce 17ᵉ jour de juillet 1890.

Dʳ William H. Waldren
Médecin légiste du comté de San Luis Obispo
et préposé à la Santé publique.

Extrait du rapport d'enquête du médecin légiste du comté de San Luis Obispo, en date du 18 octobre 1890, concernant le révérend William Hinkle : ... *s'est donné la mort. Je n'arrive pas à m'expliquer pourquoi un pasteur encore jeune mettrait fin à ses jours de manière aussi atroce et je me vois contraint d'ajouter qu'en dix mois, il s'agit du quatorzième cas de ce genre sur lequel j'enquête à Ravina.*

Dʳ William H. Waldren
Médecin légiste du comté de San Luis Obispo
et préposé à la Santé publique.

PROLOGUE

DEUXIÈME PARTIE

Dans les plaines de Mosul, Kurdistan (Irak), juin 1931

Quatre hommes étaient agenouillés dans le désert brûlant, derrière le camion, attendant le signal des fusées pour déclencher la charge de dynamite. Lorsque l'explosion se produisit enfin, la terre trembla sous l'impact et une pluie d'éclats de rochers continua de tomber pendant près d'une minute sur le camion et les hommes.

L'archéologue de l'expédition fut le premier à se relever. Essuyant le sable qu'il avait dans les yeux, il contourna le véhicule pour jeter un regard sur l'endroit où avait eu lieu l'explosion. Malgré l'épais nuage de poussière qui flottait tel un linceul au-dessus du sol, il put discerner la cavité noire de la grotte qui se découpait nettement au flanc de la falaise.

– Ça y est, vous y êtes arrivé, monsieur Patton, dit Martin Larchmont en se tournant vers un homme plus grand que lui qui était en train d'épousseter sa saharienne. Vous avez réussi à l'ouvrir. On n'a plus qu'à attendre vingt-quatre heures.

Patton adressa un regard sans expression au jeune

…gue puis se dirigea vers la grotte distante de …ante mètres en faisant signe aux deux autres …ommes de l'accompagner.

Stupéfait et consterné par ce que Patton s'apprêtait à faire, Larchmont courut à ses côtés en le retenant par la manche.

– Vous n'allez pas y pénétrer tout de suite, n'est-ce pas ? L'air doit y être toxique, contaminé par des particules de neuromycine...

Patton libéra son bras d'une secousse et poursuivit sa route.

Larchmont fit encore quelques pas et s'arrêta pour regarder les hommes se frayer un chemin au milieu des éboulis de rochers projetés à bonne distance de la grotte.

– Vous ne vous rendez pas compte ! cria-t-il en mettant ses mains en porte-voix. Si ces rochers fermaient la grotte hermétiquement, l'air doit y être chargé de particules de champignons vénéneux... Des particules mortelles... Si vous les respirez, vous êtes fichus... Bon Dieu, vous ne comprenez donc pas ? Vous allez tous mourir !

On ne lui adressa même pas un regard.

Lorsqu'ils eurent disparu dans la sombre cavité, Larchmont alla s'accroupir à l'ombre d'un rocher pour se reposer du soleil et de la chaleur – chose impossible dans ce désert où la température atteignait parfois plus de cinquante-cinq degrés dans la journée. L'ombre que faisait l'ouverture de la grotte paraissait fraîche et accueillante mais sa crainte de l'air toxique l'emporta sur son envie de fuir le soleil.

Il avait perdu deux collègues de cette manière dans la vallée des Rois. Ils avaient forcé une chambre scellée au fond d'une grotte qu'ils venaient d'ouvrir.

Dans leur enthousiasme, ils avaient aussitôt pénétré dans la chambre au lieu d'attendre les vingt-quatre heures de rigueur pour que les particules toxiques en suspension dans l'atmosphère, provenant d'un champignon mortel qui poussait dans les lieux clos et sans air, se dissipent. Durant ses études, ses professeurs comparaient la neuromycine à l'ypérite ou gaz moutarde. Larchmont n'avait vu là qu'exagération jusqu'à ce jour, dans la vallée des Rois, où il avait vu mourir ses amis.

Il était donc là, dans ce désert du Kurdistan, en train d'attendre et de transpirer sous un soleil de plomb, en se demandant ce que les autres faisaient dans la grotte lorsqu'un des hommes, Smathers, en sortit précipitamment. Se levant, Larchmont le vit courir vers le camion puis retourner à la grotte en traînant deux gros bidons d'essence et plusieurs torches.

– Bon Dieu ! murmura Larchmont. Ils vont brûler ce qu'ils viennent de trouver.

Il se laissa glisser le long du rocher et tua le temps en regardant sa sueur s'écraser goutte à goutte dans le sable chaud.

Une demi-heure plus tard, il entendit avant de les apercevoir les hommes rire et se congratuler mutuellement. Il se releva à l'instant même où Patton et les autres surgissaient dans le soleil. Ils jubilaient et se donnaient l'accolade comme s'ils venaient de gagner le gros lot. Derrière eux, s'échappait de la grotte une fumée dont Larchmont put sentir l'odeur écœurante d'essence, de bois et de chair brûlée.

L'archéologue se rapprocha du camion pour éviter le nuage de fumée de plus en plus épais qui sortait en tourbillons de la grotte. Il s'appuya contre le véhicule, croisa les bras et observa attentivement Patton qui venait vers lui avec les deux autres. Un tyran, casse-pieds, tout juste bon à faire du zèle, se dit-il. Il maudit une fois encore le jour où il s'était engagé dans l'expédition de ce dément.

Patton s'arrêta pile devant Larchmont et ils restèrent tous deux un long moment sans parler. Finalement, Patton rompit le silence :

– Votre prudence vous a fait rater un spectacle intéressant. Les choses étaient exactement comme les décrit le parchemin. Ils étaient coincés là, morts, momifiés. On a dû enjamber les corps d'au moins trois cents hommes, femmes et enfants pour arriver jusqu'aux cercueils.

Abasourdi, Larchmont plissa les yeux pour se protéger de l'éclat du soleil et dévisager son interlocuteur qui le dépassait d'une bonne tête.

– Alors, le contenu du parchemin se vérifie donc. Il y avait des cercueils dans la grotte ?

– Ce sont eux qui sont en train de brûler.

Las de plisser les yeux, Larchmont baissa le regard vers le sable.

– Comment étaient-ils... ces cercueils ?

Patton haussa les épaules.

– Grands, décorés, solidement construits, encore sur les chariots qui les ont amenés là. Une vision incroyable : tous ces corps et six chariots contenant six cercueils. Les chevaux étaient encore attelés aux chariots, certains toujours debout. Ils sont morts debout, momifiés, de même que les humains. Il est clair que ces gens ont connu une fin horrible. Ils ont dû mourir étouffés peu de temps après que l'on a fermé hermétiquement la grotte. Ce n'est pas une très jolie façon de mourir mais bien méritée par des adorateurs du Mal, vous ne trouvez pas ?

– Avez-vous ouvert des cercueils ? demanda Larchmont, les yeux toujours fixés sur le sable.

– Absolument pas, répondit Patton, presque avec hargne. Je ne suis pas entré dans cette grotte pour voir de près cette engeance diabolique. Mon travail consistait à accomplir la volonté divine. Les cercueils étaient là et c'est tout ce que je voulais savoir. J'ai envoyé Smathers chercher de l'essence et on a mis le feu à tout ce qu'il y avait dans la grotte, un point c'est tout.

Larchmont secoua la tête.

– Vous auriez pu au moins en ouvrir un. Vous auriez alors réellement su si *tout* ce que disait le parchemin était vrai.

Patton cessa de s'éponger le visage et le cou avec son mouchoir.

– Ça suffit, Larchmont, dit-il en maîtrisant sa voix. Vous jouez les petits malins et vous me tapez sur les nerfs depuis le premier jour de l'expédition. Au point où nous en sommes, je ne crois pas que nous ayons désormais besoin d'un archéologue, surtout d'un archéologue qui refuse de me suivre dans une grotte. Naturellement, je vais régler tous les frais que pourrait vous occasionner votre retour aux Etats-Unis, et Smathers va vous verser sur-le-champ une indemnité correspondant à un mois de salaire, pour vous dédommager.

Larchmont n'avait pas besoin de regarder dans la direction de l'assistant de Patton pour savoir que Smathers était en train de prendre des notes d'un air avantageux dans le carnet à spirale qu'il portait toujours sur lui. C'est tout ce que Smathers savait faire :

prendre de grands airs et noter tout et n'importe quoi sur son calepin, même là, au beau milieu du désert.

Mécontent de la manière cavalière dont on venait de se débarrasser de lui, Larchmont s'éloigna de quelques pas. Trois ou quatre mètres plus loin, il s'arrêta, se retourna et adressa un sourire à Patton.

– Vous savez que le parchemin faisait précisément mention de douze cercueils... pas de six. Il vous en reste encore six à trouver.

– Je sais ! hurla Patton.

Le ton hystérique et terrorisé de sa voix surprit Larchmont.

– Je n'ai pas besoin de vous pour me rappeler que ma recherche de cette engeance diabolique n'est qu'à demi terminée. Je sais ce que vous essayez de faire, Larchmont. Vous essayez de m'effrayer, de saboter la mission que Dieu m'a confiée. Mais vous n'y parviendrez pas.

Patton fit des gestes désordonnés en direction de la grotte.

– Dieu m'a conduit ici pour que je puisse détruire le Mal que recelait ce trou. Je ne doute pas qu'Il me guide et me protège tant que je chercherai les autres cercueils.

– Comme vous voudrez, monsieur Patton, dit Larchmont en faisant demi-tour pour s'éloigner.

– Laissez-moi vous rappeler, hurla Patton, que rien ne m'oblige à vous donner d'indemnité de licenciement ! Pas d'indemnité, pas de billet de retour aux Etats-Unis, et c'est ce que je vais faire, je vais me débarrasser de vous aussi sec si vous essayez de semer le doute dans mon esprit. Fichez le camp, Larchmont, je ne veux plus vous voir. Lorsque nous serons de retour au camp de base, je veux vous voir faire vos bagages et déguerpir avant le coucher du soleil. C'est compris ?

– Parfaitement ! rétorqua Larchmont, abasourdi par l'étrange scène que venait de lui faire Patton.

Quelques minutes avant que la nuit ne tombe, Patton utilisa ce qui restait de dynamite pour refermer la grotte définitivement. Il était trop tard pour rentrer au camp de base. Patton et ses deux assistants installèrent leur campement près du camion. Larchmont planta sa tente dans le désert, loin de la grotte et des autres.

Tout commença quelques heures plus tard.

De violentes quintes de toux et des cris de terreur se firent entendre à des kilomètres à la ronde. Larchmont ne fit rien car il n'y pouvait rien : les hommes qui avaient pénétré dans la grotte avaient leur compte.

Plus tard, comme leurs hurlements se faisaient plus forts et plus déchirants, Larchmont s'enfonça un peu plus dans le désert. Il fallait qu'il se cache : de même que la rage, les champignons rendaient déments ceux qu'ils tuaient. Tant qu'ils vivraient, les trois hommes présenteraient pour lui un aussi grand danger que des loups enragés.

Il revint au campement au lever du jour. Ce qu'il y découvrit dépassait tout ce qu'il avait pu imaginer. Ils étaient morts tous les trois et leur agonie avait été atroce. Leurs visages étaient maculés de caillots de sang séché et de morceaux de poumons expectorés durant de violents accès de toux. Les environs étaient couverts de traces de leur démence. A un moment, durant la nuit, Smathers s'était mutilé lui-même avec une hachette. Patton s'était arraché les yeux et s'était lacéré la peau du visage avec les ongles. Le troisième homme avait été assassiné. Patton ou Smathers lui avait écrasé la tête avec une grosse pierre avant de jeter son corps dans le feu.

Lorsque le soleil commença à poindre sur le désert, Larchmont enveloppa les corps dans des sacs de couchage et les transporta à l'arrière du camion. Il procéda rapidement, sachant que dans le désert le soleil transformerait le camion en four bien avant qu'il n'ait atteint le campement principal. Avant de partir, il se munit d'un torchon et d'un bidon d'essence à demi vide qu'il déposa dans la cabine du camion. Il savait qu'avant le terme de son voyage, il lui faudrait tremper le chiffon dans l'essence et s'en couvrir le visage comme d'un masque. Dans trois heures, seules les émanations d'essence pourraient faire obstacle à l'odeur pestilentielle qui arriverait jusqu'à lui depuis l'arrière du camion.

1

Ravina, de nos jours

– J'ai essayé de faire ce que vous vouliez, dit Oley Gillespie en s'essuyant les mains sur un chiffon graisseux. J'ai tout fait.

Le meilleur mécanicien de Ravina examinait d'un air méprisant la voiture de police noir et blanc flambant neuve.

– Après avoir retiré cette saleté de pot catalytique, j'ai ouvert le moteur, j'ai joué avec les soupapes, j'ai mis un carburateur plus gros, j'ai bricolé encore des tas de trucs, j'ai remis le moteur à sa place et, au bout du compte, cette caisse ne vaut toujours pas un clou. Je regrette, Henry.

Il regarda Henry Sutton, chef de la police de Ravina.

– Quand vous me l'avez amenée, vous m'avez dit qu'il était aussi difficile d'en tirer quelque chose que de faire saigner une pierre.

Il lança le chiffon sale sur un établi maculé de taches et hocha de nouveau la tête.

– Autant essayer d'arracher une larme à une motte

de terre sèche. Cette bagnole est un tas de ferraille. Elle a beau être neuve et de fabrication américaine, c'est un tas de ferraille.

Henry Sutton ne put que hausser les épaules.

– Je l'ai su dès que le conseil municipal en a commandé une douzaine, mais je n'y pouvais rien. Ils voulaient des voitures bon marché et qui ne consomment pas.

– Ils en ont eu pour leur argent : une merde qui consomme presque pas. Je voulais seulement que vous sachiez que j'ai fait ce que j'ai pu.

Il fit de nouveau la moue. Henry Sutton jeta un regard navré sur la nouvelle voiture de patrouille.

– Et le siège avant ?

Oley Gillespie sourit.

– J'ai dû percer de nouveaux trous dans la carrosserie pour le reculer. Vous ne pourrez pas vous lancer à la chasse à l'homme avec cette voiture, mais vous pourrez toujours y monter et en descendre.

Le mécanicien jaugea Henry Sutton. Le chef de la police de Ravina était un homme corpulent, qui faisait plus de deux mètres dix, plus d'un mètre de tour de poitrine et presque autant de ceinture. Il avait les poignets plus gros que les biceps de Gillespie à qui il faisait penser à ces catcheurs bâtis comme des armoires à glace que l'on voyait à la télé. Il n'était pas obèse, non, juste sacrément baraqué.

Le mécanicien tendit la facture au chef de la police. Celui-ci y jeta un œil, puis entreprit de régler le tout par chèque.

– Vous ne faites pas payer la note par le conseil municipal ?

Sutton tendit le chèque à Oley.

– Notre conseil municipal est si près de ses sous

qu'il a trouvé le moyen d'acheter ce semblant de bagnole et onze autres pareilles, dit-il en faisant un geste en direction du véhicule. Ils se vantent encore de la bonne affaire qu'ils ont faite. Alors, tu penses bien que cette bande de pingres ne va pas lâcher du fric uniquement parce que je veux une voiture dans laquelle je puisse m'asseoir.

Le visage d'Oley se fendit d'un large sourire.

– En tout cas, y a une chose de sûre. Si jamais vous voulez vous défaire de cette bagnole, vous n'aurez qu'à trouver quelqu'un en chaise roulante et la lui échanger. Vous y gagnerez.

Toujours souriant, il se dirigea vers un autre client.

Le chef de la police de Ravina se glissa dans la voiture de patrouille. Une fois engagé dans la principale artère de la ville, il accéléra à fond. La voiture hoqueta à deux reprises avant de prendre de la vitesse. Sutton poussa un grognement et leva le pied. Oley avait raison, cette caisse n'aurait jamais rien dans le ventre, quoi qu'on fasse.

N'empêche que tout bien considéré il n'était pas mécontent des modifications qu'Oley avait apportées à l'habitacle. Il avait reculé le siège avant de sorte que Sutton avait gagné trente bons centimètres au volant. Cette modification avait pratiquement éliminé toute place pour les jambes à l'arrière mais Sutton s'en moquait. Ce dont il se fichait moins, c'était d'en avoir eu pour plus de deux cents dollars rien que pour faire reculer son siège de quelques centimètres. Vu le temps qu'il passait à monter et à descendre de voiture en étant obligé de coincer sa carcasse contre le volant, ce n'était peut-être pas cher payé mais il n'en avait pas moins l'impression que ce n'était pas à lui de régler la facture. Après tout, à quoi pouvait bien servir un chef de la police s'il n'était pas capable de descendre de voiture sur les lieux du crime ?

Sutton s'arrêta à un feu rouge et commença à pianoter sur son volant tout en cherchant un moyen de se faire rembourser par la municipalité. Le conseil municipal ne ferait aucune difficulté. Le problème, ce serait de faire accepter la chose par le secrétaire de mairie, un radin, un bureaucrate animé d'ambitions politiques, et un travesti par-dessus le marché. Le feu passa au vert et Sutton continua à rouler sur le boulevard. Chaque soir après le travail, le secrétaire de mairie rentrait chez lui, s'enfermait à clé, tirait les rideaux et se baladait dans la maison en talons hauts, bas résille et porte-jarretelles. Drôle de passe-temps, se dit Sutton, qui songeait à un moyen d'exploiter la perversion du bonhomme pour l'amener à lui régler sa facture, tout en sachant fort bien qu'il ne serait jamais capable de recourir au chantage pour lui forcer la main : il n'était pas dans ses habitudes de procéder de la sorte.

Henry Sutton était à sa manière un homme vertueux, qualité qui le rendait incapable de se servir des faiblesses d'autrui pour parvenir à ses fins. Il appartenait à la vieille école. Ses vertus faisaient tout bonnement de lui un homme honnête et moral. Dans une société qui mettait l'opportunisme à l'honneur et relativisait le vrai et le faux, Sutton faisait l'effet d'un éléphant dans un magasin de porcelaine.

Professionnellement, il était tout d'une pièce : le policier était du même bois que l'homme. Il était droit, sévère, strict, et fier de l'être. Pour lui, les criminels étaient des criminels et non des laissés-pour-compte de la société de consommation. Pour Sutton, un homme était innocent tant qu'il n'avait pas été reconnu coupable et, une fois reconnu coupable, il le demeurait. Une société qui laissait des criminels en liberté pour une virgule oubliée par une dactylo sur un mandat de perquisition était à ses yeux une société qui courait à sa propre perte.

En dépit de ses conceptions rigides et de sa philosophie passéiste, Sutton savait s'y retrouver avec ténacité et intelligence dans les méandres de la loi.

Ces mêmes qualités de droiture qui empêchaient Henry Sutton de faire chanter le secrétaire de mairie avaient été des constantes de sa vie professionnelle, tant comme chef de la police de Ravina que durant les vingt années qu'il avait passées dans la police de Chicago. Ces qualités affectaient aussi sa vie privée et lui avaient déjà coûté deux mariages.

Son premier mariage avait duré neuf mois. Il y avait eu de l'eau dans le gaz dès le début et aucun des conjoints n'y avait trouvé son compte. La rupture avait eu lieu lorsqu'il avait refusé de toucher des pots-de-vin pour les beaux yeux de sa femme. A cette époque, un policier de Chicago touchait dans les douze mille dollars par an, et le double s'il percevait des pots-de-vin.

Son deuxième mariage avait pris fin lorsqu'il avait découvert que sa femme l'avait trompé avec plusieurs de ses amis. Il ne l'avait pas quittée à cause de ses infidélités, mais parce qu'elle s'était conduite comme une idiote.

Sutton avait passé vingt-cinq ans dans la police de Chicago avant de venir à Ravina. Il s'y était d'abord fait remarquer à cause de sa taille. Quand il était apparu par la suite qu'il était en outre intelligent, plein de ressources et dévoué, il avait grimpé de manière fulgurante dans la hiérarchie. On n'aurait pu rêver un avenir plus brillant que celui qui s'offrait à lui. Il était bien parti pour devenir le plus jeune commissaire de toute l'histoire de la police de Chicago... Tout permettait en tout cas de le supposer.

Un soir de neige, trois jours avant son trente-septième anniversaire, Henry Sutton et son partenaire de patrouille, un vieux flic expérimenté qui avait dix-huit années de service derrière lui, s'étaient rendus dans un vieil entrepôt, à la poursuite d'un criminel armé. Les deux hommes étaient nerveux. Le type qu'ils recherchaient avait descendu un flic deux jours auparavant. L'entrepôt était sombre et glacé et ils y cherchaient le suspect lorsque le partenaire de Sutton, qui avait perçu un mouvement, avait tiré deux fois. La première balle avait arraché le pouce droit de Sutton, et la seconde lui avait fracassé l'épaule.

Il avait passé quatre mois à l'hôpital. Une fois guéri, il était tout disposé à reprendre du service : ce n'étaient pas une épaule raide et un pouce en moins qui allaient l'empêcher de faire son boulot. Mais une commission médicale de la police de Chicago avait vu les choses d'un autre œil. Elle avait mis Henry Sutton à la retraite quatre mois et demi après son trente-septième anniversaire avec l'ordre du Mérite et une pension équivalant aux trois quarts de son salaire.

Henry Sutton aimait toujours le métier de policier et se voyait mal dans la peau d'un retraité. Il vit une annonce dans une publication juridique : une petite ville côtière de Californie cherchait un chef de la police expérimenté. Il posa sa candidature. Le conseil municipal de Ravina tint compte de son expérience, de ses talents administratifs et de ses recommandations, prit note de son pouce manquant et de son épaule raide et l'engagea sur-le-champ.

Le conseil municipal n'avait jamais eu à regretter sa décision. Henry Sutton non plus. Il adorait son travail, il aimait le pouvoir et le prestige qui allaient avec son poste. Il avait un bon salaire, d'excellentes conditions de travail et des subordonnés triés sur le volet. Et surtout, il ne recevait d'ordres de personne. Le conseil municipal et le maire lui laissaient les coudées franches. Il y avait maintenant des années que tout le monde s'accordait pour trouver que Henry Sutton était un shérif compétent et remplissait ses fonctions d'une manière irréprochable. Il avait su faire face, au fil des ans, à l'invasion touristique estivale avec tact et adresse. C'était surtout pour ce genre de compétences que le conseil municipal l'estimait : en effet, la survie économique de Ravina reposait en grande partie sur ce tourisme estival. Lorsqu'il fallait à tout prix procéder à l'arrestation d'un touriste un peu trop chahuteur, Sutton faisait en sorte d'agir discrètement et poliment. Le conseil municipal appréciait le doigté de Sutton et sa manière de diriger des hommes et lui témoignait son estime en lui laissant toute latitude.

Henry Sutton vivait seul et il n'aimait pas cela. Sa maison lui semblait être un drôle d'animal possessif dont la seule fonction était de l'arracher à la chaleur du monde extérieur. Chez lui, il essayait d'être bien. Sa salle de séjour était remplie de livres, mais il lui suffisait d'en ouvrir un pour sentir la solitude de la maison se mêler à sa lecture, et le livre lui tombait des mains. Sutton savait bien que sa maison n'y était pour rien, que tout venait de sa façon de vivre. Il n'aimait pas la vie de célibataire mais, les choses étant ce qu'elles étaient, il n'avait guère le choix. Il se débrouillait donc du mieux qu'il pouvait, c'est-à-dire plutôt mal.

A la fin de la journée, pour éviter de rentrer chez lui, Sutton s'attardait souvent au travail, patrouillant dans les rues en voiture pour veiller sur sa ville, un peu comme si elle lui appartenait. Il aimait particulièrement circuler dans les rues de Ravina durant les mois d'hiver, lorsque les touristes étaient partis et que les gens qu'il croisait étaient des amis ou des voisins. Il se sentait proche d'eux, ce qui lui rendait encore plus important de veiller sur eux.

Située à trois kilomètres de la côte californienne battue par les flots, Ravina était une petite ville dont la population, de trente-cinq mille personnes l'été, tombait à vingt mille l'hiver. Une colline de forme bizarre s'élevait entre elle et l'océan et, si certains pestaient contre cet obstacle naturel qui les empêchait de voir le soleil sur la mer, la plupart en revanche l'aimaient bien. La colline protégeait la ville des vents continuels et des violents orages qui s'abattaient sur la côte. On la surnommait la « colline des Pendus » ; ce nom venait d'un événement censé s'être passé à la fin des années 1880, lorsque des habitants de la ville y avaient pendu des gitans. Comme la chambre de commerce et la société historique de Ravina n'avaient jamais réussi à recueillir une documentation qui confirmât ces pendaisons, officiellement, la colline s'appelait Horrcove Hill, du nom de l'homme qui avait créé le premier funérarium et le premier cimetière, que dirigeaient toujours ses descendants.

Ravina s'étendait au pied de Horrcove Hill, tel un collier en forme de croissant. Les résidences des plus

5300 | 845
23 00 | 0,062
65

Fretin
Brocante
26/06

3800 | 624
0560 | 0,060

anciennes familles étaient les plus proches de la colline. De là, la ville s'étendait vers l'est, le style architectural de ses maisons et de ses commerces s'étant modifié au fil des ans comme les anneaux d'un vieil arbre, passant de l'imposant style classique à celui, lourd et sans grâce, du monde moderne.

Le quartier de Ravina que Sutton préférait était la vieille ville, qui jouxtait la colline. La plupart des maisons y étaient des demeures classiques de style victorien à un ou deux étages, construites au début du siècle dernier comme riches résidences d'été. C'étaient d'anciennes constructions massives avec des toits à pignons, des bardeaux de fabrication artisanale, des lucarnes et des porches ornementaux recouverts d'une épaisse couche de lierre.

La partie est de Ravina déprimait Sutton. Les six voies de l'autoroute 101 la traversaient et l'on avait l'impression que la couleur du macadam et la laideur du ciment ne faisaient qu'un avec le mélange de caravanes, d'immeubles de métal et de verre, de motels bon marché, de fast-foods et de terrains d'exposition de voitures d'occasion, le tout dûment disposé en quadrilatère.

Le tourisme était la principale ressource de la ville. Durant les mois d'hiver, Ravina ne vivait pratiquement que de l'industrie laitière, de conserveries de fruits et de poisson, de deux scieries et d'une manufacture de jeans récemment construite.

Tout compte fait, Ravina était une ville comme beaucoup d'autres sur cette côte désolée de la Californie, à cette exception près : c'était la ville de Henry Sutton ; celui-ci était justement en train d'y patrouiller sans quitter des yeux les ombres qui s'intercalaient dans la féerie de lumières du boulevard. Il était à l'affût du moindre incident et, si jamais celui-ci venait à se produire, il le repérerait. Henry Sutton jouissait du don quasi prophétique de deviner ce qui clochait quand les autres ne voyaient rien. Ce don était pour lui une seconde nature : c'était de famille. Son grand-père était policier et possédait ce don, son père aussi. Sutton l'avait depuis toujours. Durant les quinze années qu'il avait passées dans la police de Chicago, il avait affûté ce sixième sens comme un scalpel.

Le service de police de Ravina avait pu prendre la mesure des dons de Sutton peu après l'entrée en fonctions de ce dernier. Il faisait une patrouille de routine en compagnie d'un bleu du nom de Colefield ; ils venaient de passer devant un restaurant drive-in ouvert la nuit lorsque Sutton avait ordonné à Colefield de faire demi-tour et d'aller se garer dans la ruelle à l'arrière du restaurant. Au moment où la voiture pénétrait dans la ruelle, Sutton avait sorti un calibre 12 de la boîte à gants. Comme ils traversaient, Colefield et lui, la zone d'ombre devant le restaurant, ils s'étaient trouvés face à deux hommes. L'un d'eux avait un sac de papier kraft à la main. L'autre transportait un étroit colis enveloppé de papier journal. Sutton avait mis son arme sous le nez de l'homme qui filait avec le colis marron « plus vite qu'un pet sur une toile cirée », ainsi que Colefield devait le décrire plus tard. Puis, sans un mot, Sutton avait armé son revolver.

L'homme que Sutton tenait en respect n'avait rien dit lui non plus. Il s'était contenté de laisser tomber son paquet sur le trottoir et de lever les mains. Colefield avait fouillé les deux hommes. Il avait trouvé dans le petit sac l'argent volé au restaurant et, dans le papier journal, un fusil à canon scié dont la crosse avait été réduite à la taille de celle d'un revolver. Colefield avait demandé par la suite à Sutton comment il avait su que quelque chose ne tournait pas rond au restaurant. Sutton avait parlé d'une combinaison de flair et d'intuition et, lorsque Colefield lui avait demandé combien de temps il avait mis pour développer ce don, Sutton avait répondu en souriant qu'il lui avait fallu trois générations.

Le boulevard conduisit Sutton sous l'autoroute où il ralentit par réflexe. C'était le coin le plus mal famé de Ravina. Le flamboiement des enseignes au néon des bars, des night-clubs, des tavernes, des boîtes de strip-tease et des sex-shops assaillait son pare-brise balayé par une pluie d'images électriques. En arrivant au bout du boulevard, il jeta un coup d'œil à sa montre. Il était sept heures passées et il décida que cela suffisait pour ce jour-là. En principe, il ne rentrait pas chez lui si tôt le soir mais l'humidité d'octobre commençait à tirailler sa mauvaise épaule.

Il manœuvra pour faire glisser la voiture de patrouille dans une ruelle qui séparait le sex-shop du *Hi-Low Bar*. C'était une ruelle sordide, étroite, jonchée de détritus. Cet endroit était aussi à l'origine de l'un des meilleurs souvenirs de Sutton. C'était là qu'il avait affronté un homme que l'on appelait la Porte. La Porte était grutier sur un chantier de bois voisin. Avant d'exercer ce métier, il avait été joueur de football semi-professionnel, catcheur professionnel puis videur dans quelques-uns des bars les plus mal famés de Los Angeles. Il faisait dans les deux mètres quinze, était aussi carré qu'une armoire à glace et avait des poignets gros comme des gigots. On l'appelait la Porte parce qu'on disait que lorsqu'il se tenait à l'entrée du *Hi-Low Bar*, il était impossible de glisser une carte à jouer entre son corps et le chambranle de la porte. Il s'appelait en réalité Francis Lillian Flowers. L'appeler par son prénom vous valait une prise arrière dont vous vous souveniez pour la vie.

Tôt un samedi soir, Sutton avait reçu un appel radio. Le standardiste avait parlé de tapage au *Hi-Low Bar* tout en laissant entendre que la Porte devait y être pour quelque chose. Sutton avait fait demi-tour pour prendre la direction du bar. Sans l'avoir jamais rencontré, il connaissait la Porte de réputation.

Trois mois avant que Sutton ne soit embauché, la Porte avait envoyé à la retraite un shérif adjoint lors d'une bagarre. L'adjoint s'était retrouvé aux urgences avec un traumatisme crânien profond et des fractures graves. La Porte s'en était tiré avec une égratignure derrière l'oreille. Il avait fallu quatre shérifs adjoints pour lui passer les menottes et le balancer sur le siège arrière d'une voiture de patrouille qu'il avait quasiment démolie à coups de pied durant le trajet jusqu'à la prison. La voiture, tout comme le shérif adjoint, avait dû être retirée de la circulation à la suite des coups reçus. Sous prétexte que l'adjoint avait abusé de sa force, la cour avait rejeté toutes les accusations portées contre la Porte et celui-ci était sorti libre du tribunal.

Lorsque Sutton était arrivé devant le *Hi-Low Bar*, on aurait dit que tous les membres du corps de police de la ville s'y étaient donné rendez-vous pour l'attendre. Sutton avait compris qu'il jouait sa carrière. Si le nouveau chef de la police n'était pas fichu de faire lui-même ce qu'il attendait de ses hommes, il pouvait aussi bien démissionner sur-le-champ et se faire travailleur social.

La porte du *Hi-Low Bar* s'était brusquement ouverte et la Porte était apparu sur le trottoir mouillé. Sutton avait été stupéfait par la carrure du type et quelque peu surpris de le voir transporter trois hommes à la fois. Quelque chose chez les deux hommes les plus âgés, que la Porte tenait en étau sous son bras gauche, laissait penser qu'il s'agissait d'homosexuels. Sutton connaissait celui qui était coincé sous le bras droit du géant. C'était le videur du *Hi-Low*. Le chef de la police s'était enquis de ce qui se passait.

La Porte avait grommelé quelque chose comme quoi on était envahi de pédés et qu'il allait leur ficher une bonne leçon. Il avait ajouté que le videur avait essayé de jouer les trouble-fête et qu'il allait y goûter lui aussi. Lorsque Sutton lui avait demandé en quoi cette leçon allait consister, la Porte avait répondu qu'il allait faire un petit bowling, les trois hommes faisant office de boules et les parcmètres de quilles.

La clientèle du bar s'était attroupée dehors sur le trottoir pour encourager la Porte. Les adjoints de Sutton commençaient à donner des signes de nervosité. Certains avaient dégainé leur matraque. Sutton, sentant qu'on était à deux doigts de l'émeute, avait alors eu l'audace de défier la Porte, lui proposant de régler la chose dans un combat à mains nues dans la ruelle. Rien que tous les deux, d'homme à homme. La Porte avait souri et laissé tomber les trois hommes sur le trottoir.

– Il ne faut pas me le demander deux fois.

Sutton avait tendu son ceinturon et son revolver à Colefield qui écarquillait les yeux puis avait interdit à ses hommes de pénétrer dans la ruelle quoi qu'il advienne.

Marchant côte à côte, Henry Sutton et Francis Lillian Flowers s'étaient engagés dans la ruelle. Une fois arrivé à proximité d'un tas de détritus, la Porte avait retiré son dentier, l'avait posé sur le couvercle d'une poubelle, avait adressé un sourire édenté à Sutton puis avait chargé. Sutton avait levé les poings tout en rassemblant ses forces.

C'est alors que la Porte avait glissé sur un détritus mouillé. Ses jambes l'avaient trahi et, l'espace d'une longue seconde, il était resté suspendu en l'air, cul par-dessus tête, une expression d'étonnement sur le visage. Puis il était venu s'écraser sur l'asphalte en se fracassant la tête contre le mur du *Hi-Low Bar*.

Sutton avait attendu que la Porte se relève. Comme il ne bougeait pas, il s'était avancé vers lui et, s'agenouillant à ses côtés, avait pu constater qu'il était inanimé. Francis Lillian Flowers s'était fendu le crâne en heurtant le mur. Sutton avait tâté la blessure. C'était une fracture profonde recouverte d'os brisés et qui pissait le sang. La Porte était dans un sale état.

Lorsque Sutton était sorti de la ruelle, ses propres adjoints eux-mêmes avaient paru surpris. Il avait fait signe à Colefield de s'approcher et lui avait ordonné dans un murmure d'appeler une ambulance. Il s'était ensuite retourné pour faire face à l'attroupement des clients du bar. Il avait du sang sur son uniforme ainsi que sur les mains et savait ce que la foule devait penser. Il avait joué le tout pour le tout.

– A qui le tour ?

La foule s'était instantanément fondue dans la nuit. Dix jours plus tard, la Porte était sorti du coma, incapable de se rappeler quoi que ce soit. Il avait spontanément mis ses blessures à la tête sur le compte de son combat avec Henry Sutton. Ce dernier n'avait rien fait pour le détromper. Il aurait fallu être fou pour contredire Francis Lillian Flowers.

Ce souvenir fit naître un sourire sur le visage de Sutton qui jeta de nouveau un coup d'œil à sa montre. Il n'était pas tellement tard mais son épaule le gênait et il n'avait pas d'aspirine dans la voiture. Il appela le standardiste, lui indiqua où le joindre pour le reste de la soirée et prit le chemin de son domicile en espérant qu'il y avait de l'aspirine dans sa pharmacie.

2

Cable emprunta la sortie principale de l'autoroute pour Ravina et vira au premier motel rencontré. Il coupa le moteur devant la réception tout en indiquant l'enseigne « Chambres libres » qui clignotait.

– Je suis vanné. J'ai assez conduit pour ce soir.

La jeune femme assise à côté de lui haussa les épaules et régla le rétroviseur de façon à pouvoir s'y mirer. Puis elle entreprit de se refaire une beauté. Elle s'appliqua du Rimmel et du fard à paupières, arrangea sa chevelure laquée et mit la touche finale à ce rituel compliqué en étendant sur ses lèvres une épaisse couche de rouge sombre et luisant.

– Vous vous débrouillerez ? demanda-t-il.

Elle referma son bâton de rouge à lèvres et jeta par la lunette arrière un œil à la rangée de bars et de tavernes qui bordaient le boulevard derrière eux.

– Oui, ça ira.

Il la regarda descendre de voiture, tout en souplesse. Avant qu'elle ne referme la portière, il se pencha de côté sur le siège pour s'adresser à elle.

– Vous connaissez quelqu'un dans cette ville ?

Le maquillage l'avait vieillie d'une bonne dizaine

d'années. Elle jeta un œil vers le boulevard avant de reporter son attention sur son compagnon.

– Non, répondit-elle en souriant, mais dans une demi-heure, ce sera fait.

Tandis qu'elle traversait le terrain de stationnement vers la rue brillamment éclairée, Cable pénétra dans le hall du motel et demanda une chambre. Le veilleur de nuit avait vu la femme descendre de la voiture de Cable et s'éloigner.

– Puis-je vous poser une question ? demanda-t-il, en se décidant finalement à tendre à Cable la clé de sa chambre. Votre amie a filé drôlement vite. Pourquoi l'avez-vous laissée partir ?

– Elle a fait vœu de chasteté, répondit Cable en prenant la clé.

Le veilleur grimaça.

– Ben voyons.

– Connard, grommela Cable en poussant la porte vitrée vers l'extérieur.

– Enculé, lui lança le veilleur quand la porte se fut refermée.

Cable se rendit directement à sa chambre, lança sa valise sur le lit et s'y laissa tomber à son tour. Il avait mal aux yeux, se sentait fatigué et son dos l'avait fait souffrir tout au long des neuf heures d'autoroute qu'il venait de faire. Il était aussi déçu de l'indifférence avec laquelle cette fille et lui avaient laissé leurs routes se séparer. Elle n'avait même pas daigné le remercier de l'avoir prise à son bord.

Non qu'il se fût passé grand-chose entre eux. Ils avaient fait connaissance sept heures plus tôt, lorsqu'il l'avait repérée en train de faire du stop sur l'autoroute. Comme il s'ennuyait et en avait assez de rouler seul, il s'était arrêté et, pour la première fois de sa vie, avait pris une auto-stoppeuse. Pour son coup d'essai, il était tombé sur une femme d'une beauté époustouflante, si belle qu'il en était resté interloqué. Ils avaient passé leurs premières heures ensemble pratiquement sans s'adresser la parole. Il n'avait rien trouvé à dire et sa passagère, indifférente et accaparée par ses ongles, n'avait pas daigné ouvrir la bouche. Finalement, pour rompre le silence, il lui avait demandé son nom, puis ce qu'elle faisait dans la vie.

– Le trottoir, avait-elle répondu.

Devant son air interrogatif, elle avait ajouté :

– Bon, le plus vieux métier du monde, si tu préfères.

– Quoi, vous cultivez la terre ? avait-il demandé pour faire un bon mot.

Voyant qu'il souriait, elle s'était mise à rire. Leurs rapports s'étaient presque aussitôt détendus mais les choses s'étaient légèrement détériorées une demi-heure plus tard lorsqu'elle lui avait proposé « une pipe pour vingt-cinq dollars... bon, disons quinze, vu que tu m'as prise en stop ».

Il avait refusé son offre et se crut obligé de lui en donner la raison. Il avait mis son refus sur le compte des séquelles d'un divorce récent tout en lui indiquant une falaise dénudée sur le bord de la route. Tandis qu'il s'expliquait laborieusement, elle ne cessait de se curer les dents avec un ongle et bâilla comme une huître lorsqu'il se tut enfin. Au moins, elle ne se sent pas rejetée, s'était-il dit.

Assez curieusement, elle s'était avérée une excellente compagne de voyage et Cable avait apprécié sa présence durant tout le trajet. Lorsqu'elle ne parlait pas de son sujet de prédilection, c'est-à-dire d'elle-même, elle faisait preuve d'une connaissance incroyable à propos des questions les plus diverses : les hommes, les femmes, la police, la loi, les drogues vendues en pharmacie, les cocktails de drogues et, surtout, la Bourse. Elle n'avait guère parlé de son travail mais, d'après le peu qu'elle en avait dit, Cable avait déduit qu'elle n'était plus *persona grata* à San Francisco et à San Jose, et qu'elle allait tenter sa chance à Los Angeles.

Elle s'appelait Lynn Langley et Cable s'était plu en sa compagnie. Maintenant qu'il était seul dans sa chambre de motel, il ne pouvait plus la chasser de son esprit. Il s'étendit sur le dos, se croisa les mains derrière la tête et contempla le plafond, envoûté par des images flottantes du visage et de la silhouette de la fille, des images qui lui firent passer d'agréables sensations électriques par tout le corps. Il s'empara soudain d'un oreiller qu'il lança violemment en direction de la porte. Ça faisait un sacré bail qu'il n'avait pas couché avec une femme.

Il s'assit brusquement sur le lit et se mit à se masser les tempes tout en ressassant le gâchis qu'il avait fait de sa vie.

Quatre mois auparavant, il vivait à Vancouver, au Canada. Il venait de signer un contrat de deux ans comme professeur d'anthropologie et d'archéologie à l'université de Colombie britannique. Il faisait ce qu'il aimait, réussissait ce qu'il entreprenait et était bien parti pour se faire une place au soleil. C'était du moins ainsi qu'il se représentait les choses jusqu'à ce que sa femme le quitte.

La fin de dix années de mariage avait été pénible à vivre pour lui et il s'en voulait surtout d'être seul responsable de son échec conjugal. Depuis sa séparation, il avait passé un temps fou à ressasser le passé pour arriver à la conclusion qu'il n'avait à s'en prendre qu'à lui-même pour la façon dont sa femme s'était conduite. Maintenant, il avait l'impression qu'elle n'était pas simplement partie mais qu'elle était morte. Il était allé en Californie pour tenter d'y voir clair dans ses erreurs passées et pour oublier.

Son travail l'obligeait à s'absenter quatre ou cinq mois par an pour faire des fouilles sur des sites d'anciennes tribus indiennes de la côte ouest du Canada. Il avait emmené ses étudiants en expédition sans jamais songer à proposer la même chose à Karen. Elle n'aurait pas demandé mieux que de l'accompagner, il le savait maintenant. Sinon, lorsqu'il n'était pas en voyage mais avec elle à la maison, il avait passé beaucoup trop de temps plongé dans ses livres, ses recherches, ses tessons de poterie et ses articles à écrire. Au milieu de tout cela, il avait oublié ce qu'étaient la tendresse, l'intimité au coin du feu et la communication avec un être cher.

Elle avait été très belle et l'était restée. Elle commençait seulement à prendre conscience de ce dont elle était capable : dix années durant, elle s'était consacrée entièrement à leur mariage et lui, il l'avait traitée comme un bibelot de luxe. Pas étonnant qu'elle l'ait quitté pour un autre professeur du département d'anthropologie.

Ce dernier, jeune enseignant, avait toujours frappé Cable par son manque de maturité, sa naïveté, sa prétention. Un crétin fini. Il possédait pourtant une qualité qui manquait à Cable : il savait s'intéresser à une femme qui avait besoin que l'on s'occupe d'elle.

Ils s'étaient vus à l'insu de Cable. Leur liaison avait duré presque un an avant qu'il ne s'aperçoive de quelque chose. Tout avait éclaté au grand jour lorsque sa femme lui avait donné rendez-vous pour déjeuner à la cafétéria de la fac : dans la salle bruyante et bondée, elle lui avait annoncé sans détour, à voix basse, que tout était fini entre eux, qu'elle le quittait. Son amant, le collègue de Cable, était resté assis à côté d'elle durant tout le déjeuner, sur la défensive et nerveux comme s'il s'attendait à ce que Cable lui casse la gueule. Celui-ci n'avait pas levé le petit doigt.

Une semaine après, il avait subi le choc du vide creusé dans sa vie mais il était trop tard : elle était partie pour de bon.

A présent, assis au bord d'un lit défoncé dans un motel minable de Californie, John Cable espérait que tout allait bien pour sa femme. Il le souhaitait sincèrement, et l'une des rares choses qui lui permettaient de tenir était de se dire que le nouvel amant de sa femme l'adorait et faisait tout pour la rendre heureuse.

Se laissant glisser hors du lit, Cable se rendit dans la salle de bains et fit couler la douche. En attendant l'eau chaude, il pensa qu'il s'était conduit comme une lavette ce jour-là. Il était resté là, calme, maître de lui-même, avec le sang-froid d'un homme coupé de la réalité, allant même jusqu'à serrer la main de son rival comme s'il ne s'était agi que d'un échange à l'amiable.

En rentrant sous le jet brûlant de la douche, il se souvint d'une vieille théorie sur la nature humaine, qui voulait qu'il y ait deux sortes d'hommes : les hommes d'action et les hommes de spéculation. Les uns agissaient tandis que les autres se contentaient de théoriser. Les peintres peignaient, les critiques d'art échafaudaient des théories, les boxeurs boxaient tandis que les chroniqueurs sportifs décrivaient et analysaient. Les hommes d'action aimaient foncièrement la vie, ils la vivaient. Les hommes de théories philosophaient sur elle. Il n'était pas besoin d'être grand clerc pour savoir à quelle catégorie il appartenait lui-même, songea Cable. C'était un chercheur, un enseignant, un homme qui mordait rarement dans la vie à pleines dents. Oui, c'était un théoricien qui avait laissé sa femme le quitter pour un autre sans rien faire que ratiociner. A cet instant même, il regrettait de n'avoir pas étendu raide son rival, de n'avoir pas jeté sa femme sur son épaule, de ne l'avoir pas ramenée à la maison où il aurait su se faire pardonner ses erreurs passées. Mais voilà, et c'était bien là le hic, les hommes de théorie ont des regrets et rêvassent à ce qu'ils auraient dû faire. Les hommes d'action, eux, agissent. Même à cet instant, le Pr John Cable ne savait rien faire d'autre que d'éprouver des remords.

Il sortit de la douche et chassa ses idées mélancoliques en songeant à ce qui l'amenait en Californie. Il était venu y voir un ami de longue date qui était aussi son mentor dans la profession, le Pr Martin Larchmont. Larchmont habitait une petite ville à soixante kilomètres au nord de Los Angeles. Cable avait prévu d'arriver chez lui dans l'après-midi du lendemain. Il ne se faisait guère d'illusions sur les raisons qui l'amenaient à rendre visite à cet homme qui était presque un père pour lui. Le départ de sa femme avait été une rude épreuve et il n'avait personne d'autre vers qui se tourner. Il éprouvait le besoin de revoir son ami.

Avant le premier trimestre de l'année universitaire, Cable avait demandé et obtenu un congé sans solde. Il comptait mettre ce temps à profit pour faire le point sur sa vie et se reprendre en main, mais il avait finalement perdu les deux premiers mois de son congé assis chez lui à contempler le vide de son appartement et de sa vie. C'est alors qu'il avait décidé d'aller rendre visite à Larchmont.

Martin Larchmont était professeur d'archéologie à la retraite. Cable avait fait sa connaissance aussitôt après s'être inscrit en doctorat à l'université de Washington. Larchmont jouissait d'un grand respect à la faculté et c'était à lui que l'on avait confié le soin de diriger la thèse de Cable. Ils avaient d'abord eu des rapports de maître à élève, mais au fil des années qu'il avait fallu à Cable pour obtenir son doctorat, ces rapports s'étaient progressivement transformés en relation amicale malgré leur importante différence d'âge. Cable n'en revenait toujours pas qu'ils soient amis. Le seul fait de se trouver en présence de son aîné était déjà un privilège : le Pr Larchmont était l'homme le plus brillant qu'il lui avait été donné de rencontrer.

Larchmont avait entrepris sa carrière universitaire bien avant la naissance de Cable. Il avait obtenu une bourse d'études prestigieuse et s'était fait par la suite une réputation mondiale dans le domaine de l'archéologie de l'Extrême et du Moyen-Orient. C'était un bon pédagogue et un chercheur compétent, auteur de plus de trente ouvrages, dont plusieurs étaient considérés comme des classiques dans leur domaine.

Les intérêts communs de Larchmont et de Cable ne se limitaient pas à l'archéologie. Ils aimaient tous les deux l'opéra, le théâtre et les vieux films, et ils avaient chacun une importante collection de disques classiques. Mais il y avait dans leur relation quelque chose de plus essentiel. Au fil des ans, ils avaient fini par entretenir des rapports de père à fils, ce qui leur convenait à tous les deux, car John Cable n'avait jamais connu son père et Martin Larchmont n'avait jamais eu de fils.

Après l'obtention de son doctorat, Cable avait accepté un poste de professeur à l'université de Colombie britannique. La même année, il avait épousé Karen et il leur arrivait souvent d'aller jusqu'à Seattle pour voir Larchmont et son épouse. Ces années-là, les toutes premières de leur mariage, avaient été bonnes pour Cable et il avait cru, à tort, que cela durerait. Une mesure administrative concernant la retraite obligatoire avait forcé Larchmont à quitter l'université peu après son soixante-septième anniversaire. Sa femme et lui étaient allés vivre en Californie où il avait poursuivi ses travaux archéologiques sur le Moyen-Orient, s'intéressant particulièrement à une religion peu connue du Kurdistan. Dans ses lettres à Cable, il parlait de ce nouveau centre d'intérêt comme d'un renouveau dans sa vie.

Neuf mois plus tard, il s'était désintéressé de cette recherche : un médecin avait découvert que sa femme avait une tumeur au cerveau, qui eut raison d'elle en moins de trois mois.

Après la mort de sa femme, le vieil homme s'était complètement coupé du monde durant une période de six mois environ. Il était ensuite sorti de son deuil pour accepter un poste à temps partiel à l'Université de Californie à Los Angeles, située dans la région de Westwood. Ce poste l'avait obligé à reprendre le chemin des salles de cours où, comme il l'écrivit plus tard dans l'une de ses lettres, « les étudiants et la recherche m'ont aidé à retrouver le goût de vivre ».

Cable espérait trouver dans l'exemple de son aîné la force de venir lui aussi à bout de sa douleur toujours vive. Il savait que le voyage qu'il faisait pour aller voir Larchmont était dicté par des motifs égoïstes, mais Martin Larchmont se ficherait bien de savoir s'ils étaient égoïstes ou non.

Un mal de tête causé par la faim arrêta Cable dans ses réflexions. Il s'habilla, s'enquit d'un restaurant auprès du réceptionniste du motel et remonta le boulevard, trop fatigué et affamé pour porter attention à l'air frais et au brouillard qui tombait.

Cable maudit le réceptionniste en arrivant en vue du restaurant : il s'agissait de l'une de ces gargotes en préfabriqué ouvertes vingt-quatre heures sur vingt-quatre appartenant à une chaîne et conçues en série par un ordinateur névrosé qui avait calculé la densité de population et craché un programme qui disait : voilà où construire.

Cable entra, s'attendant au pire, et il y eut droit : tables chromées, chaises en vinyle, poutres apparentes en plastique, tapis sur lequel on n'avait pas passé l'aspirateur depuis des mois. Le service était assuré par des adolescents dont l'incapacité à maintenir les lieux propres n'était surpassée que par l'incurie culinaire. Mais il avait faim et, prenant un plateau, il alla se servir au comptoir.

Il traversait la salle avec son plateau lorsqu'il aperçut la jeune auto-stoppeuse qu'il avait amenée en ville un peu plus tôt. On pouvait difficilement ne pas la remarquer : elle agitait les deux bras, lui faisant signe de venir la retrouver.

Le repas était mauvais, mais la fille assise devant lui belle à ravir. Il avait du mal à la quitter des yeux, d'autant qu'il avait le corps et l'esprit mobilisés par l'envie de lui faire des avances. Elle le surprit plus d'une fois en train de la dévisager à la dérobée ; Cable détournait toujours les yeux le premier.

Finalement, alors qu'il examinait son dessert d'un air dubitatif, se demandant s'il s'agissait de gelée aux fruits ou d'un vieux pudding, il l'entendit demander :

– Alors, tu en viens au fait, oui ou non ?

– Au fait de quoi ? demanda-t-il en faisant celui qui ne comprend pas.

– De savoir si tu veux me sauter après le repas ?

Elle a une de ces façons d'aller droit au but, se dit-il.

– J'avoue que ça m'a effleuré l'esprit.

– Oui, ça ne t'a pas lâché depuis la minute où tu m'as prise en stop.

Elle lui adressa un sourire malicieux.

Il jeta vers elle un regard penaud.

– Vous, on peut dire que vous savez lire dans l'esprit des gens.

Elle échangea la coupe vide de son dessert contre celle, pleine, de Cable.

– Oui, dit-elle d'un ton réfléchi. Je dois dire que oui. C'est le métier qui veut ça. Je veux dire que si je me trompe sur la tête du client, je risque d'en prendre pour ma pomme ou, pire encore, de me faire tabasser. Ce doit être quelque chose que j'ai développé, tu vois, une sorte de don.

La pensée qu'elle pût avoir un don la fit sourire. Elle prit une cuillerée du dessert de Cable et le laissa descendre dans sa gorge comme une huître crue.

– Je sais que tu en as envie mais ce que je ne comprends pas, c'est ce qui te retient. Tu m'as parlé de ton mariage et tout ça, mais ce n'est pas une raison pour vivre comme un moine.

Il fut agacé par son observation, sans doute parce qu'elle était juste.

– Il n'y a pas que mon mariage, dit-il, sur la défensive. Il y a autre chose... les sentiments et... le fait de payer...

– Tu me trouves trop chère ?

– Non. Pour moi, il faut qu'il y ait autre chose que l'argent. Pour faire l'amour, il faut que j'éprouve quelque chose, des émotions, j'ai besoin de m'investir, et ça ne peut venir uniquement de mon portefeuille. Sans émotion, ce n'est qu'un petit jeu de frotti-frotta.

Il haussa les épaules, espérant qu'elle avait compris.

Il n'en était rien. Elle jeta un coup d'œil à sa montre puis le regarda.

– Frotti-frotta ? Là, je ne te suis pas.

Elle regarda sa montre une seconde fois.

– Vous avez un rendez-vous ? demanda-t-il.

– Oui... mais je peux l'annuler si tu veux.

Il secoua la tête. La manière glaciale avec laquelle elle avait consulté sa montre avait éteint tout ce qu'il avait pu éprouver pour elle. Il se demanda ce qui se passerait s'il ne concluait pas dans les temps. Serait-il obligé de lui payer un supplément ? Ou de s'arrêter à la sonnerie du réveil ? La voix douce de la fille mit fin à ses considérations sarcastiques.

– Tu as entendu ? demanda-t-elle. Je t'ai dit que je pouvais annuler mon rendez-vous.

Cable ne put s'empêcher de baisser les yeux sur sa coupe à dessert vide.

– Non. C'est gentil à vous, mais vraiment, non.

Il lui jeta un regard intrigué.

– Comment avez-vous fait pour rencontrer quelqu'un si vite ?

Lynn Langley haussa les épaules.

– Je me suis fait un ami cinq minutes après t'avoir laissé. Ce soir, c'est avec un ami de mon nouvel ami que j'ai rendez-vous.

– Vous allez vite en besogne, dit Cable qui s'efforça de ne pas avoir l'air trop caustique ni dépité.

– C'est que j'aime mon travail, dit-elle en durcissant le ton.

Elle se leva et enfila un coupe-vent en nylon.

– En tout cas, merci pour le stop... et, à propos, merci aussi de ne m'avoir pas posé toutes les questions habituelles sur ce que je fais.

– Des questions ?

– Tu sais bien... comment une fille comme moi en est venue à faire ça, si j'ai des orgasmes, si je paie des impôts. Toutes les sempiternelles conneries que les mecs veulent savoir dès qu'ils découvrent ce que je fais.

Cable sourit.

– Vous en payez ?

– Quoi donc ?

Elle lui adressa un regard glacial.

– Des impôts.

Elle eut un rire forcé.

– A ton avis ?

Elle remonta la fermeture Eclair de son coupe-vent, fit glisser d'un geste vif ses cheveux sur son col, s'éloigna un peu puis s'arrêta.

– Si tu me vois demain sur l'autoroute, prends-moi à bord. On pourra peut-être renégocier tout ça en faisant abstraction de cette histoire de fric et de frotti-frotta. D'accord ?

Se sentant de nouveau seul, Cable acquiesça et la regarda sortir du restaurant pour s'engager sur le boulevard plongé dans le brouillard. Il alluma une cigarette dont il exhala pensivement la fumée. C'était une femme sensuelle et il avait drôlement envie d'elle. Un homme d'action serait parti avec elle et aurait pris son plaisir. Mais pas lui. Il s'était contenté de s'excuser et d'ânonner des théories creuses sur l'argent, les frictions physiques, l'amour et les sentiments.

Bon sang, se dit-il, n'y avait-il donc pas moyen de casser ce moule d'homme spéculatif ?

3

Lynn Langley était fatiguée et il ne lui restait plus que vingt-sept dollars. Le type à qui elle avait fait une fellation dans sa voiture derrière un supermarché lui avait dégotté un client, mais celui-ci avait deux heures de retard. Merde, se disait-elle, pas étonnant que ce connard qui avait joui en cinq minutes soit incapable de lui refiler un client supplémentaire.

Jurant en son for intérieur, elle fit partir une boule du flipper et la regarda d'un air indifférent filer vers le haut puis redescendre dans un labyrinthe tapageur de lumières et de sonneries. Elle détestait jouer au flipper, mais glisser des pièces de vingt-cinq cents dans l'appareil était le seul moyen d'obtenir que le préposé de nuit du café-épicerie lui permette de rester dans les lieux à une heure si tardive. Elle jeta un œil à l'horloge murale. Il était presque 23 heures. Elle baissa les yeux jusqu'à ce que son regard rencontre le visage du gardien de nuit. Celui-ci la considérait d'un air dégoûté. Elle n'était pas habituée à ce genre d'attitude. D'habitude, elle s'attirait de la part des hommes des regards flatteurs, voire lubriques.

Elle songea à adresser au gardien de nuit boutonneux un de ses regards aguichants et sexy mais elle se retint : ce connard était probablement un bigot qui ne se séparait jamais de sa Bible. Elle tira la dernière boule puis, dans un geste rageur, dirigé davantage vers le gardien que vers le jeu, abattit ses deux poings sur l'appareil, ce qui le fit tilter. Contente d'elle-même, elle passa lentement devant la caisse et, juste avant de pousser la porte, se retourna et sourit au gardien. Lorsque celui-ci lui rendit enfin son sourire, elle tendit en sa direction un doigt obscène.

Traversant le parking plongé dans le brouillard, elle prit la direction de ce qu'elle croyait être le centre-ville. Elle cherchait un restaurant ouvert la nuit pour y lever un client. Là, elle commanderait un café, sortirait du papier et feindrait d'écrire une lettre. Cela lui donnait un air absorbé tandis qu'elle détaillait les hommes. Si elle en repérait un, non accompagné, elle finissait par l'aborder en lui demandant, en guise d'entrée en matière, s'il n'avait pas un timbre à lui vendre.

Lynn Langley était, à vingt-deux ans, une tapineuse expérimentée. Elle avait perdu sa virginité huit ans plus tôt environ dans un cinéma de plein air. Elle avait réagi à ces trois minutes expéditives dans l'obscurité avec un mélange d'indifférence et d'agacement causé par le dépit d'avoir raté les bandes-annonces. Son manque d'intérêt à l'égard des choses du sexe n'avait pas changé durant les années suivantes.

A seize ans, elle avait découvert que son corps était une mine d'or. Elle en avait eu la révélation lorsque son professeur de biologie lui avait proposé de lui donner la moyenne et vingt-cinq dollars pour une passe, vite fait, sur une table de laboratoire. Au mois d'avril de cette année-là, elle avait obtenu ainsi sa note de passage dans quatre des sept matières qu'elle étudiait et le vieux concierge du lycée s'était mis à la poursuivre dans les couloirs. Comme elle avait commis l'erreur de repousser ses avances, il avait porté les activités parascolaires de Lynn à l'attention de la direction du lycée. Le jour où quatre professeurs, trois hommes et une femme, s'étaient vus forcés de démissionner, Lynn Langley avait elle-même été renvoyée du lycée, puis chassée de chez elle.

Elle avait quitté sa ville natale et, un mois plus tard, elle était professionnelle à temps plein. Elle avait fait des passes orales à Berkeley, posé comme modèle nu à Stockton, puis passé le plus gros des trois années suivantes dans des salons de massage à San Francisco.

Elle s'immobilisa brusquement sur le trottoir et scruta les environs dans le brouillard. Ce n'était sûrement pas le centre-ville. Qu'est-ce qui se passe ici, se demanda-t-elle, ils éteignent les réverbères au coucher du soleil ou quoi ? Elle s'engagea dans une autre direction. Le bruit de ses talons hauts sur le trottoir avait quelque chose d'hypnotique, propice à la réflexion. Lynn Langley ne se faisait guère d'illusions sur elle-même et son métier. Elle n'avait pas d'argent de côté et ne connaissait pas de riche client susceptible de surgir un beau matin pour l'arracher à un travail peu reluisant. Elle avait roulé sa bosse, tout vu, tout fait. Rien ne la rebutait, plus rien ne l'étonnait. Durant les sept années qu'elle avait passées à faire le tapin, elle avait été sodomisée, avilie, avait porté des dessous en latex, connu le circuit sadomaso, flambé de l'argent et, récemment, rencontré à plusieurs reprises le propriétaire d'une chaîne de pizzerias âgé de soixante-sept ans. Celui-ci la payait fort bien pour le masturber dans des sacs de congélation transparents. Amusée, elle restait là à regarder le roi de la pizza fermer hermétiquement les sachets et les ranger dans le coffre de sa voiture, où ils allaient rejoindre des dizaines d'autres sacs identiques.

Lynn s'arrêta sur le trottoir et examina de nouveau les alentours. L'idée finit par s'imposer à elle : elle s'était égarée. Le brouillard se faisait de plus en plus dense. Elle comprit qu'elle se trouvait dans le quartier ancien de la ville. Cela sentait le vieux et avait l'air vieux. Le trottoir avait été cassé et soulevé par les racines des chênes géants qui bordaient la rue. Les silhouettes des maisons centenaires à deux ou trois étages se profilaient indistinctement de chaque côté comme une double rangée de sombres pierres tombales.

Irritée, glacée et nerveuse, Lynn Langley poursuivit son chemin en traînant les pieds, en murmurant : « Mais enfin, où est-ce que je suis ? Où ? » Sa marche devenait difficile : le trottoir grimpait en pente raide. Tout en continuant d'avancer, elle s'aperçut qu'elle laissait derrière elle les maisons et les réverbères.

Trois cents mètres plus haut, une haute clôture en fer forgé recouverte de lierre surgit du brouillard droit devant elle. Elle ralentit le pas et s'en approcha prudemment. La rue faisait un coude à droite et longeait la clôture en gravissant la colline.

Elle réfléchit rapidement à ce qu'il lui fallait faire : soit essayer de revenir sur ses pas et redescendre, et avec un peu de chance elle pourrait retrouver le café-épicerie qu'elle venait de quitter, soit continuer à suivre le trottoir et la clôture jusqu'à l'autre versant de la colline.

A cet instant, une rafale de vent écarta la nappe de brouillard et elle aperçut l'éclat d'une lumière verdâtre qui vacillait au loin. Comme le rideau de brouillard se refermait sur elle, elle repartit à grands pas en direction de la lueur.

Elle se sentait mieux, soulagée. Il devait s'agir d'une enseigne au néon, ce qui voulait dire des gens, une station-service, un bar. Avant tout une cabine téléphonique : un coup de fil, un taxi, et elle quitterait enfin ce quartier désolé. Elle pressa le pas.

Elle courait presque maintenant et, tout à coup, au moment où la clôture couverte de lierre prenait fin, la lumière se fit plus vive. Elle ralentit, s'arrêta devant un portail massif. En se rapprochant pour regarder à travers les barreaux de la grille, elle vit d'où venait la lumière et fondit en larmes.

A quelques mètres de l'autre côté de la clôture, il y avait une simple enseigne lumineuse installée sur des montants de brique. Les lettres en néon d'un vert cru indiquaient : CIMETIÈRE HORRCOVE. Lynn Langley frappa le portail du poing en sanglotant.

– Merde... toute cette route pour un cimetière !

Elle frappa une nouvelle fois le portail du poing et essuya les larmes sur son visage.

Lynn Langley fit demi-tour et entreprit de redescendre lentement la colline, le claquement aigu de ses talons résonnant dans le brouillard. Elle n'avait fait que quelques mètres lorsqu'elle vit une forme noire surgir de la brume devant elle. Elle s'arrêta net. Ce n'est rien, se dit-elle, seulement une ombre.

Elle voulut se forcer à avancer en direction de la masse sombre mais son corps s'y refusa.

Elle resta immobile, plantée sur le trottoir, attendant que le vent dissolve le spectre surgi du brouillard. Il y eut une rafale, les feuilles volèrent dans la rue, mais la forme sombre demeura devant elle, immobile et menaçante, telle une statue noire géante.

Lynn Langley pivota sur elle-même et revint sur ses pas en direction du portail du cimetière. Un frisson lui parcourut l'échine et elle comprit sans se retourner que l'ombre la suivait.

Elle entendit alors des sons, graves et enroués, semblables à la respiration laborieuse d'un asthmatique. Mais le rythme et la puissance de cette respiration avaient quelque chose d'anormal : ce qu'elle entendait ressemblait davantage aux lents mouvements d'un soufflet de forge, rauques, puissants, irréguliers.

Elle se mit à marcher plus vite... de plus en plus vite. Puis à courir. Les sons derrière elle ne diminuaient toujours pas. Ça alors, se dit-elle, il me colle au cul.

Elle passa sans le regarder devant le portail massif puis continua vers le sommet de la colline en direction d'un réverbère isolé à quelque trente mètres de là. Il lui fallait de la lumière. Elle en avait un besoin absolu, urgent. Elle éclairerait ce qui la suivait, lui donnerait de la consistance, de la réalité. Une fois qu'elle saurait de quoi il s'agissait, elle en ferait son affaire. Elle avait presque atteint le réverbère lorsqu'elle glissa sur le pavé mouillé. Elle perdit pied et tomba durement sur le sol, faisant un tour complet sur elle-même dans le cercle évasé de lumière que le lampadaire projetait sur la rue sombre.

Indemne, elle se mit tant bien que mal à quatre

pattes. Les sons rauques de respiration provenant de l'obscurité la firent se relever. Elle leur tourna le dos, fouilla dans son sac à main et en sortit un vieux couteau de boucher rouillé équipé d'une lame de vingt-cinq centimètres. C'était son meilleur ami. Il ne la quittait pas depuis des années. Il pouvait tenir quelqu'un en respect mieux qu'une massue, était plus gros qu'un couteau à cran d'arrêt et aussi affilé qu'un rasoir. Il lui avait plus d'une fois sauvé la vie.

Lâchant son sac à main, elle saisit le couteau des deux mains en luttant contre la tentation de regarder par-dessus son épaule pour voir ce qui venait vers elle.

– J'ai un couteau, espèce de salopard d'asthmatique... Viens un peu en tâter pour voir, connard.

Elle commença lentement à se retourner pour faire face à son assaillant. Ce faisant, elle put constater que ses mains ne tremblaient pas. Le couteau non plus. Elle allait pouvoir s'occuper de l'enfant de garce qui faisait ces bruits à vous donner la chair de poule. Elle lui apprendrait à vouloir faire le malin...

Ayant fait demi-tour, elle leva les yeux vers ce qui s'avançait dans la lumière.

Ce qu'elle vit plongea son esprit dans le noir total. Sa conscience disjoncta comme un ordinateur saturé. Les synapses de son cerveau lâchèrent, il se produisit un court-circuit et Lynn Langley sombra dans un néant miséricordieux. Le dernier réflexe de son cerveau fut un ultime effort d'autodéfense qui l'enveloppa complètement dans un froid linceul d'obscurité bienfaisante.

Eût-elle gardé ses sens et été en mesure de voir ce qui s'approchait maintenant d'elle, elle serait morte de terreur. Mais elle n'avait rien pu voir et elle restait là, debout, tenant toujours son couteau, ses yeux n'enregistrant rien, tandis que la bête continuait d'avancer vers elle.

La créature était énorme et avait une peau translucide qui miroitait dans la nuit avec une sorte d'énergie étrange et régulière. Sa forme seule était humaine.

Arrivée près d'elle, la créature l'étudia de ses yeux dépourvus de pupilles, de cornée ou d'iris. Ce n'étaient que des cavités remplies d'un liquide jaunâtre et recouvertes de claires membranes nictitantes, comme les yeux d'un crocodile.

La créature vint s'arrêter devant elle et l'examina de ses brillants yeux jaunes. Elle leva ensuite son bras droit massif et, d'un lent et large mouvement, frôla de sa patte la mâchoire de la jeune fille. Le corps de celle-ci tressaillit et vibra de manière incontrôlée jusqu'à ce que ses membres soient confusément agités de tremblements saccadés. Des éclats de lumière blanche nimbèrent son corps, tel un arc de soudure étincelant.

Lentement, la créature abaissa sa patte géante aux griffes hideuses, noires comme la fin du monde, et toucha doucement les mains qui tenaient toujours le couteau. Les éclats spasmodiques de lumière recommencèrent et le corps de Lynn fut enveloppé de vifs éclats blancs plus brillants que l'éclair.

Une fraction de seconde plus tard, tout était fini. Lorsque la créature à l'allure démoniaque retira sa patte, des traces de fumée s'élevèrent du corps de la jeune fille et vinrent se confondre avec le brouillard, tandis que le couteau se réduisait en cendres.

La créature fit un pas en arrière pour s'écarter de sa victime toujours debout et la contempla un moment d'un air songeur de ses yeux qui jetaient un reflet jaunâtre dans le brouillard. Puis, comme si elle avait changé d'avis, elle détendit un bras massif et la frappa. Comme une ombelle de pissenlit soufflée par un coup de vent, Lynn Langley vola littéralement de l'autre côté de la rue et alla atterrir dans un bruit mat sur l'épaisse couche de lierre qui poussait au pied de la clôture, à quelque distance de la route.

Lentement, péniblement, la créature sortit en claudiquant de la zone lumineuse et disparut dans le brouillard.

Quelques instants plus tard, un faible coup de vent souffla les cendres du couteau de Lynn Langley vers le néant.

4

La camionnette de Sloams bondit sur un nid-de-poule. La brutalité du heurt aggrava tellement sa gueule de bois qu'il eut l'impression qu'on lui tirait des coups de feu dans la tête. Il poussa un juron.

Il s'appelait Johnny Joe Sloams et travaillait à plein temps comme homme de peine au cimetière Horrcove. C'était aussi un alcoolique et, comme beaucoup de ses semblables, il battait sa femme et ses enfants, ou plutôt les battait encore dix-huit mois auparavant.

Il y avait un an et demi de cela, son fils de quinze ans avait décidé de mettre un terme au règne de terreur de Sloams. Pendant que celui-ci était au travail, il avait fourré ses affaires et celles de sa mère dans le coffre de la voiture familiale puis avait attendu que Johnny Joe rentre du travail.

Depuis des années, Sloams rentrait chez lui à 19 heures, déjà ivre, et à 21 heures s'endormait comme une souche sur le canapé du living.

Le jeune garçon avait fait monter sa mère dans la voiture puis était revenu à la maison dans le but de mettre son projet à exécution, un projet destiné à faire en sorte que jamais plus son père ne les frappe, sa mère et lui.

Ayant pris une poêle à frire et un couteau denté, il s'était rendu dans le living où son père était toujours étendu à plat ventre sur le canapé. Le garçon l'avait observé un long moment en se rappelant toutes les fois où celui-ci les avait battus, lui et sa mère.

Il avait alors frappé Joe Sloams à la tête avec la poêle. Il ne lui avait porté qu'un seul coup, pas très violent mais assez pour l'anesthésier. Puis il s'était assis sur les mollets de son père et, sans hésiter, saisissant le couteau, lui avait tailladé les tendons d'Achille. Les tendons coupés avaient claqué et s'étaient rompus comme des câbles trop tendus.

Le garçon avait jeté la poêle et le couteau dans l'évier, appelé une ambulance et était allé rejoindre sa mère dans la voiture. A l'arrivée de l'ambulance, ils étaient déjà à quinze kilomètres de Ravina, faisant route vers le sud.

Les médecins avaient fait ce qu'ils avaient pu, c'est-à-dire pas grand-chose. Après avoir appris qu'il marcherait sur la pointe des pieds jusqu'à la fin de ses jours, Sloams avait songé aux moyens de tuer son fils et sa femme à sa sortie de l'hôpital. Mais, une fois remis, il n'en avait rien fait. Une nuit, il en était venu à la conclusion que quelqu'un capable de faire ce que son fils lui avait fait était capable de bien pire encore. Il s'était dit que s'il le trouvait sur sa route, son fils pourrait fort bien renverser de nouveau la situation à son avantage. Et cette fois, qui sait s'il ne lui couperait pas les deux jambes.

En s'engageant dans un virage du vieux quartier de Ravina en direction du cimetière, Sloams espéra que personne n'était décédé ces temps derniers. Il était de sale humeur, sa gueule de bois persistait et il s'était blessé à un tendon en essayant de danser au bar le soir précédent. Il n'était pas d'humeur à creuser une fosse ce jour-là. Il n'en était pas question. Cela raviverait la douleur et, avec sa tête dans cet état, conduire un tracteur bruyant avec une charrue serait assez pour le tuer.

Tout à coup, le haut portail du cimetière Horrcove surgit confusément dans son pare-brise. Sloams eut le souffle coupé et freina brutalement. La camionnette pila dans une embardée. « Merde », murmura-t-il, en jetant un œil autour de lui pour voir si quelqu'un l'avait vu quasiment emboutir le portail. De justesse, se dit-il, se rappelant le jour où les frères Horrcove étaient descendus de leur repaire lui répéter pour la centième fois qu'il conduisait trop vite dans le cimetière. Leurs yeux froids et méchants lui avaient donné un frisson dans le dos. Depuis, il conduisait lentement. Très lentement.

Les frères Horrcove le terrifiaient. Ils habitaient une énorme demeure de pierre presque au fond du cimetière et, bien qu'ils sortissent rarement de leur funérarium, lorsqu'ils le faisaient, Sloams en avait l'estomac tout retourné.

Il prit d'un geste sec son trousseau de clés à sa ceinture, trouva la clé du portail, puis se demanda ce qui pouvait bien l'effrayer chez ses employeurs, des jumeaux qui devaient être aussi âgés que la colline elle-même. Il avait beau y songer souvent, il n'avait jamais réussi à trouver quelque raison plausible à sa peur.

Il ouvrit la grille et allait remonter dans son véhicule lorsqu'il aperçut un gros tas de guenilles à demi enfouies dans le lierre près de la clôture. Il s'arrêta et remarqua alors autre chose. Une jambe grise pointait sous les guenilles.

– Encore une mauvaise blague, murmura-t-il, se souvenant que des gosses avaient déjà pendu un mannequin habillé à l'un des arbres le long du cimetière.

Il se dirigea sur la pointe des pieds vers le mannequin. Il était à moins de deux mètres du tas de vêtements lorsqu'une brusque rafale de vent releva un coupe-vent lacéré, révélant un visage pâle et des cheveux laqués. Bon Dieu, ils font des mannequins réalistes par les temps qui courent, se dit-il, avant de remarquer les yeux, des yeux qui avaient l'air de le fixer. Et il comprit.

Johnny Joe Sloams fit demi-tour et se mit à courir vers la camionnette, toujours sur la pointe des pieds. Il monta dans le véhicule, le fit virer dans un crissement de pneus et descendit la colline en direction de la ville.

Il fallait qu'il aille à la police. Il avait besoin d'un verre. Il décida de s'arrêter au premier bar venu et d'appeler les flics.

5

– Ecoute, Henry, dit le Dr Mark Childress en haussant la voix, dans cette ville, on a déjà un orthopédiste, un psychiatre, plusieurs généralistes...

Childress, qui regardait fixement le plancher, leva les yeux pour dévisager Sutton.

– ... mais ce qui nous manque à Ravina, c'est un médecin légiste. Et c'est ce qu'il faut dans ce genre de situation.

Tandis que les paroles du Dr Childress résonnaient sur le mur carrelé de la salle de repos des médecins de l'hôpital, Sutton haussa les épaules dans un geste de dépit et alla vers la cafetière. Childress se laissa tomber dans un fauteuil de skaï luisant. Il s'en voulait d'avoir élevé la voix mais le shérif n'avait pas à le harceler de la sorte pour obtenir des réponses qu'il ne pouvait lui donner. Il pensa au cadavre à la morgue, trois étages en dessous, et frissonna.

– Enfin, Henry, je n'en sais rien. Je ne sais pas ce qui peut bien avoir mis la fille dans un tel état.

Childress se redressa dans son fauteuil juste à temps pour voir son ami venir vers lui, une tasse de café dans chacune de ses énormes mains. Il en prit une et se laissa retomber dans son fauteuil.

Mark Childress était un médecin âgé de quarante ans, spécialisé en médecine traumatique au service des urgences. Il était de garde à l'hôpital du comté de Ravina pratiquement chaque nuit.

Avant l'arrivée de Sutton, il avait été de garde, une garde sans histoire qui avait commencé à 22 heures et qui devait se terminer à 8 heures le lendemain matin. Elle touchait à sa fin. Il avait fait ses dix heures et s'apprêtait à retirer sa blouse lorsque Henry Sutton était arrivé aux urgences pour lui demander un service. Rien qu'un petit service : descendre à la morgue et jeter un œil sur le corps qu'on venait juste d'amener.

Son examen, quoique rapide et superficiel, lui avait donné la nausée et laissé un mauvais goût dans la bouche. Ils s'étaient ensuite rendus dans la salle de repos où Sutton n'avait cessé de le harceler pour obtenir des réponses qu'il ne détenait pas.

A présent, il buvait son café tout en regardant son ami debout près de lui.

– Je sèche, Henry. Je n'ai pas la moindre idée de ce qui a pu faire ça. Tu te rends compte, la fille n'a plus ni dents ni ongles et son squelette a été pulvérisé. Les tissus autour des gencives et du bout de ses doigts montrent qu'il y a eu granulation – et je ne vois pas d'autre raison à cela que le contact avec une chaleur élevée... *très* élevée.

Childress s'enfonça plus profondément dans son fauteuil et se pinça la racine du nez.

– Il y a quelques années, j'ai vu le corps d'un alpiniste qui avait été frappé par la foudre. Certaines régions de son corps ressemblaient vaguement au bout des doigts et aux gencives de cette fille. Des brûlures comme ça n'ont pu être causées par la foudre. Par un rayon laser éventuellement, mais je n'en suis pas sûr.

Profondément intrigué, voire effrayé, Childress parlait comme si le son de sa propre voix pouvait apaiser sa tension.

– Il y a aussi le squelette. Quelqu'un ou quelque chose a littéralement réduit chaque os de son corps en bouillie, et cela sans déchirer la peau. Pour en revenir à mon expérience, j'ai examiné le corps de gens qui s'étaient jetés du haut d'immeubles de quarante étages. Leur squelette ressemblait assez à celui de la fille, mais la ressemblance s'arrête là parce que leur peau était tout sauf intacte. La sienne l'est.

Childress agita nerveusement les mains.

– Tu sais, la seule raison pour laquelle elle a encore quelque chose d'humain tient à l'élasticité des chairs chez l'homme. J'ai comme l'impression que si on la piquait avec une épingle, son corps se dégonflerait comme un ballon. Maintenant, tu comprends pourquoi je n'ai pas de réponses à te donner.

– Zut ! grommela Sutton, pour moi, ce n'est rien d'autre qu'un corps enflé et sans dents.

Il alluma une cigarette et inhala profondément.

– Tu as fait allusion à un médecin légiste. Peux-tu en dénicher un ?

– Oui, répondit Childress. Il y en a un à Lompoc. Il est dans l'armée de l'air, à l'hôpital de la base de Vandenberg. C'est un type très bien, je t'assure.

– Crois-tu pouvoir le convaincre de venir ici jeter un coup d'œil à la fille ?

Childress acquiesça tout en déposant sa tasse et en s'arrachant à son fauteuil.

– Probablement. L'armée de l'air trouve que ça

flatte son image d'envoyer ses experts nous aider, nous les pauvres civils. En plus, ce type adore les bonnes histoires mystérieuses et celle-ci est vraiment superbe.

– Peux-tu le faire venir ce matin ? demanda Sutton, d'un ton insistant. J'ai le couteau sous la gorge et il faut que je trouve une solution à cette sale affaire.

Childress jeta un œil à l'horloge murale.

– Je vais lui passer un coup de fil. Il est colonel et ne devrait pas avoir de mal à obtenir une permission de son commandant. Je te parie qu'il sera là à 9 heures et demie au plus tard.

Sutton exhala un nuage de fumée vers le plafond et fit un effort pour se détendre. Pour la première fois de sa vie, il se félicita de l'existence d'une base de l'armée de l'air à moins de trente kilomètres.

L'horloge de la salle de repos des médecins marquait 9 h 42 lorsque le colonel William C. Seafront acheva d'enfiler sa blouse blanche. Il se tourna vers Childress, Sutton et un infirmier, et leur adressa un chaleureux sourire.

– Voilà, messieurs, allons voir ce corps.

Ils prirent l'ascenseur vers le sous-sol de l'hôpital et traversèrent rapidement un couloir vide jusqu'à la morgue. Childress ouvrit la porte et ils pénétrèrent dans une pièce au carrelage vert. Tous les regards furent immédiatement attirés par une grande table en acier inoxydable placée en son centre et par le corps recouvert d'un drap qui y était étendu.

Childress retira le drap. Seafront examina rapidement le corps puis tendit le bras au-dessus de sa tête vers un petit crochet auquel était suspendu un micro de la taille d'un crayon. Il le décrocha, le fixa sur le devant de sa blouse et adressa un regard à Childress.

– Il est branché ?

Childress acquiesça.

Seafront traversa la pièce et ouvrit les portes d'une armoire métallique. Il en retira des gants de caoutchouc puis entreprit de déposer des instruments chirurgicaux sur une table roulante qu'il fit glisser vers la table d'autopsie.

Avec un sens dramatique aigu, le médecin légiste s'autorisa un léger sourire.

– Il n'y a rien de mystérieux dans l'univers mais uniquement des réponses vagues. Maintenant, résolvons ce mystère.

Le commentaire de Seafront arracha une grimace à Sutton mais il n'en continua pas moins à observer le médecin légiste avec intensité, remarquant à peine les fortes odeurs d'alcool, de formol et d'asa-fœtida.

Le médecin commença à dicter d'une voix mécanique dépourvue d'émotion.

– Date, 24 octobre, heure (Seafront jeta un œil à sa montre), euh, 9 h 55. Le sujet est une femme relativement jeune qui doit avoir dans les...

Seafront interrogea Childress du regard ; celui-ci fit un geste en direction de Sutton, qui annonça :

– La carte d'identité que l'on a trouvée dans son sac à main indique qu'elle avait vingt-deux ans. Elle s'appelle... s'appelait Lynn Lee Langley.

Seafront répéta l'information au micro et poursuivit son monologue.

– Je procède pour l'instant à un examen externe. La partie supérieure du torse est d'une pâleur tirant sur le gris. Les parties inférieures, en particulier le haut des cuisses et les fesses, sont d'une couleur violacée, ce qui permet de penser que la circulation est arrêtée depuis sept à dix heures. Le corps n'est pas contracté et sa faible rigidité cadavérique est sans doute due au traumatisme subi par le squelette. Le cadavre ne sent pas très fort mais son odeur n'en est pas moins perceptible.

» La chevelure, abondante, est teinte de plusieurs couleurs. Les cheveux sont bruns aux racines. Les traits du visage sont enflés et leurs contours peu accentués, ce qui s'expliquerait par le traumatisme crânien.

» Le sujet a sur le sein droit un tatouage multicolore représentant un papillon et un autre, représentant un petit diable, à deux centimètres environ au-dessus du pubis.

Seafront passa ses doigts sur le visage de la fille.

– Les paupières sont entrouvertes, les pupilles rondes et complètement dilatées, les iris bruns, la cornée semble ferme et transparente.

» Les lèvres sont passablement rigides. Un examen plus poussé permet de constater que le sujet n'a plus de dents. L'extraction est récente. Il n'y a pas trace de caillots, ce qui laisse à penser que les dents ont été arrachées après le décès. Les gencives sont d'un gris qui tire sur le noir. Dans cette région, les tissus sont granuleux, d'une texture qui fait penser à des grains de sable.

Tenant toujours la bouche de la fille ouverte à l'aide de sa main gantée, Seafront adressa un regard à Childress. Sutton perçut la brève lueur de stupéfaction qui traversa le visage du médecin légiste avant que celui-ci ne reprenne son examen.

– La couleur et la texture de ces grains permettent de penser qu'il s'est produit une chaleur intense autour de la bouche du sujet. On ignore pour l'instant quelle était l'origine de cette chaleur.

Seafront referma ses mains sur le micro et se tourna vers Childress.

– Bon Dieu, Mark, on dirait qu'on lui a arraché les dents au laser.

– Je t'avais dit que c'était une sale histoire, dit Childress, soulagé de voir qu'il n'était pas le seul à être intrigué par cette affaire.

Le médecin militaire poursuivit son examen.

– Les mains du sujet sont petites, souples, sans rigidité. Comme le reste du cadavre, les mains et les bras présentent des signes de traumatisme massif. Un examen visuel et digital montrerait qu'il n'y a pas un seul os d'intact dans le corps. Curieusement, la peau du sujet est ferme et ne semble pas avoir souffert. Les ongles de la main droite ont disparu. On trouve davantage de traces de granulation sur l'épiderme des doigts, ce qui suggère cette fois encore une chaleur intense semblable à celle qui a pu se produire dans la région de la mandibule et du maxillaire. Fin de l'examen externe.

Seafront prit un scalpel tout en annonçant qu'il allait procéder à un examen interne.

– Scalp ouvert au moyen d'une incision intermastoïdienne.

Sutton regarda le médecin empoigner la chevelure de la fille.

– Je retire maintenant tout le cuir chevelu, dit Seafront en le déposant telle une serpillière mouillée à côté du crâne fracturé.

Sutton poussa un grognement et s'éloigna de la table. Il continuait d'entendre le monologue du médecin légiste, dicté d'une voix égale.

– Le crâne est en morceaux et ne tient que par les membranes externes. Le plus petit fragment du crâne mesure approximativement deux centimètres, à peu près la grosseur d'une pièce de monnaie. Certains fragments se sont fichés dans les tissus externes du cerveau.

Sutton prit plusieurs inspirations profondes. J'en ai vu d'autres, se dit-il. Ce n'est qu'un tas de chair sur une table. Pendant ce temps, Seafront poursuivait :

– Il n'est pas nécessaire de scier le sommet du crâne pour pratiquer cette dissection puisqu'il est déjà en morceaux. Maintenant, je sépare le bulbe rachidien de la moelle épinière.

Rien qu'un tas de viande, se répéta Sutton. J'en ai vu d'autres.

Il fit demi-tour pour revenir vers la table d'autopsie.

Au même moment, le médecin légiste prit le cerveau tout entier et le laissa tomber sur un plateau en acier inoxydable que lui tendait une infirmière.

– Et merde ! grommela Sutton en se dirigeant vers la porte.

Seul dans le couloir, le chef de la police de Ravina alluma une cigarette. Quatre cigarettes plus tard, les deux médecins et l'infirmière sortirent de la morgue. Sutton les observa attentivement tandis qu'ils venaient vers lui et comprit qu'ils ne savaient pas trop quoi penser. Ils semblaient tous trois fatigués, hagards et mal à l'aise. Seafront alla chercher une cigarette sous sa blouse de chirurgien. Sutton la lui alluma. Le médecin toussa et souffla vers le plafond un nuage de fumée qu'il suivit des yeux au lieu de regarder le shérif.

Finalement, il s'éclaircit la gorge.

– Comme je sais que vous voulez des réponses, shérif, je vais vous dire cinq faits dont nous sommes sûrs, Childress et moi. Un, la fille est morte. Deux, on lui a arraché les dents et les ongles. Trois, quelque chose de très puissant lui a réduit le squelette en miettes. Quatre, sa peau est intacte, ce qui est anormal étant donné les blessures internes qu'elle a subies.

– Cinq... ? demanda Sutton.

– Le cinquième point, répondit Seafront en lançant un coup d'œil en direction de Childress avant de reporter son regard sur Sutton, c'est que tout ça fait beaucoup de questions non résolues. Je ne sais pas pourquoi sa peau est intacte, je ne sais pas pourquoi ses tissus sont granuleux. Et c'est comme ça sur toute la ligne, rien que des questions sans réponses.

Le médecin légiste eut une quinte de toux. Lorsqu'elle prit fin, il observa un moment sa cigarette puis la jeta dans un cendrier.

– J'ai bien peur que ce ne soit tout, en tout cas tant qu'on n'aura pas le résultat des examens.

– Ah bon ? demanda Sutton.

Seafront prit une autre cigarette sur laquelle il jeta un œil dégoûté.

– J'ai arrêté de fumer il y a deux ans. Le jour où j'ai cessé, j'ai acheté ce paquet de Camel et je l'ai gardé sur moi pendant deux ans sans jamais en allumer une. J'en avais fait le symbole de la volonté dont j'étais capable. Maintenant, regardez-moi. Rien que parce que je suis ébranlé par le cadavre d'une fille, je fume des Camel vieilles de deux ans.

Il accepta le feu que Sutton lui offrait.

– Vous disiez ? Ah oui, les tests. Nous allons envoyer les tissus, le sang et des échantillons de liquides corporels à Los Angeles pour des examens de toxicologie et de radiations, et pour une analyse spectrale. On aura les résultats d'ici quarante-huit ou soixante-douze heures. On saura peut-être alors à quoi on a affaire.

– Des tests de radiations ? demanda Sutton, l'air étonné.

– Le tissu autour des cavités dentaires et des ongles des doigts avait une drôle de texture. Je n'ai jamais rien vu de semblable. Ça ne ressemble pas du tout à de la peau humaine, même soumise à une haute température. On dirait que la composition de la peau a été modifiée. Je crois que l'on parle de déformation moléculaire pour décrire ce processus mais je n'en suis pas sûr. Je ne suis plus à jour en physique mais je pense que la chose n'a pu être provoquée que par des radiations. Mais il nous reste à en découvrir l'origine.

Devant la tête que faisait Sutton, Seafront eut un sourire désabusé.

– Je vous avais bien dit que cette affaire était tordue. Rien que des questions sans réponses.

Sutton sortit et, en descendant les marches de l'hôpital, fut immédiatement saisi par un vent violent, glacial. Il n'avait pas eu le temps de remonter son col que déjà sa mauvaise épaule commençait à le faire souffrir. Il se courba pour lutter contre le vent tout en se massant d'une main et se dirigea vers sa voiture de patrouille.

Il prit place au volant, mit le contact et passa la marche arrière ; il allait reculer lorsqu'un grand coup frappé à la fenêtre du conducteur le fit freiner brusquement. Sutton baissa sa vitre et scruta le visage rougi par le vent de l'un de ses subordonnés, Robert Calms.

– Vous m'avez fichu la trouille, Calms.

– Excusez-moi.

Calms s'accroupit quelque peu afin d'être en mesure de voir Sutton.

– Vous aviez demandé qu'on vous prévienne s'il y avait du nouveau.

Sutton acquiesça, coupa le moteur et se renversa sur son siège. Il pensa inviter Calms à venir le rejoindre dans la voiture mais y renonça. Il n'aimait pas ce type.

Robert Calms était un shérif adjoint expérimenté, entré dans la police de Ravina cinq ou six ans avant Sutton. Ambitieux mais pas très malin, il faisait tout ce qu'il fallait pour rater sa carrière. C'était avant tout un lèche-bottes qui cassait du sucre sur le dos de ses collègues et ne semblait pas s'être aperçu que Sutton accordait les promotions en fonction de la compétence de ses hommes et non de l'entretien de leur uniforme ou de l'obséquiosité dont ils faisaient preuve à son endroit.

Sutton examina le policier. L'uniforme de Robert Calms était impeccablement repassé et le pli de son pantalon aussi droit que la justice. Sutton ne pouvait voir les chaussures de son subordonné mais il se doutait qu'elles devaient être comme neuves. On racontait que Calms passait deux heures tous les soirs à les astiquer avec du cirage, de l'alcool, des boules de coton, en crachant dessus pour les faire reluire comme un miroir. Sutton croyait la rumeur fondée. Il lui était arrivé de voir la couche pour bébé que Calms gardait dans son chapeau pour essuyer ses chaussures.

– Qu'est-ce qu'il y a ? demanda-t-il d'une voix impatiente.

– On a contrôlé sa carte d'identité, répondit Calms comme s'il récitait son texte, et vous aviez raison : c'était bien une pute. On voit mal ce qu'elle aurait pu être d'autre, avec des photos d'elle toute nue dans son sac à main. A votre avis, qu'est-ce qu'elle faisait avec ces photos ? Elle les vendait à ses clients ? Drôles de souvenirs.

– Et son dossier ? demanda Sutton qui avait hâte d'en finir.

Calms prit un petit carnet de cuir dont la couverture portait l'emblème de shérif et ses propres initiales. Il l'ouvrit et se mit à lire.

– Ces cinq dernières années, elle s'est fait embarquer neuf fois pour prostitution. La première fois, c'était à Santa Rosa, elle avait dix-sept ans. Puis elle s'est fait interpeller à San Francisco, à Oakland puis à Stockton. La dernière fois, c'était il y a trois semaines. La mondaine de San Jose l'avait embarquée lors d'une descente dans un institut de massage...

– On lui connaît des associés ?

– Vous voulez dire des maquereaux ? Des fiancés ?

– Est-ce qu'il y a quelqu'un qui aurait voulu la tuer ?

Calms hocha la tête.

– Non, monsieur.

– Merci de ces précisions, grogna Sutton, irrité par la pauvreté des renseignements.

Il entreprit de remonter sa vitre sans s'apercevoir que Calms voulait poursuivre la conversation. Ce dernier se mit tout à coup à pousser des cris d'animal blessé et Sutton se rendit compte qu'il lui avait fermé la fenêtre sur les doigts. Il fit descendre légèrement la vitre afin de permettre à Calms de retirer sa main.

– On tient une bonne piste, monsieur.

Pour la première fois depuis le début de leur conversation, Robert Calms obtint de Sutton une oreille vraiment attentive.

– Mais bon Dieu, vous auriez pu le dire plus tôt.

Il descendit complètement sa vitre.

– Pendant que vous étiez à l'hôpital, on a ratissé la ville avec tous les hommes disponibles. Nous avions une bonne description de la manière dont la fille était habillée et une meilleure description encore de son visage grâce aux photos qu'elle avait dans son sac.

Sutton eut envie de tuer Calms sur place. Les Polaroid que Lynn Langley avait sur elle montraient tout sauf son visage.

– Vous avez donc montré les photos à droite et à gauche ?

– Exactement, plastronna Calms, tout fier.

Je vais le tuer, se dit Sutton.

– Et j'ai eu de la chance. Un veilleur de nuit qui finissait son service au motel *Sunset* s'est souvenu d'elle. Elle est arrivée en ville hier soir avec un type qui a passé la nuit au motel.

– Ils avaient pris une chambre ensemble ?

– Non. L'homme a pris une chambre et la fille a remonté le boulevard vers l'ouest.

Sutton poussa un soupir amer. Ils n'avaient pas progressé d'un pas.

– Trouvez le nom du type et essayez de voir ce qu'il sait.

– Il sait pas mal de choses, shérif. Il paraît qu'il a demandé au veilleur de lui indiquer un restaurant. Le veilleur lui a conseillé le *Speedy Steak*. J'ai donc l'idée de filer là-bas, et je tombe sur le gérant qui allait partir. Je lui montre la photo, je lui pose une ou deux questions. Pour sûr qu'il se rappelle que la morte et le type que le veilleur m'a décrit ont mangé ensemble. Non, il ne se rappelle pas les avoir vus partir ensemble mais il pense que c'est pas impossible.

Tout en se demandant pourquoi Calms avait gardé le meilleur pour la fin, Sutton extirpa une cigarette de sa poche. Calms sortit aussitôt un briquet Zippo plaqué or sur lequel étaient gravés l'écusson de la police et ses initiales et offrit du feu à Sutton. Celui-ci, dès que Calms eut remis son briquet dans sa poche, alluma sa cigarette avec son propre briquet Bic et en exhala la fumée d'un air lugubre.

– On tient peut-être quelque chose. Informez-vous au motel sur la marque de sa voiture et son numéro d'immatriculation et faites passer un avis de recherche détaillé.

– Ce ne sera pas nécessaire, déclara Calms, tout sourires. Le coupable est toujours au motel et il n'ira nulle part tant que vous ne donnerez pas le feu vert. Deux de mes hommes surveillent sa voiture et deux autres sa chambre.

Bon, cela faisait au moins un point de départ, quelqu'un à interroger, se dit Sutton.

– Embarquez-le, je veux le voir au poste.

– C'est comme si c'était fait, promit Calms.

Il se préparait à saluer mais, devant l'air renfrogné de Sutton, préféra s'en abstenir. Il fit demi-tour et s'éloigna.

Sutton mit la voiture de patrouille en marche puis coupa le moteur.

– Calms !

Son subordonné s'arrêta net et lui adressa un regard interrogatif.

– Bon boulot. Vous avez fait ce qu'il fallait.

– Merci, Henry.

Calms se remit en route.

– Calms !

Celui-ci pivota rapidement sur lui-même.

– Monsieur ?

– Deux choses, dit Sutton. Premièrement, ce type n'est pas le coupable. Pour être coupable, il faut avoir fait quelque chose. On ne sait pas si c'est le cas de ce type. Ne le traitez pas en coupable. Deuxièmement, le fait d'avoir fait du bon boulot ne vous autorise pas à m'appeler Henry. Pour ça, on verra dans vingt ans si vous continuez à faire du bon travail.

Calms hocha la tête, fit un autre demi-tour martial et se dirigea à petites foulées vers sa voiture de patrouille.

Sutton prit une cigarette et regarda Calms sortir du parking de l'hôpital. Pas facile de se montrer aimable envers un type pareil, se dit-il tout en se remémorant les trois résolutions qu'il avait prises au nouvel an de cette année-là : ne pas travailler les jours de congé, ne pas arriver trop tôt au travail et se montrer poli avec son subordonné Robert Calms. Le jour même du nouvel an, il était arrivé au travail une demi-heure plus tôt et, quinze minutes plus tard, il avait traité Calms de crétin.

Sutton soupira, referma sa vitre, se servit une tasse de café de sa Thermos et sortit de l'aspirine de la boîte à gants.

6

Cable ne s'en faisait guère. Ce n'était pas les quatre adjoints du shérif qui l'avaient interpellé sur le parking du motel qui allaient l'intimider, et encore moins cet avorton de flic à l'uniforme amidonné qui l'avait fait monter à l'arrière d'une voiture de patrouille et avait essuyé ses bottes avec une couche pour bébé qu'il avait sortie de son chapeau.

Dix minutes plus tard, les deux voitures de police s'arrêtèrent l'une derrière l'autre derrière l'hôtel de ville de Ravina et, sans un mot, les cinq policiers poussèrent Cable dans un bureau en lui indiquant une chaise. Le shérif s'assit de l'autre côté du large bureau qui les séparait, sortit un magnétophone d'un tiroir et se mit à le manipuler. Cable se retourna sur sa chaise pour examiner les lieux. Il s'agissait d'un bureau fonctionnel, sans rien d'ostentatoire. L'adjoint Calms était debout derrière lui, appuyé contre la porte fermée, une main sur son arme de service. Cable reporta son attention sur le shérif et le magnétophone qui n'avait pas l'air plus gros qu'un Coton-Tige dans les mains énormes du policier.

Fatigué du silence et de n'être au courant de rien,

Cable toussota, se racla la gorge et ouvrit la bouche pour parler mais le shérif l'arrêta d'un geste de la main pour lui indiquer le micro du magnétophone sur lequel il s'activait. Cable commença à sentir poindre en lui une sourde irritation. Il s'affaissa sur sa chaise et attendit.

Enfin satisfait du magnétophone, le shérif Henry Sutton concentra son attention sur l'homme assis devant lui.

– Il est de mon devoir de vous dire que cette conversation est enregistrée.

Cable acquiesça.

– On ne vous a pas informé de vos droits parce que aucune charge n'est retenue contre vous. Vous comprenez ?

Cable hocha de nouveau la tête.

Un léger sourire éclaira un côté du visage de Sutton.

– Si vous devez être soupçonné d'un crime, on vous lira vos droits et vous pourrez téléphoner à un avocat. Vous comprenez ?

Cable acquiesça, content de lui.

Le sourire du shérif s'épanouit encore davantage comme s'il prenait plaisir à ce petit jeu.

– Bon, je vais vous demander encore une fois si vous saisissez la situation et si vous vous contentez de hocher la tête, vous allez rester assis sur cette chaise jusqu'à ce que je mette la main sur un magnétoscope qui pourra enregistrer vos signes de tête.

Il leva les yeux au plafond.

– Voyons un peu, la dernière fois que j'ai eu besoin d'une caméra vidéo, il m'a fallu vingt-quatre heures pour en dénicher une. Assis sur une chaise, c'est long. Maintenant, vous comprenez ce que je vous dis au sujet de vos droits ?

– Oui, dit Cable dont l'expression désinvolte s'effaça.

– A l'intention des archives et à la vôtre, mon nom est Henry Sutton. Je suis chef de la police de Ravina.

Il posa un gros doigt sur un carnet jaune réglementaire.

– Si l'on en croit votre numéro d'immatriculation et le registre de l'hôtel, vous vous appelez John Cable et vous venez de Colombie britannique, exact ?

– Exact.

– Auriez-vous l'obligeance de me dire ce que vous faites au Canada et ici, à Ravina ?

– J'enseigne l'archéologie et l'anthropologie à l'université de Colombie britannique, à Vancouver. Je suis à Ravina parce que j'étais fatigué de conduire et cherchais un endroit où passer la nuit.

– Vous êtes seulement de passage ?

– Oui. Ecoutez, pouvez-vous me dire de quoi il s'agit ? Personne ne m'a dit ce que je faisais ici, ni ce qui se passe. Si je ne me trompe, ce sont là des choses dont j'ai le droit d'être informé même si aucune charge n'est retenue contre moi.

Sutton hocha la tête.

– Encore une question ou deux et on y viendra.

Il prit un crayon.

– Puisque vous n'êtes que de passage, j'en conclus que vous alliez de Vancouver à... ?

– Point Hueneme, en Californie.

Sutton nota le nom de la ville sur le carnet.

– Pour quoi faire ?

– Voir un ami. Un vieil ami à moi du nom de Martin Larchmont.

Sutton griffonna quelque chose sur le calepin.

– Il vous attend ?

– Oui.

L'adjoint du shérif, tiré à quatre épingles et aux bottes reluisantes, surgit à côté de Sutton dès que celui-ci eut déchiré la page du calepin contenant l'information.

– Je vois ça tout de suite, chef, dit-il en se précipitant hors de la pièce.

Sutton reporta son attention sur Cable.

– On a vu une fille descendre de votre voiture hier soir. Si vous me disiez ce que vous savez d'elle ?

– Pas grand-chose. Elle s'appelle Lynn Langley. Elle faisait du stop. Je l'ai prise plus au nord et elle a voyagé avec moi jusqu'à Ravina. J'ai trouvé un motel et elle est partie de son côté. Je l'ai revue plus tard dans un restaurant et nous avons mangé ensemble. C'est tout.

– Où l'avez-vous prise en stop exactement ?

– Je ne sais pas au juste. C'était près d'un parc national mais je ne me souviens pas du nom des localités de la région.

Cable haussa les épaules.

– Si je voyais le nom du parc sur une carte, ça me reviendrait.

– Rien d'autre ? C'est tout ce que vous savez d'elle ? demanda Sutton qui écrivit quelque chose sur son carnet.

– C'est tout, répondit Cable, décidé à ne pas dire à Sutton que Lynn Langley était une prostituée. Elle avait probablement des ennuis et il ne voulait pas lui en attirer davantage.

– Vous saviez qu'elle faisait le tapin ?

Cable soupira.

– Oui.
– Avez-vous eu recours à ses services ?
Cable trouva la question amusante.
– Recours à ses services ?
A en juger par l'expression du shérif, la chose ne l'amusait pas du tout.
– L'avez-vous baisée contre de l'argent ?
– Non.
– Vous êtes-vous disputés à cause du prix qu'elle vous demandait ?
– Non.
– Vous êtes-vous disputés ou querellés pour une raison ou une autre ? demanda Sutton dont le ton s'était soudain durci.
La voix de Cable se fit aussi dure que celle du shérif.
– Non. Nous avons voyagé ensemble et il ne s'est rien passé entre nous. Je vous l'ai dit, je l'ai prise en stop, je l'ai déposée ici et je l'ai retrouvée par hasard dans un restaurant. Et elle a payé son repas.
– Difficile à croire, dit Sutton, sceptique. Elle était mignonne. Vous avez passé tout ce temps avec elle sans...
– Shérif, je me fous que vous trouviez ça difficile à croire. Et puis, que voulez-vous dire par « elle *était* mignonne » ?
– Elle est morte, répondit Sutton sans quitter Cable des yeux. On l'a tuée la nuit dernière.
Cable eut un choc à l'estomac. Il fixait le shérif des yeux sans le voir. Ce qu'il voyait, c'était Lynn Langley au restaurant, relevant ses cheveux au-dessus du col de son coupe-vent juste avant de sortir seule dans le brouillard.

Il fit un effort pour revenir à la réalité. Sutton l'observait comme un épervier qui guette un mulot.

– C'est pour ça que je suis ici ? demanda-t-il. Vous pensez que je l'ai tuée ?

– Je ne pense rien pour le moment. J'essaie seulement de rassembler les pièces d'un puzzle pas très joli à voir. Vous êtes là parce que vous êtes à notre connaissance la dernière personne qui ait parlé à cette fille. Ça ne fait pas de vous un assassin mais il est certain que ça suffit pour vous mêler à l'affaire.

Il fit un geste en direction de son magnétophone.

– Et ça suffit aussi pour que tout ce que vous dites mérite d'être enregistré.

– Je ne l'ai pas tuée. Je l'ai prise en stop et l'ai vue sortir d'un restaurant. Je ne l'ai pas tuée.

Il essuya ses mains moites sur son pantalon.

Sutton prit un crayon et jeta un œil sur son carnet jaune.

– A quelle heure a-t-elle quitté le restaurant ?

– 21 heures, 21 h 30, je ne sais pas au juste.

Cable se leva brusquement.

– Attendez ! Ça me revient. Elle n'est pas partie parce qu'elle avait fini son repas, mais parce qu'elle avait rendez-vous avec quelqu'un. Elle ne m'a pas dit avec qui. Elle m'a seulement dit qu'elle avait rencontré un homme après que je l'avais déposée. Cette personne lui avait arrangé un rendez-vous avec quelqu'un d'autre.

Il fit un geste d'ignorance tout en comprenant qu'il ne s'agissait pas là d'une information utile au shérif.

– Elle ne vous a pas donné de noms ? Vous n'avez pas une idée de l'endroit où elle devait rencontrer cet ami d'ami ?

Cable se tassa au fond de sa chaise.

– Non.

Sutton fixa le calepin jaune puis hocha lentement la tête.

– Il y a quelque chose qui cloche.

– Qu'est-ce que vous voulez dire ?

– Vous vous souvenez, je vous ai dit que c'était un puzzle. Eh bien, pour l'instant, il y a quelque chose qui ne colle pas. Mais pas du tout.

Il posa son crayon et s'appuya contre le dossier de sa chaise.

– Monsieur Cable, j'aimerais que vous ne quittiez pas la ville durant quelques jours.

– Je vous ai dit que je ne l'avais pas tuée. Je vous ai dit tout ce que je savais. Je ne sais rien de plus. Le fait de me garder ici ne nous servira à rien, ni à vous ni à moi. Ce n'est pas ça, j'en mettrais ma main au feu, qui vous aidera à rassembler toutes les pièces de votre puzzle.

– Ecoutez, dit Sutton d'une voix calme, j'ai une fille assassinée sur les bras et elle n'était pas d'ici. Vous la connaissiez et vous n'êtes pas d'ici. Je ne sais pas pourquoi on l'a tuée. Je ne sais même pas comment on l'a tuée. Tout ce que je sais, c'est qu'elle est morte et que c'est vous qui l'avez amenée ici, monsieur Cable. Alors, vous n'allez pas quitter la ville. Je ne suis pas le seul sur l'affaire. J'ai d'autres gens à interroger et j'attends les résultats de tests spéciaux qui doivent arriver de Los Angeles. Avec un peu de chance, je les aurai dans les quarante-huit heures, soixante-douze au maximum. Pendant ce temps, je vous demande de vous montrer coopératif. Tout ce que je vous demande, c'est de rester en ville aux frais de l'administration.

Cable savait que Sutton était raisonnable mais il

n'avait pas envie de rester à Ravina, pas maintenant, après ce qui venait de se passer.

– Vous avez dit qu'aucune charge n'était retenue contre moi, n'est-ce pas ?

Sutton acquiesça.

– Dans ce cas, je m'en vais. Je vous laisserai le nom et le numéro de téléphone de la personne chez qui je vais, mais je ne veux pas rester ici.

Il fit mine de se lever.

– Vous ne réussirez jamais à sortir de la ville.

– Comment ça ?

– Si vous essayez de partir, je vous ferai interpeller pour pas moins de sept infractions différentes avant même que vous ayez atteint la sortie de la ville.

– Et comment comptez-vous vous y prendre ?

Henry Sutton eut un sourire.

– Les études montrent que même les bons conducteurs transgressent les lois trois fois en moyenne sur un parcours de deux kilomètres en zone urbaine. Si un bon conducteur se fait filer le train par un flic, il s'énerve et, sur la même distance, commet jusqu'à sept fautes de conduite. Sept infractions au Code de la route. Résultat, si vous tentez de quitter la ville, je vous suivrai et vous commettrez ces infractions. Ensuite, je vous bouclerai. Cela sera tout à fait légal et sans bavures.

Forcé de s'incliner, Cable baissa la tête.

– On dirait que me voilà coincé chez vous pour quelques jours.

Sutton ne s'était pas départi de son sourire.

– Inutile de vous dire qu'on vous aura à l'œil. Si vous décidez de changer de motel, faites-le-nous savoir. Je vous ferai parvenir les résultats de l'enquête.

Si tout confirme nos dires, vous pourrez reprendre la route dans deux ou trois jours. Des questions ?

– De quoi est-elle morte ? demanda Cable.

Henry Sutton regarda John Cable. Les grands yeux de son interlocuteur exprimaient souffrance et tristesse.

– Nous ne le savons pas encore. De manière horrible, en tout cas.

L'espace d'un instant, Henry Sutton cessa d'être le chef de la police pour n'être plus qu'un simple être humain affligé par la mort d'un autre être humain qui ne lui était rien, mais un être humain tout de même. Cable s'en aperçut et en conçut de l'estime pour Sutton. Le chef de la police de Ravina appuya sur un bouton de l'interphone.

– M. Cable va avoir besoin qu'on le raccompagne à son motel et je veux que celui qui le raccompagne demande au gérant de nous envoyer la note.

7

Il faisait nuit lorsque les adjoints du shérif déposèrent Cable au motel. Il entra dans sa chambre, alluma, et le regretta aussitôt. Le décor était encore plus déprimant que le souvenir qu'il en avait gardé. Le mobilier était dépareillé, éraflé, taché. Des croûtes trouvées à l'Armée du Salut avaient été clouées au mur. Un téléviseur noir et blanc était fixé par une chaîne à son support, lui-même retenu par un cadenas au radiateur. Il essaya de rapprocher une lampe du téléphone mais elle était fixée à la table de chevet.

Il se laissa tomber sur le lit et téléphona à Martin Larchmont en P.C.V. Lorsque l'opératrice lui dit que son correspondant était en ligne, il ne trouva rien d'autre à dire que :

– Martin, c'est moi, John.

– John, je commençais à m'inquiéter. Tu devais arriver cet après-midi. Tu as des ennuis ? Evidemment que tu en as, sinon tu ne m'appellerais pas en P.C.V.

Cable sourit, se souvenant que son ami aimait faire les questions et les réponses.

– Je suis dans une ville du nom de Ravina.

Il y eut un long silence au bout du fil.

– Ravina... Qu'est-ce que tu fais là ?
– C'est une longue histoire.
– Qu'est-ce que ça peut te faire ? C'est moi qui paie l'appel. Raconte.
Cable s'exécuta sans rien omettre. Il commença par raconter comment il avait pris Lynn Langley en stop et termina en expliquant comment le shérif s'y était pris pour le retenir légalement en ville.
– Mais pourquoi t'es-tu arrêté à Ravina ? demanda Larchmont qui parut inquiet tout à coup.
Cable ne comprenait pas la tension qu'il percevait dans la voix de Larchmont ni la raison pour laquelle celui-ci lui posait une telle question.
– Je cherchais un endroit où passer la nuit et je me suis retrouvé à Ravina, c'est tout. Qu'est-ce qu'il y a au sujet de Ravina ? Tu connais ?
Larchmont resta un moment silencieux.
– Oui, je connais cette ville, et même très bien. Il y a des endroits que je préfère, si tu veux savoir. Où es-tu ?
Cable lui dit où il était descendu et Larchmont eut une réaction de dégoût audible au téléphone.
– Tu as toujours eu des goûts ringards.
Cable eut un sourire, le premier de la journée.
– C'est ringard mais ce n'est pas cher.
– Il y a des punaises ?
– Mais non, répondit Cable, toujours souriant.
– Bon, je serai là dans une heure, une heure et demie. Réserve une chambre pour un ami.
– Tu sais, tu n'es pas obligé de venir, dit Cable sans trop de conviction.
– Allez, pas de ça, John. Tu ne peux pas venir ici, c'est donc moi qui vais aller te rejoindre. Dis donc, le

temps que j'arrive, tu ne pourrais pas nous dégotter quelque chose à boire ? Du rosé, de préférence.

– C'est comme si c'était fait. Que dirais-tu d'un peu de fromage et de pommes avec ton vin ?

Larchmont se mit à rire.

– Tu as bonne mémoire. A propos, si tu ne trouves pas de rosé buvable, prends une bouteille de Ripple. Vivre en Californie a affecté mes papilles gustatives.

– On peut boire du Ripple avec du fromage et des pommes ?

– On peut en boire avec n'importe quoi, répondit Larchmont avant de raccrocher.

Deux heures plus tard, Cable ouvrait toute grande la porte de sa chambre et serrait chaleureusement la main d'un petit homme vêtu d'un énorme pull en laine.

Comme c'est souvent le cas chez les hommes ayant accompli beaucoup de choses, le physique de Larchmont ne cadrait pas avec sa personnalité ni avec ses réalisations passées. Tout en continuant de lui serrer la main, Cable songea à Martin Larchmont. Celui-ci avait la réputation d'être le plus grand archéologue vivant. C'était un brillant orateur doté d'une voix puissante et d'un charisme qui touchait et fascinait les étudiants qui se pressaient pour l'entendre. Et pourtant, Martin Larchmont était un petit homme chauve et malingre d'à peine un mètre cinquante, moins lourd qu'un jockey. Des années de recherche lui avaient fatigué la vue et il ne pouvait se passer d'épaisses lunettes à monture métallique. Sans elles, il se cognait contre tout ce qui se trouvait sur son chemin, pupitres ou voitures en stationnement.

Cable fit entrer son visiteur dans sa chambre sinistre où ils se jetèrent sur le vin, le fromage et les pommes. Il passèrent un moment à causer de choses et d'autres mais finalement Cable n'y tint plus.

– Martin, toute cette histoire est incroyable, lâcha-t-il soudain. Je ne sais vraiment pas quoi faire.

– On dirait bien, dit Larchmont d'un ton songeur, que la balle n'est pas dans ton camp mais dans celui du shérif. Il ne peut tout de même pas te retenir comme ça indéfiniment. Après tout, tu as des droits. Si cette affaire traîne trop, la Ligue des droits de l'homme peut secouer les puces à ce shérif.

Cable sourit.

– Tu parles sérieusement ?

– Si elle accepte d'intervenir, ça fera toujours quelqu'un de plus à tes côtés.

Cable hocha la tête.

– J'ai essayé de voir les choses en me mettant à la place du shérif mais je n'y arrive pas. Je suis trop impliqué pour être objectif.

– Moi, je trouve que le shérif n'a pas tout à fait tort d'agir comme il le fait, mais tu me diras que ce n'est pas moi que l'on retient ici.

Larchmont se leva pour aller jeter un œil à la fenêtre.

– Il faut dire que tu n'aurais pas pu mieux choisir pour faire halte. Tu sais quelque chose au sujet de cette ville ?

– Non mais j'allais te demander pourquoi tu as eu l'air si préoccupé lorsque j'ai mentionné le nom de Ravina au téléphone.

Larchmont revint s'asseoir mais n'en continua pas moins à regarder par la fenêtre comme si quelque chose derrière la vitre le fascinait ou le terrifiait.

– C'est une sale histoire, et longue par-dessus le marché.

– J'ai tout mon temps, dit Cable.

– Il y a vingt-cinq ans... non, vingt-huit, je suis venu à Ravina lors d'un congé sabbatique, invité par le Dr Patrick McKenzie.

Cable suivait Larchmont avec intérêt.

– Le célèbre Patrick McKenzie ?

– Lui-même. Si tu te rappelles bien, McKenzie était un psychiatre en vue dans les années 40 et 50. Sa spécialité était le suicide et il a écrit plusieurs livres sur le sujet.

Cable fit signe qu'il se souvenait.

– Ses travaux rivalisaient avec ceux d'Emile Durkheim.

Encore une fois, Larchmont acquiesça.

– Si McKenzie avait vécu, son œuvre aurait dépassé celle de Durkheim.

– Mais que faisait McKenzie à Ravina ? demanda Cable.

– Dans les années 50, il avait constitué une équipe de recherche pour étudier cette ville. Il semble que dans les années 1880, une grande partie des habitants de la ville se soient suicidés. Quasiment une épidémie. Les gens se tuaient, et tuaient parfois aussi leur famille. Ces suicides et ces meurtres ont continué de se produire de manière intermittente durant les années 1890 et au début du siècle. Quatre-vingts personnes au moins se sont ainsi donné la mort ou ont été tuées par quelqu'un qui s'est suicidé par la suite. McKenzie avait mis sur pied une équipe de chercheurs pour étudier ces suicides collectifs. Cette équipe aurait travaillé de manière multidisciplinaire : historique, psychosociologique, anthropologique et médicale. Je devais en faire partie comme anthropologue. Je pense que cette étude aurait fini par jeter la zizanie au sein de la communauté scientifique mais elle n'a jamais démarré.

– Pourquoi ?

– McKenzie est d'abord venu à Ravina en repérage pour ses recherches avec sa femme et sa fille. Il avait une femme fantastique et sa fille, qui avait peut-être cinq ans à l'époque, avait les yeux bleus les plus brillants que j'aie jamais vus...

Cable poussa un soupir. Son ami aimait faire des digressions, mais il revint bientôt à son sujet.

– Elle vit encore, tu sais.

– Qui ? Sa fille ?

Larchmont secoua la tête.

– Non. Sa femme. Elle est restée ici après la mort de son mari. C'est d'ailleurs parce qu'il est mort que l'étude n'a jamais eu lieu. Il a connu une mort atroce juste après mon arrivée.

– Une mort atroce ?

– Il s'est suicidé, répondit Larchmont d'une voix lugubre. Naturellement, cela n'a pas été facile pour sa famille, lui qui était catholique et tout ça. Sa femme n'a jamais pardonné à l'Eglise de lui avoir refusé l'inhumation chrétienne et elle avait de nombreuses raisons de penser que l'on ne pouvait pas parler de suicide à propos de la mort de son mari. Pour elle, il n'était pas du genre à se suicider et elle est restée ici pour enquêter sur sa mort. Elle a fini par s'attacher à l'endroit et elle a décidé d'y rester.

Il se laissa aller contre le dossier de sa chaise et défit sa cravate.

– Nous sommes restés en relation, elle et moi, après la mort de Patrick. C'était une bonne amie à

Mandy et à moi, et elle a été très proche de nous pendant les derniers mois de Mandy. Elle est même venue vivre chez nous lorsque Mandy a été tout près de la fin. Elle nous a aidés tous les deux et je lui ai toujours été reconnaissant de tout ce qu'elle avait fait pour nous.

Cable opina ; il éprouvait de l'affection pour cette femme qu'il n'avait pourtant jamais vue.

Larchmont se renversa sur sa chaise et croisa les mains derrière la nuque.

– C'est une femme intelligente et vive. Je pense qu'elle a repris le projet initial qu'avait son mari d'étudier cette ville étrange. Je ne sais pas si elle a trouvé grand-chose concernant les suicides mais j'avais l'intention de revenir pour voir ce qu'elle avait bien pu dénicher depuis le temps qu'elle vivait ici. En tout cas, quand tu feras la connaissance de Jen, elle te plaira.

– Jen ?

– Un diminutif de Jenny.

– Joli nom. J'espère la rencontrer un jour.

– Ça viendra, ne t'en fais pas.

Larchmont gloussa.

– Tu vas même passer la soirée chez elle.

– C'est impossible, le shérif ne veut pas que je bouge d'ici.

– Ridicule. J'ai téléphoné à Jen après ton appel. Elle tient absolument à ce qu'on habite chez elle durant notre séjour ici.

Larchmont, en attendant sa réaction, examina la chambre, haussa les épaules puis indiqua quelque chose du doigt.

– John, à mon avis, on a cloué ce tableau au mur.

Mais pourquoi diable ? Qui pourrait bien avoir envie de voler une croûte pareille ?

– Je ne crois pas que ce soit une bonne idée, répondit Cable.

– Tu es trop timoré, John. On n'a qu'à téléphoner au bureau du shérif et leur donner le nom et l'adresse de Jen. Quoi de plus simple ?

Cable se rangea à l'avis de son ami. Il en avait assez des chambres de motel, surtout de celle-là.

– Et puis, ce qui ne gâche rien, ajouta Larchmont avec un sourire espiègle, durant notre conversation, Jen a mentionné le fait que sa fille était revenue vivre avec elle.

Cable adressa un coup d'œil circonspect à Larchmont.

– Martin, tu ne vas pas commencer à jouer les entremetteurs, non ?

– Allez, fais ta valise et suis-moi jusque chez elle. Je devrais être capable de retrouver l'endroit où elle habite, malgré le brouillard.

Cable fit ses bagages. Tout en fermant sa valise, il dévisagea Larchmont d'un air intrigué.

– J'ai l'impression que tu ne m'as pas tout dit concernant la mort de McKenzie. Le suicide n'est pas une chose si rare.

Larchmont pâlit.

– Le sien n'a rien d'ordinaire quand on en connaît les détails.

Il prit un verre de vin rempli à ras bord et le vida d'un trait.

– Un matin, Patrick McKenzie est allé interviewer des gens et n'est jamais revenu. Deux jours plus tard, la police l'a trouvé mort dans un vieux motel près du cimetière. L'enquête du coroner a conclu au suicide, vu que les portes et les fenêtres étaient fermées de l'intérieur.

– Pourquoi y a-t-il eu enquête si tous les faits permettaient de conclure au suicide ?

– La police et le coroner étaient sceptiques. Ils avaient l'impression que personne n'aurait pu faire ce que McKenzie avait fait. La souffrance aurait été trop grande, personne n'aurait pu se suicider de cette manière.

– Comment a-t-il...

– McKenzie s'est tranché les veines des poignets avec les dents.

Cable prit la bouteille de vin et remplit leurs verres.

– Mince, pas étonnant qu'il y ait eu enquête !

– Et c'est pour cette raison que je n'aime pas cette ville, dit Martin Larchmont en regardant l'obscurité par la fenêtre du motel.

– Cette histoire a quelque chose d'étrange. Toutes ces morts il y a cent ans, puis le suicide de McKenzie. C'est comme si cette ville avait un secret qu'elle ne tenait pas à voir exhumer.

Il détacha finalement son regard de la fenêtre.

– On ferait mieux d'y aller.

Tandis que Larchmont téléphonait à la police pour donner la nouvelle adresse du jeune homme, celui-ci prit congé du motel. Ils montèrent ensuite chacun dans leur voiture et Cable suivit les feux arrière de la Rambler 57 de Larchmont dans le brouillard.

Arrivé dans l'ouest de la ville, Larchmont vint se ranger devant une belle demeure située à un carrefour de l'un des plus anciens quartiers de Ravina. Malgré le brouillard, Cable put constater que la maison avait au moins soixante-dix ans ; c'était une bâtisse de deux étages élevée à une époque où charpentiers et artisans étaient fiers de ce qu'ils construisaient.

On avançait dans l'allée pavée de brique qui menait chez Jenny McKenzie comme au milieu d'un arboretum. D'énormes cèdres de l'Himalaya encadraient la maison, des pins gracieux et des chênes géants bordaient l'allée. La maison elle-même était blanche avec des pignons décorés. Des cheveux-de-Vénus, des fougères, des azalées et des camélias l'enveloppaient. D'épaisses grappes de glycines pendaient des treilles disposées de chaque côté du porche.

Une grande porte de chêne s'ouvrit dès que Larchmont et Cable mirent le pied sur le perron. Jenny McKenzie apparut à la porte et s'empressa d'étreindre son vieil ami avec une émotion non déguisée. Se tournant vers Cable, elle l'embrassa chaleureusement comme s'il s'agissait du fils de Martin Larchmont.

La première impression de Cable fut que Jenny McKenzie aurait pu être la sœur de Larchmont. Comme ce dernier, elle était petite, menue, délicate et énergique. Puis, en s'avançant sous la lumière du porche, il revint sur cette impression initiale. Bien que septuagénaire, c'était une femme vigoureuse qui paraissait en parfaite santé. Il se dit à demi sérieusement qu'elle aurait pu figurer dans une publicité pour aliments diététiques.

Elle les accompagna jusqu'à un grand living où étaient disposés d'élégants meubles anciens. Cable dut se laisser convaincre par son hôtesse d'oser fouler les précieux tapis d'Orient aux tons passés.

Cette femme avait un charme irrésistible. En quelques minutes, Cable eut l'impression de la connaître depuis toujours. Elle avait de l'aisance et ce don unique de lui faire sentir que lui seul comptait pour elle et que tous ses propos étaient intelligents. Cable ne laissa pas cette impression lui monter à la tête. Il la soupçonnait de traiter tout un chacun, depuis le facteur jusqu'au président des Etats-Unis, avec la même intense disponibilité. Chez elle toutefois, ce n'était pas du cinéma. Tout être qui entrait dans la vie de Jenny McKenzie comptait à ses yeux.

Cable se sentait si à l'aise chez Jenny qu'il fut surpris de voir qu'il n'en allait pas de même avec Larchmont. Curieux, se dit-il, voilà quelqu'un qui a été invité à faire des conférences dans toutes les grandes universités du monde et maintenant, assis à côté d'une charmante femme aux cheveux grisonnants, il bredouille. Le Pr Martin Larchmont qui cherchait ses mots ! Cable se rendit compte que Larchmont était nerveux : il aime cette femme, se dit-il. Cable se vit dans le rôle de Cupidon. Ils étaient tous les deux veufs, brillants, spirituels. Il les imaginait très bien ensemble, le couple idéal, pour autant que cela existe. L'équation parfaite.

Jenny rompit finalement le charme en se levant pour se rendre à la cuisine. Lorsqu'elle fut partie, Cable adressa un clin d'œil à Larchmont qui lui rendit son regard. Jenny revint avec de grandes tasses de camomille. Cable en accepta une et la posa en équilibre sur son genou. Ils allaient reprendre leur conversation lorsque la porte d'entrée s'ouvrit et se referma en claquant. La fille de Jenny McKenzie, Charlcie, fit son entrée dans le living, les bras chargés de provisions. Elle avait fait des courses de dernière minute pour les deux invités.

Cable était impatient de la rencontrer, mais sa

beauté le prit au dépourvu et il se leva sans réfléchir, renversant sa tasse.

Il regarda son pantalon, le tapis, Charlcie McKenzie puis enfin Martin Larchmont. Charlcie alla chercher des serviettes. Pendant son absence, Larchmont s'arrangea pour renverser à son tour sa tisane sur le tapis. Cable comprit aussitôt le geste de son ami : il avait voulu atténuer l'embarras de Cable en provoquant un incident identique.

Charlcie McKenzie revint dans le living avec une brassée de serviettes en papier. Elle s'arrêta net, regarda la tache aux pieds de Cable, puis celle aux pieds de Larchmont, et repartit chercher d'autres serviettes. Lorsqu'elle revint, elle se mit à quatre pattes et entreprit d'éponger la tisane. Cable se joignit à elle et c'est ce moment que Jenny McKenzie choisit pour les présenter l'un à l'autre. Elle prit ensuite elle-même quelques-unes des serviettes, en donna à Larchmont et ils épongèrent tous en chœur.

– Excusez-moi, dit Cable, toujours à genoux et presque nez à nez avec Charlcie McKenzie.

– Pas de quoi, répondit cette dernière. Après tout, qu'est-ce qu'un tapis persan vieux de huit cents ans ?

Cable aurait voulu disparaître sous terre.

– Huit cents ans ? demanda-t-il, éberlué.

Il la regarda mais elle détourna les yeux.

– Huit cents ans ? demanda Jenny McKenzie à l'autre bout de la pièce.

Charlcie ignora sa mère et continua à éponger.

– Ne vous en faites pas. Après tout, ce n'est qu'un tapis. Qu'est-ce que cela peut faire qu'une douzaine de femmes perses soient devenues aveugles en le tissant ?

– Qui est devenu aveugle ? demanda encore Jenny McKenzie.

– Les femmes qui ont fabriqué ce tapis, répondit Charlcie qui évitait toujours de regarder Cable.

Huit cents ans et des femmes rendues aveugles, songea-t-il, regrettant que le shérif ne l'ait pas abattu. Bon Dieu, que cette femme était belle !

– Je ne veux pas que vous vous en fassiez pour si peu, reprit Charlcie McKenzie. Ce n'est pas parce que ce tapis a coûté cent cinquante mille dollars à ma mère...

– Cent cinquante mille dollars ! s'écrièrent Larchmont et Jenny McKenzie qui se tournèrent tous les deux vers Charlcie comme si elle était devenue folle.

Tout en frottant vigoureusement le tapis, John Cable calcula qu'il lui faudrait des années de salaire pour payer un tel tapis.

– Cent cinquante mille dollars ! répétèrent Jenny et Martin à l'unisson.

Charlcie releva enfin la tête et se tourna vers Cable.

– Bon d'accord, dit-elle, disons cinq cents.

Cable leva les yeux vers elle. Puis Jenny fit de même.

– D'accord, dit Charlcie, esquissant un sourire, disons deux cent cinquante dollars.

– Vous ne le croirez pas, dit Jenny, je l'ai payé cent quatre-vingt-quinze dollars chez Sears il y a deux ans, avec une garantie de deux ans contre les taches.

– Et si j'allais refaire de la tisane ? proposa Charlcie en se relevant, prête à se diriger vers le couloir.

Eclatant de rire, Cable se leva à son tour et retint Charlcie par la main pour la forcer à revenir dans le living. Ils se laissèrent tous les deux tomber sur un canapé tandis que Martin et Jenny allaient à la cuisine préparer une autre tisane et discuter en tête à tête de ces choses du bon vieux temps qui « ennuient les jeunes ».

Cable se tourna pour contempler la beauté de celle qui se trouvait à côté de lui. Puis il se laissa gagner par son rire contagieux, en commençant par glousser, gêné, pour finir par se tenir les côtes en essayant de ne pas tomber du canapé. Lorsqu'il se fut repris, ils s'assirent confortablement et entreprirent de faire plus ample connaissance.

Cable dut prendre son courage à deux mains. Un instant, il avait la bouche sèche comme un parchemin et, l'instant d'après, il débitait des sottises d'une voix aiguë et cassée comme celle d'un gamin à son premier flirt. En tout cas, je ne peux pas être plus nul, se dit-il pour se consoler. Puis Charlcie se mit à rire. Il aimait son rire et ses fossettes.

– J'adore vos chaussettes, dit-il.

Charlcie eut un sourire encore plus rayonnant.

– Tiens, vous aimez mes chaussettes ? Comme c'est bizarre !

Cable aurait voulu disparaître. Il secoua violemment la tête.

– Enfin, je voulais dire... Je voulais...

Elle se toucha la joue puis regarda Cable dans les yeux.

– Enfin, dit-elle, un compliment est toujours bon à prendre, n'est-ce pas ?

Cable interrompit tout à coup la conversation en levant les deux mains en signe d'abandon et en secouant la tête.

– Je ne sais pas ce qui m'arrive mais ça ne me plaît pas du tout.

Charlcie pencha la tête sans le quitter des yeux.

– Vous voyez ce que je veux dire. Tantôt je suis un moulin à paroles, je parle à cent à l'heure et je me vante de ce que j'ai accompli comme archéologue, tantôt ma voix se casse comme celle d'un adolescent qui a des problèmes hormonaux, j'ai la bouche sèche, les mains qui tremblent et mon pantalon...

Il baissa les yeux sur sa braguette humide de tisane et soupira.

– Et mon pantalon...

– Alors, vous ne vous sentez pas bien ? s'enquit Charlcie. Dois-je être flattée ?

– Flattée ! s'écria Cable. J'avais oublié à quel point discuter de sujets personnels avec une femme séduisante est difficile. Je vous ai dit que j'étais en train de divorcer. Ce que je ne vous ai pas dit, c'est que mon mariage a échoué parce que j'étais incapable d'être attentif envers ma femme. J'ai perdu l'habitude de sortir de moi-même et de communiquer avec les autres, et ça se voit. Mais j'ai ma petite idée là-dessus. Vous voulez la connaître ?

– Allez-y.

– J'ai voulu vous impressionner – je le veux encore –, mais je le voulais tellement que j'ai tout gâché. Vous voyez ce que je veux dire, les vantardises, la bouche sèche, les compliments mal tournés... Si j'étais vous, je prendrais tout ça comme un compliment.

– Autrement dit, je dois me sentir flattée que vous aimiez mes chaussettes ?

– Absolument.

– Dans ce cas, je le suis.

Elle sourit.

– A propos, avez-vous remarqué que votre voix était descendue d'une octave pendant que vous me faisiez vos aveux ? C'est peut-être la puberté...

Ils se mirent à rire et, cette fois, Cable se sentit à l'aise en compagnie de Charlcie.

Poursuivant leur conversation, ils se découvrirent quantité de goûts communs : ils aimaient le jazz de Chicago, les maisons anciennes, l'opéra italien, la pizza, *Star Trek* le dimanche matin, les romans policiers, les films de Bogart et la musique disco.

– Nous sommes bien de notre temps, vous ne trouvez pas ? fit remarquer Charlcie.

Ce qu'ils n'aimaient pas allait des choux de Bruxelles à la corruption politique en passant par les démarcheurs par téléphone, les émissions religieuses à la télé, l'odeur de la choucroute et les gens qui tuent les baleines.

Ils en vinrent finalement à parler de leurs échecs conjugaux. Cable fit à Charlcie le récit de son mariage et de la manière dont celui-ci avait pris fin. Il lui raconta tout honnêtement, ce qui rouvrit de vieilles blessures. Il tenait à ce qu'elle sache ce qui s'était réellement passé, que c'était sa faute à lui et non celle de sa femme si son mariage avait échoué. Il n'essaya pas de se donner le beau rôle. Il voulait seulement que Charlcie sache la vérité, quel que fût le prix à payer.

Lorsqu'il eut fini de parler, elle lui prit la main.

– Vous semblez avoir pardonné à votre femme. Pourquoi ne pas vous pardonner à vous-même ? Vous n'êtes pas si mauvais que cela, John, je le sais. Moi, j'ai vécu avec quelqu'un de vraiment mauvais durant des années et j'en garde encore les cicatrices.

Elle avait connu son mari à la fac. Ils s'étaient mariés à la fin de leurs études et étaient allés vivre à San Jose où son mari avait trouvé un poste de professeur d'histoire dans un lycée. Pendant les deux premières années de son mariage, Charlcie était restée inactive. Puis, pour échapper à l'ennui, elle avait repris ses études et obtenu un diplôme peu de temps après leur sixième anniversaire de mariage. Son mari s'était immédiatement transformé. Elle ne savait toujours pas si ce changement venait de sa réussite à elle ou de la manifestation soudaine d'une maladie mentale latente chez son mari. Toujours est-il qu'il avait commencé à rentrer tard le soir ; il ne se passait pratiquement pas un seul week-end sans qu'il ait un séminaire ou une conférence. En même temps, son comportement avait changé. Il était devenu critique et distant, ne manifestant d'enthousiasme que lorsqu'il parlait de ses élèves. Durant leur septième année de mariage, il avait commencé à la battre. Elle le quittait, il la retrouvait, la suppliait de revenir, promettant de se faire soigner. Elle cédait toujours, espérant qu'il changerait. En vain.

Elle tint jusqu'à leur huitième année de mariage, dans l'attente du changement promis.

Il y avait de cela quatre mois, elle était rentrée de voyage un jour plus tôt que prévu et avait trouvé sur le canapé du living un garçon et une fille nus. Ils ne semblaient pas avoir plus de quatorze ans. Ils buvaient du Pepsi et, à son arrivée, ils l'avaient regardée comme si elle les dérangeait. C'était effectivement le cas, elle devait le découvrir par la suite.

Stupéfaite, elle avait cherché son mari dans toute la maison pour le trouver finalement au lit. Il était nu lui aussi, de même que le garçon et la fille étendus à ses côtés.

Se plaignant d'être « malade » et d'avoir besoin de soins, il était sorti du lit en titubant, la suppliant de lui pardonner. Stupéfaite, elle était restée figée là à regarder alternativement son mari et les deux gosses nus, tout en s'interrogeant sur la présence des adolescents dans le living. Elle était finalement allée chercher sa valise dans un placard et c'est alors qu'il l'avait frappée, assez fort pour lui briser la mâchoire.

Elle avait passé cinq jours à l'hôpital et, à sa sortie, avait engagé la procédure de divorce ; elle raconta à la police ce dont elle avait été témoin chez elle quelques jours plus tôt et conseilla aux policiers d'aller en toucher un mot au principal du collège où son mari enseignait. Elle s'était cachée pour la nuit dans un motel à San Jose et était partie pour Ravina le lendemain matin. Elle avait frappé à la porte de sa mère, la mâchoire toujours bloquée par des vis, quelques vêtements et un début de thèse de doctorat dans son sac. Depuis, elle avait passé l'essentiel de son temps à panser ses blessures et à travailler sur sa thèse. Lorsque Cable lui demanda quel en était le sujet, elle haussa les épaules.

– C'est une étude sur les rapports entre les personnalités de types agressif et passif et l'administration.

– Passionnant.

– Vous trouvez ? Je commence à peine à réunir les documents que ça me rase déjà.

Cable gloussa et bâilla en même temps.

– Je suis plus fatigué que je ne pensais. Ma petite histoire avec le shérif m'a vidé.

Il bâilla de nouveau tout en s'en excusant.

– Bon Dieu, quelle heure est-il ?

– Tard, répondit-elle en jetant un œil à sa montre. 23 h. Vous veillez toujours aussi tard ?

Cette fois, Cable faillit se décrocher la mâchoire à force de rire.

– C'est embarrassant, moi qui ai la réputation de veiller au moins jusqu'à 23 h 30 sans problèmes. Je crois que le shérif m'a vraiment éreinté.

Véritablement gêné par les vagues de fatigue qui le traversaient, il voulut tendre le bras vers elle mais son bâillement le reprit.

– Je crois que j'en ai assez pour aujourd'hui.

Il crut lire une lueur de déception sur le visage de Charlcie. Il en fut ravi.

Les lumières s'éteignirent une à une chez les McKenzie tandis que l'horloge placée au-dessus de la cheminée égrenait onze coups. La maison grinça dans ses profondeurs comme toutes les vieilles demeures tandis qu'au-dehors le brouillard se faisait de plus en plus épais.

8

Il était 11 heures passées et, rigoureusement parlant, le shérif adjoint Robert Calms n'était plus de service depuis plusieurs heures. Mais, comme il n'envisageait pas son travail en termes d'horaires stricts, il était encore en uniforme et fouillait le coin du cimetière où l'on avait trouvé le corps de la fille, seize heures plus tôt.

C'était la troisième fois qu'il passait l'endroit au peigne fin avec sa puissante lampe de poche. Il était à la recherche du moindre indice qui aurait pu lui échapper durant ses recherches en plein jour et le fait de n'en pas trouver réveillait son ulcère à l'estomac.

Un observateur non prévenu aurait pris Calms pour un policier consciencieux passionné par la recherche de la vérité. Rien n'aurait pu être plus faux. Robert Calms était un petit combinard vaniteux qui ne voyait la vie qu'en termes de travail et de carrière. Il n'avait pas d'amis, de loisirs, d'intérêts, de famille. Il vivait pour son travail, pour l'uniforme, l'arme de service, le pouvoir. Tel était le shérif adjoint Robert Calms.

Tout en balayant le brouillard du faisceau de sa lampe, Calms maudissait son manque de chance. Il rêvait de trouver un indice, une preuve indiscutable qui permettrait de coller la mort de la prostituée sur le dos de ce souteneur canadien. Si seulement il pouvait trouver quelque chose, un reçu de carte de crédit, une boîte d'allumettes, un paquet de cigarettes canadiennes froissé, l'affaire serait dans la poche. Sutton serait alors obligé de lui donner ses galons de sergent. Mais il n'avait rien trouvé pour l'instant que des papiers de chewing-gum, des déchets et des morceaux de ces fleurs en plastique dont on décore les tombes.

L'épais brouillard l'enveloppait, dans l'obscurité et le silence. Il ne pouvait entendre le grondement des semi-remorques sur l'autoroute toute proche ni le bruit que faisait un adolescent en train de régler le puissant moteur de sa voiture à quelques rues de là.

Il n'entendit pas non plus s'ouvrir les grilles du cimetière derrière lui, et encore moins le bruit d'un corps massif qui se déplaçait lourdement vers lui à travers le lierre.

Le brouillard l'empêcha de voir la silhouette qui venait sur lui, les yeux incandescents, la chevelure dressée comme le poil grossier d'un loup enragé.

Sourd, aveugle, aux confins d'un cimetière par l'une des pires nuits de brouillard qu'il avait jamais vues, Robert Calms abandonna ses recherches, et s'apprêtait à rejoindre sa voiture de patrouille lorsque quelque chose le heurta par-derrière avec la force d'un bulldozer.

Le coup fut si fort que ses pieds quittèrent le sol. Il retomba sur le dos, se tenant l'estomac d'une main, l'autre agrippant toujours la lampe de poche. Il avait les entrailles en feu et l'impression d'avoir été désarticulé par un chien géant. Un chien, se dit-il, tandis que la douleur à l'estomac irradiait dans tout son corps. S'il est là, il va revenir, il va attaquer de nouveau. Il fouilla les ténèbres de sa lampe de poche. Le faisceau de lumière ne capta rien. Pas de chien. Rien. La douleur se faisait de plus en plus vive et gagnait tout son corps. Son dos lui brûlait, il avait l'impression qu'on lui avait versé de l'acide sur le ventre. Toujours préoccupé par cette idée de chien, il réussit à se mettre à quatre pattes. Les affres de l'agonie le firent retomber.

Il resta un instant étendu puis essaya d'orienter la lampe de poche vers son propre corps. Mais il était faible, comme si son corps se dissolvait, et il laissa échapper la lampe. Il la regarda rouler sur le sol devant lui. Il voulut la saisir mais le mouvement fut trop pénible.

Il tenta de crier mais aucun son ne sortit de sa bouche. Il avait la gorge brûlante et spongieuse comme si ses cordes vocales étaient en train de fondre. Tout son corps foutait donc le camp ?

Faisant un effort désespéré et douloureux, Robert Calms tendit le bras pour saisir la lampe de poche, sa main entrouverte dans le cône de lumière. C'est alors qu'il la vit.

Mais ce n'était pas sa main. Ce ne pouvait pas être elle. Celle qu'il voyait était vieille, ridée, et elle vieillissait à vue d'œil comme la main d'un vampire de cinéma que l'on vient de poignarder. Seulement il n'était pas au cinéma. C'était bien sa main qu'il voyait. Et si elle était dans cet état, le reste de son corps l'était aussi.

Robert Calms regardait sa peau flétrie se détacher

et s'effriter comme un vieux parchemin. Il s'efforça de voir les choses avec objectivité. Ce devait être un cauchemar. Quelqu'un avait peut-être mis du L.S.D. dans sa Thermos. Oui, c'était ça. Ce ne pouvait être que cela, pensa-t-il avec désespoir. Une chose pareille ne pouvait pas lui arriver, pas à lui ! Ce n'était pas possible !

Il perdit tout son sang-froid lorsqu'un petit asticot émergea d'une fissure qui venait de s'ouvrir entre son pouce et son index. C'est alors seulement que le vieillard décrépit en train de se désagréger tenta de hurler. Il ne sortit de sa gorge qu'un râle d'agonie.

Tôt le lendemain matin, Johnny Joe Sloams vint s'arrêter devant les grilles fermées du cimetière Horrcove. Il avait une gueule de bois épouvantable et il ne remarqua pas tout de suite la voiture de police garée au bord de la route quelques mètres plus loin. Il lui fallut encore quelques instants pour s'apercevoir que les phares de la voiture étaient allumés, le moteur en marche, une portière ouverte, que la radio grésillait et qu'il n'y avait pas un seul flic en vue.

Il descendit de sa camionnette et s'approcha prudemment, comme toujours sur la pointe des pieds, du véhicule garé près de l'endroit où il avait trouvé le corps de la fille.

Avec ta chance, se dit-il, tu vas voir que tu vas encore tomber sur une saleté de macchabée...

Bingo.

9

William Seafront, Mark Childress, Henry Sutton et une infirmière toute pâle, rassemblés autour de la table d'autopsie de la morgue, regardaient le corps boursouflé et en décomposition, engoncé dans un uniforme de la police de Ravina, pourvu d'un écusson et d'une carte plastifiée sur laquelle on pouvait lire : *Robert L. Calms.* Quelques minutes plus tôt, Seafront avait retiré le drap qui recouvrait le corps et, depuis, personne n'avait prononcé un seul mot.

Finalement, le médecin légiste décrocha le micro qui lui servait à dicter ses observations. Il s'assura qu'il était bien éteint.

– Pour moi, il s'agit d'un canular.

Il quitta le corps des yeux et adressa à Henry Sutton un regard accusateur.

– Ce corps ne vivait pas hier, ce n'est pas possible. Si vous voulez mon avis, des petits farceurs ont déterré un cadavre qui pourrissait depuis deux ou trois mois et l'ont revêtu de l'uniforme de votre adjoint.

Seafront se tourna vers Childress.

– En temps normal, je ne me laisserais pas embarquer dans une histoire pareille mais puisque vous insistez, je veux bien pratiquer l'autopsie.

Le médecin fit signe à l'infirmière de mettre en marche la ventilation de la pièce.

Tandis que celle-ci s'exécutait, Childress fit le tour de la table pour s'approcher de Sutton.

– Alors, qu'est-ce qui vous fait penser que le corps qui est là sur la table est celui de votre adjoint ? L'instinct ? L'intuition ?

– Le nom sur la carte fixée à son uniforme, murmura Sutton, et une couche pour bébé.

Il avait suivi l'ambulance qui ramenait le corps du cimetière vers l'hôpital et avait demandé à Childress de rappeler Seafront. Tandis qu'ils marchaient tous les trois vers la morgue, il leur avait fait part de son opinion concernant l'identité du corps. Opinion qui avait irrité le médecin légiste et embarrassé Childress. Pour eux, il s'agissait là de quelque chose de tout à fait impossible. Mais, impossible ou pas, Henry Sutton était sûr de son fait.

Les ventilateurs destinés à chasser les miasmes de la pièce se mirent à ronronner, brassant l'air sans trop de résultat : ils avaient beau être au maximum, l'odeur qui émanait du corps rendait la respiration difficile.

– Merde, il faut être cinglé pour penser à un truc pareil, dit Seafront en fixant le micro à sa blouse.

Il se mit à tourner autour de la table, étudiant le cadavre sous divers angles tout en parlant dans le micro.

– Nous sommes le 22 octobre. Il est 9 h 20. Au vu d'un examen superficiel, nous avons affaire à ce que je crois être un cadavre de sexe masculin en décomposition depuis huit à douze semaines. Age impossible à déterminer. On peut se faire une idée du sexe par les vêtements dont le corps est revêtu.

Il plaça sa main au-dessus du micro en s'adressant à Sutton.

– Vous pensez toujours qu'il s'agit de votre adjoint ?

Sutton acquiesça de la tête. Seafront esquissa un sourire.

– Vous allez avoir l'air malin s'il se trouve que c'est un corps de sexe féminin, non ?

Sutton s'efforça de rester impassible tandis que Seafront reprenait sa tâche.

Le médecin légiste prit un scalpel et entreprit de couper les boutons de la chemise amidonnée qui enserrait la poitrine du cadavre. Le dernier bouton retiré, la chemise s'ouvrit et le contenu de la cage thoracique et du haut de l'estomac s'écoula sur la table comme du ragoût refroidi. Sutton ne reconnut rien dans tout cela, sauf la cage thoracique.

– Nous avons affaire, dit Seafront dans le micro, à un corps dans un état de décomposition avancé. A en juger par le niveau de développement des asticots, larves et divers champignons et moisissures, je m'en tiens à mon estimation de tout à l'heure. Ce corps se décompose depuis huit à douze semaines.

Seafront saisit une sonde chirurgicale et l'utilisa de pair avec le scalpel.

– Les cartilages se détériorent rapidement. Les deux cartilages aryténoïdes sont tellement décomposés qu'ils sont à peine reconnaissables. Il n'y a pratiquement pas trace des cartilages cricoïdes et thyroïdes. Le cadavre semble s'être décomposé rapidement et avoir atteint le stade terminal.

Seafront se redressa et adressa un regard perplexe à Childress.

– Est-ce que vous voyez ce que je vois ?

Childress fit signe que oui, une expression contrainte sur le visage.

– Etrange, fit Seafront en se remettant au travail.

Sutton se rapprocha légèrement de Childress.

– Qu'y a-t-il d'étrange ? demanda-t-il d'une voix à peine audible sous le ronronnement des ventilateurs.

– Lorsqu'un corps se décompose, répondit Childress sans quitter le cadavre des yeux, ce sont les tissus fragiles qui partent les premiers. Vous voyez, les choses comme la peau, les yeux, les organes exposés, et ainsi de suite. Après, ce sont les parties du corps plus fermes qui disparaissent, les cartilages et tout l'appareil osseux qui leur est rattaché. Il finit par ne plus rester que les os et les dents.

Childress continuait de fixer le cadavre sur la table, l'air confus.

– Or nous avons ici un corps qui se défait plus vite que tout ce que j'ai vu auparavant. Les tissus fragiles et les cartilages paraissent se décomposer en même temps. Le pire, ce sont les os. Regardez la cage thoracique. Elle est déjà en train de s'effondrer sous son propre poids. Ce n'est pas censé se passer comme ça, en tout cas pas tout à la fois.

Childress quitta le corps des yeux et regarda Sutton.

– Naturellement, le fait que vous ayez dit que ce corps était celui de votre adjoint et qu'il vivait encore hier ne nous arrange guère, Seafront et moi. Ça nous complique même les choses, en fait. Car si vous avez raison, nous nous trouvons devant un cas médicalement impossible. Un homme mort hier aurait une rigidité cadavérique, serait légèrement enflé et ce serait à peu près tout. Alors que là, on a affaire à un corps qui se décompose depuis trois mois à cent à l'heure... Henry, cela ne peut pas être votre adjoint.

Sutton reporta son attention sur le médecin légiste, essayant de comprendre ce qu'il entendait.

– ... les muscles du cadavre sont dans un état de putréfaction élevé ; tout le corps se liquéfie rapidement à vue d'œil, les deltoïdes, les grands pectoraux et les dentelés sont infestés de vermine à différents états de développement.

Tout à coup, Seafront lança rageusement le scalpel à travers la pièce tout en continuant de parler d'un ton égal.

– A ce point, tout examen supplémentaire est impossible. A l'exception du squelette, ce que je vois a pour l'essentiel la consistance d'un potage de légumes. N'était la présence d'asticots et de larves, j'émettrais l'avis que ce corps a été trempé dans un bain d'acide caustique ou exposé à une forme de bactéries mutantes qui craquellent les tissus à vitesse accélérée. Fin de l'examen externe.

William Seafront recouvrit les restes du cadavre d'un drap vert pâle et ferma son micro. Il se tourna vers les autres.

– Je ne sais pas à quoi m'en tenir. Et je n'arrive pas à m'expliquer le processus de décomposition accélérée, bien que je soupçonne qu'il soit causé par un produit chimique à fort taux d'acide. Plus tard dans la journée, je ferai d'autres examens des tissus et je vais aussi envoyer des cultures au labo de Los Angeles. Si je ne peux pas trouver ce qui se passe, là-bas, ils y arriveront.

Seafront tourna son regard vers Sutton.

– Je sais une chose, c'est que le corps qui est sur cette table n'est pas celui de votre adjoint.

Sutton allait prendre la parole mais Seafront secoua la tête.

– Si votre adjoint vivait encore hier, ce ne peut pas être lui, même en prenant en compte l'hypothèse de l'acide. Vous avez dit que votre adjoint avait quitté le travail à 19 heures. En admettant qu'il ait été tué à 19 h 15 et qu'on l'ait trempé dans un baril d'acide, il en resterait davantage à examiner que ce qu'il y a là sur la table. Même l'acide n'agit pas si vite.

Sutton sortit de son dossier une enveloppe en papier brun.

– En revenant du cimetière, j'ai fait rechercher le dossier dentaire de Calms. L'un de mes hommes l'a déposé ici juste avant votre arrivée. Le cadavre a encore ses dents. J'aimerais que vous les compariez avec ce dossier.

Seafront fit la grimace.

– Quoi que je vous dise, vous ne changerez pas d'avis, n'est-ce pas ?

– Si nous continuons à discuter, il ne vous restera plus une seule dent à examiner.

Sutton lui tendit l'enveloppe.

– Faites-moi plaisir.

– Aidez-moi, Mark, dit Seafront en écartant le drap. Vous lisez le rapport, et moi je vérifie les dents.

Childress prit l'enveloppe, en tira une carte jaune et se rapprocha de Seafront. Intéressé, Sutton vint se placer derrière Childress et regarda le rapport par-dessus son épaule.

Il y avait sur le schéma une série de trente-deux petits cercles disposés en ovale. Chacun d'eux était numéroté dans l'ordre. Certains avaient été rayés d'une croix, d'autres étaient hachurés. Sutton en conclut que l'ovale allongé représentait les mâchoires et les cercles, les dents, un X indiquant qu'une dent avait été arrachée, les hachures figurant les plombages.

Seafront était penché au-dessus de la tête du cadavre, tenant dans une main ce qui ressemblait à une spatule de cuisine en acier inoxydable et dans l'autre un miroir dentaire.

– Finissons-en, Mark.

Childress se mit à lire le graphique.

– Les dents de sagesse numéro un, seize, dix-sept et trente-deux ont été extraites par un dentiste. Amalgames sur les numéros trois et quatre.

Il leva les yeux vers Seafront et, ne recevant pas de réponse, continua :

– Les numéros huit et neuf ont été couronnées. Ici, on précise que les couronnes sont en or recouvert d'émail blanc sur les faces externes. Dix-neuf manque et un bridge en or a été posé comme contrefort entre dix-huit et vingt. Vingt-deux a été couronnée. C'est tout, à moins que vous ne vouliez que je décrive les radios.

A l'exception du bruit des ventilateurs, la pièce était silencieuse. Seafront s'étira, puis jeta ses instruments, ses gants et son masque sur un plateau. Après un long moment, il se tourna lentement pour faire face à Henry Sutton.

– Comment avez-vous dit que votre adjoint s'appelait, déjà ?

– Calms... Robert L. Calms.

Seafront hocha la tête puis détourna les yeux.

– C'est bien son corps. Je ne vois pas, je ne sais pas de quoi il est mort ni pourquoi son corps se décompose si vite. Mais je sais qu'il s'agit de Robert L. Calms.

10

Il était 14 heures passées lorsque Henry Sutton se gara devant la maison de Jenny McKenzie. Il remonta l'allée, grimpa les marches du perron, laissa retomber une fois le heurtoir en cuivre, fit un pas en arrière et attendit. Il était éreinté. Deux morts épouvantables, les autopsies et les questions sans réponses étaient venues à bout de sa résistance. La tension lui nouait le dos et la nuque. Les soucis avaient accentué les rides qu'il avait au coin des yeux. Il avait été saisi d'une violente migraine pendant l'autopsie de Calms et devait maintenant faire un effort pour garder les yeux ouverts.

Sutton venait dire à John Cable qu'il était libre de quitter la ville, que toutes les restrictions étaient levées. La mort atroce de son adjoint l'avait convaincu que Cable n'était qu'un spectateur innocent pris dans la toile d'araignée de ces morts inexplicables. Il avait eu des sueurs froides en pensant à ce qui attendait la ville. Il ne savait pas quelle serait la prochaine victime mais était convaincu que ce serait bientôt le tour de quelqu'un d'autre et que le troisième décès serait aussi inhabituel que les deux premiers.

L'idée de revoir John Cable ne lui souriait guère, mais il n'avait pas le choix. C'était sa morale personnelle qui décidait. Il avait bloqué Cable en ville lors d'une conversation en face à face, il se devait de lui rendre la liberté de la même manière.

La porte massive s'ouvrit et Jenny McKenzie s'avança sur le perron.

– Bonjour, Henry, dit-elle d'une voix aussi glacée que le vent qui soufflait. Je suppose que vous venez voir John.

Sutton eut un petit sourire timide et acquiesça.

– Allez, je crois que vous feriez mieux d'entrer, on gèle dehors.

Sutton retira son Stetson et suivit la petite femme dans le vestibule puis dans le living où elle lui présenta le Pr Martin Larchmont. Sutton se rappelait avoir entendu Cable prononcer ce nom la veille, ce qui expliquait pourquoi le professeur le regardait comme s'il s'en était pris à son meilleur ami. En un sens, c'était ce qu'avait fait Sutton.

– Martin Larchmont. Je suppose que c'est à vous que M. Cable se proposait d'aller rendre visite.

– Exact.

– Je croyais savoir que vous habitiez près de Los Angeles ?

– Exact cette fois encore, shérif. Mais lorsque John m'a fait part au téléphone de ses ennuis, j'ai décidé de le rejoindre ici, puisque vous refusiez de le laisser quitter la ville pour venir me voir.

Le sarcasme qui pointait dans la voix du petit homme ne pouvait passer inaperçu.

– Jenny a eu l'amabilité de nous héberger et, si je me souviens bien, John a informé vos services hier soir de son départ du motel.

– En effet, et je vous en remercie, dit Sutton.

Il adressa un sourire au Pr Larchmont et à Jenny McKenzie.

– Si vous permettez, je dirais que vous n'avez pas perdu au change, M. Cable et vous.

– Ce n'est pas grâce à vous, rétorqua froidement Larchmont.

– Professeur Larchmont, je ne suis pas venu ici pour avoir des mots avec vous ou Jenny. Je suis ici pour voir M. Cable. Est-il là ?

Mme McKenzie s'interposa.

– Non. Ma fille et John sont sortis faire quelques courses et visiter un peu Ravina.

– Pas d'objections, n'est-ce pas, shérif ? Mon ami n'était pas tenu de rester enfermé seul durant sa garde à vue, au motel ou ici ?

Larchmont était irritant et commençait à taper sur les nerfs de Sutton. Il était plus petit qu'un jockey et Sutton aurait pu l'envoyer valser d'un coup de Stetson ; mais Larchmont lui tenait tête, nullement intimidé par la taille ou l'uniforme de Sutton. John Cable a un bon ami en la personne de ce Larchmont, se dit le shérif.

– Comme je viens de vous le dire, je ne suis pas venu ici pour me quereller mais pour dire à M. Cable qu'il est hors de cause dans l'histoire de la prostituée, libre de poursuivre les projets, quels qu'ils soient, qu'il avait entrepris avant de me rencontrer. J'espérais le lui dire personnellement et lui expliquer éventuellement pourquoi j'ai été obligé d'agir de la sorte. Je regrette qu'il soit absent. Veuillez lui transmettre le message.

Il adressa un salut à Jenny et se dirigea vers la porte.

– Henry Sutton ! s'écria Jenny.

Sutton s'arrêta net.

– Revenez, je vous prie.

Sutton fit demi-tour.

– Henry, je pense que Martin et moi-même vous devons des excuses. Vous ne faisiez que votre travail et c'est chic de votre part de vous être déplacé. Laissez-moi vous préparer une tasse de thé.

– Jen a raison, convint Larchmont. Ma conduite à votre égard est impardonnable. Peut-être une tasse de thé chaud réussira-t-elle à détendre l'atmosphère. Je me sentirais mieux si vous restiez encore un moment.

– Cela fait bien dix ans qu'on ne m'a pas invité à boire une tasse de thé.

Sutton parlait en regardant de toute sa hauteur les deux personnes de petite taille debout devant lui.

– Si vous avez de l'aspirine, je reste.

Il se laissa accompagner dans la salle à manger par Jenny et Martin. Jenny commença par leur servir du thé qui, lorsqu'il fut froid, fut remplacé par des tasses de café fort arrosé de crème et de whisky.

L'alcool et la compagnie détendirent un peu Henry Sutton, qui était au bout du rouleau. Sans même s'en apercevoir, il se mit à raconter les événements des deux derniers jours. Il s'étendit longuement sur les mystères qui entouraient la mort de Lynn Langley puis en vint à Robert Calms. Pour lui, parler avait des vertus thérapeutiques.

Pour Jenny McKenzie et Martin Larchmont, les paroles du shérif évoquaient de vieilles et indicibles images d'horreur.

Tandis que s'écroulait l'univers de ses deux aînés, Jenny et Martin, John Cable trouvait la vie merveilleuse. La personnalité chaleureuse de Charlcie Mc-

Kenzie avait pratiquement chassé le sentiment dépressif qui l'oppressait depuis sa rencontre avec le gigantesque shérif de Ravina.

Charlcie et lui avaient passé presque tout l'après-midi à flâner dans le petit centre commercial de Ravina. Le froid de l'hiver avait fait fuir pratiquement tous les touristes et ils avaient eu les galeries du centre pour eux seuls. Tous les deux étaient enchantés de trouver des soldes partout et le siège arrière de la voiture de Cable avait fini par être couvert de sacs en plastique contenant de la poterie artisanale, des soies peintes, des carillons éoliens et un petit tableau à l'huile.

John Cable était fou de Charlcie. Elle était intelligente, spirituelle, franche et dynamique. Elle ne se contentait pas de traverser les rayons des magasins, elle tournait autour des étalages, allant de l'un à l'autre, telle une balle de ping-pong. Il était aussi difficile de la suivre que de tenir le rythme dans une séance d'aérobic.

Sortant d'un grand magasin, ils passaient devant une boutique de vêtements pour hommes lorsque Charlcie s'arrêta et tourna un œil critique vers Cable. Après l'avoir observé un moment, elle ouvrit l'un des boutons supérieurs de sa chemise.

– Qu'est-ce que vous faites ? demanda-t-il.

Elle fit un pas en arrière et le jaugea de nouveau rapidement.

– Je travaille votre image.

– Mon image ?

– John, dit-elle tout en continuant à l'étudier, vous ressemblez à un prof de quarante ans.

– Mais, Charlcie, c'est ce que je suis.

Elle soupira.

– Vous préférez peut-être avoir l'air d'un prof de quarante ans vieux jeu ?

– Vieux jeu ?

Il examina son reflet dans la vitrine.

– Ennuyeux, peut-être. Mais vieux jeu, jamais !

Elle se retourna pour le dévisager.

– Peut-être que vous, c'est le mot *ennuyeux* qui vous vient à l'esprit mais moi, c'est plutôt *vieux jeu, collet monté, guindé.*

Elle s'approcha de lui et défit un autre bouton, découvrant davantage sa poitrine.

Il s'empressa de refermer le bouton.

– Ne brûlons pas les étapes. Commençons par nous défaire de *vieux jeu.* Puis, quand je me serai habitué au changement, on passera à *guindé* et à *collet monté.*

Il lui sourit et s'aperçut qu'elle regardait son pantalon. Il comprit ce qui l'attendait.

– Portez-vous toujours de ce genre de pantalons en polyester mal coupés ?

– Qu'est-ce que vous avez contre les pantalons en polyester ? On les lave et on les remet.

– Vous avez un joli cul.

Elle le regarda en souriant, admirative.

– Vous n'avez jamais songé à vous acheter un jean bien ajusté ?

Il n'avait pas porté de jean depuis des années, mais se laissa convaincre par Charlcie et en acheta un.

Puis ils reprirent la voiture pour aller manger et jouir du spectacle de l'océan depuis Horrcove Hill.

Ensuite Charlcie proposa de revenir en ville par une autre route qui, prétendit-elle, valait le détour.

Suivant ses instructions, Cable s'éloigna de l'océan et emprunta une petite route en lacet qui conduisait sur le versant opposé de Horrcove Hill. Arrivés au sommet, ils tombèrent sur une vieille clôture de fer et sur la grille qui fermait l'arrière du cimetière. Cable se gara tout près de l'entrée. Ils descendirent de voiture et se dirigèrent vers le portail ouvert.

Charlcie avait raison. De là, on avait une vue à couper le souffle. A l'est, baignant dans un chatoyant brouillard de fin d'après-midi, la ville de Ravina s'étendait à leurs pieds. A l'ouest, c'était l'océan infini et la côte accidentée. Il n'y avait pas de brouillard de ce côté-là et la vue était magnifique, avec le couchant qui laissait une traînée rouge sur les eaux grises de l'océan, les plages et les lointaines falaises.

Un vent froid soufflait au sommet de la colline.

– Vous en avez assez vu ?

Charlcie s'était croisé les bras sur la poitrine pour se protéger du froid. Cable acquiesça.

– Bon, ajouta-t-elle, retournons à la voiture.

Ils revinrent à la voiture en courant. Cable fit tourner le moteur et mit le chauffage au maximum.

– Vous vous trouvez au sommet d'une colline intéressante et étrange, monsieur Cable, dit Charlcie d'une voix tremblante de froid.

– Intéressante ?

Elle acquiesça, tout en continuant de se réchauffer avec ses bras repliés.

– Pour commencer, la colline s'appelle la colline des Pendus.

Il lui jeta un coup d'œil. Dieu qu'elle était belle !

– Et alors ? demanda-t-elle.

– Et alors quoi ?

– Vous ne voulez pas savoir pourquoi on l'appelle la colline des Pendus ?

– Parce qu'on a pendu quelqu'un dans les parages, suggéra-t-il.

– Comment avez-vous fait pour deviner ?

Il haussa les épaules.

– Bof, comme ça.

– Dites donc, répondit-elle en faisant la grimace, vous pourriez au moins manifester un peu d'enthousiasme envers l'histoire de notre ville. La légende raconte qu'il y a une centaine d'années, certains des citoyens les plus respectables de Ravina ont pendu six personnes, six, vous entendez, dans le bosquet d'arbres là-bas à votre gauche.

Elle lui montra l'emplacement du doigt.

Il y avait quelques vieux chênes énormes dans le coin le plus éloigné du cimetière, presque au sommet de la colline. Cable se tourna vers elle.

– Tout à fait ce qui convient pour une pendaison.

– Je ne vous le fais pas dire.

Elle ne souriait plus.

– Ravina est une ville étrange. Je ne pense pas que les pendaisons aient vraiment eu lieu. Il s'agit plutôt d'un mythe qu'on s'est transmis. On n'en fait pas du tout mention dans les ouvrages sur l'histoire locale.

Elle détacha son regard du visage de Cable pour fixer les arbres au loin.

– Il me semble que maman a fait quelques recherches après la mort de papa mais je ne crois pas qu'elle ait trouvé grand-chose. En tout cas, elle ne m'en a jamais parlé. La seule chose que j'aie entendu dire, c'est que des habitants de la ville avaient pendu des gitans à ces arbres. C'est ce que raconte la légende. Personne ne semble connaître la raison de ces lynchages, et on ne sait pas pourquoi tant de gens sont devenus fous par la suite.

– Fous ?

– Démarrez, suivez la route sur une centaine de mètres, je vais vous montrer.

Poussé par la curiosité, Cable obtempéra. Il laissa sa voiture faire une centaine de mètres en roue libre puis s'arrêta.

Elle lui prit la main et le conduisit à un endroit près des arbres qui avaient servi aux pendaisons. Ils se trouvaient manifestement dans la plus ancienne partie du cimetière. Les arbres, énormes, avaient souffert des intempéries. Les pierres tombales et les monuments portaient tous les stigmates de cent ans de vents violents et de pluies. Les noms de plusieurs tombes étaient à demi effacés. Certaines des pierres les plus grosses étaient renversées, d'autres avaient été remises debout tant bien que mal.

Charlcie remonta le col de son manteau pour se protéger du vent.

– Je veux vous montrer certaines tombes. Lorsque vous les aurez vues, vous me direz ce que vous en pensez, d'accord ?

Sans attendre la réponse, elle se dirigea vers l'une des stèles, recouverte de fougères et de belles-de-jour. Ecartant la végétation, elle leva les yeux vers lui.

– Lisez l'inscription, mais sans me dire tout de suite ce que vous en pensez.

Cable s'exécuta et déchiffra l'épitaphe.

John Noshcroft. 1844-1891. A notre père bien-aimé. A mon mari bien-aimé. Nous nous réjouissons que tu ne souffres plus.

Il la regarda et haussa les épaules. Elle secoua la tête.

– Ce n'est pas tout.

Elle le conduisit vers une autre sépulture.

James Martin. Tu as souffert. Désormais, tu es libre.

Requiescat in pace.

Charlcie lui en indiqua une troisième, dont le vent avait effacé le nom. Seules restaient une date et une inscription.

1891. Puisse ton dernier sommeil mettre fin à la douleur et aux cauchemars.

Elle lui montra d'autres pierres, d'autres inscriptions.

Puisses-tu dormir du sommeil du juste dans cette terre sanctifiée. Repose en cette paix que tu n'auras pas connue sur terre.

La terreur s'en est allée, dors en paix.

J. J. Sanders. 1856-1891. La mort fut l'injuste récompense de justes actions nocturnes.

Carl Rawlins. 1838-1890. Le cauchemar est terminé. Repose à jamais.

Charlcie conduisit enfin Cable vers deux tombes identiques, séparées l'une de l'autre de quelques centimètres seulement. Cable lut la pierre de gauche.

William Bleeker. 10 janvier 1838-12 février 1890. Dieu comprend la terreur qui s'est emparée de cet homme.

Sur la pierre de droite, on lisait :

Cora Bleeker et ses enfants : Ned, William Jr, Elizabeth, Selma, Cora. 12 février 1890. Une tragédie incompréhensible. La terreur s'en est allée. Qu'ils reposent tous en paix.

Cable prit Charlcie par la main et ils revinrent lentement à la voiture.

– On dirait que pour beaucoup de gens, il valait mieux être mort que vivant.

Ce fut son seul commentaire.

– Exactement. A en croire ces inscriptions, leur vie était un cauchemar et la mort une délivrance, presque une bénédiction. Avez-vous remarqué les dates ?

Il lui jeta un regard intrigué.

– Non. Je n'ai lu que les inscriptions.

– Tous ces gens sont morts en l'espace de deux ans : entre 1889 et 1891. Et ce qu'il y a de vraiment étrange, dit-elle en marquant une brève pause pour prendre une profonde inspiration, c'est que ce lynchage sur la colline a eu lieu en 1889. Bizarre, non ?

Elle esquissa un sourire.

– Quand j'interrogeais maman sur ces tombes et sur le lynchage, elle se contentait de me répondre par des « comment veux-tu que je sache ? ». Je suis *sûre* qu'elle en sait plus qu'elle ne veut l'admettre, beaucoup plus. Après la mort de papa, elle a étudié la ville à fond afin d'essayer de comprendre pourquoi papa avait fait ça. Elle a passé des années à fouiller dans les archives et, à chaque fois que je lui demandais de me parler de ses recherches, je n'avais droit qu'à un regard vide et à des réponses évasives.

Elle releva de nouveau le col de son manteau pour se protéger du vent glacial et regarda l'océan au loin. Un brouillard naissant avait transformé le soleil en une boule rouge voilée.

– Mon Dieu, il est déjà tard.

On sentait à sa voix qu'elle avait l'esprit ailleurs.

– Si on rentrait ?

Cable, debout derrière elle, se posait des tas de questions sur le cimetière, les lynchages, les pierres tombales, Jenny McKenzie, mais il ne les formula pas. Au lieu de cela, il laissa Charlcie le précéder pour revenir à la voiture.

Le soleil couchant avait transformé le paysage en une confuse masse d'ombres lorsque Cable engagea la voiture sur la petite route qui menait hors du cimetière. Il croisa sur son passage une camionnette bleue garée dans l'herbe près d'une fosse fraîchement comblée dont la terre encore meuble offrait un contraste frappant avec la verdure environnante.

Johnny Joe Sloams avait eu une dure journée. Il avait passé la matinée à répondre aux questions de la police, son heure de déjeuner à creuser une fosse, puis l'après-midi assis dans sa camionnette à boire du vin en attendant que l'on vienne enterrer quelqu'un aux frais de la commune. Lorsque les hommes étaient finalement arrivés, Sloams avait dû, en qualité d'homme à tout faire du cimetière, surveiller le déroulement des opérations. C'est-à-dire qu'il était resté où il était pour regarder les trois hommes retirer le cercueil de leur véhicule et le descendre dans la fosse. Après avoir tassé la terre sur la tombe, l'un des hommes avait sorti un bloc de béton de la camionnette. Ils étaient ensuite repartis, laissant à Sloams le soin de le mettre en place. La commune trouvait que garnir les tombes des miséreux de pierres tombales revenait à gaspiller l'argent des contribuables. On avait donc décidé de mettre une dalle de béton de trente centimètres sur trente sur laquelle figurait une suite de chiffres et de lettres noirs qui n'avaient rien à voir avec le nom du défunt, sa date de naissance ou celle de sa mort.

Sur celle de Lynn Langley, on pouvait lire MMH-4424-5, c'est-à-dire la référence de son certificat de décès.

Une fois les employés municipaux partis, Sloams

but une grande lampée de vin puis descendit de son camion bien chauffé. Il ne lui fallut pas moins de cinq minutes pour mettre la dalle sur la tombe. Il se releva, épousseta son pantalon et grogna : il l'avait mise à l'envers. Se laissant tomber sur les genoux, il retourna le bloc pour que l'inscription soit enfin sur le dessus.

Lorsqu'il eut terminé, il était épuisé et se dit qu'il méritait bien un peu de vin et un petit somme. Ensuite, il arrangerait la terre autour de la tombe. Dix minutes plus tard, il était endormi dans la cabine de sa camionnette et il dormait toujours lorsque Cable passa à sa hauteur.

Au moment même où Charlcie et Cable quittaient le cimetière, Henry Sutton sortait de chez Jenny McKenzie. S'il n'avait pas été si fatigué, il se serait aperçu qu'elle et Martin Larchmont faisaient des efforts pour garder leur calme en sa présence. Mais il ne s'était aperçu de rien. Il était épuisé et ne pensait qu'à une chose : la terreur qui était en train de s'abattre implacablement sur sa ville.

Une fois seuls, Jenny McKenzie et Martin Larchmont s'assirent devant la table de la salle à manger, se tenant la main sans rien dire. Le choc de ce que venait de leur dire Sutton les avait littéralement assommés.

Après de longues minutes, Jenny McKenzie finit par prendre la parole :

– Qu'allons-nous faire, Martin ?

– Nous avons le choix entre deux choses, répondit ce dernier d'une voix lasse. Faire face ou fuir.

Elle exerça une pression sur sa main.

– Tu sais bien qu'une seule possibilité s'offre à nous : faire face ! Nous devons essayer de mettre un terme à ces résurrections, et tout de suite. Sinon... Ô mon Dieu ! Ce n'est pas possible !

– Si, pourtant, dit Larchmont d'une voix sinistre. Et John et Charlcie dans tout ça ?

– Je pense que nous devons leur dire ce qui se passe et les laisser décider s'ils veulent rester ou partir.

– Tu sais bien qu'ils resteront, Jen.

– Je le sais, dit-elle d'une voix tremblante, et ça pourrait leur coûter la vie. Il y a cent ans, *Ils* ont presque détruit la ville. Soixante ans plus tard, *Ils* ont tué mon mari parce que ses recherches auraient révélé *Leur* existence. Et voilà qu'*Ils* se remettent à tuer. Deux morts en deux nuits ! Tu sais que quelqu'un va mourir cette nuit encore et les deux nuits suivantes... Dieu sait quelle catastrophe va s'abattre sur le monde.

Larchmont posa un bras sur l'épaule de Jenny et essaya de la rassurer.

– Je sais, je sais, mais tout ira bien, tu verras.

– Cesse de me raconter des histoires et dis-moi plutôt ce que tu comptes faire pour affronter ce fléau ?

Elle s'écarta et recula sa chaise pour le dévisager. Mais il évita son regard.

– Tu as un plan, non ?

– Oui, répondit-il doucement sans la regarder. J'en ai un.

– A peine ébauché, j'imagine.

– Oui.

– Tu peux m'en dire quelque chose ?

Il hocha la tête.

– Je suis encore en train d'y réfléchir. Bon Dieu, avant que le shérif se mette à en parler, je n'aurais jamais cru que ça puisse se reproduire. Mon plan actuel a un point de départ, une suite et pas de conclusion.

– Dans ce cas, parle-moi du point de départ. Je pourrai peut-être faire quelque chose.

– Oui, tu le pourras. Il va falloir réunir tous ceux qui savent quelque chose au sujet des deux premiers décès. Ce qui veut dire joindre Childress, le shérif et le médecin militaire qui a pratiqué les autopsies. Sutton a dit, je crois, qu'il s'appelait Seafront. Comme je ne suis pas d'ici et que tu jouis d'une certaine influence, tu pourrais peut-être appeler Sutton et Childress pour voir avec ce dernier s'il peut mettre la main sur ce médecin de l'armée de l'air. Je pense qu'il peut nous être vraiment utile.

– Pourquoi ?

Après un long silence, Larchmont leva les yeux vers elle.

– Parce que Sutton a dit que Seafront était basé tout près de Lompoc.

– Et alors ?

– Pour l'instant, ce ne sont que des idées comme ça. Je n'y ai pas encore trop réfléchi, mais je pense que ses relations à la base militaire pourraient nous servir. Mais le problème, c'est qu'il faut qu'on les voie le plus vite possible, éventuellement ce soir.

Il faisait nuit dehors et la salle à manger était plongée dans l'obscurité. De la lumière venant d'une autre pièce découpa la silhouette de Jenny McKenzie lorsqu'elle se leva.

– Je vais leur passer un coup de fil.

Martin Larchmont se leva à son tour dans la pièce silencieuse et sombre et, tandis que Jenny téléphonait, baissa la tête et courba les épaules.

Lorsqu'il l'entendit revenir dans la pièce, il se redressa et alla vers elle dans l'obscurité. Elle s'approcha de lui et passa ses bras autour de sa taille. Ils entendirent la porte d'entrée s'ouvrir. Un moment plus tard, les rires du jeune couple se firent entendre depuis le vestibule jusque dans la salle à manger.

– Qu'est-ce qui nous attend ? murmura-t-elle.

Il la serra contre lui.

– Prie, Jenny. Prie pour que ceux qui vont venir ici ce soir croient ce que nous allons leur raconter. Prie pour qu'il ne soit pas trop tard pour prévenir la catastrophe.

Une rafale de vent froid qui souffla à travers la fenêtre de sa camionnette réveilla Johnny Joe Sloams. Il toussa, grogna et ouvrit un œil, essayant de se rappeler où il était. Puis il se souvint. Il avait bu, travaillé sur une tombe...

– Ah, merde...

Il était toujours dans le cimetière, le soleil était couché et les frères Horrcove allaient lui en faire voir s'ils le trouvaient là... Bon Dieu, et ces corps qu'il avait trouvés près de la grille.

– Ah, merde !

Il poussa un nouveau grognement et se redressa brusquement pour chercher à tâtons la poignée de la portière. Il avait un besoin urgent à satisfaire. Drôlement urgent !

Il descendit en titubant, tout en ouvrant sa braguette. Une seconde plus tard, il urinait en poussant force soupirs. Il s'aperçut alors qu'il se soulageait sur la tombe toute fraîche. Incapable de s'arrêter, il fit comme si de rien n'était. Il n'avait envie que d'une chose : finir au plus vite et ficher le camp.

Il remontait sa fermeture Eclair lorsqu'il entendit

le long gémissement d'un lourd véhicule roulant en première. Se retournant, il scruta l'obscurité. Il vit au loin une voiture qui n'avait que ses feux de position venir lentement dans sa direction au flanc de la colline. Il sursauta en se rappelant que sa portière était ouverte et la lampe allumée. Il ferma la portière et s'éloigna de la camionnette tout en se demandant ce qui l'incitait à vouloir ainsi se cacher. Après tout, il était employé du cimetière, il n'avait pas à rendre compte de ce qu'il faisait là. Il se décida tout de même à se cacher, se disant que seul un pervers pouvait se balader dans un cimetière à cette heure-là.

Il passa en courant près d'un énorme cèdre et se faufila sous les branches basses de l'arbre. Une fois en sécurité au milieu de l'épaisse frondaison, il s'étendit sur le sol pour attendre les événements.

La voiture noire avançait telle une panthère aux yeux brillants. Lorsqu'elle passa lentement près de lui, Sloams bénit l'arbre, le brouillard et la nuit qui le dissimulaient. Il se laissa aller à pousser un long soupir. Soudain, les feux stops de la voiture noire s'allumèrent et le soupir de Sloams lui resta dans la gorge. Une fraction de seconde plus tard, aux feux rouges se substituèrent les phares de recul du véhicule qui s'approcha lentement de Sloams et s'arrêta à quelques mètres de la camionnette. Les feux s'éteignirent et un plafonnier s'alluma lorsque le conducteur descendit de voiture. Laissant sa portière ouverte, il se dirigea d'abord vers la nouvelle tombe, puis vers le camion de Sloams.

Retenant sa respiration à en faire éclater ses poumons, Sloams épia la forme, qui fit lentement le tour de son véhicule dans l'ombre puis, après ce qui lui parut des heures, revint sur ses pas vers la voiture noire. Ce n'est qu'à ce moment que Johnny Joe Sloams recommença à respirer.

Sa peur commençant à s'atténuer, il écarta quelques branches et examina le conducteur et la voiture. Celle-ci lui disait vaguement quelque chose mais il n'arrivait pas à se rappeler quoi. Il commença à ramper, se glissant sous le feuillage pour mieux voir.

C'est alors que Johnny Joe Sloams aperçut un petit garçon qui s'agitait sur le siège arrière de la voiture. Le gamin n'était pas content et ne cessait de tambouriner de ses deux poings à une fenêtre puis à l'autre. On aurait dit un chat effrayé pris au piège dans une cage de verre. Sloams se demanda ce qui empêchait le gamin de sauter tout simplement sur le siège avant et de filer par la portière ouverte du conducteur.

L'enfant parut lire dans son esprit. Il recula, et fonça tête baissée vers le siège avant. Mais il fut bloqué dans son élan comme si une main invisible l'avait empoigné pour le faire se rasseoir.

– Ça alors ! fit Sloams.

Il s'aperçut que le gamin s'était jeté sur une paroi vitrée dressée entre le siège arrière et le siège avant.

Johnny Joe Sloams se rappela tout à coup qu'il connaissait cette voiture. C'était l'une des Cadillac utilisées par ses employeurs pour transporter les proches des défunts lors des services funèbres.

Il plissa les yeux pour tenter d'identifier le conducteur mais la nuit était trop épaisse. L'homme remonta dans la voiture, ferma la portière et le plafonnier s'éteignit. Puis lentement, trop lentement au gré de Sloams, les feux arrière de la voiture s'éloignèrent dans le brouillard et les ténèbres.

Une demi-heure plus tard, il trouva finalement le courage de revenir vers sa camionnette en marchant comme à l'accoutumée sur la pointe des pieds. Il démarra, et décida de ne pas allumer ses phares avant d'être sorti du cimetière.

Il s'arrêta juste à la sortie des grilles pour les mettre et s'éponger le visage. L'arrêt, brutal, fit rouler une bouteille de vin sous le siège jusqu'aux talons de Sloams. Cette bouteille lui fit l'effet d'une présence réconfortante. Il la prit, la posa entre ses jambes et descendit la route jusqu'au stop. Là, il décacheta la bouteille, la porta à ses lèvres et en but une longue rasade. Il répéta ce rituel à chacun des stops suivants.

Lorsqu'il se gara dans l'allée qui longeait sa maison, le cimetière, la limousine noire et le gamin coincé sur le siège arrière lui étaient sortis de l'esprit.

11

Lorsqu'elle avait téléphoné au Dr Childress et à Henry Sutton pour les inviter, Jenny McKenzie leur avait expliqué sans détour le sujet de la réunion à laquelle elle les conviait. Elle leur avait simplement dit que Martin Larchmont et elle-même avaient d'importantes révélations à leur faire à propos de la mort de la prostituée et de l'adjoint au shérif, et leur avait demandé s'ils étaient disposés à venir chez elle. Sur les instances de Jenny, Childress avait transmis l'invitation au médecin de l'armée de l'air, William Seafront.

Les trois hommes arrivèrent tôt.

Jenny les fit entrer dans le living et leur présenta Charlcie, John Cable et Larchmont. Seafront et Childress connaissaient Larchmont de réputation et n'ignoraient pas la place qu'il occupait dans le monde scientifique. Ils le saluèrent avec un enthousiasme presque obséquieux. Absorbé dans la lecture de documents, c'est tout juste si Larchmont leur tendit la main.

Charlcie et Cable n'avaient pas encore été informés des raisons de cette rencontre. Jenny et Martin étaient restés songeurs durant tout le dîner et leur silence s'était poursuivi bien après le repas. Ce n'est qu'avant le début de la réunion que Larchmont avait pris Cable à part pour lui dire que Sutton était passé plus tôt dans l'après-midi annoncer qu'il pouvait quitter la ville à sa guise. Cable avait longuement dévisagé son ami en se demandant pourquoi il ne lui avait pas annoncé la chose plus tôt. Lorsqu'il l'avait finalement questionné, Larchmont s'était contenté de hocher la tête.

– Excuse-moi, John, ça m'était sorti de l'esprit.

– Martin, peux-tu me dire ce qui se passe? Qu'est-ce que c'est que ce silence et cette réunion mystérieuse ?

– Tu vas voir, John, avait répondu Larchmont qui mâchouillait un cure-dents, l'air absent.

Chacun prit place, Jenny McKenzie et Martin Larchmont côte à côte sur la causeuse, Charlcie et Cable sur le canapé. Sutton et Seafront choisirent les chaises à haut dossier qui encadraient la cheminée tandis que Childress s'asseyait par terre sur la pierre du foyer, le dos contre les briques.

Lorsque tout le monde fut installé, Larchmont se tourna vers son auditoire. Il avait le visage grave et son regard se posa tour à tour sur chacun. Arrivé à Cable, l'expression du vieil homme s'adoucit et il esquissa un léger sourire avant de poursuivre son examen. Enfin, après avoir pris une profonde inspiration, il prit la parole, s'adressant avant tout à Childress et à Sutton.

– Afin de s'assurer de votre présence ici ce soir, Jenny vous a dit que nous avions des révélations à vous faire au sujet de la mort de la prostituée et de l'adjoint du shérif.

Sutton commença à s'agiter sur son siège comme s'il avait été victime d'une mauvaise blague. Larchmont le regarda et secoua la tête.

– Et nous en avons effectivement. Le problème, c'est que ce que nous avons à vous dire n'est pas facile à expliquer et que vous allez avoir du mal à l'accepter. Pour ces raisons, Jenny et moi avons décidé de procéder en deux temps. Jenny va commencer par vous faire le récit d'événements qui se sont produits à Ravina il y a une centaine d'années. Puis je prendrai la suite en vous faisant part d'informations que j'ai recueillies dans mon propre domaine de compétence.

» Avant de commencer, nous aimerions vous demander un certain nombre de choses. Premièrement, d'attendre que nous ayons fini pour poser des questions. Ce que nous avons à vous communiquer est déjà assez difficile comme ça sans que l'on ait en plus à répondre à des questions. Deuxièmement, écoutez-nous avec un esprit ouvert. Pour paraphraser Shakespeare : "Il y a plus de choses dans le ciel et sur la terre que n'en rêve notre philosophie." Mettez donc votre philosophie de côté et écoutez-nous.

Il se tourna vers sa compagne.

– A toi.

Jenny McKenzie se leva. Elle jeta un œil sur les fiches qu'elle tenait à la main puis leva les yeux vers son auditoire.

– En guise de préambule, j'aimerais préciser que rien de tout ce que vous allez entendre n'est le produit de mon imagination. J'ai passé toutes ces dernières années à tenter de reconstituer l'histoire de Ravina, une étude entreprise à l'origine par mon mari il y a quelque vingt-cinq ans. Autrement dit, depuis sa mort, j'ai étudié cette ville et son histoire en profondeur. Ce que vous allez entendre, ce sont des faits. Dans ma bibliothèque, j'ai des livres, des lettres manuscrites, des photocopies de procès-verbaux, de vieilles coupures de journaux et autres documents qui pourraient confirmer ce que je vais vous raconter. Tous ces documents sont ici et, après notre exposé, vous pourrez les consulter à loisir.

Elle regarda ses notes, puis Martin Larchmont.

– Une nuit d'octobre 1889, un groupe de supposés gitans est arrivé dans des roulottes et a installé un campement au sommet de Horrcove Hill.

» Ils y sont restés environ une semaine, durant laquelle les habitants de la ville ont été terrorisés par des assassinats nocturnes tout aussi horribles et épouvantables que ceux qui viennent de se produire.

» La première nuit, le médecin de la ville a été tué. Dans son rapport, le shérif a affirmé que le corps du médecin était mou et spongieux comme s'il avait eu tous les os broyés. Plus important encore, il précisait que le médecin n'avait plus ni dents ni ongles.

Elle marqua une pause et regarda les deux médecins qui avaient autopsié la prostituée afin d'observer leur réaction. Seafront soutint son regard d'un air impassible, Childress préférant pour sa part baisser les yeux sur le tapis en se rongeant les ongles.

Jenny reprit la parole :

– La deuxième nuit, ce fut au tour d'un adjoint du shérif d'être assassiné.

Sutton s'agita sur sa chaise, mal à l'aise. Jenny ne sembla pas y prendre garde.

– Cette fois, le rapport du shérif disait qu'après la découverte du corps, vers minuit, on avait transporté et déposé celui-ci au cabinet du médecin qui venait de mourir. Le lendemain, à midi, il ne restait rien du corps. Le shérif dit textuellement que la chair et même les os avaient fondu comme de la glace et qu'il n'y avait plus rien.

» La troisième nuit, c'est le propriétaire du journal local qui est mort et j'ai trouvé plusieurs témoignages suggérant que l'homme pouvait être mort de peur.

» La quatrième nuit, une prostituée mourut déchiquetée par une force inconnue, puis ce fut le tour d'un fermier. Au cours de ces deux nuits, deux enfants de sexe masculin disparurent du domicile de leurs parents.

» Après la disparition du deuxième, des rumeurs ont commencé à se répandre dans la ville comme une traînée de poudre : les gitans étaient accusés de sacrifier des enfants mâles au cours de rituels diaboliques. C'est alors que les habitants se sont mis à détourner leur angoisse et leur terreur sur les roulottes installées au sommet de la colline. La nuit suivante, une foule s'est assemblée au pied de la colline et, aussitôt la lune voilée par les nuages et le brouillard, s'est mise en marche vers le sommet.

Les flammes dans l'âtre du salon sifflèrent et crépitèrent violemment tandis que Jenny continuait son récit.

– Cette nuit-là, entre quarante-cinq et cinquante personnes ont pris la colline d'assaut dans l'intention de tuer les gitans. Et c'est ce qu'ils ont fait. Ils les ont tous pendus. Parmi les habitants de la ville, il n'y a eu ni morts ni blessés et, en un sens, ils avaient gagné la partie.

» Mais ils n'avaient pas vaincu. Ravina a connu en

fait une horreur bien plus grande, parce que tous ceux qui avaient participé au lynchage sont revenus en ville totalement et horriblement changés.

» Il s'était passé quelque chose lors des pendaisons. La foule déchaînée avait fait ou vu quelque chose de si terrifiant, qui dépassait tellement son entendement, que cela avait complètement démoli tous ceux qui avaient été mêlés à la mise à mort des gitans.

Sur le visage de chacune des personnes présentes se reflétaient une myriade d'expressions, allant de la stupéfaction au scepticisme. Sans se laisser intimider, Jenny poursuivit :

– Des statistiques vous feront mieux voir ce qui est arrivé à ces gens. Vous vous rappellerez que quarante-cinq à cinquante personnes avaient participé aux pendaisons. Vingt-six à trente-deux d'entre elles se suicidèrent de manières toutes plus affreuses les unes que les autres dans les deux ans qui suivirent les exécutions. Certaines ont en outre tué leur famille avant de mettre fin à leurs jours.

» Parmi ceux qui ne se sont pas suicidés, six ont déménagé ou disparu. Sur les six, il y en a deux seulement dont on a pu retrouver la trace. L'un d'eux, un alcoolique, a fini dans un sanatorium de San Francisco où il est mort en 1893. L'autre est devenu jardinier d'une mission catholique dans la région de San Diego. Comme par hasard, il s'est lui aussi pendu, en 1895.

» Trois autres ont été arrêtés pour meurtre et, dans les trois cas, il s'agissait du meurtre de membres de leur famille. Ils ont tous les trois plaidé coupable et ont eux-mêmes demandé qu'on leur inflige la peine de mort.

» Il y a quelque temps, j'ai passé presque une année

à étudier les archives des années 1890 à 1895 du tribunal du comté de San Luis Obispo et j'ai découvert que les six survivants qui, je dois le préciser, étaient normaux avant les événements, étaient devenus fous et avaient été soit emprisonnés soit internés.

Elle commençait à se sentir fatiguée. Elle parut faire un énorme effort sur elle-même pour finir.

– Voilà. Il y a cent ans, entre quarante-cinq et cinquante hommes de la ville ont pendu ce qu'ils croyaient être six gitans mais il s'est passé quelque chose sur la colline. Ils ont vu ou se sont trouvés face à face avec une chose qui a définitivement changé leur vie de la manière la plus horrible et c'est ce que je voudrais que vous gardiez présent à l'esprit pendant l'exposé de Martin.

Jenny McKenzie reprit sa place sur la causeuse à côté de Larchmont. Le petit homme lui prit la main, l'attira vers lui et s'adressa aux autres :

– Que diriez-vous d'une petite interruption ? Il y a du café à la cuisine.

Puis il reporta son attention sur Jenny.

Charlcie allait se lever pour aller retrouver sa mère mais Cable la retint et la fit se rasseoir sur le canapé : Larchmont savait très bien prendre soin d'elle. Charlcie s'inclina et demeura à sa place. Cable examina les autres personnes présentes dans la pièce, se demandant ce qu'elles pensaient de tout cela. Childress et Seafront semblaient décontenancés et intrigués par les propos de Jenny. Sutton, les doigts noués, regardait dans le vide, les traits creusés.

Finalement, Seafront se leva et s'approcha du couple.

– Histoire intéressante. Mais je ne vois pas le rapport entre un événement vieux de cent ans et les corps dont je viens de faire l'autopsie.

– Vous le verrez bientôt, dit Larchmont sans quitter Jenny des yeux.

Après un moment, le médecin militaire haussa les épaules et alla se rasseoir.

Cable et Charlcie se rendirent dans la cuisine. Tandis que Charlcie versait le café dans les tasses, Cable, les coudes appuyés sur le comptoir, la regardait faire.

– Ta mère est une femme étonnante. Ça n'a pas dû être facile de...

Il s'aperçut qu'elle avait les larmes aux yeux et s'approcha d'elle.

– Voyons, dit-il doucement, qu'est-ce que c'est que ça ? On pleure ?

– C'est à cause de ma mère. Tu imagines un peu ce qu'elle a traversé, la pression qu'elle a subie durant toutes ces années ? Je ne m'en étais même pas aperçue. Quand je pense à toutes les informations qu'elle a recueillies au sujet de cette... de cette ville... Quand je pense...

Elle se détourna mais continua de parler presque sans discontinuer comme si le mur auquel elle faisait face pouvait l'entendre.

– Toutes ces années et elle ne m'a jamais confié ce qu'elle faisait et ce qu'elle traversait. Cela en dit long sur sa force mais aussi sur mon peu d'aptitude à percevoir la souffrance ou l'angoisse chez ceux qui me sont chers. Te rends-tu compte que j'ai grandi dans cette maison sans avoir la moindre idée du fardeau qu'elle avait sur les épaules ? Qu'est-ce qui m'est arrivé ? J'étais aveugle ? Sourde ? Comment peut-on être insensible à ce point à la souffrance d'autrui ?

Cable essaya gentiment de l'interrompre, mais en vain. Finalement, il posa sa main sur sa bouche pour la faire taire.

– Ecoute. Ecoute-moi bien jusqu'au bout, tu veux bien ?

Il ne retira sa main que lorsqu'elle eut fait signe que oui.

– Martin m'a raconté au sujet de ton père, au sujet de l'étude qu'il avait entreprise et de ce qui lui était arrivé. Il m'a aussi raconté qu'après la mort de ton père, ta mère s'était consacrée corps et âme à fouiller sur les traces de ton père, non seulement parce que cette recherche avait été importante pour lui mais parce qu'il se pouvait que ce à quoi il travaillait à ce moment-là n'ait pas été sans relation avec sa mort. Il est compréhensible qu'elle t'ait caché les recherches auxquelles elle se livrait. Il y a beaucoup de parents qui refusent de partager leurs peines et leurs problèmes avec leurs enfants et, comme elle est intelligente, elle a bien réussi à dissimuler les horreurs qu'elle a rencontrées au cours de ses recherches. Si je vois juste, la seule chose dont tu sois coupable, c'est de ne pas être très futée quand il s'agit de lire dans l'esprit des autres, mais ce n'est pas un crime. Toutes ces années durant, ta mère s'est présentée à toi sous son meilleur jour pour ton bien. Cela fait d'elle une mère aimante et une bonne actrice sans pour autant faire de toi une fille sans cœur.

Cable examina attentivement Charlcie, essayant de jauger l'effet sur elle de ses paroles. Elle avait les yeux humides et rouges. Du mascara avait coulé sur l'une de ses joues. Elle renifla bruyamment et hocha la tête en signe d'assentiment, toujours au bord des larmes.

Ne voyant pas ce qu'il pourrait ajouter, Cable l'attira contre lui et la prit dans ses bras. Elle enfouit sa tête sous son menton et il put sentir sa joue mouillée. Il eut le sentiment qu'il pourrait la garder ainsi indéfiniment, sans bouger, sans presque respirer. Quelqu'un les appela alors du living.

– Il faut qu'on y aille.

Cable commença non sans réticence à relâcher son étreinte, surpris qu'elle n'y réagisse pas. C'était comme s'il avait tenu entre ses bras une statue et, tout à coup, il avait envie qu'elle réponde à sa pression.

– Charlcie, dit-il d'une voix hésitante. Lorsque quelqu'un te serre dans ses bras, il est normal de faire de même.

Elle ne bougea pas. Elle se contenta de demeurer contre lui, froide et rigide. A ce moment, Cable se sentit tout bête et ne sut plus très bien ce qui lui arrivait.

Lentement, avec des gestes contraints, elle recula de manière à pouvoir le regarder.

– John Cable, dit-elle, tu es un idiot.

– Pardon ?

Elle eut un sourire.

– J'ai une tasse de café dans chaque main. Si je te serre dans mes bras, je vais tout renverser et ébouillanter le plus séduisant derrière que j'aie vu depuis des années. C'est uniquement pour cette raison que je suis si... réservée.

Cable n'y tint plus.

– Alors pose le café et on recommence.

– Bon, laisse-moi une seconde.

Il la laissa se dégager et elle posa les tasses sur la

table. Ils allaient renouer leur étreinte lorsqu'on les appela de nouveau du living.

– Alors, tous les deux, vous venez ?

– Oh, la barbe ! grommela Cable.

– Comme tu dis, ajouta Charlcie.

12

Cable suivit Charlcie dans le living et prit place près d'elle sur le canapé. Il s'aperçut que Jenny McKenzie les observait tous les deux d'un œil serein et qu'il ne lui échappait pas qu'il tenait la main de sa fille. Il crut lire dans son regard une note d'approbation. Il l'espéra sans en être sûr.

Martin Larchmont était agenouillé près de la causeuse et fouillait dans une vieille serviette usée jusqu'à la corde. Jenny McKenzie posa sa main sur son épaule. Il finit par trouver ce qu'il cherchait et se releva avec raideur, une chemise marron à la main.

Tandis que Larchmont tournait les feuillets contenus dans la chemise, Cable se sentit tout à coup mal à l'aise en repensant à ce que Charlcie lui avait montré quelques heures auparavant.

Il se pencha vers elle pour lui parler à l'oreille.

– Tu sais, ces pierres tombales que tu m'as montrées cet après-midi ?

Elle fit signe que oui, lentement d'abord puis de manière plus vive. Il comprit qu'elle venait seulement d'établir le lien entre ces stèles et le récit de sa mère.

– J'aurais dû y penser pendant que maman parlait.

Ces pierres confirment pour l'essentiel ce qu'elle essaie de nous dire.

Cable acquiesça.

– Elle n'est peut-être pas au courant, tu devrais lui en glisser un mot, à l'occasion.

Charlcie se mit à hocher la tête avec emphase, comme si l'idée d'ajouter quelque chose au macabre récit de sa mère était excitante pour elle.

– Elle doit être au courant et, si elle ne l'est pas, ce ne serait pas mal d'apporter de l'eau à son moulin.

Cable allait ajouter quelque chose mais il fut interrompu par la voix grave de Martin Larchmont.

– Tout à l'heure, vous avez entendu Jenny décrire ce qui était arrivé à la populace de la ville qui avait participé à un lynchage il y a cent ans. Vous vous demandez sans doute ce qu'ils avaient vu ou ce sur quoi ils étaient tombés sur la colline pour se transformer de manière aussi tragique. J'ai l'intention de vous le dire et de vous dire aussi pour quelle raison ils étaient redescendus de la colline irréversiblement transformés avec une telle peur de la vie. Mais j'ai d'abord une histoire à vous raconter ; elle se passe dans une partie du monde bien différente. Elle commence à peu près quarante-deux ans après le lynchage de Ravina.

» En 1931, un homme du nom de Patton m'a engagé en tant qu'archéologue pour une expédition qu'il comptait faire dans les plaines désertiques de Mosul, au Kurdistan... en Irak, comme on l'appelle aujourd'hui.

» Patton avait une immense fortune, amassée en fabriquant et en vendant des armes partout dans le monde. C'était aussi un fanatique religieux, ce que j'ignorais en acceptant le poste.

Larchmont hocha la tête, plongé dans le souvenir d'événements vieux de près d'un demi-siècle.

– Patton était un homme étrange. D'un côté, c'était une sorte de nouveau chrétien maniaque. D'un autre côté, il ne pensait qu'à utiliser son argent pour fomenter la guerre entre pays rivaux afin qu'ils lui achètent des armes. Quoi qu'il en soit, il a conduit l'expédition dans les plaines de Mosul, à proximité de la haute Mésopotamie, pour rechercher les ruines d'un monastère et d'une ville où se rassemblaient jadis les fidèles de la religion yézidi. Il faut que vous sachiez que c'était une religion impitoyable selon laquelle l'univers était sous la coupe d'un ancien démon appelé Iblis. Les fidèles d'Iblis voyaient en leur dieu une divinité maléfique, quelque chose comme Satan, mais en même temps digne de la plus grande dévotion. En substance, ils adoraient un dieu du Mal qui reflétait la dureté du sol sur lequel ils vivaient. Les plaines de Mosul étaient et sont toujours l'un des coins les plus déshérités de la planète.

» Pour eux, la religion était plus qu'une simple croyance : une manière de vivre. Leur culture était caractérisée par un système de castes dominé par les prêtres, suivis des guerriers de l'armée sainte d'Iblis, puis de l'ensemble de la population, et finalement des intouchables dont faisaient partie les incroyants, les esclaves, les prisonniers et des tribus entières que les yézidis avaient vaincues et emmenées en captivité. Leur religion, violente, consistait à faire la guerre pour survivre et diffuser leur foi dans le pays. Les guerriers féroces étaient entièrement dévoués à Iblis, un peu comme les Vikings l'étaient à Odin. Celui qui ne parvenait pas à se distinguer au combat ou qui échouait dans une mission était aussitôt condamné à mort par les prêtres, sentence que les guerriers acceptaient sans hésiter.

» Il y a deux cents ans, cette religion comptait soixante mille fidèles ; elle existe encore aujourd'hui, mais des guerres et des combats continuels ainsi qu'un XXe siècle peu propice en ont réduit les membres à quatre ou cinq mille... pour la plupart des montagnards qui s'accrochent à la vie dans un pays inhospitalier.

» Comme je l'ai dit, Patton s'intéressait aux ruines d'un monastère et de la ville qui l'entourait. Jusqu'au milieu du XVIIIe siècle, ce monastère avait été le pivot de la religion. Mais au début des années 1860, cette religion s'était divisée en deux factions opposées. Résultat de cette guerre civile, le monastère avait été détruit, la ville rasée et presque tout ce qui avait été écrit sur leur religion et les motifs du schisme rayé de la surface de la terre.

Larchmont adressa un regard professionnel à Cable.

– C'est pour cette raison que l'on ne sait presque rien aujourd'hui de leur religion et de leur divinité. Je ne saurai jamais comment Patton avait entendu parler de cette religion. Mais il voulait étudier le monastère et les vestiges de la ville parce qu'il n'arrivait pas à comprendre comment une religion dont le dieu était satanique avait pu se développer si près des racines géographiques du christianisme. Sa propre théorie était que de nombreux chrétiens étaient allés évangéliser les fidèles d'Iblis dans les plaines de Mosul, mais qu'ils avaient été assassinés par les disciples fanatiques du démon. Patton voulait prouver que le monastère était entouré d'un cimetière contenant les ossements de centaines de missionnaires martyrisés. La preuve faite, il pourrait clamer que le déclin de la religion yézidi n'était pas dû aux guerres fratricides ni à l'influence du XXe siècle mais à l'expansion du christianisme.

» Evidemment, tout cela était complètement aberrant. Il s'agit d'une théorie insensée concoctée par un fou qui avait les moyens de financer une expédition archéologique uniquement pour prouver quelque chose qui n'avait aucun fondement historique. Le temps que je comprenne de quoi il retournait, nous étions presque arrivés à destination. J'aurais pu déclarer forfait mais je savais que, si je faisais cela, c'en était fait pour moi de l'archéologie. Fou ou non, Patton était un homme puissant et influent. Je suis donc resté, décidé à jouer le jeu, même si tout cela était irrationnel et non scientifique.

» Une fois arrivés sur les lieux de ce qui restait du monastère et de la ville, nous avons aussitôt entrepris de faire des fouilles et de prélever des échantillons de terre. Près du mur sud du monastère, nous avons presque immédiatement découvert une tombe collective contenant les restes momifiés de soixante-quatre hommes. Leurs armures de cuir pourri et leurs armes permettaient de penser qu'il s'agissait de soldats de l'armée yézidienne. C'était une découverte étrange, rendue encore plus étrange par le fait que les corps avaient été disposés les uns à côté des autres de manière régulière, comme des dominos. En examinant les momies, nous avons découvert que ces hommes avaient été enterrés vivants.

» Ce mystère me fascinait. Pourquoi soixante-quatre soldats armés se seraient-ils étendus côte à côte dans une fosse et se seraient-ils laissé recouvrir de terre ?

» Cette découverte passionnait tout particulièrement Patton. Les corps étaient ceux de guerriers païens, et non de missionnaires chrétiens. Le charnier ne confirmait pas sa théorie qui voulait qu'il y ait eu des martyrs chrétiens dans la région. Toutefois, lorsqu'un de nos ouvriers trouva un rouleau sur la poitrine de l'un des guerriers, il manifesta de la curiosité et me permit de prendre deux jours sur mes autres tâches pour le traduire.

» Il s'agissait d'une mince feuille de métal, pas plus épaisse qu'une feuille de papier. Elle avait été gravée au moyen d'un couteau ou d'une pierre aiguisée. Certaines parties étaient intraduisibles. Avant de mourir, le guerrier avait enroulé le document autour de lui, sous ses vêtements. Les acides de son corps en décomposition avaient corrodé en partie le métal, ce qui en rendait certaines parties illisibles.

Larchmont ouvrit son dossier et en tira une liasse de papiers jaunis et raidis par le temps.

– Voilà la traduction que j'ai faite à l'époque. Elle date d'il y a plus de cinquante ans et je l'ai prise avec moi lorsque mon ami John Cable m'a parlé du meurtre de la fille, ici, à Ravina. Vous avez dû trouver étrange qu'un document rédigé il y a plus d'un siècle dans un pays situé à six mille kilomètres d'ici puisse avoir un rapport avec deux morts survenues récemment à Ravina mais, comme vous allez bientôt le voir, ils en ont un.

» Plutôt que de le paraphraser, j'aimerais vous lire ce qu'avait écrit le guerrier quelques heures seulement avant de mourir. Toute autre présentation ne ferait pas justice à cet homme et à la tâche qu'il s'était imposée.

Larchmont ajusta ses lunettes et entreprit de lire

les mots du guerrier dont le corps n'était plus que cendres et poussière depuis plus d'un siècle.

Mon nom est Ben-Admid Tomar. Je suis un guerrier de haut rang dans l'armée d'Iblis. Demain, avant que le soleil ne brûle le sable des plaines de Mosul, soixante-trois guerriers et moi-même serons mis à mort par les prêtres d'Iblis d'une manière que j'ignore. Nous, guerriers d'Iblis, ne redoutons pas cette dernière aurore car elle nous apportera le repos et mettra un terme à notre déshonneur. Nous avons trahi notre Dieu et notre échec est aussi évident que les grosses pierres qui obstruent maintenant la caverne creusée dans les falaises de Charis. Nous voilà donc assis dans le temple d'Iblis en ruine, sans gardiens, sans liens, entourés de murs effondrés et de portes béantes, et nous attendons le lever du soleil.

» Nous avons si gravement péché que notre fin est proche. Je ne suis pas triste parce que mes heures sont comptées mais à cause des miens, qui continueront à vivre lorsque je ne serai plus. Hier soir, au coucher du soleil, j'ai fait mes adieux à ma femme, Bethnay, et à mes enfants. Ils ont été forts comme je m'y attendais et je les en ai loués. Depuis leur départ, j'ai à trois reprises appelé la bénédiction d'Iblis sur les miens, priant pour qu'ils soient prospères, et je le ferai encore trois fois d'ici le lever du soleil. Car de cette manière, ainsi que le veut l'observance du rite d'Iblis, celui-ci pourvoira à leurs besoins dans l'avenir.

» C'est ma femme qui m'a apporté cette feuille de métal et ce stylet car ce sont les prêtres qui interdisent de raconter cette histoire et non Iblis, notre Dieu. En ce qui concerne mes actes, je me plierai à ce que me dictent les prêtres ; en ce qui concerne ma conscience, je

me plierai à ce que me dicte Iblis. Mon récit ne regarde que ma conscience. Je vais le raconter et qu'Iblis bénisse mes efforts.

» L'homme est composé de deux parties, le bien et le mal. Ma bonne volonté continuera à vivre sous la forme de ma famille après le lever du soleil. Le mal qu'il y a en moi, je l'emmène avec moi sous la forme d'un rouleau...

Larchmont leva les yeux de ses papiers.

– Cette partie a été effacée par l'acidité du corps. Je passe à la partie lisible.

... Il doit bien exister une explication à la terreur qui va se perpétuer. Nous allons être, mon corps et moi, les instruments de cette terreur et peut-être ma mort aura-t-elle ainsi servi à quelque chose. Me refuser rendrait nulle ma vie de guerrier et de croyant passée au service d'Iblis. Ce serait aussi nier nos échecs et permettre à Son horrible progéniture de vivre à jamais.

» Nous n'avons pas le droit, nous les fidèles d'Iblis, de discuter les actions de notre Dieu lorsqu'il décide de forniquer avec les Bêtes sous les rochers du mont Herron-Bey. C'est notre Dieu et nous n'avons pas porté de jugement sur Lui lorsque douze dévoreurs de chair humaine issus de ces créatures innommables ont fait leur apparition sur cette planète.

» Nos prêtres nous ont fait savoir que nous ne devions pas adorer ce que le Dieu avait engendré. Mais ce fut en vain. Les douze créatures démoniaques nées de la semence d'Iblis étaient très puissantes et plus encore terribles. Comme elles promettaient beaucoup de choses, une grande désunion s'est produite parmi les fidèles d'Iblis. Certains choisirent de demeurer fidèles à Iblis ; d'autres prirent la voie interdite et s'inclinè-

rent aux pieds des douze fils mangeurs de chair nés d'Iblis et des Bêtes.

» C'est alors que commença la grande guerre. Les prêtres nous tinrent le langage d'Iblis : il est interdit d'adorer ce que j'ai engendré ! Mettez à mort ma progéniture et tous ceux qui prennent son parti !

» Nous, les fidèles d'Iblis, avons rassemblé notre armée et nous sommes vaillamment battus contre les adorateurs des fils du Dieu. Des milliers d'hommes sont morts de chaque côté durant les sept années qui ont suivi mais l'armée d'Iblis a fini par remporter la victoire. Nous nous sommes approchés des douze créatures démoniaques et de leurs fidèles que nous avions battus. C'est alors que les vaincus ont décidé de placer leurs douze dieux dans des cercueils posés sur des chariots et de fuir leur camp au plus noir de la nuit à travers les plaines de Mosul.

» Les prêtres d'Iblis nous ont ordonné de les poursuivre et de détruire les démons mangeurs de chair et ceux qui leur étaient fidèles. Nous les avons suivis dans la chaleur du jour et dans l'obscurité de la nuit. Nous les avons poursuivis huit jours durant. Nous les suivions à la trace à la lumière du jour et découvrions les carcasses des victimes qu'ils laissaient derrière eux. La nuit, nous les suivions à l'odeur fétide qui se dégageait de leurs cercueils.

» Au début du huitième jour, ils se piégèrent eux-mêmes en cherchant refuge dans la grande grotte des falaises de Charis et là, ils se préparèrent pour un long siège qui ne devait jamais venir. Nos provisions avaient fini par s'épuiser au cours de la route. Les prêtres m'ordonnèrent donc, ainsi qu'à deux cents de mes guerriers, de monter au sommet de la falaise au-dessus de la grotte. Une journée et une nuit durant, nous

avons brisé la paroi de la falaise afin de produire des éboulis qui puissent obstruer la grotte. Nos efforts furent couronnés de succès. A la fin, pas même un souffle de vent n'aurait pu s'échapper de cette grotte.

» Nous avons pris le chemin du retour, épuisés mais heureux de notre réussite au service de notre Dieu. Nous ne voyagions qu'à la lumière du soleil car nous n'avions plus à nous hâter.

» A un jour de route de la grotte, nous avons repéré dans la glaise craquelée du désert des signes d'une piste qui venait de la grotte de Charis. La victoire s'est retirée de nos cœurs comme le sang s'écoule d'une blessure lorsque nous avons constaté ce que représentaient ces signes. Les créatures démoniaques et leurs fidèles s'étaient divisés en deux groupes. L'un s'était dirigé vers l'est, vers sa propre mort dans la grotte ; un second groupe avait pris la direction du sud, vers les ruines de l'ancienne Babylone. Dans notre précipitation à capturer les douze fils d'Iblis nous étions passés, sans les voir, à côté des signes qui témoignaient de cette séparation.

» Nous avons alors fait route vers le sud jusqu'à Karhala puis jusqu'aux ruines de Babylone. Près de la ville en terrasses de Shatra, nous avons été attaqués durant la nuit par des habitants effrayés. Ils croyaient que nous étions des fidèles des créatures démoniaques et voulaient se venger des rituels cannibales que les monstres exigeaient pour se sustenter et se régénérer. J'ai perdu plus de cent guerriers à Shatra, dont mon frère, mais nous n'avons pas pris le temps d'ensevelir leurs cadavres car les créatures nous devançaient toujours.

» Nous les avons suivies, même lorsqu'elles ont bifurqué à Basra pour prendre la direction des Puits de

Mir. Nous ne les lâchions pas et étions près de les rejoindre lorsqu'elles sont arrivées dans la ville portuaire de Gavaneh Bandar Rig. Enfin, nous les tenions. Elles étaient acculées à la mer, prises au piège.

» Mes deux cents guerriers avaient été décimés : la chaleur, la poursuite et la bataille de Shatra avaient réduit notre armée à soixante-quatre hommes. Malgré cela, nous avions tous des hymnes guerriers au cœur en entrant dans la ville de Ganaveh Bandar Rig.

» Les habitants se sont montrés réticents à nous montrer le chemin emprunté par les créatures. Nous en avons tué quelques-uns et les autres se sont montrés coopératifs, nous indiquant de leur bras tendu les rues dans lesquelles nos proies s'étaient engouffrées. Nous les avons traquées par les rues pavées et les marchés jusqu'aux quais pourris de ce port minable. Nous les tenions. Elles ne pouvaient pas nous échapper. Le feu détruirait les enfants d'Iblis durant leur sommeil dans les cercueils. Nos épées ne feraient pas de quartier. Nous avons fouillé les quais et les entrepôts du port. Mais en vain.

» Nos proies étaient introuvables.

» Nous avons finalement obtenu, sous la menace de nos épées et contre de l'or, l'ultime fil de cette trame vouée à l'échec. Les fidèles des six fils d'Iblis avaient pris place à bord d'un navire. Le bateau portait le nom du rongeur qui vainc le serpent.

» Nous n'arrivions pas à le croire. Ils s'étaient embarqués quelques heures à peine avant notre arrivée sur les quais. Ils étaient en route pour ce pays expansionniste dont les soldats portent d'étranges uniformes rouge et noir.

» Notre mission, notre raison d'être, venait s'enliser là, sur les quais de Ganaveh Bandar Rig. Nous som-

mes revenus sur les ruines du monastère d'Iblis, la tête courbée sous la honte car nous avions trahi notre Dieu, notre Iblis.

» Voici. Je regarde autour de moi dans cette prison sans murs. La nuit a pris une couleur turquoise et la caille des sables prend son vol annonciateur de l'aube. Près de moi, je vois l'ombre silencieuse de mes soixante-trois hommes. Eux aussi attendent les prêtres et le lever du jour. Eux aussi sont impatients de ce qui les attend car cela les libérera de la honte. Il me faut maintenant cesser d'écrire afin d'enrouler ce récit autour de mon corps et le dissimuler ainsi aux yeux des prêtres. Ils ne vont pas tarder et ce sera la fin. Nous ne craignons rien. Pour nous, la mort n'est autre que le repos des muscles las et des yeux lourds, un terme mis à une honte que jamais guerrier d'Iblis n'avait connue.

– Voilà le texte du parchemin de Ben-Admid Tomar.

Larchmont cessa de lire et parcourut l'assistance des yeux.

– Il y a cinquante ans que je conserve cette traduction et je l'ai souvent relue. J'aime bien ce Ben-Admid Tomar. J'aurais voulu le connaître.

Après avoir glissé les papiers dans sa serviette, il se leva lentement.

– Patton est devenu fou lorsque je lui ai montré la traduction. Une heure après, lui, deux de ses assistants et moi-même avons pris la direction des falaises de Charis où il espérait trouver la grotte et détruire ce qui s'y trouverait.

» Nous avons suivi le pied de la falaise jusqu'à ce que nous rencontrions ce qui nous a paru un éboulis monumental. Deux d'entre nous ont escaladé la paroi de la falaise à la recherche d'indices qui prouveraient que cet éboulis avait été provoqué. Il y en avait : la partie supérieure de la falaise était couverte de rainures et d'entailles là où l'on avait glissé des barres de fer et des pics dans les fissures des rochers de manière à ébranler les pierres et à les faire basculer par-dessus la falaise vers la grotte, soixante mètres plus bas.

» Lorsque Patton a découvert cela, il s'est immédiatement transformé. Il avait toujours été un peu fou mais il a comme basculé de l'autre côté. Il n'a plus pensé qu'à une seule chose : pénétrer dans la grotte. On aurait dit un dément. Nous avons passé presque une journée à faire sauter à la dynamite les éboulements qui obstruaient la grotte. Mais cela demandait trop de temps au goût de Patton et celui-ci nous a fait relier trois boîtes de dynamite à un détonateur. J'ai cru que toute la falaise allait s'écrouler mais ce n'a pas été le cas. La dynamite a tout dégagé.

» Une fois la grotte ouverte, lui et ses deux assistants y sont immédiatement entrés malgré mes mises en garde concernant l'air vicié. Ils y sont restés une demi-heure à peu près. Lorsqu'ils en sont ressortis, Patton est venu vers moi et m'a dit que le rouleau ne mentait pas. Ils avaient trouvé dans la grotte les restes momifiés des adorateurs des fils d'Iblis ainsi que six cercueils ornés, toujours posés sur les chariots qui avaient servi à les transporter dans le désert.

Larchmont se massa les tempes comme pour rendre ses souvenirs moins pénibles.

– Je me rappelle toujours Patton me disant que des chevaux momifiés étaient encore attelés aux chariots. Je n'ai jamais su ce que Patton avait vu d'autre.

Tandis qu'il était à l'intérieur de la grotte, il avait mis le feu à tout ce qui s'y trouvait. Ensuite il a fait refermer l'ouverture à la dynamite. La nuit même, Patton et ses deux assistants sont morts à cause de l'air qu'ils avaient respiré dans la grotte.

Il indiqua Cable.

– Cable est archéologue. Il peut vous parler des dangers de la neuromycine. J'aurais probablement dû oublier tout ce qui s'était passé aux falaises de Charis mais j'en ai été incapable. Durant les années suivantes, j'ai fait toutes les recherches possibles au sujet des créatures de la grotte et de celles qui s'étaient enfuies mais je n'ai pas trouvé grand-chose parce que, comme je vous l'ai dit, la guerre entre les deux factions yézidis avait effacé presque tous les écrits relatifs à la progéniture d'Iblis. Ce qui en restait devait être détruit ultérieurement par les prêtres.

» Une dizaine d'années plus tard, en 1942, j'ai été envoyé à Londres par le département d'Etat américain. Mon travail consistait en des recherches sans intérêt qui me laissaient beaucoup de temps libre. J'étais toujours curieux de savoir ce qu'il était advenu des fidèles et des cercueils qui avaient échappé à Ben-Admid Tomar et à ses guerriers. Londres était l'endroit idéal où satisfaire ma curiosité parce que Tomar avait mentionné que les créatures s'étaient embarquées pour une terre qui envoyait de par le monde des soldats aux uniformes rouge et noir. Au milieu du siècle dernier, les Anglais étaient les seuls à porter de tels uniformes.

» Tomar n'indiquait pas le nom du bateau mais il avait mentionné qu'il portait le nom du rongeur qui peut vaincre le serpent. Comme j'étais sur place, j'ai donc décidé de voir ce que je pourrais trouver au sujet d'un bateau nommé *Mangouste*.

» Grâce à ma position et à mes titres, j'avais accès aux archives du musée de la Marine britannique et aux dossiers de la Lloyd's, l'assureur maritime. Les archives du musée faisaient état de trois bateaux construits en Angleterre et portant le nom de *Mangouste* mais un seul correspondait à la période qui m'intéressait. Le bateau avait été construit pour l'East Persian Trading Company. Muni de cette information, je me suis rendu chez Lloyd's où j'ai pu retrouver et lire la liste des cargaisons et les registres de transport du *Mangouste* de 1870 à 1885.

» Je ne m'attendais pas à trouver quoi que ce soit, mais j'ai découvert une confirmation écrite de ce que disait le rouleau. Les registres faisaient état du fait que le *Mangouste* avait embarqué six grands cercueils ainsi que trente et un étrangers et deux étrangères dans le port de Ganaveh Bandar Rig. Le prix de la traversée avait été payé en or au capitaine par l'un des passagers.

» J'avais de nombreux amis au gouvernement britannique et, grâce à eux, j'ai eu accès aux archives de l'East Persian Trading Company : le journal de bord du *Mangouste* contenait le reste de mon histoire. Ce récit était long et, pour gagner du temps, je vais vous résumer ce qui s'est passé après que les fidèles des créatures et celles-ci ont échappé à Ben-Admid Tomar et à ses guerriers.

» Le *Mangouste* avait quitté Ganaveh Bandar Rig le 6 juin 1880. Durant le voyage, neuf des passagers étrangers avaient succombé à des blessures reçues avant de monter à bord ou avaient été victimes de maladies occidentales contre lesquelles ils n'avaient pas d'anticorps. Une fois à quai en Angleterre, le chef de la secte s'était entendu avec le conseil d'administration de l'East Persian Trading Company pour louer le *Mangouste* pour un long voyage. Cette fois encore, il avait payé en or un prix qui dépassait de loin la valeur du navire et ce qu'il pourrait éventuellement rapporter durant les années à venir.

» Le bateau demeura encore trois mois en Angleterre où il fut réaménagé et, en mai 1881, il mit les voiles vers les Etats-Unis avec vingt-quatre passagers et six sarcophages. Il lui fallut treize mois pour atteindre Norfolk, en Virginie. Selon le journal de bord, la maladie et les tempêtes tuèrent douze passagers et de nombreux marins. A l'arrivée, la majeure partie de l'équipage déserta. Les réparations du bateau et le recrutement de nouveaux hommes demandèrent neuf mois. Le *Mangouste* quitta Norfolk en février 1883 et les ennuis commencèrent aussitôt, les morts et les désertions reprenant de plus belle. Plusieurs matelots disparurent sans laisser de trace. A chaque escale, une partie de l'équipage désertait. Il y avait constamment des retards, à tel point qu'il fallut presque trois ans et demi au *Mangouste* pour contourner l'Amérique du Sud, remonter la côte ouest du Mexique et pénétrer enfin dans les eaux territoriales américaines.

» En juillet 1886, le *Mangouste* mouilla dans le port de Dove Harbor, petite ville à quelque soixante kilomètres au sud d'ici.

Childress fit un geste pour attirer l'attention de Larchmont.

– Je connais ce coin comme ma poche et il n'existe pas de Dove Harbor à soixante kilomètres d'ici. En fait, je ne crois pas qu'il y ait un seul Dove Harbor sur toute la côte californienne.

– Vous vous trompez, docteur, répliqua Larchmont. Consultez vos livres d'histoire, surtout ceux consacrés à la période antérieure à 1890. La ville a existé. C'était une ville agréable avec une population d'environ mille personnes. A partir de 1888, elle a été victime d'un certain nombre d'événements : incendies, morts mystérieuses, suicides et, en septembre 1889, toute la ville a été engloutie à la suite d'un tremblement de terre.

» Un mois plus tard, l'étrange succession d'événements et de morts que Jenny vous a décrits se produisait à Ravina.

» Je pense que vous serez d'accord avec moi. On peut facilement supposer que les fidèles des créatures endormies dans leurs cercueils ont profité de l'escale de Dove Harbor pour explorer les environs. Pour une raison ou une autre, Dove Harbor ne leur a pas plu, ce que la ville a chèrement payé. Mais quelque chose les a séduits à Ravina. Ce que c'était demeure encore pour moi un mystère, bien que tout me donne à penser que Ravina pouvait leur offrir un moyen de passer inaperçus. N'oubliez pas qu'il restait très peu de fidèles encore en vie à ce moment-là et qu'il leur fallait absolument opérer secrètement s'ils voulaient survivre.

» Une fois arrivés ici, les fidèles ont rassemblé leurs chariots au sommet de Horrcove Hill et ont institué un rituel complexe d'une durée de six jours qui devait tirer leurs dieux du sommeil. Il faut que je vous explique que le sommeil en Orient ne signifie pas que l'on est endormi ou impuissant. Il signifie que l'on se repose tandis qu'une autre partie de soi veille et reste pleinement consciente. Quoi qu'il en soit, le rituel a commencé ; il devait, en l'espace de six jours, ramener les six dormeurs à la vie et exigeait une vie humaine chaque nuit ainsi que le sacrifice de deux enfants masculins. En cas de succès, les six créatures pourraient revenir à la vie en pleine possession de leurs incompréhensibles pouvoirs.

» C'est alors, ainsi que l'a raconté Jenny, que les décès ont commencé à se produire. Une mort toutes les nuits durant cinq nuits. Jenny et moi croyons que, la sixième nuit, la nuit du réveil final, les habitants de la ville ont escaladé la colline et, dans l'obscurité, ont pendu les six créatures qu'ils avaient surprises dans un état intermédiaire entre le sommeil et l'état de veille. Celles-ci avaient été, durant un bref laps de temps, impuissantes et sans défense. Lorsque les habitants de la ville ont finalement allumé leurs torches, le choc et peut-être le pouvoir moribond des créatures les ont rendus fous.

» Tout à l'heure Jenny vous a parlé de ce qui était arrivé à ces gens. La plupart se sont suicidés, d'autres ont tué leur famille avant de s'enlever à eux-mêmes la vie, d'autres encore ont demandé la mort ou ont été enfermés d'office.

» Maintenant, vous savez pourquoi. Vous savez ce qu'ils ont vu et ce qui les a poussés à agir comme ils l'ont fait.

» Certains d'entre vous se demandent peut-être pourquoi les adorateurs des créatures n'ont pas tenté d'arrêter la populace. Tout ce que je puis vous dire, c'est qu'ils étaient très peu nombreux et que demeurer auprès de ces créatures durant le moment précédant leur résurrection, c'était signer sa propre mort. C'est pour cela qu'ils ont échappé aux pendaisons et ont pu revenir sur la colline pour reprendre leurs dieux et les cacher de nouveau. Durant les années qui ont suivi, ils ont transmis leur savoir et leurs pouvoirs à leurs fils et ceux-ci, comme leurs pères, ont veillé sur les restes des créatures.

» Je ne crois pas que les créatures aient été tuées. Le choc causé par l'interruption du rituel les a replongées dans le sommeil et elles sont probablement devenues des gisants impuissants qui ont attendu pendant cent ans le moment propice à leur rituel de résurrection.

» Dieu nous vienne en aide, murmura Larchmont. Voilà ce qui se passe aujourd'hui à Ravina. Deux êtres démoniaques ont déjà atteint un état partiel de régénération en prenant deux vies humaines. Quatre autres démons vont faire de même, et, ainsi qu'il y a cent ans, vont employer les trois prochaines nuits à se réveiller partiellement. Puis, la sixième nuit, la dernière, ils vont accomplir le dernier acte de leur rituel. A ce moment, chacune des créatures sera en pleine possession de ses pouvoirs et ce sera l'holocauste à Ravina, un holocauste à côté duquel ce qui s'est passé à Dove Harbor n'est rien.

– Je n'en crois pas mes oreilles ! coupa William Seafront. Je reconnais que la première partie de ce que vous avez dit n'était pas sans intérêt, toute cette histoire de rouleau, cette espèce de conte de fées. Mais que vous veniez tout de go nous demander de croire que six créatures surnaturelles originaires d'Iran...

– D'Irak, corrigea calmement Larchmont.

– Iran, Irak, Arabie Saoudite, là n'est pas la question.

– D'accord, dit Larchmont. Mais dites-moi maintenant : où croyez-vous que je veuille en venir ?

– Où ? demanda le médecin militaire. Euh... eh bien, vous nous demandez de croire qu'une secte religieuse quelconque a amené six fils de Satan à Ravina il y a cent ans et que, tout à coup, ceux-ci se réveillent et se mettent à tuer les gens.

Larchmont esquissa un sourire.

– Très bien. C'est exactement là que je voulais en venir. Et votre expression, fils de Satan, est probablement juste parce que j'ai toutes raisons de croire que si Iblis n'est pas le diable lui-même, c'est son cousin.

Seafront adressa à Larchmont un regard mauvais.

– Si vous voulez mon avis, vous nous demandez de croire une sacrée foutaise !

Il jeta un coup d'œil en direction de Jenny McKenzie.

– Excusez mon vocabulaire.

– Franchement, répondit Jenny, ce qui m'intéresse, c'est votre opinion, pas votre langage.

Le médecin militaire soupira, tira de sa poche son paquet froissé de Camel sans filtre et en alluma une. Il retira un brin de tabac de ses lèvres.

– Ces deux derniers jours, j'ai autopsié deux individus et, pour dire les choses comme elles sont, je ne sais pas de quoi ils étaient morts. Maintenant, si vous arrivez à relier ce que vous venez de dire à ce que j'ai à vous révéler concernant les deux corps en question, je serai peut-être tenté d'ajouter foi à votre histoire.

Pris d'une quinte de toux, il recula sur sa chaise, eut un léger sourire puis se remit à tousser encore plus fort.

Larchmont attendit le silence, puis répondit :

– N'oubliez pas que je dispose de peu d'informations sur les fils d'Iblis. En revanche, on en sait beaucoup sur la diablesse de Herron-Bey et sur Iblis.

» Dans les villages voisins de Herron-Bey, on raconte que la Bête s'appelait Garnach. Les villageois l'appelaient la sorcière aux griffes acérées et elle tenait son pouvoir des ongles et des dents qu'elle enlevait à ses victimes.

Seafront remua inconfortablement sur son siège tandis que Larchmont poursuivait :

– Il y a de fortes chances pour que ce soit Garnach, la mère, qui ait tué la prostituée. Les points communs entre la défunte que vous avez examinée et ce que j'ai découvert au cours de mes recherches sont extrêmement troublants. J'ai dit tout à l'heure que ces créatures démoniaques puisaient l'énergie disponible dans un corps. Cherchant une source de régénération, le rejeton de Garnach a libéré cette énergie en attaquant la fille et en lui enlevant ses ongles et ses dents. C'est cette même force qui est à l'origine de ce squelette écrabouillé.

Larchmont porta son regard de Seafront à Sutton.

– Vous avez dit que Seafront avait émis la possibilité qu'un rayon laser ait été employé contre la prostituée. Dans ce cas, je dirais que la force de cette créature égale, voire surpasse, celle d'un rayon laser.

– Que faites-vous du corps en décomposition rapide de l'adjoint au shérif ? demanda Mark Childress. Le corps s'est dissous très vite mais, pour autant que je sache, il n'y manquait rien. Ça fout en l'air votre histoire de rayon laser et de créature ayant besoin de se régénérer.

Larchmont hocha la tête.

– Si je comprends bien, l'adjoint a été amené à la morgue dans un état de décomposition avancée. Comment savez-vous qu'il n'y manquait rien ? D'après ce qu'a dit Sutton, il aurait pu lui manquer la moitié des organes internes et vous auriez été incapables de le dire. Je pense pourtant être en mesure d'expliquer ce qui lui est arrivé.

» Les villageois de la région du mont Herron-Bey ont peur de cette montagne, elle est taboue pour eux. Personne ne s'en approche, à cause de la présence de Gorthcore, sorcière des ombres et des marécages. Personne ne sait de quoi elle se repaît pour rester en vie, mais la légende prétend que tout ce qu'elle touche pourrit sur-le-champ.

» Sa progéniture a touché l'adjoint...

Larchmont agita la main, l'air de dire qu'il ne lui était pas nécessaire de terminer sa phrase.

Dans le silence qui suivit, Seafront extirpa une autre cigarette de son paquet et l'alluma.

– Vous soutenez que c'est la Bête sanguinaire qui a tué la fille et que c'est la force de la sorcière des marais qui a transformé l'adjoint du shérif en purée ?

– Oui. C'est exactement ça.

– Ça par exemple !

Seafront retira sa cigarette de sa bouche avec un grand sourire.

– Que vous ayez trouvé un parchemin en Irak il y a cinquante ans, et que des imbéciles soient morts parce qu'ils avaient pénétré trop tôt dans une grotte, d'accord. Que les habitants de cette ville soient devenus dingues parce qu'ils avaient pendu des gitans il y a cent ans, d'accord aussi. Mais ce que j'ai du mal à avaler, c'est que vous prétendiez qu'une créature démoniaque a enlevé ses ongles à une prostituée et qu'une autre ait réduit à néant un policier rien qu'en le touchant.

Larchmont se laissa tomber sur le bras de la causeuse, retira ses lunettes et se massa la racine du nez.

– Je comprends votre point de vue, docteur, mais que voulez-vous, c'est la conclusion de mes recherches. J'ai recueilli assez d'informations au cours de ma carrière pour avoir toutes les raisons de m'inquiéter pour Ravina. Le problème, c'est que vous avez un esprit logique et rationnel, ce qui vous empêche de prendre en compte l'existence de ce que vous ne touchez pas, ne voyez pas ou n'expérimentez pas.

Larchmont remit ses lunettes, se tourna légèrement et dévisagea le médecin militaire.

– Le Mal existe, docteur Seafront. Il se tapit dans l'ombre et on a du mal à se documenter sur lui pour une foule de raisons. Les créatures auxquelles nous avons affaire sont intelligentes et ne veulent pas que l'on croie en leur existence tant qu'elles ne sont pas rentrées en possession de tous leurs pouvoirs. Platon a dit, me semble-t-il, que le mal se nourrissait d'ignorance. En refusant de croire ce que je vous dis, et même de reconnaître l'existence de ces créatures, vous vous faites leur instrument. Pour l'instant, elles n'ont que des pouvoirs limités et ne désirent pas lutter avec nous. Elles vont donc tout faire pour garder leur existence secrète. Avec l'aide de gens comme vous, elles vont y parvenir.

Martin Larchmont était épuisé, mais la conviction semblait lui donner un regain d'énergie. Il se leva sans quitter Seafront des yeux.

– Il y a cent cinquante ans, votre profession ne croyait pas aux microbes ou aux bactéries parce qu'ils étaient invisibles. Cinquante ans plus tard, vous n'avez pas cru à l'atome pour les mêmes raisons. Et ça recommence ce soir. Le Mal ne cadre pas avec votre vision des choses. Comme vous ne pouvez ni le toucher, ni le voir, pour vous il n'existe tout simplement pas. Ce n'est qu'un conte de fées. Il est regrettable que vous ne tentiez même pas de reconnaître son existence, parce que votre façon de penser pourrait vous coûter la vie.

Il se tourna pour regarder les autres personnes présentes dans la pièce.

– Le Mal se cache tout près d'ici dans la nuit. Un mal qui croît, qui se développe, et qui tue. Les deux nuits dernières, il a déjà montré selon quel processus il comptait opérer : le même qu'il y a cent ans. Je vous serais donc reconnaissant de bien vouloir vous joindre à Jenny et à moi afin de tenter de mettre un terme à tout cela.

– Quel processus ? cria Seafront. Un processus implique une continuité et un certain degré de visibilité.

– Il est déjà en cours, dit Larchmont, depuis deux nuits, et, si on ne fait rien, on aura deux décès de plus dans les quarante-huit heures. Dont l'un ce soir même, shérif.

Il s'adressa de nouveau à Seafront :

– Autre chose : à un moment ou à un autre, deux enfants vont disparaître comme par enchantement. Personne ne saura ce qui est arrivé ni pourquoi ils auront subitement disparu, mais ils seront bel et bien introuvables. Peut-être alors croirez-vous que cette ville a de sérieux ennuis.

Pour la première fois depuis le début de la réunion,

Henry Sutton prit la parole d'une voix basse et tendue :

– Vous employez le terme *créatures* ou *créatures diaboliques*. C'est peut-être une question stupide mais pourriez-vous me dire à quoi ressemblent ces êtres ?

Larchmont hocha la tête.

– Ce n'est pas une question stupide et je peux vous dire que j'ai vu des dessins de la Bête, exécutés par des villageois du mont Herron-Bey. Si vous en aviez vu une, vous le sauriez, croyez-moi.

Sutton se rassit en regardant Larchmont intensément.

– A supposer que je vous croie sur parole, comment m'y prendre pour leur mettre la main dessus ? Et, ce qui est plus important, comment les tuer ?

Larchmont s'éclaircit la gorge comme si la réponse qu'il s'apprêtait à faire présentait quelque difficulté.

– Pour ce qui est de les trouver, je serais d'avis qu'on privilégie la zone où les corps ont été découverts. Pour en venir à bout, j'ai bien peur que ce ne soit une autre paire de manches. J'ai bien un plan et une ou deux idées, mais je ne suis pas sûr de ce qu'ils valent.

Henry Sutton, le visage dénué de toute expression, ne quittait pas Larchmont des yeux. Puis, alors qu'il semblait vouloir poser une question, Seafront fut saisi d'une crise de toux et se leva de sa chaise.

– Excusez-moi, monsieur Larchmont, mais il se fait tard et j'ai une grosse journée demain. Il faut que j'y aille. Vous venez, Mark ?

Childress acquiesça tout en se levant.

– Il est plus tard que je pensais. Je commence tôt demain matin.

Evitant le regard de Larchmont, Childress fit signe à Seafront.

– J'arrive.

John Cable eut un creux à l'estomac lorsqu'il vit le regard de Larchmont aller des médecins à Henry Sutton.

– Partez-vous aussi, shérif ?

Cable savait quelle serait la réponse de Sutton mais il supplia mentalement Sutton de ne pas partir et d'offrir davantage à Martin Larchmont qu'une froide indifférence.

Sutton était aussi impénétrable qu'un bloc de granit. Il secoua la tête.

– Je regrette, mais ce que vous aviez à nous dire me passe un peu trop au-dessus de la tête.

Il se leva, prit son Stetson, baissa les yeux sur le petit professeur avec, dans le regard, une pointe de compassion.

– Je pense personnellement qu'il y a un psychopathe en liberté dans Ravina, un psychopathe responsable au moins de l'un des meurtres et probablement des deux mais, quoi qu'il en soit, je suis sûr que le tueur est humain. Dément mais néanmoins humain.

Au moment où Sutton allait partir, Cable voulut prendre la défense de Larchmont mais en fut incapable. Il ne savait tout simplement pas comment argumenter avec Seafront ou Sutton. C'est alors qu'il s'aperçut que, tout comme les autres, lui non plus ne croyait pas un mot de ce que venaient de dire Jenny McKenzie et Martin Larchmont.

Ce dernier, les yeux grossis par ses verres à triple foyer, essaya une dernière fois de retenir Sutton.

– Shérif, vous oubliez une chose.

Henry Sutton s'arrêta et se retourna pour regarder Larchmont.

– Le rite de la résurrection a besoin pour s'accomplir de la présence des corps de deux enfants mâles. Lorsque les enfants disparaîtront, revenez me voir. On pourra peut-être alors mettre au point un plan pour arrêter ces créatures.

Une ombre passa sur le visage de Henry Sutton tandis qu'il prenait congé. Il mit son Stetson, adressa un sourire à Jenny McKenzie, puis rejoignit Seafront et Childress dans la nuit.

Le bruit de la porte d'entrée qui se fermait accentua le lourd silence qui pesait sur le living des McKenzie ; Larchmont se mit à tourner en rond. Il s'arrêta lorsque son regard croisa celui de Cable.

– Tu ne me crois pas, toi non plus, n'est-ce pas, John ?

Incapable de mentir à l'homme qui était comme un père pour lui, Cable essaya de regarder Larchmont dans les yeux, sans y parvenir.

– Je... je voudrais... j'ai essayé.

Son aîné l'arrêta d'un geste.

– Laisse. J'ai mis des années à me convaincre de ce que je vous ai raconté ce soir. Je ne m'attendais pas vraiment à ce qu'on croie ce que nous avons essayé de démêler, mais j'espérais pourtant...

Il hocha la tête puis se dirigea vers Jenny McKenzie. Elle était toujours assise sur la causeuse, sa fille penchée au-dessus d'elle. Larchmont tendit la main à Jenny, qui la prit entre les siennes. Un instant plus tard, ils quittèrent tous deux le living.

– Ta mère, ça va ? demanda Cable.

– Elle est fatiguée, déprimée, elle a peur... Pas pour elle-même mais pour moi, pour toi, pour la ville.

Après un silence, elle ajouta :

– Est-ce que je sais, moi ? Après tout je ne suis que sa fille.

– Charlcie, on a déjà réglé tout ça dans la cuisine, si tu te souviens bien. Tu lui parleras demain matin quand vous aurez pris toutes les deux une bonne nuit de repos.

Elle le regarda.

– Tu es toujours aussi logique ?

Cable soupira et lui prit la main pour la ramener vers le canapé.

– Non, mais cette situation bien particulière me semble exiger de la logique.

Il s'assit près d'elle et ils posèrent leurs pieds sur la table basse.

Elle toucha son pied du sien.

– Il va falloir faire quelque chose à propos de ta façon de réagir rationnellement à des situations irrationnelles. Ta tournure d'esprit va bien avec ton côté professeur d'âge mûr qui porte des pantalons en polyester.

– Je ne suis pas certain de comprendre, dit Cable en contemplant le feu qui se mourait dans l'âtre.

– Il ne t'arrive donc jamais de perdre ton sang-froid ? De manifester de l'émotion ? De râler, de délirer ou de t'emporter au lieu de tout analyser et décortiquer ?

– Tu veux dire, est-ce que je suis toujours ennuyeux ?

Il bâilla, puis répondit à la question qu'il venait lui-même de poser :

– Probablement. Mais c'est toi qui me vois comme ça.

– Ce n'est pas que tu sois ennuyeux. Tout ce que je

veux savoir, c'est s'il t'arrive de pester ou de t'énerver ?

Question difficile, se dit Cable tout en essayant de se rappeler si ça lui était déjà arrivé.

– J'ai dû râler et délirer un peu quand ma femme m'a quitté. Il y a eu aussi cette fois au lycée lorsque des grands m'ont déculotté et m'ont enfermé dans le vestiaire des filles. J'ai crié jusqu'à ce que des filles sortent de la douche pour voir ce qui se passait. Je n'avais pas crié si fort que ça. Quand j'ai compris ce qu'elles avaient en tête, la logique a repris ses droits et je suis devenu très calme.

Elle vint se blottir contre lui et mit sa tête contre son épaule.

– Si tu as fait ce que je pense, tu as définitivement de la classe. Combien de filles sont sorties de la douche, dis-tu ?

– Vingt-deux.

– Hein ? demanda-t-elle, l'air profondément ensommeillé tout à coup.

– Je blaguais.

– Tu n'es pas du tout ennuyeux, grommela-t-elle. Tu as seulement une approche rationnelle des choses.

Tandis que Cable se demandait si cela voulait dire qu'il n'avait aucune spontanéité, la respiration de Charlcie se fit plus profonde et Cable ferma lui-même les yeux.

Comme il n'était pas tard, Henry Sutton décida de passer faire une visite de routine au poste avant de rentrer. Arrivé sur place, il fut mis au courant de ce qui était arrivé à Michael Shehane, un gamin de quatre ans et demi, disparu de chez lui trois heures auparavant alors que ses parents étaient à la maison. En apprenant la nouvelle de la bouche du standardiste, Sutton crut qu'il allait vomir. Sa nausée lui passa mais les paroles prophétiques de Martin Larchmont l'obsédèrent le reste de la nuit.

13

Louellen Mae Harnes aimait se représenter sous les traits d'une mère tendre et aimante. Ce qui ne l'empêcha pas de regarder jusqu'à la fin une rediffusion de *Ma sorcière bien-aimée* avant de songer à s'inquiéter du retard de sa fille.

Tout en cherchant les clés de sa voiture dans le living, elle entendait la voix d'un présentateur à la télévision.

– Le film d'horreur de ce soir n'est décidément pas pour les petites natures. Ce soir, nous sommes fiers de vous présenter *La Créature du lagon noir*.

Louellen Mae Harnes grommela et éteignit la télé. Quel malheur d'avoir pour fille une petite hypocrite dissimulatrice, une menteuse, disparue de surcroît, et qu'elle allait être obligée de sortir chercher à cette heure de la nuit ! Cette petite garce allait lui faire rater un film. Elle jura et essaya de se rappeler si elle avait vu le film en question, mais cela n'avait pas d'importance. Aucune importance. Elle en avait marre.

Dans la pâle lueur du téléviseur qui s'éteignait, Louellen saisit par le poignet son fils de trois ans, qui dormait sur le canapé. L'enfant se réveilla mais eut la sagesse de ne pas crier et se laissa traîner jusqu'à la voiture, puis pousser sur le siège arrière comme une valise. Sourd de naissance, l'enfant sentit sa mère se mettre au volant avant de se rendormir.

Louellen Mae était d'humeur exécrable, ce qui n'était pas sans affecter sa manière de conduire dans le brouillard. Elle aurait dû se douter de quelque chose. Tammy filait trop doux depuis quelque temps : pas un mot plus haut que l'autre, pas de bouderies, toutes les tâches domestiques exécutées en moins de deux. Louellen Mae était trop bête : elle savait au fond que sa fille mijotait quelque chose et elle n'était pas déçue. Elle était passée à l'action en sortant de table la veille au soir.

« Cynthia Wyckoff donne une petite fête chez elle demain, avait dit Tammy tout en débarrassant la table. J'aimerais bien y aller. »

Louellen n'arrivait toujours pas à croire qu'elle avait autorisé sa fille à se rendre à cette fête. Elle aurait dû refuser. Elle n'avait jamais rencontré la petite Wyckoff. Elle savait seulement que c'était une gosse de riches et qu'elle habitait une belle maison avec piscine couverte. Mais non, elle avait été stupide et Tammy était allée tout droit chez les Wyckoff en sortant de l'école. C'était du moins ce que lui avait fait croire sa fille.

Celle-ci rappelait souvent à Louellen ce qu'elle était elle-même. C'était cela qui l'avait incitée à téléphoner à Mme Wyckoff « juste pour m'assurer que ma fille est bien arrivée ».

Maintenant, trois heures plus tard, Louellen entendait encore le ton de condescendance dans la voix de Mme Wyckoff :

– Cynthia est ici mais je n'ai pas vu Tammy... Non, Cynthia ne donne pas de fête... Bien, je souhaite sincèrement que vous retrouviez votre fille, madame Harnes.

Ce n'était pas ce que Mme Wyckoff avait dit qui mettait Louellen hors d'elle-même, c'était la façon dont elle l'avait dit. Elle lui avait parlé comme si elle était une moins-que-rien.

Le souvenir de cette conversation ne fit que raviver la mauvaise humeur de Louellen Mae. Elle accéléra dans le brouillard, conduisant la voiture vers un petit bois près de Livermore Creek. Lorsqu'elle allait à l'école, le bois s'appelait le Coin des Amoureux. Elle avait récemment appris qu'on l'appelait désormais le Paradis du Préservatif. Sa fille était sûrement là, en train de s'envoyer en l'air avec ce sale métèque de Joe Santos. Elle les trouverait sans mal, malgré la nuit et le brouillard. Santos avait une voiture tape-à-l'œil et si basse que son pare-chocs raclait le trottoir à chaque fois qu'il s'engageait dans l'allée du garage.

Elle allait les prendre sur le fait. Elle poursuivrait Santos pour détournement de mineure et interdirait à sa fille de sortir pendant au moins un an. Là, Tammy aurait le temps de faire son travail. Louellen sourit. La maison allait reluire comme un sou neuf.

Elle repéra l'embranchement et quitta la route nationale pour s'engager sur un chemin de terre bordé de grands arbres. Contrairement à la coutume, Louellen garda ses feux de route allumés, ce qui fit se redresser les couples dans les voitures. Ils lui adressèrent des gestes obscènes. Elle se contenta de rire sans éteindre ses phares.

La route sur laquelle elle se trouvait n'était qu'une

bretelle d'un peu plus d'un kilomètre qui menait à la route principale. A mesure qu'elle roulait, elle rencontrait de plus en plus de voitures en stationnement. Conduisant lentement, Louellen Mae vérifiait au passage les voitures, à la recherche d'un véhicule surbaissé rouge qu'elle ne trouva pas.

Elle reprit la route nationale et s'éloigna en direction de l'autre rendez-vous d'amour de Ravina, à savoir le versant ouest de Horrcove Hill.

Le cimetière occupait le flanc est mais, à l'ouest, là où montait en lacet une route de gravier sous les arbres, il y avait des tas d'endroits où garer sa voiture. Durant la journée, les amoureux s'asseyaient dans leur voiture pour contempler l'océan. La nuit, ce spectacle était le cadet de leurs soucis.

Toute à sa colère et à son esprit de vengeance, Louellen faillit rater l'embranchement. Freinant brutalement, elle tourna le volant vers la droite et la voiture sortit en zigzaguant de la nationale pour s'engager dans le chemin de terre.

La petite visite qu'elle venait de faire au Paradis des Préservatifs avait réveillé de vieux souvenirs chez Louellen Mae Harnes. Autrefois, la vie était douce. Elle était belle et avait des petits amis à ne plus savoir qu'en faire. Mais maintenant, avec quinze ans et quinze kilos de plus, les occasions se faisaient rares. Cela l'effrayait parce que son troisième mariage était en train de couler. Son mari travaillait de nuit dans une laiterie et il voyait d'autres femmes, elle en était certaine. On ne passe pas douze heures avec les vaches pour rentrer ensuite chez soi en empestant le vin et le parfum bon marché. Elle l'aurait bien chassé de la maison mais le divorce ne lui souriait guère : Louellen Mae Harnes détestait vivre seule et rien ne prouvait qu'elle aurait encore la capacité et les atouts physiques pour mettre le grappin sur un quatrième mari.

Elle poussa un soupir amer en se rappelant son premier mariage, dont Tammy avait été la cause déterminante. Ça avait duré dix mois.

A vingt-six ans, elle avait rencontré et épousé un routier du nom d'Anthony Fiori. Enfin, c'était un brave type, se dit-elle tout en roulant doucement près de deux voitures garées. Anthony avait pris soin d'elle et de sa fille adoptive. Le mariage avait bien marché durant cinq ans. Le garçon qui se trouvait sur le siège arrière, Anthony Jr, était tout ce qui lui restait de son défunt mari. Neuf mois plus tôt, celui-ci s'était endormi au volant de sa semi-remorque. Le camion et Anthony Fiori, ainsi que dix tonnes de dinde congelée, avaient quitté la route à vingt-cinq kilomètres de Ravina.

Peu désireuse de passer dix autres années toute seule, elle avait épousé le premier homme qui l'avait remarquée. Cet homme était Eric Harnes et ils ne s'étaient mariés que dix semaines après l'enterrement d'Anthony Fiori. Dès le premier jour, Louellen s'en était voulu d'avoir été aveugle à ce point. Il lui avait fait une cour du tonnerre, il était génial au lit et elle n'y avait pas regardé de plus près. Elle se trouvait maintenant coincée avec un alcoolique avéré et coureur de jupons qui s'envoyait en l'air avec tout le monde dans le pays sauf elle. Il y avait sept mois qu'ils étaient mariés et elle se demandait si cela durerait encore un an.

Elle arriva au sommet de la colline et y longea au pas une quinzaine de voitures garées. Pas de voiture surbaissée rouge vif.

Elle quitta la route de gravier et s'engagea sur une étroite route goudronnée qui devait la mener au cimetière et, de là, chez elle.

Descendre au cimetière Horrcove lui rappela une foule de souvenirs. Son père et Anthony Fiori étaient enterrés là, à moins de cinq mètres l'un de l'autre. Après son mariage, ils étaient devenus bons amis et Anthony avait été aussi affligé qu'elle lorsque son père était décédé un an auparavant. Trois mois plus tard, ç'avait été le tour d'Anthony.

Le brouillard était plus dense dans le cimetière qu'au sommet de la colline. Elle agrippa le volant des deux mains, ralentit, et essaya de voir à travers le pare-brise. Elle éprouva du remords à la pensée qu'elle n'avait pas visité la tombe d'Anthony une seule fois depuis des mois. Après les funérailles, elle avait fait le vœu d'aller s'y recueillir tous les jours jusqu'à la fin de sa vie. Elle avait tenu sa promesse pendant environ deux semaines. Puis elle avait rencontré Eric et n'y était pas revenue depuis le week-end où il l'avait emmenée au *Madonna Inn* sur la côte.

Une rafale de vent balaya le brouillard et Louellen profita de la visibilité pour rectifier la trajectoire de sa voiture. Elle arrivait à un virage près des tombes d'Anthony et de son père lorsqu'un mur de brouillard se forma devant elle. Elle freina, sentit les pneus se bloquer et déraper sur le goudron. Une fraction de seconde plus tard, l'avant de la voiture s'enfonça, comme si la route se dérobait sous elle. Un bruit de tôle froissée envahit l'habitacle lorsque la carrosserie et l'essieu avant butèrent contre quelque chose de dur.

Louellen Mae ne prit pas la peine de sortir de voiture pour voir ce qui venait de se passer : son véhicule avait quitté la route et tout l'avant était dans le fossé. A en juger par son inclinaison, les roues arrière ne devaient même pas toucher le sol. Tenter de remettre la voiture sur la route serait peine perdue, se dit-elle, mais elle essaya et ce fut effectivement en vain.

– Merde !

Elle accompagna cette exclamation rageuse d'un coup sur le volant puis se retourna pour regarder l'enfant endormi sur le siège arrière. Elle remercia le ciel qu'il ne se soit pas réveillé. Ce n'était pas le moment qu'il se mette à brailler.

Louellen Mae songea laisser son fils pour aller chercher du secours mais il faisait froid et humide, il y avait du brouillard, et elle craignait de se perdre avant de sortir du cimetière. Il faisait chaud à l'intérieur de la voiture. La décision était facile. Elle resterait là où elle était.

Elle s'adossa au fond de la banquette et monta le chauffage. Le moteur de la voiture tournait encore et les phares étaient allumés. Elle aimait la manière dont leur faisceau se réfractait sur le brouillard et illuminait l'intérieur de la voiture. La lumière la rassurait. Juste avant de s'endormir, elle se rappela que les tombes de son père et de son mari étaient à moins de cinq mètres. Ils étaient tout près et veilleraient sur elle. Cette pensée lui plut et elle s'y accrocha en s'endormant.

Un faible gémissement la réveilla. Elle s'étira en essayant de se rappeler où elle se trouvait. Cela lui revint soudain et elle se redressa vivement tout en regardant autour d'elle. Le moteur de la voiture marchait toujours, tous feux allumés, mais le brouillard semblait maintenant moins épais, presque transparent. Secouant la tête afin de s'éclaircir les idées, elle tenta de se souvenir du bruit qui l'avait réveillée. Elle n'en était pas certaine mais elle avait cru entendre quelqu'un l'appeler. Impossible. Elle était coincée au beau milieu d'un cimetière en pleine nuit, il n'y avait pas un chat à la ronde et encore moins quelqu'un qui connût son nom. Elle avait un mauvais goût dans la bouche et on aurait dit que le chauffage faisait pénétrer un air putride dans la voiture.

Elle tourna la tête pour regarder par la fenêtre. Le brouillard avait vraiment faibli. Elle discernait la silhouette des pierres tombales et des pins de chaque côté de la voiture.

S'installant au fond du siège, elle ferma les yeux en priant pour retrouver le sommeil en attendant le matin.

Quelques instants plus tard, son nom retentit de nouveau dans l'obscurité et la brume. Elle se redressa comme un chat effrayé, les poils de la nuque hérissés. Qu'est-ce que c'était ? Une blague ? Santos et Tammy Fae l'auraient-ils suivie dans le cimetière ? Se paieraient-ils sa tête, des fois ? Si oui, elle les tuerait. Ce n'était pas drôle du tout.

Cela recommença : quelqu'un prononçait son nom, mais de manière déformée et grave, un peu comme lorsqu'on passe un quarante-cinq tours à la vitesse d'un trente-trois tours.

Elle entendit de nouveau son nom, plus clairement, plus proche, mais cette fois, ce qu'elle entendit lui évoqua quelque chose d'horrible. Elle en eut le souffle coupé. Elle ne connaissait qu'une seule personne qui prononçait son nom de cette façon, en mouillant les « l », et c'était son père.

Une fois de plus, dans la nuit se fit entendre le familier « Louellen Mae »...

– Ah zut ! murmura-t-elle.

On aurait vraiment dit son père.

Cela venait de derrière la voiture. Elle se retourna pour tenter de percer les ténèbres.

– Louellen Mae...

Horrifiée, elle se mordit la lèvre.

– Ce n'est pas possible... Papa est mort... Papa est mort...

Elle essayait de voir d'où venait le son. Mais il faisait trop noir.

Soudain, elle tendit la main, s'empara du levier de vitesse et passa la marche arrière. Les feux s'allumèrent aussitôt. Ses ongles s'enfoncèrent dans le cuir du siège tandis qu'elle scrutait les pierres tombales par la vitre arrière de la voiture. Rien. Il n'y avait toujours rien... Non, une minute : il y avait quelque chose, juste au-delà de la lumière des phares.

Ses pensées s'enchaînèrent à toute vitesse dans une confusion irrationnelle. C'est seulement un arbre, une stèle, une ombre. Non, c'est un arbre. Mais les arbres ne bougent pas et cela bouge... et s'approche !

Se recroquevillant sur son siège, les yeux écarquillés par l'horreur, Louellen Mae vit l'ombre s'avancer lentement, d'un pas hésitant, vers la droite de la voiture. Elle marchait curieusement sur de faibles jambes désarticulées comme une marionnette sans fils mais n'en continuait pas moins d'avancer, centimètre par centimètre.

De la salive s'échappa de la commissure des lèvres

de Louellen Mae tandis qu'elle se faisait toute petite sur le siège de la voiture. Elle fut incapable de détacher son regard du spectre qui venait vers elle en titubant lorsque celui-ci boucha de sa masse sombre toute la vitre du côté passager.

Paralysée, elle essaya de comprendre. La forme qui se tenait là près de la voiture avait l'air d'un épouvantail vêtu de loques noires. Le toit de la voiture l'empêchait de voir son visage. La forme prononça encore une fois son nom et la salive qu'elle avait sur les lèvres se transforma en écume tandis que le choc lui faisait perdre la tête.

Ce n'est pas vrai, pensa-t-elle, saisie d'une envie de crier à la forme ce qui venait de lui passer par l'esprit. C'est alors qu'elle vit les insignes au revers du veston noir... L'insigne des Elans, et, juste à côté, celui du trente-deuxième degré maçonnique. Son père appartenait au club des Elans... à la loge maçonnique. Tout à coup elle se figea lorsque la forme entreprit de se pencher et inclina son visage comme pour la regarder.

La bouche ouverte, les yeux fixes, Louellen Mae Harnes vit apparaître à la fenêtre de la voiture un crâne souriant aux dents cassées. Pendant une fraction de seconde, elle s'accrocha à l'idée que le vampire décharné qui se trouvait à l'extérieur de la voiture n'était qu'un masque de carnaval. Cet espoir mourut lorsqu'elle vit les dents de l'apparition souriante. Il lui en manquait quatre... celles mêmes que son père avait perdues des années auparavant dans une querelle d'ivrognes. Elle comprit lentement ce qu'elle avait devant les yeux et se mit à hurler.

Elle hurla jusqu'à en perdre la voix, la gorge

nouée. Puis, dans le silence qui suivit, elle entendit la chose lui parler :

– ... Louellen Mae, j'ai amené quelqu'un avec moi.

Elle leva les yeux vers la face macabre juste à temps pour voir un doigt osseux pointé vers elle. Ce geste la fit se tasser contre la portière de la voiture. Elle n'arrivait pas à quitter des yeux le doigt squelettique. Elle jeta d'une voix âpre :

– Va-t'en ! Fous le camp d'ici !

– J'ai amené quelqu'un avec moi.

Le doigt osseux aux tendons desséchés était toujours pointé vers elle.

C'est alors seulement qu'elle se rendit compte que ce n'était pas sur elle que le doigt était pointé mais sur quelque chose derrière elle. Hypnotisée par l'apparition, la tête vide et les sens engourdis, elle commença à se retourner lentement pour voir ce sur quoi le doigt était pointé. Ses mouvements étaient lents et saccadés mais elle pivota sur son siège pour finalement se retrouver face à son défunt mari, dont le visage décharné, collage d'os et de chair pourrie, était à moins de trente centimètres du sien. Il la regardait de ses yeux caves et desséchés qui ne cillaient pas. Elle vit tout cela dans le reflet lumineux que renvoyaient ses phares. Elle vit le corps brisé, le crâne déformé et tous les traumatismes de l'accident de camion qu'un cercueil fermé l'avait empêchée de voir.

– Vous n'êtes pas mon Tony.

Elle parla d'une voix très douce, bouche bée et ayant presque perdu l'esprit.

– Mon Tony dort au paradis. Allez-vous-en ! Je vous en prie, allez-vous-en !

Sa supplication se transforma en hurlements et ses intestins se relâchèrent lorsque le visage de son mari essaya de lui parler à travers des dents abîmées qui tenaient à peine, sur une mâchoire cassée et décrochée d'un côté. Le visage toussa et sembla presque s'étrangler dans les restes en décomposition de sa gorge. Mais des sons se firent entendre, graves, gutturaux, éraillés :

– ... Lou... Louellen...

C'est alors que Louellen Mae Harnes se boucha les oreilles, ferma les yeux et hurla de plus belle.

Elle ne vit pas les corps de son père et de son mari basculer et s'écraser sur le sol. Elle ne vit pas non plus la forme noire massive sortir du brouillard. Elle hurlait toujours lorsqu'un bras puissant passa par le toit de la voiture et la frappa à la nuque. Elle mourut sur le coup et ne vit jamais les canines effilées comme des lames de rasoir qui lui pénétrèrent la nuque et le crâne.

L'enfant sourd endormi sur le siège arrière bougea à peine lorsqu'un bras le tira doucement de la voiture. Il ouvrit les yeux et regarda ce qui l'emportait dans la nuit. Aussitôt, un calme étrange s'empara de lui et il retomba dans son sommeil, sans effort, sans une pensée.

Les faisceaux des phares continuaient à rebondir contre le mur de brouillard, jetant une faible lueur sur les cadavres étendus près de la voiture et sur le corps qui se trouvait à l'intérieur. Sous le coup puissant qui lui avait été assené, la tête de Louellen Mae Harnes avait été projetée contre le volant ; son menton pesait sur le klaxon qui émettait un bruit continu, presque funèbre, non sans rapport avec le climat de mort et de destruction qui régnait dans le cimetière Horrcove.

14

Henry Sutton s'arracha à son cauchemar et s'obligea à se réveiller. Il avait la bouche sèche et, sur les lèvres, le goût salé de sa propre sueur. Il s'assit dans son lit en essayant de se rappeler le rêve qu'il venait de faire. Il n'en restait pas grand-chose mais les visions troubles de corps mutilés, d'un garçon disparu, de parents angoissés et des créatures démoniaques de Martin Larchmont flottaient autour de lui dans l'obscurité.

Il s'assit au bord de son lit et regarda la lente progression des chiffres verts du réveil électronique : 4 h 34... 4 h 35... Irrité, lorsque le cadran indiqua 4 h 36, il était dans la salle de bains et s'aspergeait le visage d'eau froide en essayant de ne pas penser au garçon disparu et à la prophétie de Larchmont.

Il se rasa lentement, prit une longue douche, et termina en faisant couler l'eau froide pendant près d'une minute. Lorsqu'il sortit de la douche, il se sentait de nouveau presque humain.

Il revint dans sa chambre, ouvrit la porte du placard et poussa un juron. Il n'avait plus d'uniforme propre. Il y en avait six chez le teinturier au centre-ville. Les six autres étaient dans un panier d'osier dans la salle de bains. La veille, il avait voulu passer les prendre mais les événements l'en avaient empêché. Il revint à la salle de bains, choisit la chemise et le pantalon le moins froissés, les posa sur un cintre dans la salle de bains pleine de vapeur puis alla fouiller dans le réfrigérateur, qui était presque aussi vide que son placard. Il se contenta finalement de carottes râpées, de pêches en conserve, d'un reste de bacon et de quatre tasses de café instantané préparées directement au robinet d'eau chaude de la cuisine. Toujours en slip, il repassa son uniforme avec un fer de voyage et s'habilla.

Il faisait encore nuit lorsque Sutton monta dans sa voiture de patrouille et s'engagea dans les rues désertes de Ravina. Il se gara sur le parking du personnel et prit l'ascenseur jusqu'au premier étage, où se trouvait son bureau. Dès l'instant où les portes de l'ascenseur s'ouvrirent, il sut que quelque chose n'allait pas. Le couloir était rempli d'hommes en uniforme qui piétinaient près de la salle de réunion. En s'avançant dans le couloir, il entendit la voix stridente du chef de l'équipe de nuit qui aboyait ses instructions aux adjoints. Sutton ne comprit pas de quoi Slatkin parlait, mais ce dernier n'avait pas l'air content. Et quoi encore ? pensa Sutton en longeant le couloir pour venir s'arrêter derrière les hommes debout dans l'entrée de la salle.

Jetant un coup d'œil à la ronde, Sutton fut intrigué de voir tant d'hommes en uniforme réunis là. Il en fit le décompte rapide et s'aperçut que ses deux équipes, celle de nuit et celle de jour, étaient entassées dans la pièce exiguë. Cela n'était jamais arrivé : ses hommes avaient beau aimer leur travail, celui-ci terminé, ils rentraient chez eux.

Essayant toujours de deviner ce qui se passait, Sutton resta dans l'ombre et observa Slatkin.

Andrew Slatkin était debout derrière un pupitre à l'autre bout de la salle. Dans la police depuis près de trente ans, Slatkin était un homme simple doté d'un solide sens de l'humour. Mais pas cette nuit-là.

– Reber ! hurla-t-il.

Un adjoint aux cheveux blonds, assis près de l'estrade, se leva. Slatkin le montra du doigt.

– Je veux que vous et Grayson vous rendiez à l'hôpital et accompagniez l'ambulance sur les lieux. Retenez les personnes présentes dans la mesure du possible et, lorsque les ambulanciers auront fini, je veux que vous les raccompagniez à l'hôpital.

Reber et Grayson se levèrent mais Slatkin n'avait pas terminé.

– Quoi qu'il arrive pendant que vous serez là-bas, ne les perdez pas de vue. Je veux connaître leurs faits et gestes sur les lieux.

Les deux hommes se dirigèrent vers la sortie en se frayant un chemin parmi l'assistance. Reber remarqua la présence de Sutton au passage et ralentit le pas d'un air préoccupé. Sutton lui adressa un signe de la tête. C'était Andrew Slatkin qui commandait à cette heure et il n'allait pas empiéter sur son autorité. Grayson et Reber avaient reçu leurs ordres et, d'un geste de la main, il leur fit signe de poursuivre leur route.

– Caruthers, jappa Slatkin.

Un homme appuyé contre le chambranle de la porte, devant Sutton, s'avança dans la pièce et leva la main de manière que Slatkin puisse l'apercevoir.

– Je veux que vous vous rendiez chez les Harnes et que vous me rameniez le mari et la fille.

Caruthers acquiesça et s'apprêta à partir. La voix du commandant l'arrêta net :

– Et, Caruthers, ne leur posez pas de questions et ne leur donnez pas d'informations. Laissez-nous ça, à Sutton et à moi. Vous pensez en être capable ?

Caruthers hocha la tête et s'en alla, l'air irrité.

Le comportement de Slatkin fit hocher la tête à Sutton. Caruthers était un bon flic et ne méritait pas les commentaires sarcastiques de Slatkin.

Henry Sutton connaissait Andrew Slatkin depuis des années et il ne l'avait jamais vu ridiculiser un de ses hommes. Ce n'était pas dans son tempérament et Sutton se demanda une nouvelle fois ce qui pouvait bien se passer.

Après un moment d'hésitation, il décida finalement de se manifester et s'avança. Comme il était le plus grand de l'assistance, Slatkin le remarqua aussitôt et sa réaction prit Sutton complètement au dépourvu.

– Ça alors ! commenta sèchement Slatkin. Le shérif qui se décide à venir bosser. Heureux de voir que vous avez enfin décidé de mériter votre salaire.

Sutton traversa la pièce la tête haute, impassible. Les autres policiers s'écartèrent en se bousculant pour le laisser passer.

– Où étiez-vous passé ? lui demanda Slatkin à voix forte dans le micro. Mes hommes ont passé la nuit à cogner à votre porte et le standardiste a essayé de vous joindre par téléphone. L'opératrice a dit que vous aviez sans doute décroché. Bon Dieu, Henry, on est censé pouvoir vous joindre à toute heure.

Blêmissant, Sutton essaya en vain de se rappeler s'il avait décroché le téléphone. Quant aux policiers frappant à sa porte, tout ce dont il se souvenait, c'était de son mauvais rêve. Il n'avait rien entendu, ni coups frappés à sa porte, ni sonnette. Il se pouvait que cela soit dû à son cauchemar mais ce n'était ni le lieu ni le moment d'en discuter, pas devant le corps de police de Ravina au grand complet.

Sutton monta sur l'estrade, se dirigea vers Slatkin et avant que celui-ci ait eu le temps d'ouvrir la bouche, il mit ses mains autour du micro fixé au pupitre pour le rendre silencieux.

– Je ne sais pas ce qui se passe ici, Andy, mais on ne va pas régler ça devant les hommes.

Slatkin regarda Sutton et tout à coup toute colère sembla se retirer de son visage.

– On a eu une nuit démente. Démente.

– Ça se voit, dit Sutton. Allons dans mon bureau. Vous me raconterez tout.

Il retira ses mains du micro et s'adressa aux autres :

– J'ignore ce qui s'est passé cette nuit mais, pour l'instant, je veux voir l'équipe de jour dans les rues. L'équipe de nuit, ça suffit pour aujourd'hui.

Sutton ouvrit toute grande la porte de son bureau. Slatkin y entra et se laissa tomber sur une chaise. Sutton referma la porte d'un coup de pied et alla vers son bureau. De l'un des tiroirs, il tira une bouteille de whisky irlandais et deux gobelets de carton. Il les remplit et en tendit un à Slatkin.

– On boit d'abord, on cause ensuite.

Slatkin vida son verre d'une traite et le tendit à Sutton pour qu'il le lui remplisse à nouveau. Sutton s'exécuta en se disant que son subordonné avait dû passer un sale moment.

– C'est pas pour me plaindre, dit Slatkin, mais il y a du marc de café dans ce gobelet.

Sutton haussa les épaules.

– Je n'ai pas fait attention. Impossible de dire ce qu'il y a dans le mien.

– Peu importe. J'en prendrais bien un autre.

– Non.

Slatkin se laissa aller contre le dossier de sa chaise. On aurait dit tout à coup qu'il cherchait ses mots. Sutton ne le pressa pas. Slatkin parlerait lorsqu'il serait prêt à le faire.

– Henry, je n'ai jamais rien vu qui ressemble à ce que j'ai vu cette nuit. On aurait dit... quelque chose venu d'un autre monde. Pour commencer, on a reçu un appel de quelqu'un qui se plaignait d'un klaxon, là-bas, près du cimetière. Le standardiste a envoyé une voiture contrôler et ils sont arrivés sur place à 2 h 30. (Slatkin regarda son verre et hocha la tête.) Ils ont trouvé la voiture qui faisait ce bruit : elle n'était pas près mais *dans* le cimetière. J'étais dans la salle radio lorsqu'ils sont rentrés. Henry, j'avais jamais entendu des flics avec cette voix. Ils avaient eu la trouille de leur vie. Ils n'arrêtaient pas de parler d'une femme morte avec un trou derrière la tête, de squelettes et de tombes forcées.

Sutton sentit son estomac se nouer lentement mais il continua de fixer Slatkin tandis que celui-ci reprenait la parole :

– Cette histoire ne me disait rien de bon, vraiment, et j'ai donc décidé d'y aller voir moi-même. Il m'a fallu presque cinquante-cinq minutes pour arriver là-bas à cause du brouillard et, je vous jure, j'aurais jamais dû y aller, parce que j'ai vu le visage de la femme. Je l'ai vu et je ne suis pas près de l'oublier.

Sutton fixait son verre des yeux. Slatkin baissa la voix et continua dans un murmure :

– Elle était morte, ça se voyait tout de suite, mais ce n'est pas ça qui me turlupinait. Elle avait les yeux exorbités et les lèvres rentrées à l'intérieur de la bouche. Elle s'était mordu la langue et avait tout l'air d'être morte de peur. Mais il n'en était rien. Elle avait du sang séché sur les lèvres. Vous savez ce que ça veut dire ?

Sutton opina tandis que son estomac continuait de grogner.

– Ça veut dire qu'elle était vivante lorsqu'elle s'était mordu la langue.

Slatkin sembla ne pas entendre Sutton.

– Ça veut dire qu'elle était vivante lorsqu'elle s'était mordu la langue, bon Dieu ! Comment peut-on se faire ça à soi-même ? Henry, je n'ai jamais vu un visage pareil. On aurait dit qu'elle avait fait l'aller-retour de l'enfer jusqu'ici. Elle est morte terrorisée, Henry, terrorisée jusqu'à la folie.

Slatkin commençait à radoter. Sutton pouvait comprendre qu'il ait eu peur et qu'il ait besoin de parler de ce qu'il avait vu, mais lui avait besoin de renseignements, et au plus vite.

– De qui s'agit-il, Andy ? demanda-t-il en faisant en sorte que Slatkin ne perde pas le fil.

– Elle s'appelait Louellen Mae Harnes... Henry, j'en ai vu, des corps, mais comme je dis...

– De quoi est-elle morte ? demanda Sutton tout en se reprochant la froideur toute professionnelle qu'il avait mise dans sa voix.

– On ne sait pas ce qui lui a fait ça. Pas la moindre idée.

– Fait quoi ?

– Elle a été mordue à la nuque. Henry, ce trou qu'elle a à la nuque, vous ne le croiriez pas ! L'un de nos hommes a dit qu'elle ressemblait à une pomme dans laquelle on aurait mordu. Eh bien, vous savez quoi ? Il avait raison. (Il se toucha l'arrière de la tête.) Vous savez, les deux bosses qu'on a là, sur la nuque, juste à la naissance du cou ? Les bosses de cette femme avaient disparu, ainsi que ses cheveux, l'os et peut-être même le cerveau. Et devinez quoi ? On n'a pas retrouvé la chair manquante. Elle n'était plus là... comme si on l'avait mangée.

– Grands dieux, murmura Sutton tout en versant un autre whisky à Slatkin.

– Pas joli, hein ? (Il avala le whisky d'une traite.) Attendez, ce n'est pas tout.

Sutton hocha la tête en se demandant de quoi il s'agissait.

– Les portières de sa voiture étaient verrouillées toutes les quatre. Ce qui lui est tombé dessus est arrivé jusqu'à elle en arrachant le toit de la voiture et le montant de la portière. Je sais que ça a l'air impossible, mais lorsque vous verrez la voiture, vous comprendrez. Vous allez y jeter un coup d'œil, n'est-ce pas, Henry ? Et au corps aussi ?

– Je vais les examiner tous les deux, Andy. Dès qu'on en aura fini ici.

Cela parut rassurer Andrew Slatkin, qui leva les yeux vers Sutton.

– Je continue ?

Sutton acquiesça, ne voyant pas comment il pouvait faire autrement.

– Il y avait deux corps près de la voiture. Cela paraît impossible, mais l'un des corps n'était plus qu'un tas d'ossements vêtu d'un costume noir pourri. L'autre était plus récent, il n'avait pas été en terre aussi longtemps. Il y avait encore de la chair sur son visage et en l'éclairant avec ma lampe de poche, je l'ai reconnu. Il jouait au bowling avec moi avant d'être tué dans un accident de camion il y a neuf mois. Je le connaissais. Il s'appelait Anthony Fiori et c'était le défunt mari de la femme.

Slatkin agita les mains.

– C'était son mari jusqu'à ce qu'il se tue. Puis, elle a épousé un vaurien quelques semaines plus tard.

– Et l'autre corps près de la voiture ?

Slatkin tendit son verre et Sutton s'exécuta.

– L'autre corps, le squelette en costume noir, n'a pas été identifié. Un de nos hommes a fait expertiser l'insigne de franc-maçon qu'il portait à son revers. Il portait le nom de Delbert Reasoner.

Sutton haussa les épaules.

– A moi non plus ça ne disait rien avant que je vérifie les archives.

Sutton retint son souffle.

– Delbert Reasoner était le père de Louellen Mae Harnes. Il est mort il y a treize mois environ.

La bouche de Henry Sutton s'affaissa comme si l'histoire de Slatkin lui apparaissait soudain dans toute son horreur. Une femme morte dont l'arrière de la tête avait disparu, une voiture forcée de l'extérieur, les corps en décomposition du père et du mari de la victime étendus près du véhicule de cette dernière. Mince, et quoi encore ?

Andrew Slatkin apporta la réponse.

– Nous avons exploré les environs des deux tombes du mieux que nous avons pu, mais c'était très difficile, dans le brouillard. On trouvera peut-être ce matin autre chose que ce que nous avons nous-mêmes trouvé. Probablement pas mais, bon Dieu, je l'espère.

– Que voulez-vous dire par « autre chose que ce que vous avez trouvé » ?

– Nous avons trouvé deux tombes fraîchement ouvertes. Pas fraîchement creusées, fraîchement *ouvertes.*

– Je ne vois pas très bien.

– Moi non plus, mais j'ai peut-être une explication. Il y a les tombes fraîchement creusées pour les personnes décédées. Puis il y a celles qui ont été forcées, mais pas par un être vivant. Celles-là étaient tout simplement ouvertes.

– Andrew...

Sutton voulait qu'il accélère un peu.

Slatkin secoua la tête.

– Ce que je veux dire, c'est qu'il n'y avait pas la moindre terre retournée. Pas de trace de pelle ou de quoi que ce soit qui puisse laisser penser que l'on avait forcé les tombes. On aurait plutôt dit qu'elles avaient été ouvertes de l'intérieur.

» Et puis, il y avait les cercueils. Henry, vous ne me croirez peut-être pas, mais je suis réellement descendu dans ces fosses et j'ai cherché des traces de levier, de hache, n'importe quoi qui puisse prouver qu'elles avaient été ouvertes de l'extérieur. Je n'ai rien trouvé.

Au bord des larmes et probablement ivre, Slatkin évita le regard de Henry Sutton.

– Je ne suis peut-être qu'un vieil ivrogne mais les deux morts ont forcé leur tombe et ont réussi à aller jusqu'à la voiture de la femme. Qu'est-ce qui se passe dans notre ville, Henry ? On a eu une putain assassinée et édentée, un adjoint dont le corps pourrait passer à travers un tamis, nous voilà maintenant avec une morte privée de nuque, et on dirait bien que deux de ses proches sont sortis de leur tombe pour voir ce qui se passait. C'est moi qui suis fou, ou bien pouvez-vous m'expliquer un peu de quoi il retourne ?

Regarder Slatkin n'était pas facile mais Sutton s'y résigna.

– Je n'ai pas la moindre explication à vous donner, mais je sais une chose, c'est que vous n'êtes pas fou.

– Il y a encore autre chose, dit Slatkin en observant le fond de son gobelet.

C'était impossible, se dit Sutton, il s'était déjà passé assez de choses comme ça, il y avait eu assez de dégâts, il ne pouvait pas y avoir autre chose. Mais il savait qu'il se trompait.

– On est allés chercher Harnes à son travail, dit Slatkin sans quitter son verre des yeux. A peine rentré chez lui, il nous a appelés pour nous dire que le fils de sa femme n'était pas là. Il a dit que Louellen Mae l'avait peut-être emmené avec elle en quittant la maison. Le problème est que nous n'avons pas trouvé la moindre trace de lui aux alentours. Il n'était ni dans la voiture, ni dans le cimetière. On ne sait pas où il est. C'est comme s'il s'était évanoui dans la nature.

Stupéfait, abasourdi et effrayé, Henry Sutton ne put que dévisager Andrew Slatkin.

– Je crois que c'est à peu près tout. Il se peut qu'en vous rendant sur les lieux plus tard vous découvriez la vérité. Dans ce cas, appelez-moi sur-le-champ. Je vous assure que je ne dormirai pas. Je suis épuisé, mais je ne dormirai pas. Alors, n'hésitez pas à m'appeler.

Slatkin se dirigea vers la porte. Sutton le rappela :

– Andy !

Slatkin s'arrêta mais ne se retourna pas.

– Est-ce qu'il se peut que Harnes, le mari, soit mêlé à cette affaire ?

Slatkin hocha la tête.

– Il travaille de nuit dans une laiterie et au moins sept de ses collègues sont prêts à jurer qu'il est resté avec eux toute la nuit, y compris pendant les pauses et le casse-croûte.

– Vous voulez qu'on vous raccompagne ?

– Non. Mon problème, ce n'est pas de rentrer chez moi. Vous voulez savoir ce que c'est ? C'est de revenir travailler ce soir. Je ne suis pas sûr d'en être capable.

Il s'en alla en refermant la porte derrière lui.

L'espace d'un instant, Sutton eut envie de partir avec Slatkin, de quitter son travail, la ville, d'aller, qui sait, à la pêche avec Andy, de laisser ce foutu merdier à quelqu'un d'autre, mais c'était pure fantasmagorie. Il se connaissait trop bien. Il allait combattre la chose, quelle qu'elle fût. Il allait s'y attaquer comme à n'importe quelle affaire criminelle. Il allait la décortiquer, en remonter les morceaux comme les pièces d'un puzzle, la prendre en main puis la ficeler. Il avait une vague idée de ce qu'il allait faire... ou essayer de faire.

Sutton ouvrit les rideaux de son bureau. Le brouillard et les nuages recouvraient encore Ravina et transformaient les rayons du soleil en une pâle lueur couleur pêche. En revenant à son bureau, Sutton remarqua la bouteille de whisky et son verre, auquel il n'avait pas touché. Il reversa le whisky dans la bouteille, jeta le gobelet et rangea la bouteille. Puis il s'assit à son bureau, sortit un bloc-notes et entreprit d'établir son emploi du temps.

Il écrivit : *Louellen Mae Harnes* en haut de la page et à côté : *autopsie*, puis les noms *Childress-Seafront.* Directement sous le nom de la femme, il écrivit : *morte de... peur ?* et, encore en dessous, les noms des deux garçons disparus suivis des lettres *F.B.I.* et des notations suivantes : *journaux, télévision, récompense ?*

Vers le bas de la page, presque sans y penser, il écrivit les mots : *Cérémonie, Régénération-Résurrection* puis, en majuscules : *Professeur Martin Larchmont.*

Sutton s'aperçut à ce moment-là qu'il commençait à croire à la théorie de Larchmont. Sa prédiction et ses hypothèses tombaient trop juste, elles collaient trop avec ce qui se passait dans la ville. Sutton fut surpris de constater qu'il était prêt à croire Larchmont. Il ne croyait pas aux fantômes, à la possession, aux créatures démoniaques. Pour lui, le mal c'était un revolver dans les mains d'un voyou, des clés de voiture entre celles d'un ivrogne, c'était un juge trop coulant ou une commission de mise en liberté sur parole qui relâchait un coupable. Il professait une philosophie pessimiste dont le criminel – fou ou cupide – était la pièce motrice. Il n'y avait jamais eu de place dans sa vision du monde pour des forces occultes accomplissant à la faveur de la nuit des actes dont l'atrocité dépassait l'entendement. Mais il y avait un hic, un grain de sable déposé dans son système par Martin Larchmont, et aussi une série d'événements trop macabres et trop bizarres pour pouvoir être expliqués autrement. Il souligna deux fois le nom de Larchmont et écrivit à côté : *A voir d'urgence.*

Cela fait, il s'adossa à sa chaise et trouva étrange de ne pas se sentir ridicule d'aller voir quelqu'un pour l'entretenir de démons. Il en était au point où il n'aurait pas hésité à passer un pacte avec le diable si cela avait pu être de quelque utilité à la ville.

Toujours adossé à sa chaise, Sutton appuya sur un bouton de son interphone et attendit que la porte de son bureau s'ouvre. Un moment plus tard, une jolie femme en uniforme entra. Tandis qu'elle s'approchait, Sutton se prit à admirer sa beauté classique. Elle avait un teint parfait, de grands yeux d'ambre et un nez aquilin. Lorsqu'elle était de service, elle portait sa chevelure sombre remontée en un chignon qu'elle qualifiait avec emphase d'« à la française ». Mais, hors du travail, elle laissait ses cheveux bouclés encadrer élégamment son visage. C'est bien la seule femme à qui l'uniforme de la police aille bien, pensa Henry Sutton.

Jackie Fairmont était dans la police de Ravina depuis cinq ans. Sutton l'avait connue lors d'un congrès sur la sécurité à San Francisco. Elle y avait pris la parole et il avait été si impressionné par ses idées sur l'administration et la communication dans la police qu'il l'avait suivie à San Jose pour lui proposer un poste dans son service. Lasse d'enseigner à l'Ecole de police, elle avait aussitôt accepté son offre et était venue vivre à Ravina avec ses jumelles de sept ans, Courtney et Brooke. Celles-ci avaient maintenant douze ans et Sutton n'arrivait toujours pas à les distinguer l'une de l'autre.

Sutton n'avait pas eu tort de se fier à son flair concernant la compétence de cette femme : Jackie Fairmont s'était révélée une excellente administratrice, toujours à la recherche de nouvelles responsabilités et de modes de fonctionnement plus rationnels. Bien qu'il lui arrivât de faire des patrouilles, elle passait le plus clair de son temps derrière un bureau. Bien qu'elle ait largement fait ses preuves sur le terrain, ce n'était pas pour coffrer les ivrognes que Sutton l'avait engagée, mais pour ses talents administratifs ; elle ne l'avait jamais déçu.

Leur liaison, déjà vieille de trois ans, n'avait jamais empiété sur leurs relations professionnelles.

– Vous vouliez me voir, monsieur ? demanda-t-elle.

Ce genre d'entrée en matière n'était pas de l'humeur de Sutton.

– Pas de ça, lança-t-il sèchement. On a du travail.

Une seconde plus tard, devant l'expression qu'il lisait sur le visage de Jackie, il regretta ses paroles.

– Excuse-moi, Jackie. J'ai eu une dure matinée.

– Je suis au courant. Je peux faire quelque chose ?

Sutton baissa les yeux sur son calepin jaune.

– Il faut contacter le journal et la télé et demander que l'on mette le paquet sur les deux gosses disparus. Il nous faut des photos d'eux ; que quelqu'un aille voir les familles à ce sujet.

Il marqua une pause, l'air songeur.

– La famille du petit Shehane a de l'argent, alors vois si tu peux les amener à offrir une récompense. Des fois, ça aide. Tout le monde ouvre l'œil lorsqu'il y a de l'argent à la clé.

Jackie haussa les épaules et sourit.

– C'est fait. La famille Shehane offre dix mille dollars à qui ramènera son fils. Canal 26 a montré la photo du gosse aux informations du matin il y a à peine vingt minutes et ils ont dit qu'ils la passeraient de nouveau avec celle du petit Harnes aux infos de midi, puis à celles de 18 heures, et comme ça jusqu'à ce qu'il y ait des résultats. La *Gazette* a promis de passer une photo des deux garçons dans l'édition de ce soir, en première page, en plus.

Elle sourit et haussa de nouveau les épaules.

– Diable, madame Fairmont, demanda Sutton, à quelle heure êtes-vous arrivée au travail aujourd'hui ?

– Tôt, répondit-elle, toujours souriante. Mais je n'y suis pour rien. Slatkin avait lancé les opérations bien avant que j'arrive.

Sutton acquiesça. En dépit de tout ce qu'il avait traversé, Slatkin avait fait son boulot, et bien.

– Nous allons partir de l'idée que les deux gamins ont été kidnappés, ce qui veut dire...

– C'est déjà fait. Pendant que tu parlais à Slatkin, j'ai téléphoné au F.B.I. à San Luis Obispo. Ils envoient des types du labo et une équipe d'agents dès que le brouillard se lève.

– Ça alors, Jackie, tu n'arrêtes pas.

Il revint à son bloc-notes et son sourire s'effaça lorsqu'il s'imagina en train d'exposer à Jackie Fairmont ou à des agents du F.B.I. les théories de Larchmont sur les créatures démoniaques. Bon Dieu, il n'y arriverait jamais.

– Que veux-tu que je raconte aux médias à propos de ces trois meurtres ?

La question de Jackie Fairmont ramena Sutton à la réalité.

– On a réussi à tenir les journalistes à l'écart, continua Jackie, mais ça devient chaque jour plus dur, surtout depuis qu'on a trois morts inexpliquées sur les bras.

– Ne laisse rien s'ébruiter. Une fuite, et tous les journalistes et les amateurs de sensations fortes de Californie vont rappliquer. Vois si tu peux mettre la main sur Mark Childress et ce médecin de la base aérienne de Vandenberg. Dis-leur qu'on a un autre corps à autopsier.

– C'est fait.

– Tu as déjà joint Seafront ?

Elle acquiesça.

– Childress était encore à l'hôpital ce matin. Je ne pense pas qu'il ait déjà vu le corps mais je sais qu'il a prévu d'en faire l'autopsie le plus tôt possible.

– Dis donc, tu es sacrément efficace. Si tu continues, le conseil municipal va décider de supprimer mon poste.

Il lui adressa un sourire. Elle ne le lui rendit pas.

– Qu'est-ce qu'il y a ?

– Ce n'est probablement pas grave mais on a reçu deux ou trois coups de fil au sujet de la disparition du petit Shehane à la suite des infos de ce matin.

– Quelque chose à en tirer ?

Jackie Fairmont haussa les épaules et fit la grimace.

– Johnny Joe Sloams a téléphoné.

– Ça par exemple ! grommela Sutton. Ça m'étonne qu'il ait pu composer le numéro, et si tôt le matin.

Il avait souvent coffré Sloams pour conduite en état d'ivresse.

– Qu'est-ce que notre ivrogne municipal a raconté ?

– Il dit qu'il a travaillé tard hier soir au cimetière et que quelqu'un est passé au volant d'une Cadillac noire. Il dit avoir vu un gosse sur le siège arrière ; il essayait de sortir de la voiture.

– Il pense qu'il s'agit du petit Shehane ? demanda Sutton.

– Selon lui, le gosse qu'il a vu dans la voiture est

le même que celui qu'il a vu à la télé ce matin. Il pense aussi que la Cadillac appartient à ses employeurs, les frères Horrcove, mais il nous a demandé de ne pas leur parler de son coup de fil.

Sutton s'adossa à sa chaise. Si cette information leur avait été transmise par quelqu'un d'autre que Johnny Joe Sloams il aurait expédié tous ses flics au funérarium Horrcove. Il fut tenté d'écarter le renseignement de l'ivrogne mais il ne le pouvait pas. Ce qui le retenait, ce n'était pas que Sloams prétende avoir vu le gosse, mais l'endroit où il disait l'avoir vu : le cimetière Horrcove. Il avait trois décès sur les bras. Deux d'entre eux s'étaient produits juste à la sortie et le troisième à l'intérieur du cimetière. Et voilà qu'un gamin porté disparu était vu dans une voiture qui le traversait. Coïncidence ou non, il y avait trop en jeu pour écarter l'information de Sloams.

– A quoi penses-tu ? demanda Jackie.

Sutton se redressa en posant ses mains à plat sur le bureau.

– Aux frères Horrcove.

– Personne ne les connaît, dit-elle en faisant de la main un geste évasif. Ils enterrent les morts, dirigent un funérarium, possèdent un cimetière et passent leurs journées dans leur riche demeure. Bon Dieu, depuis combien de temps vivent-ils là-dedans ?

– Sûrement depuis toujours.

– Les rares fois où je les ai vus, ils m'ont filé les jetons. Tu vas te renseigner à leur sujet ?

– Je n'ai pas le choix. Vu les enjeux, je ne peux pas négliger la moindre piste... d'où qu'elle vienne.

– Si tu vas les voir, tu auras besoin de quelqu'un pour t'assister.

– Sans doute. Je prendrai Johnson ou Lewis avec moi.

– Ah, ça, non ! lança-t-elle sèchement. Je suis plus au fait du dossier que ces deux-là et tout aussi bon flic qu'eux.

– O.K., tu seras sur le coup avec moi.

– Ça me rend malade de te voir aussi paternaliste. Moi aussi, j'aime bien m'arracher de temps en temps à mon bureau et je déteste...

Sutton leva les yeux vers celle qu'il aimait.

– Jackie, je t'ai dit que tu pouvais m'accompagner.

– Ouais, dit-elle d'un ton piteux, j'ai entendu.

Au moment même où Jackie Fairmont et Henry Sutton sortaient des bâtiments administratifs de Ravina pour gagner leur voiture de patrouille, William Seafront, Mark Childress et un infirmier traversaient le couloir du sous-sol de l'hôpital en direction de la morgue.

Seafront et Childress avaient tous les deux passé la nuit à l'hôpital de Ravina. Ne pouvant rentrer chez lui à cause du brouillard, Seafront avait somnolé sur un lit de l'hôpital. Le même brouillard qui avait bloqué Seafront avait aussi immobilisé Ravina. Pour la première fois de sa carrière, Childress avait passé une nuit de garde sans voir une seule urgence. Tout comme Seafront, il avait dormi d'un sommeil agité sur une banquette de la salle de repos des médecins.

Childress n'avait pas été surpris de l'appel téléphonique de Jackie Fairmont. Les décès étranges et les autopsies matinales étaient devenus monnaie courante pour Seafront et lui. Aussitôt après cet appel, il avait réveillé son confrère, fait appeler l'infirmier puis avalé trois tasses de café sans dire un mot pendant qu'ils attendaient que les corps arrivent du cimetière.

Ceux-ci étaient maintenant dans la morgue. L'heure était venue de pratiquer l'autopsie de Louellen Mae Harnes, puis de jeter un coup d'œil sur son mari et sur son père.

Les hommes de Sutton avaient mis les médecins au courant de ce qui s'était passé au cimetière. Leur brève description ne faisait pas justice à ce que ces derniers trouvèrent à la morgue.

Louellen Mae Harnes avait été allongée sur le dos sur la table d'autopsie. Elle était encore vêtue d'une robe de chambre en tissu-éponge tachée de sang. Il n'y avait pas de drap sur elle et la terreur absolue qu'on lisait sur son visage noua l'estomac des trois hommes.

Il y avait deux civières roulantes à gauche de la table d'autopsie. Le corps qui se trouvait sur la première était vêtu d'un jean délavé et d'une chemise de flanelle. La plus grande partie du corps était recouverte de touffes de mousse verte et blanchâtre et le visage du cadavre était tourné dans la direction opposée aux médecins, comme s'il regardait quelque chose sur le mur noir. Le corps qui se trouvait sur l'autre civière était vêtu d'un costume noir en loques. Childress fit signe à l'infirmier.

– Trouvez quelque chose pour couvrir ces deux corps.

Tandis que l'infirmier allait chercher des draps à l'autre bout de la pièce, Childress observa Seafront.

Celui-ci finissait de bâiller.

– Si on compte ces trois-là, dit-il, on aura fait cinq autopsies en trois jours. Ça fait presque deux autopsies par jour.

– Et alors ?

– A ce rythme, on n'aura plus de travail d'ici quinze ans.

– Qu'est-ce que vous entendez par là ?

– Si ça continue comme ça pendant quinze ans, tout le monde sera mort à Ravina.

Seafront sourit.

– Il ne vous restera plus personne à soigner et moi, il ne me restera plus personne à autopsier. On va se retrouver au chômage.

– C'est fou, grogna Childress.

L'infirmier acheva de couvrir les deux corps puis se dirigea vers une armoire vitrée d'où il entreprit de retirer le grand plateau contenant les instruments chirurgicaux dont Seafront allait avoir besoin pour pratiquer ses autopsies.

– J'ai entendu dire, fit Mark Childress qui tournait le dos à l'infirmier, qu'après un certain temps les médecins légistes finissaient par faire de l'humour noir. C'en était un exemple ?

Seafront s'était approché du corps de Louellen Mae Harnes et s'apprêtait à fixer le micro de dictée à sa blouse.

– Sans doute, répondit-il. C'est une maladie professionnelle. Mais en la matière, aucune profession médicale n'est à l'abri. Je connais au moins trois gynécologues que leur spécialité a fini par faire loucher.

Ils se mirent à rire. Les deux hommes savaient que c'était une défense contre les horreurs étendues sous leurs yeux.

Un choc bruyant les interrompit. Ils jetèrent un coup d'œil en direction de l'infirmier qui venait de laisser tomber le plateau contenant les instruments chirurgicaux. Childress allait dire quelque chose mais se retint en voyant l'expression horrifiée de l'infirmier. Celui-ci essayait de parler mais les mots ne sortaient pas. Il montrait quelque chose du doigt. Childress s'approcha tout naturellement de lui pour voir de quoi il s'agissait.

Une fraction de seconde plus tard, Childress, éberlué, fixait lui aussi Louellen Mae Harnes dont les yeux s'étaient ouverts. On aurait dit qu'elle essayait de s'asseoir. Bon Dieu, pensa-t-il en reculant d'un pas, ce n'est pas possible.

– William...

– Détendez-vous, dit Seafront. Ce sont ses muscles qui se contractent.

Childress continua malgré cette explication à s'éloigner à reculons : la défunte n'essayait plus de s'asseoir, elle *était assise*, ses yeux grands ouverts fixés droit devant elle.

– Contraction musculaire ? demanda-t-il, embarrassé par la peur qu'il entendit dans sa voix.

– Absolument. Ça arrive tout le temps. Durant ma première autopsie à la fac de médecine, le corps d'une grand-mère s'est assis et ses doigts ont claqué. Ça m'a foutu la trouille mais c'est fréquent... quoique je doive reconnaître que je n'ai jamais vu un corps bouger si lentement. Généralement, il s'agit d'un rapide mouvement de type spasmodique, pas aussi maîtrisé.

Il y avait quelque chose de forcé dans la voix du médecin légiste, comme s'il ne croyait pas vraiment à ce qu'il disait.

Childress dut prendre sur lui pour cesser de reculer et regarder la morte dont le visage déformé était maintenant complètement visible. Ses yeux, des yeux secs hideux, semblaient le regarder.

– Ah, non ! murmura-t-il. Bill, elle me regarde !

– J'avais entendu parler de corps qui faisaient ça mais j'avais toujours pensé qu'il s'agissait d'histoires de fantômes inventées par les nécrophiles.

Seafront s'efforça de rire sans y parvenir.

– Au diable vos nécrophiles, lança Childress. Cette femme est en train de ressusciter.

Louellen Mae Harnes était maintenant assise toute droite sur la table d'autopsie, les yeux posés sur Mark Childress. Celui-ci savait qu'au moment du décès les yeux de la morte avaient commencé à se dessécher, ce qui avait entraîné un durcissement et un aplatissement des tissus. Mais cela n'enlevait rien au caractère hideux de son regard. Il se sentait lui-même hypnotisé par les yeux vitreux et sans vie de la femme. On aurait dit qu'ils bougeaient dans leurs cavités, qu'ils le suivaient.

– Elle me regarde !

– Impossible ! cria Seafront. Elle n'a plus de nuque. Je vois sa cervelle.

Stupéfait, Childress vit alors que la bouche de la femme était en train de s'ouvrir.

– Bon Dieu ! Elle va parler !

– Impossible ! hurla Seafront.

La bouche forma alors un mot et Louellen Mae Harnes articula :

– FICHEZ-... NOUS... LA... PAIX.

Ses yeux secs et sans vie restaient fixés sur Childress.

– Ça ne se peut pas ! mugit Seafront.

Il s'éloigna de la table d'autopsie en reculant et vint heurter la civière sur laquelle se trouvait le mari de la morte. Le drap vert qui recouvrait le corps glissa, tomba sur le plancher et, à ce moment, Mark

Childress vit les mains du cadavre du mari commencer à bouger comme des pinces.

– ÇA... SUFFIT, grogna la voix de la morte, d'une gravité invraisemblable.

Childress l'entendit à peine. Il était paralysé, hypnotisé par le spectacle que lui offrait un cadavre vieux de neuf mois en train de tendre le bras et d'ouvrir la main pour saisir la blouse de William Seafront. Immobilisé, Childress voulut crier pour le mettre en garde mais il était trop tard. La main agrippait déjà la blouse. Seafront se retourna brusquement pour voir ce qui le retenait. Lorsqu'il vit la main, des balbutiements incohérents lui échappèrent. Il frappa nerveusement la main de son poing mais ne put lui faire lâcher prise. En désespoir de cause, il se mit à marcher vers Childress d'un pas vacillant, presque titubant.

L'espace d'un instant, Childress crut que Seafront avait réussi à échapper à la poigne qui le retenait mais il vit que le bras du cadavre était toujours agrippé à sa blouse. Le médecin légiste entraînait avec lui le corps et la civière à travers la pièce.

Childress baissa les yeux vers les instruments chirurgicaux épars sur le sol. Il vit un scalpel, le saisit puis se précipita vers Seafront. Il attrapa le devant de la blouse de ce dernier et y fit une grande entaille. Seafront se défit de la blouse par une contorsion et ils suivirent tous les deux l'infirmier qui venait de franchir la porte de la morgue.

Juste avant de refermer la porte, Childress jeta un dernier regard sur la scène. Il vit la femme qui le regardait toujours, assise sur la table d'autopsie, puis il entendit sa voix éraillée :

– FICHEZ-... NOUS... LA... PAIX...

Il fit claquer la porte derrière lui et entendit Seafront hurler :

– Fermez-la à clé ! Fermez cette foutue porte à clé !

Childress s'exécuta sans perdre de temps. Ce n'est que lorsque le pêne eut glissé dans la serrure qu'il tomba à genoux et se mit à pleurer.

15

Tandis que Jackie Fairmont pilotait la voiture de patrouille dans la circulation matinale et le brouillard, Sutton, s'adossant contre la portière du passager, se mit à regarder la femme qu'il aimait. L'observer le distrayait agréablement des contraintes de l'enquête et il se prit à se demander – ce n'était pas la première fois – ce que serait la vie pour lui s'il l'épousait. De tendres images lui vinrent, bien que la perspective de devenir le beau-père de deux jumelles débordantes d'énergie lui parût légèrement au-dessus de ses forces. Allons donc, se dit-il, un sourire s'esquissant sur son visage, il saurait bien s'y faire. Il avait toujours rêvé d'une famille et il aimait les enfants de Jackie.

Mais son sourire s'estompa lorsqu'il lui revint en mémoire la raison pour laquelle une union officielle et durable entre lui et cette femme ne se produirait probablement jamais : Jackie avait été mariée deux fois. Son premier mari, étudiant en médecine, avait quitté le foyer conjugal un mois après la naissance de ses filles. Elle avait connu son second mari, Donald Fairmont, à l'Ecole de police de San Jose. Leur mariage avait duré six ans et Donald avait fini par adopter les jumelles.

C'était un bon mari, un bon père et un bon policier. Mais tout avait brutalement pris fin une nuit, lorsque lui et son coéquipier avaient arrêté un jeune garçon de quinze ans soupçonné de cambriolage. Après avoir fouillé le suspect à la recherche d'armes, Fairmont l'avait installé sur le siège arrière de la voiture de patrouille. Durant le trajet vers le poste, l'adolescent avait pris l'aiguille à tricoter longue de trente centimètres qu'il avait préalablement scotchée sur sa peau, et l'avait enfoncée dans l'arrière du siège du conducteur. Elle avait traversé le rembourrage, effleuré la colonne vertébrale de Fairmont et lui avait transpercé le cœur comme un pic à glace une motte de beurre. Dans un hoquet, Donald Fairmont avait appuyé sur les freins et était mort sur le coup. Son compagnon de patrouille et meilleur ami, pris de rage, avait tiré à trois reprises à travers la paroi de plexiglas qui séparait le siège avant du siège arrière.

Jackie Fairmont avait quitté la police de San Jose avec un congé sans solde pour être avec ses enfants. Un an et demi plus tard, l'Ecole de police lui avait offert un poste de professeur et d'administratrice. Elle l'avait accepté, faisant le vœu en son for intérieur de ne plus jamais avoir de près ni de loin de relation avec quiconque chargé de faire respecter la loi. Elle avait trop souffert. Ses enfants aussi. Elle n'allait sûrement pas épouser un autre policier et courir le risque de revivre le chagrin que ses enfants et elle-même avaient connu.

Henry Sutton hocha la tête tout en continuant d'observer Jackie. Au travail, leurs rapports étaient professionnels, froids, distants, et personne ou presque n'était au courant de leur liaison. Celle-ci s'était développée peu à peu, cinq ans auparavant, fondée d'abord sur l'amitié et le respect mutuel. Ils avaient d'abord lutté contre leur sentiment naissant mais, avec le temps, celui-ci s'était transformé en amour et ils étaient devenus amants.

Henry Sutton était persuadé d'avoir surmonté ses craintes de voir sa liaison empiéter sur sa vie professionnelle. Mais il n'en allait pas de même pour Jackie. Il n'aurait su compter le nombre de fois où elle avait repoussé toute idée de vie commune, non parce qu'elle ne l'aimait pas mais parce qu'il était flic.

Sutton se consolait en se disant que leur liaison les satisfaisait tous les deux. Au fil des années, elle s'était transformée en une confortable et agréable routine. D'ordinaire, il dînait chez elle deux ou trois fois par semaine. Ensuite, il aidait les jumelles, Courtney et Brooke, à ranger la cuisine puis Jackie et lui discutaient ou regardaient la télévision pendant que les fillettes faisaient leurs devoirs. A 21 heures, elles allaient se coucher. Une heure plus tard, Jackie et lui se faufilaient dans la chambre.

Leur rituel était pratiquement toujours identique mais, curieusement, il n'était jamais lassant ou ennuyeux. Ils se déshabillaient, s'étendaient sur le lit, s'embrassaient et se caressaient jusqu'à ce que Henry, retenant son plaisir, la prenne fermement par les épaules et la repousse.

C'était alors le moment pour lui de passer à l'action et elle adorait cela. Avec sa langue, il dessinait de petits cercles humides sur ses tempes et autour de ses oreilles. Toujours du bout de la langue, il descendait lentement, continuant de s'activer, sur un sein d'abord, puis sur l'autre. En homme patient, il gardait cette position, la léchant et la mordillant jusqu'à ce qu'elle, n'en pouvant plus, lui prenne la tête et la dirige vers sa chaude toison. Là, il la caressait avec ses doigts et sa langue, l'oreille tendue, attentif au bruit de sa respiration qui s'accélérait tandis qu'elle atteignait l'orgasme. Henry Sutton ne s'était jamais pris pour un amant au talent exceptionnel et pourtant, avec Jackie Fairmont, il s'en tirait bien. Il pouvait la faire jouir plusieurs fois s'il le voulait. Comme il tenait profondément à Jackie, il en tirait encore plus de plaisir qu'elle.

Ensuite, il la pénétrait et lentement, facilement, leurs corps épousaient un rythme qui leur était familier à tous deux. Il lui arrivait de ralentir ses mouvements, d'espacer ses coups de reins pour retarder son orgasme imminent. Mais elle accélérait toujours, le pressant de jouir. Alors, il jouissait dans un orgasme puissant, libérant un flot interminable d'émotions et de liquide, qui ne le laissait jamais vide ou triste mais assouvi et comblé. Ensuite, étendus l'un contre l'autre, ils se prodiguaient des caresses mutuelles et, juste avant de s'endormir, Henry réglait le réveil pour 4 heures du matin. Les jumelles ne l'avaient jamais vu dans le lit de leur mère ou chez elle le matin. Et, en ce qui le concernait, elles n'étaient pas près de le voir, à moins que Jackie ne change d'avis et qu'ils ne décident de vivre ensemble.

Il doit y avoir un moyen pour l'amener à changer d'avis, se dit Sutton en songeant aux sentiments qu'il éprouvait pour elle et les fillettes.

Il interrompit ses réflexions lorsque Jackie ralentit

et tourna en direction de l'entrée principale du cimetière de Horrcove.

L'endroit où Louellen Mae Harnes était morte n'était pas difficile à trouver. La route, dans cette partie du cimetière, était envahie par les voitures de police dont les gyrophares éclairaient le brouillard, tels des rayons laser.

Jackie manœuvra à travers le labyrinthe des voitures et, contournant une dépanneuse, murmura en voyant la voiture des Harnes :

– Mon Dieu, regarde-moi ça.

Sutton regarda et son estomac se noua.

Le toit de la voiture avait été tordu et arraché comme une boîte de conserve que l'on a ouverte en la tailladant avec un couteau. Le montant qui séparait les portières avant et arrière avait été complètement tordu et les fenêtres du côté du conducteur fracassées.

C'était l'œuvre d'une force qui dépassait l'entendement.

Deux des hommes de Sutton s'activaient autour de la voiture. L'un d'eux s'aperçut de sa présence et lui fit signe.

– J'arrive, dit-il en extirpant sa grande carcasse du véhicule pour aller retrouver les policiers Gaylord Bender et Larry Griffith.

Les deux hommes étaient dans la police de Ravina depuis plusieurs années et Sutton les appréciait et les respectait. Griffith et Bender étaient amis d'enfance. Ils avaient grandi ensemble à Ravina, avaient entrepris ensemble des études de médecine, les avaient abandonnées ensemble, étaient revenus dans leur ville natale puis avaient posé leur candidature à deux postes vacants dans son service. Sutton s'était dit qu'ils ne tiendraient pas six mois mais la réalité avait été tout autre. Ils aimaient le travail de policier, surtout le métier d'enquêteur, et à la fin de leur première année dans le service, il avait décidé de tirer parti de leur intérêt pour le boulot et de leurs compétences scientifiques. Il avait commencé par les envoyer à Quantico, en Virginie, où ils avaient suivi un stage de six mois organisé par le F.B.I. consacré à la recherche et à l'analyse des indices. A leur retour, il les avait envoyés à Houston pour une formation en expertise médico-légale. Résultat : il avait désormais à sa disposition deux adjoints experts médico-légaux en même temps.

Physiquement, ils étaient comme le jour et la nuit. Larry Griffith était grand, dégingandé, avait le visage anguleux, et le sommet du crâne garni d'une touffe de cheveux raides. Il était d'une grande intelligence mais passait souvent inaperçu à cause de son apparence physique et de sa lente élocution.

Gaylord Bender était en revanche un petit homme rondouillard affublé de longs bras. Il avait un visage simiesque aux traits marqués, que les femmes adoraient. Bender était l'un des rares célibataires du service et ne cessait de faire l'étonnement de Sutton et de ses camarades. Il attirait les femmes comme les fleurs attirent les abeilles. Au début de chaque week-end, une nouvelle femme l'attendait sur le parking. Et pas n'importe laquelle. Ce petit homme avait le don de séduire des femmes élancées, d'une grande beauté, qu'on aurait dites sorties des pages de *Vogue* ou de *Playboy*. Comment il s'y prenait, c'était un mystère.

Tout en se dirigeant vers la voiture des Harnes, Sutton regarda autour de lui. Le cimetière ressemblait à un champ de bataille. Les deux tombes ouvertes au sommet de la colline avaient l'air de cratères. La voiture des Harnes ajoutait à l'impression de carnage et le brouillard envahissant glissait sur le paysage comme de la fumée. Il observa le ciel, se demandant si le soleil finirait par se montrer. Il était là, mais lointain et indistinct dans le ciel gris, à peine plus gros qu'une froide pièce de monnaie.

Les policiers n'avaient pas perdu leur temps. Ils avaient rempli trois cartons de sacs en plastique contenant des fragments de verre, de métal, de plastique, de cheveux et de morceaux de tissu des sièges de la voiture. Le lieu du crime paraissait avoir été tout entier passé au peigne fin, étiqueté et fourré dans des boîtes.

– Alors, quoi de neuf ? demanda Sutton en s'arrêtant devant les deux hommes.

Griffith, le plus timide des deux, désigna les boîtes de carton.

– On a prélevé tout ça ; il en sortira peut-être quelque chose au labo, mais ça m'étonnerait.

Il évita de regarder le shérif en face et se tourna vers son coéquipier. Bender acquiesça puis détourna les yeux.

Ils ne me disent pas tout, se dit Sutton. Sauraient-ils quelque chose qu'ils craignent de m'apprendre ?

– Dites donc, qu'est-ce que vous avez tous les deux ?

Au bout d'un moment, mal à l'aise, Bender soupira et regarda finalement Sutton.

– Avant de commencer notre travail sur cette voiture, on s'est occupés des tombes afin d'essayer de relever un indice. On n'a pas vu grand-chose mais ce qu'on a trouvé nous a intrigués.

Griffith toussota.

– Ça nous a foutu les jetons.

Et quoi encore ? se demanda Sutton.

– Qu'est-ce que vous avez trouvé ?

– Venez, répondit Bender, on va vous montrer.

Les deux policiers conduisirent Sutton trente mètres plus haut, sur la colline, vers la première des deux tombes ouvertes. Tout le tour du trou, irrégulier, était jonché de terre, d'herbe, d'éclats de bois et de morceaux de ciment.

Bender, les mains sur les hanches, examina les débris qui entouraient la sépulture.

– On est arrivés ici au lever du soleil, on a passé pratiquement deux heures sur ces tombes et on n'a rien pu trouver qui permette de penser qu'elles ont été forcées de l'extérieur.

Sutton adressa un étrange regard à Bender.

– Cependant elles sont ouvertes.

– On le sait, répondit Griffith, mais ce que dit Gaylord, c'est qu'on les a forcées de l'intérieur, pas de l'extérieur.

– Laissez-moi vous expliquer, dit Bender en prenant une motte de terre à laquelle adhéraient encore des racines. Voici de la terre qui recouvrait la tombe. On l'a recueillie et examinée. Rien n'indique qu'un outil ait été utilisé pour entamer la terre à travers la pelouse. Si quelqu'un avait creusé dans l'herbe avec une pelle ou une bêche, les mottes de terre auraient été entaillées et se seraient emboîtées les unes dans les autres comme les pièces d'un puzzle. Ce qui n'est pas le cas ici. La terre ne porte absolument pas de marques. Elle est meuble comme cette motte.

Il laissa tomber la touffe d'herbe.

ompte de tout ça, ou qu'on ne vous en dise rien parce que ça a l'air impossible ?

– Non. C'est la dernière chose que je vous demande. J'ai besoin que vous me teniez au courant de out... même si ça a l'air invraisemblable. Il se passe les choses étranges dans la ville et il risque de s'en produire de plus étranges encore.

– Merde ! murmura Griffith. Qu'est-ce qui peut être plus étrange qu'un cadavre qui descend une colline ?

– Je ne sais pas mais j'ai comme l'idée que ça va arriver. Si vous rencontrez des fantômes ou si vous voulez raconter des histoires à dormir debout à quelqu'un, je suis votre homme. N'hésitez pas. Je ne sais pas ce que je ferai de ce que vous me direz mais je vous soutiendrai. Je serai d'ailleurs le seul de toute la ville à vous croire. Pigé ?

Les deux policiers acquiescèrent.

Sutton continua à fixer ses hommes du regard.

– Je veux que vous gardiez ça pour vous. Pas un mot à la presse, aux copains ou à qui que ce soit dans e service sur ce que vous avez trouvé ici ou sur la uite de l'affaire. N'adressez vos rapports qu'à moi. A ropos, avez-vous fait des moulages des empreintes ue vous avez trouvées ?

Les policiers échangèrent un regard outré.

– Evidemment qu'on a fait faire des moulages, répondit Bender. Lorsqu'on en aura fini ici, on les porra à la morgue pour les comparer avec les pieds du ari et du père de la femme. Enfin, j'espère que ce ne nt pas les mêmes, pas vous ?

Sutton ne répondit rien. Il regardait, en bas de colline, la voiture dans laquelle se trouvait l'être lui était le plus cher au monde. Ça dépasse la

– Pas de marques, pas de coupures nettes. Vous me suivez ?

Sutton se souvint des explications de Slatkin au sujet des tombes, comment elles avaient l'air d'avoir été ouvertes de l'intérieur. Il fit un geste lugubre de la tête.

– Le deuxième problème, énonça Griffith de sa voix traînante, c'est l'ordre dans lequel gisent les couches de débris qui entourent la tombe. Lorsqu'on creuse un trou, on commence par enlever l'herbe. Puis on creuse la terre que l'on empile au-dessus de l'herbe. Puis, lorsqu'on arrive finalement au sarcophage de ciment qui contient le cercueil, on en casse le dessus, on ramasse les morceaux et on les jette sur le tas de terre. Une fois atteint le couvercle du cercueil, on le brise et on jette le bois sur le tas de morceaux de ciment.

» Ici, tout est mélangé, la terre est sur le ciment et tout à l'avenant. On trouve ce genre de mélange lorsque se produit une explosion souterraine, par exemple lorsqu'une conduite de gaz explose et que la terre, l'herbe et le ciment retombent tout mélangés. Comme ça.

– Est-ce qu'il y a eu une explosion ? demanda Sutton, espérant contre toute probabilité que toute cette histoire ait une explication logique.

– Il n'y a pas de conduites de gaz dans le coin, répondit Griffith. Et aucun indice d'explosion.

Sutton poussa un juron. Bender tira une lampe de poche de sa ceinture et en orienta le faisceau vers la paroi intérieure de la tombe.

– Vous voyez comme cette paroi est grossière ?

Sutton acquiesça.

– Une pelle ne donnerait pas ça. Avec une pelle,

on aurait sur la paroi plein de petites marques lisses, ce qui n'est pas le cas sur cette tombe ni sur l'autre.

– Alors, à votre avis ?

Le regard de Bender alla de Griffith à Sutton.

– Tout ce que l'on vous dit, c'est que la tombe n'a pas été ouverte de l'extérieur, mais de l'intérieur, elle a été forcée comme par une explosion.

Sutton soupira.

– Mais vous venez de dire...

– Je sais, dit Griffith. On vous a dit qu'il n'y avait pas eu d'explosion.

– Qu'est-ce que vous me racontez là ? demanda Sutton. Etes-vous en train de me dire que les deux corps se sont échappés de ces tombes et qu'ils ont descendu la colline jusqu'à la voiture ?

Griffith et Bender échangèrent un regard. Sutton les observait tous les deux.

– Répondez, leur demanda-t-il finalement.

Griffith hocha la tête.

– Si on vous montrait d'abord ce qu'on a trouvé ? Après, vous tirerez vos conclusions. D'accord ?

Sutton acquiesça.

– Préparez-vous à voir quelque chose de vraiment merdique, le prévint Bender.

Larry Griffith indiqua un gros tas de terre meuble des deux côtés de la tombe.

– On a trouvé des empreintes de mains et de paumes là-bas. A en juger par leur configuration, on dirait que quelqu'un s'est accroché au rebord de la tombe pour en sortir. Il y a plusieurs empreintes de pas qui mènent à la tombe et en partent. On peut expliquer la plupart d'entre elles, y compris celles laissées par Gaylord, moi, Slatkin et les autres policiers.

Ce que l'on ne s'explique pas, c'est un en
d'empreintes qui partent du bord de la tombe
cendent la colline.

– Qu'y a-t-il à expliquer ? demanda Sutton. I
aussi bien s'agir d'un badaud qui a traversé le c
de sécurité, est venu jusqu'ici puis est reparti.

Griffith fit un signe de dénégation de la tête.

– Il n'y a qu'un ensemble d'empreintes qui pa
de la tombe. Celui qui les a laissées ne portait p
chaussures.

– Quoi, nu-pieds ? demanda Sutton, dava
pour lui-même que pour ses subordonnés.

– J'ai ma petite idée là-dessus, intervint Bend

– Allez-y, je vous écoute, dit Sutton.

– J'ai travaillé dans un funérarium durant
études de médecine. Tout ce que font les pomp
nèbres est du toc destiné à faire illusion. Pour
nir un air serein sur le visage d'un cadavre, il
qu'on lui suture les yeux et les lèvres. Pour en
au fait, lorsqu'on habille un cadavre, on va a
court. Dans un cercueil, on ne voit que la poit
cadavre. Les employés des pompes funèbres le
et lorsqu'ils préparent le corps, ils ne gaspill
leur temps à lui mettre un pantalon. Ou des c
res...

– Vous êtes en train de me dire qu'un c
réussi à s'extirper de cette tombe et qu'il
descendu la colline nu-pieds.

– Non... enfin... d'une certaine maniè
monna Bender.

– On vous dit seulement ce qu'on a tr
que les faits permettent d'en déduire. Qu
vous attendez au juste de nous, qu'on ne

mesure, c'est trop effrayant, pensa-t-il, comme s'il s'adressait à Jackie Fairmont. Allez, viens, on plaque tout, on se tire. On passe par chez toi, on prend les filles et on laisse tout tomber. Je connais une ville au nord de Sacramento, un petit bijou sur la Russian River. Je n'y suis passé qu'une fois mais elle m'a plu. C'est une vieille ville, avec des maisons en brique et en bois peintes en gris, des rues pavées. Je pourrais trouver du travail là-bas et on y serait en sécurité. Pas de meurtres, pas d'autopsies, pas d'enfants enlevés, pas de tombes forcées entourées d'empreintes qui ne veulent rien dire. Bon Dieu, cette histoire dépasse les bornes, elle prend des proportions invraisemblables.

Tout à coup, Sutton eut l'esprit envahi par une vision du futur, un sentiment – une prémonition – aussi physique que mental. Son cœur battit plus fort dans sa poitrine et il sentit ses os se glacer. L'avenir se présenta alors à lui : un néant noir à l'horizon bouché. Puis la vision changea et il vit une colline sombre au sommet de laquelle se tenait un cheval. Au moment où le cheval allait dévaler la colline, la vision s'effaça et Sutton se retrouva dans le cimetière, seul et effrayé par le son grave d'une plainte endeuillée. C'était la voix inquiète de Gaylord Bender.

– Vous vous sentez bien ?

– Oui, répondit-il, stupéfait de l'expérience qu'il venait de faire. Oui, ça va.

– Non, ça n'a pas l'air d'aller.

Griffith indiqua la main de Sutton.

– Vous saignez.

Sutton regarda ses mains et vit des gouttes de sang couler de ses doigts.

– Qu'est-ce que... ? fit-il dans un souffle en réalisant qu'il venait de s'enfoncer l'ongle du pouce dans l'index. (Il sortit un mouchoir qu'il utilisa pour arrêter le sang. Il eut alors un regard piteux à l'adresse de Bender et de Griffith.)

– Je me suis coupé en ouvrant une boîte de conserve ce matin. J'aurais dû mettre un sparadrap.

Les hommes descendirent vers les voitures de patrouille. Une dépanneuse avait reculé contre l'arrière de la voiture des Harnes, au pare-chocs de laquelle le conducteur était en train de fixer un crochet. Soudain, Bender se mit à courir dans l'herbe vers la voiture, pénétra à l'intérieur et en sortit plusieurs sachets en plastique. Tout en revenant vers Sutton et Griffith, il fouilla dans l'un des sachets et en retira ce qui semblait être un jeton de poker plat et transparent qu'il lança à Sutton. Celui-ci retourna dans sa main l'objet de l'épaisseur d'une feuille de papier. Il captait et retenait les rayons du soleil comme un prisme. Il le relança à Bender.

– Qu'est-ce que c'est ?

– J'allais vous le demander, répondit Bender. On a trouvé quelques-uns de ces disques dans la voiture et davantage encore sur le plancher, à la place du conducteur. Je ne sais pas ce que c'est.

– Ce sont des écailles de poisson, décréta Griffith.

Sutton et Bender lui adressèrent un regard perplexe.

– Enfin... oui, ce sont des écailles. Tout à l'heure, lorsqu'on les a trouvées, elles étaient plus douces au toucher et avaient une odeur. Une odeur de poisson... de carpe. Lorsqu'on sera de retour au labo, on les examinera au microscope et on sera fixés.

Bender leva les yeux au ciel.

– Et après, on ira à la bibliothèque pour voir

quelle espèce de poisson possède des écailles de la taille d'une pièce d'un dollar, hein, Grif ?

Ce dernier allait répondre mais le bruit du treuil de la dépanneuse couvrit sa voix. Sutton regarda le camion soulever violemment l'arrière de la voiture des Harnes. Le vacarme rendait toute conversation impossible et ils se séparèrent.

Sutton regagna sa voiture de patrouille, soulagé d'être à l'abri du froid et du brouillard, loin des tombes ouvertes.

– Pas trop tôt, lui dit Jackie d'un ton de reproche.

Surpris, Sutton se tourna vers elle.

– J'ai une grande variété de talents et de dons qui restent tous inutilisés lorsque je passe des heures assise dans une voiture vide à attendre des messages radio destinés à notre grand commandant en chef.

En guise de réponse, Sutton ne trouva qu'une piètre excuse :

– Enfin, il fallait bien que quelqu'un reste près de la radio.

– La prochaine fois, c'est toi qui resteras dans la voiture et c'est moi qui irai faire l'importante.

Elle avait raison mais il dut se détourner pour qu'elle ne le voie pas sourire.

– Qu'est-ce que tu fabriquais là-bas avec Griffith et Bender ?

Elle mit le contact et fit démarrer le véhicule.

Il était temps qu'elle sache tout. Appuyant sa nuque contre l'appui-tête, il se tourna vers elle.

– Arrête la voiture, Jackie. J'ai une histoire pas piquée des vers à te raconter.

Comme elle était déjà au courant des découvertes bizarres et des questions soulevées par les autopsies de Lynn Langley et de Robert Calms, il commença par l'informer de la réunion qui s'était tenue chez Jenny McKenzie et termina avec la prédiction de Larchmont selon laquelle deux enfants allaient disparaître. Elle le dévisagea d'un air impassible lorsqu'il en vint aux horreurs que lui avait décrites Slatkin et que venaient de confirmer Bender et Griffith.

Lorsqu'il eut terminé, il la regarda, s'attendant à lire sur son visage des signes d'incrédulité ou de scepticisme. Au lieu de quoi, il vit une femme pâle aux traits concentrés qui le dévisageait.

– Tu y crois, n'est-ce pas, Henry ? Tu crois tout ce que Larchmont a dit à propos de ces... démons ?

– Hier, je ne le croyais pas. Mais maintenant, je le crois.

– Merci.

– De quoi ?

– D'avoir cru que j'aurais la force d'entendre ce que tu viens de me raconter et de m'avoir rapporté les propos de Larchmont. Je ne sais pas ce qu'ils valent mais je ne crois pas non plus que son hypothèse soit insensée. A vrai dire, plus j'y pense, plus elle me paraît crédible. Et puis, on n'a rien d'autre à quoi se rattacher.

Sutton éprouva un immense soulagement à l'idée qu'il n'était pas seul à abonder dans le sens de Larchmont et de Jenny McKenzie. Il ne savait pas trop ce qu'il allait faire à présent mais c'était bon de savoir que, quoi qu'il fasse, il ne serait pas seul.

– Et maintenant ? questionna Jackie.

Sutton regarda vers le sommet de la colline en s'efforçant de discerner la silhouette sinistre du funérarium. Le brouillard lui obstruait la vue.

– Je pense qu'on devrait aller rendre une petite

visite aux frères Horrcove. Je ne serais pas autrement surpris que ce soit une de leurs limousines que Johnny Joe Sloams a vue passer.

Jackie démarra et prit l'étroite route qui traversait le cimetière.

16

La voiture passa entre deux énormes lions de pierre qui veillaient, de chaque côté du chemin privé. Trente mètres plus loin, elle se gara dans une grande allée circulaire au pied de la résidence Horrcove. Tandis que Jackie indiquait leur position par radio, Sutton sortit dans le vent froid, pencha la tête en arrière et étudia l'imposante bâtisse qui servait à la fois de domicile et de lieu de travail à ses propriétaires.

La résidence Horrcove était une maison de deux étages faite de blocs de granit assombris par les intempéries. De grandes lucarnes ajoutaient au caractère massif de l'édifice, qui paraissait encore plus imposant, austère et sinistre. De lourds rideaux pendaient derrière les fenêtres cintrées encadrées dc grands volets. La seule chose qui tranchait avec le sévère extérieur gothique du funérarium était le perron aux colonnes massives, conçu sur le modèle des résidences d'avant-guerre. Une volée de marches en marbre terne menait à une véranda, à plus de deux mètres des fondations de la maison. Au sommet des marches, de sombres colonnes doriques se dressaient pour soutenir une sorte de terrasse aussi large que le porche imposant qu'elle recouvrait.

La résidence Horrcove était au pied d'une haute colline et, de l'endroit où se tenait Sutton, on aurait dit que l'arrière du funérarium s'enfonçait dans le flanc de cette colline.

Tandis que Jackie et lui-même entreprenaient l'ascension des marches conduisant à la véranda, il sembla à Sutton que cette demeure était vivante et les épiait, tel un animal sombre et sournois. Il n'aimait pas cela. De la maison émanait une menace impalpable et elle respirait le mal, la terreur et la mort.

Son esprit fit un bref retour en arrière ; à Chicago, durant sa première année dans la police, on lui avait assigné pour sa ronde à pied un parcours qui l'amenait près des abattoirs. Parfois, la nuit ou le week-end, lorsque les bâtiments étaient fermés et froids, il croyait entendre des cris d'animaux agonisants. Ces bruits l'énervaient et, lorsqu'il en avait parlé à certains de ses collègues, ils lui avaient ri au nez. Mais les clochards qui vivaient dans le coin, eux, ne riaient pas : ils savaient à quoi s'en tenir. Eux aussi avaient fait l'expérience de ces sons incompréhensibles. Il ressentait maintenant ce qu'il avait ressenti alors. Cette résidence respirait la mort, le sang, la terreur et... le meurtre.

La voix de Jackie le tira de sa rêverie cauchemardesque :

– Dis donc, c'est sinistre ici. On a l'impression de se trouver dans la maison de *Psychose*.

Aucun humour ne perçait dans sa voix et Sutton grommela en guise d'assentiment. Ils arrivaient presque au sommet de l'escalier lorsque Jackie ralentit et posa sa main moite sur son poignet pour le retenir.

– Henry, regarde ça.

Elle lui montra quelque chose le long du mur.

– Les buissons, près de la maison. Ils sont tous artificiels.

Il regarda l'endroit qu'elle lui indiquait. Elle avait raison. Chacun des buissons qui se trouvaient le long de la façade de la résidence était une imitation de caoutchouc et de plastique. Les arbres et arbustes qui poussaient dans la cour et dans le cimetière étaient authentiques, mais toutes les plantes qui étaient proches de la maison étaient des imitations d'un vert vif, artificiel.

– Ils ont un bien curieux jardinier, à moins que tout ce qui touche la maison ne meure, remarqua-t-elle.

Sutton, mal à l'aise, hocha la tête. Ils continuèrent, traversèrent la vaste véranda et s'immobilisèrent devant les deux lourdes portes sculptées.

– Tu frappes ? demanda-t-elle.

Sutton saisit la poignée de bronze et poussa l'une des grandes portes, surpris de la force que cela demandait. Ils restèrent un instant l'un à côté de l'autre à regarder l'entrée obscure, puis entrèrent.

C'était comme un retour dans le passé. Un vieux tapis persan étouffait leurs pas dans le vestibule. Les murs hauts de plus de quatre mètres étaient lambrissés de chêne sombre et le temps avait craquelé le vieux papier mural. Des elfes et des nymphes gracieux étaient sculptés sur le plafond en stuc.

Les gicleurs anti-incendie installés au plafond n'allaient pas davantage avec ce décor que les arbustes en plastique à l'extérieur. Sutton avança lentement dans le couloir, vers une pièce faiblement éclairée. Il voulait ouvrir la marche mais Jackie le dépassa et se mit à examiner les antiquités et les tapisseries qui encombraient le couloir. Sutton s'arrêta près d'un guéridon en noyer vieux de cent cinquante ans au moins, sur lequel se trouvait un vase de cristal de Waterford tout aussi ancien. Des fougères de supermarché, en plastique, y étaient disposées. Bizarre. Bizarre aussi l'extincteur fixé au mur tout près de là. Cela le troubla. Le guéridon et le vase valaient plusieurs milliers de dollars, tandis que les fougères en valaient deux tout au plus. Que se passait-il ici ? Jackie aurait-elle raison ? Se pouvait-il que rien de ce qui entrait en contact avec cette maison ne survive ? Il hocha la tête. Et que venaient faire là ces extincteurs ? Il y en avait deux dans le vestibule et on en voyait plusieurs autres dans la pièce dont ils approchaient.

Ils entrèrent dans ce que Sutton supposa être une sorte de salon pour les familles en deuil. La pièce était décorée des mêmes motifs antiques que le vestibule. Elle était lambrissée, haute de plafond et meublée de vieux canapés et de causeuses moisis. Là encore, il y avait un système anti-incendie et de nombreux extincteurs.

Jackie adorait les antiquités et, tandis qu'elle observait de près quelques pièces particulièrement intéressantes, Sutton prit le temps d'examiner les tapisseries suspendues aux murs. Toutes représentaient des scènes de chasse particulièrement atroces. Il fut surpris de voir que sur une tapisserie les chasseurs traquaient non pas l'ours ou le sanglier mais des hommes et des jeunes gens. Sur une autre tenture, ils poursuivaient un prêtre. Le fin travail d'aiguille permettait de voir le détail du col romain et du crucifix de celui-ci, ainsi que la peur dans ses yeux.

Jackie s'approcha et le tira par la manche.

– Je n'arrive pas à y croire !

Son enthousiasme fit sourire Sutton.

– As-tu une idée de ce que vaut cette table Parson ?

Sutton fit non de la tête.

– Et ces tapisseries ?

Sutton réitéra son geste.

– Eh bien moi, je vais te le dire. Au bas mot, et je dis bien au bas mot, cinquante mille dollars. Rien que pour *une* seule. Et il y en a huit dans la pièce !

Sutton jeta de nouveau un œil sur les tapisseries. Il était sûr que Jackie avait raison. Elle s'y connaissait en antiquités. Mais qui paierait cinquante mille dollars pour une scène pareille ? Les frères Horrcove, pensa-t-il avec un frisson. Ils étaient prêts, eux, à payer ce prix.

– Que puis-je pour votre service ? demanda une voix féminine aiguë, juste derrière eux.

Pris au dépourvu, Sutton fit demi-tour, sentant se hérisser les poils de sa nuque au son de cette voix peu amène. Dans la pièce aux lourds rideaux, à distance respectueuse, il aperçut vaguement deux formes sombres. Elles étaient entrées dans la pièce par une porte dérobée. Leur présence irrita Henry Sutton. Il détestait être pris de court.

Laissant Jackie derrière lui, il se dirigea vers les deux ombres et s'aperçut qu'il s'agissait de deux messieurs âgés. Il fut encore plus surpris de voir qu'ils étaient le portrait craché l'un de l'autre : des jumeaux. Très âgés et très menus.

Sutton vint s'arrêter devant eux et, en les regardant, s'étonna de leur grand âge. Ils avaient tous les deux les joues creuses et le nez crochu. Leur peau cireuse avait la texture d'un vieux parchemin. Ils rappelèrent à Sutton une exposition macabre qu'il avait vue dans une baraque de foire. On y voyait des restes momifiés d'un chercheur d'or mort cent cinquante ans plus tôt dans le désert de l'Arizona. La chaleur et le soleil avaient déshydraté le corps, tanné la chair et transformé le visage en un masque ratatiné semblable à ceux qui se trouvaient maintenant devant lui.

L'un des frères mit la main sur sa hanche.

– Mon frère vous a posé une question, monsieur l'officier. Etant donné votre intrusion intempestive, une réponse serait la bienvenue. Vous avez avalé votre langue ?

Surpris et irrité du persiflage hostile du petit homme, Sutton fit en sorte que sa colère croissante ne se voie pas sur son visage.

– Non ; et vous, vous pouvez m'être utile de plusieurs manières.

L'homme se tourna vers son frère jumeau.

– Tiens... ce monstre est doué de parole, Bartholomew. Il va pouvoir répondre à ta question.

Bartholomew Horrcove prit le bras de son frère dans un geste affectueux.

– Sois gentil, Alexander, dit-il d'une voix féminine. N'oublie pas : la confrontation appelle la confrontation.

Il se tourna et regarda Sutton.

– Alors, qu'y a-t-il pour votre service ?

Sutton inspira profondément, tentant de chasser la vive aversion que lui inspiraient ses deux interlocuteurs.

– Vous avez sans doute appris par la radio que

trois personnes étaient mortes ces trois dernières nuits aux abords du cimetière ?

– Oui, acquiesça Bartholomew Horrcove. On en a entendu parler ce matin. Effrayant, à ce qu'il semble.

– En effet, reprit l'autre frère. Quoique je trouve étrange que l'on ne se soit pas adressé à nous, en l'occurrence.

Sutton fit une moue de dédain. Il commençait à en avoir assez de cette partie de cache-cache.

– Puisque vous avez écouté la radio, vous devez savoir que deux enfants ont aussi disparu.

– Deux garçons, je crois, souligna Alexander Horrcove tout en adressant un regard significatif à son frère.

– Savez-vous quelque chose à leur sujet ? demanda Sutton qui commençait à s'énerver.

Mais où ces deux-là voulaient-ils en venir ?

– Rien du tout, répondit Alexander.

– Comment pourrions-nous savoir quelque chose ? demanda Bartholomew. Tout ce que nous savons, nous l'avons entendu à la radio.

Sutton examina le visage des deux frères.

– Ce matin, quelqu'un nous a signalé avoir vu l'un des deux garçons disparus dans le coin hier soir.

– Et alors ? demandèrent les deux frères à l'unisson.

– Alors, la personne qui a téléphoné a aussi dit que le garçon se trouvait sur le siège arrière de l'une de vos limousines. Nous sommes venus vérifier les dires de cet informateur.

Les frères Horrcove échangèrent un long regard. Finalement, Alexander Horrcove rompit le silence :

– Seriez-vous en train de laisser entendre que nous aurions pu être mêlés à un enlèvement d'enfant ?

– Non, répondit Sutton. Mais deux gosses ont disparu et je ne puis négliger aucune piste.

– Ça vous ennuierait de nous dire qui a téléphoné ? demanda Alexander Horrcove d'une voix glaciale.

Sutton fit oui de la tête.

– Je m'en doutais, dit l'autre. Il est clair que quelqu'un cherche à toucher la récompense sans se soucier du mal qu'il peut faire. En tout cas, je puis vous assurer qu'aucun de nos véhicules n'était de service hier soir.

– Je suis quand même obligé de vérifier, déclara Sutton.

Alexander Horrcove croisa les bras sur sa poitrine.

– Considérez alors la chose comme faite. Nous avons répondu à vos questions, nous vous avons assuré qu'aucun de nos véhicules n'avait quitté le garage hier soir et comme nous sommes occupés, mon frère et moi, vous nous ferez le plaisir... non... nous exigeons d'être rayés de votre liste de suspects.

Henry Sutton n'en revenait pas. Ces deux hommes lui arrivaient à peine à la taille, étaient aussi vieux que Mathusalem et osaient s'adresser à lui sur ce ton. Il jeta un regard à Jackie. Les grands yeux marron de cette dernière n'exprimaient qu'incrédulité devant l'outrecuidance des deux nabots.

– Dans ce cas, dit Sutton, vous ne verrez sûrement aucune objection à ce que ma collègue et moi jetions un coup d'œil aux alentours ? Et peut-être aussi au garage et sur les limousines ?

– Nous y voyons au contraire une objection, répondit Alexander Horrcove.

– Nous y sommes fermement opposés, reprit l'autre.

Sutton dévisagea les deux hommes d'un air écœuré. Tout à coup, il s'aperçut que Jackie Fairmont était à ses côtés.

– Vous refusez de nous laisser visiter les lieux ? demanda-t-elle.

– Absolument, répondit Alexander Horrcove. C'est notre entreprise. C'est aussi ici que nous habitons. Cet endroit n'est pas ouvert, et ne l'a jamais été, aux curieux, qu'il s'agisse de touristes, de membres de la Commission des monuments historiques ou de visiteurs de la police locale. Nous sommes-nous bien fait comprendre ?

– Parfaitement, grommela Sutton. Mais vous savez que je vais revenir avec un mandat de perquisition. Alors, que vous vous y opposiez ou non, je fouillerai cet endroit de fond en comble et ce, le plus légalement du monde.

Bartholomew Horrcove esquissa un sourire.

– C'est ça, shérif, revenez.

– Si vous le pouvez, ajouta l'autre, souriant lui aussi.

Sutton dévisagea Alexander Horrcove.

– Que voulez-vous dire par là ?

– Rien, répondit-il en hochant la tête, un léger sourire sur les lèvres. C'était juste une manière de vous congédier.

A cet instant, Sutton remarqua que les yeux des deux frères s'étaient mis à briller dans la pièce sombre comme des yeux de chat. Cette impression étrange l'étonna et il fit un pas en arrière. Réprimant une envie folle de leur écrabouiller la tête, Sutton grinça des dents, fit demi-tour et prit Jackie par le coude. Il l'entraîna jusque au-dehors, claqua la porte massive derrière lui comme si elle était en balsa, traversa la véranda et s'engagea dans l'escalier.

– Henry, tu me casses le bras, protesta Jackie.

Réalisant avec quelle poigne il la tenait, il la relâcha en s'excusant.

– Bordel ! Ils me cherchent ou quoi ?

– Non, ils *nous* cherchent. Ces types m'ont tout l'air d'être les pires... les plus tordus... bon Dieu, je ne trouve pas de mots pour les décrire. Et maintenant ? On va chercher un mandat ?

– Tu parles ! Le bureau du juge Bradstreet est tout à côté et je n'en veux pas un, mais trois.

– Trois ?

– Un qui nous permette de revenir ici et deux autres pour embarquer ces emmerdeurs.

– Sois prudent, Henry, dit-elle en riant sous cape. Si tu fais ça, ils vont finir par s'attacher à toi.

Pour la première fois depuis des jours, Henry Sutton se prit à rire. Il saisit Jackie Fairmont par la taille, qu'elle avait si fine, et ils se dirigèrent vers la voiture de patrouille.

La main sur la poignée de la portière, il se retourna pour regarder la résidence Horrcove. La forme sombre qui se découpait dans le ciel gris avait toujours quelque chose d'animal. Sutton haussa les épaules tout en remontant son col pour se protéger du vent. Il monta dans la voiture et boucla sa ceinture.

Tandis que Jackie conduisait vers la sortie du cimetière, Sutton repensa à son entrevue avec les frères Horrcove. Il s'était toujours considéré comme un spécialiste, comme un professionnel dans l'art de la confrontation. Mais cet affrontement avec ces deux êtres minuscules l'avait laissé pantois et hors de lui.

Il avait l'impression de s'être fait étriper par deux vieux chats de gouttière. Ils avaient joué avec lui puis, une fois lassés, l'avaient roulé dans la farine sous le prétexte de la loi et de leurs droits, choses qu'il s'était juré de faire respecter.

Quelque chose de positif était toutefois sorti de cette rencontre : leur refus de le laisser inspecter les lieux et l'exigence irraisonnable qu'ils avaient manifestée quant au respect de leur vie privée faisaient d'eux des suspects. Les deux frères cachaient quelque chose... peut-être les gosses disparus, peut-être davantage. Quoi qu'il en soit, Henry Sutton tenait maintenant du concret. Il esquissa un sourire tout en commençant à dresser des plans de contre-attaque.

– Ces deux types puent la culpabilité, fit remarquer Jackie lorsqu'ils s'engagèrent sur la route principale qui menait en ville.

– Coupables de quoi ? demanda Sutton qui n'écoutait qu'à moitié.

– De quelque chose. Sinon, pourquoi agiraient-ils comme ça ? N'oublie pas qu'ils t'ont menacé.

Il lui adressa un regard interrogateur.

– Oui, insista-t-elle. Lorsque tu as dit que tu reviendrais avec un mandat de perquisition, l'un des deux t'a dit d'essayer de revenir si tu le pouvais. Ce salopard a eu beau appeler ça une formule de congé, pour moi c'était une menace.

Sutton haussa les épaules d'un air absent tout en continuant de concocter des plans contre les frères Horrcove. Il avait déjà décidé de prendre Embom et Griffith avec lui lorsqu'il reviendrait avec le mandat de perquisition. Pendant que Jackie et lui fouilleraient la maison, ils pourraient aller jeter un œil sur les véhicules. Si les frères avaient utilisé une de leurs voitures pour amener chez eux le gosse qui criait et se débattait, on en trouverait bien une preuve : cheveux, fibres de tissu, éraflures, empreintes, quelque chose, n'importe quoi. S'il y avait quoi que ce soit, Embom et Griffith le trouveraient.

– Si j'essayais de joindre Bradstreet par radio ? demanda Jackie. Tu crois qu'on aurait les mandats plus rapidement ?

Sutton fit signe que oui puis chercha sa feuille de route. Il voulait noter quelque chose, mettre de l'ordre dans ses idées avant d'arriver chez le juge Bradstreet. Il fouilla sous le siège et trouva ce qu'il cherchait.

– Alors, pour Bradstreet ? demanda de nouveau Jackie.

– Il est préférable de le voir personnellement, répondit Sutton tout en cherchant un stylo dans sa poche. Bradstreet est à cheval sur les principes. Aïe ! Merde !

– Qu'est-ce qu'il y a ?

Secoué par une douleur subite, Sutton retira subitement son doigt de la poche intérieure de son veston.

– Merde, je me suis encore coupé.

– Oui, et salement, on dirait, dit Jackie en jetant un œil sur sa main et son uniforme ensanglantés.

Davantage surpris par la quantité de sang que par la douleur, Sutton tint sa main au-dessus du plancher de la voiture et continua de jurer. Il avait rouvert la blessure qu'il s'était infligée au cimetière. Elle n'était pas particulièrement profonde mais pissait le sang.

– Henry, fais attention, tu en mets partout, regarde ton uniforme. Comment as-tu fait ton compte ?

Sutton fit un geste évasif et essaya d'arrêter le

sang en pressant la blessure. Jackie soupira et, tout en gardant une main sur le volant, fouilla dans la poche de chemise de Sutton. Elle en retira un sachet de sel en aluminium.

La voiture de patrouille passa la ligne jaune et Sutton fit un geste instinctif en direction du volant. Jackie remit le sachet dans sa poche et reporta son attention sur la route.

– Ne t'en fais pas, dit-elle, je sais conduire. Bon Dieu, je n'en reviens pas ! Se blesser avec un sachet de sel ! Voilà ce que c'est que d'être célibataire.

Elle lui adressa un bref sourire.

Sutton fit la grimace, souleva le rabat de la poche de sa chemise et examina le sachet de sel aux arêtes tranchantes. En bon célibataire qu'il était, il avait pris depuis longtemps l'habitude d'empocher tous les sachets qui accompagnaient les repas qu'il prenait au restaurant. La boîte à gants débordait donc de sachets de ketchup, de lait en poudre, de sucre, de poivre et de sel. Tous les deux ou trois mois, il la vidait et en fourrait le contenu dans un tiroir qu'il appelait non sans emphase sa réserve d'épices. Il avait reconnu le logo du restaurant d'où venait le sachet de sel ; mais il n'avait pas mangé là depuis une semaine : que faisait donc ce sel dans sa poche aujourd'hui ? Puis il se rappela qu'il avait pris son uniforme dans le panier à linge sale.

Jackie lui jeta un coup d'œil tout en lui adressant ce qui devait être ses dernières paroles :

– Mais regarde-toi, Henry. Bradstreet est un homme important et, si tu veux mon avis, tu ne devrais pas te présenter devant lui comme...

Tout à coup, le corps de Jackie se raidit. Sa nuque fut plaquée contre l'appui-tête, son pied appuya sur l'accélérateur et la voiture de patrouille s'emballa dans la rue résidentielle, tel un animal aux abois.

La même force invisible frappa Sutton à la manière d'une intense onde invisible venue de l'enfer, qui plaqua son corps contre le siège. Il était totalement paralysé. Tandis qu'il luttait contre la pression invisible qui lui écrasait le corps, son cerveau lui hurlait : *crise cardiaque*. Mais il n'éprouvait aucune douleur. Il sentait plutôt ses lèvres et ses joues s'enfoncer dans son crâne tandis que l'étau se resserrait autour de son corps. Il sentit que la voiture gagnait de la vitesse et, dans un effort horrible qui faillit lui déchirer les muscles de la nuque, il tourna la tête pour voir ce qu'il advenait de Jackie. Malgré tout, son esprit demeurait actif. A supposer qu'il eût une attaque cardiaque, qu'avait Jackie ? Pourquoi saignait-elle du nez, pourquoi avait-elle perdu le contrôle de la voiture ? Pourquoi avait-elle le visage déformé par ce qu'il lui arrivait à lui ?

Il essaya de lui parler, de faire un geste en sa direction, mais en fut incapable. C'était comme si son corps avait été enterré sous des tonnes de sable. Il ne put qu'assister impuissant aux événements, voir les mains de Jackie se détacher du volant pour venir se ficher dans sa poitrine. Plus horrifié que jamais, il vit un sang clair jaillir de l'oreille droite de Jackie. Il s'écoulait à gros bouillons et se répandait sur ses épaules et sur le siège. Jamais Henry Sutton n'avait connu une telle peur et une telle impuissance.

Puis l'horrible étau desserra soudain son étreinte et Sutton retrouva la liberté de ses mouvements. Il se pencha en avant, entravé par sa ceinture de sécurité. De sa main gauche, il tenta de contrôler le volant tandis que de la droite il cherchait la clé de contact.

La voiture de patrouille percuta une voiture garée. Le choc projeta Sutton en avant et sa tête vint heurter le tableau de bord. Il perdit connaissance tandis que son corps se détendait et s'affaissait, retenu par la ceinture de sécurité.

Le véhicule continua sa course folle tout en prenant de la vitesse : Jackie avait toujours le pied sur l'accélérateur. Le moteur tournant à fond, la voiture fonça à quatre-vingts kilomètres à l'heure vers une rangée d'arbres et de maisons, plus bas dans la rue. Elle monta sur un trottoir, laboura un épais massif d'arbustes et s'écrasa contre un vieux chêne.

Sutton fut retenu par sa ceinture de sécurité mais le corps de Jackie Fairmont fut projeté sur le volant, passa à travers le pare-brise et alla atterrir sur les branches basses de l'arbre.

Cette dernière horreur fut épargnée à Sutton, toujours inconscient.

17

Charlcie McKenzie indiqua les fleurs d'un cattleya pourpre.

– Belles, n'est-ce pas ?

Ne voyant que la jeune fille debout devant lui dans la profusion d'orchidées en fleur, Cable acquiesça.

– Oui, dit-il simplement. Tu es vraiment belle.

Charlcie leva les yeux au ciel.

– Diable, monsieur le professeur, je trouve que vous n'avez pas froid aux yeux, pour un enseignant canadien.

Sa modestie feinte le fit rire et, désirant la regarder dans les yeux, il s'approcha d'elle. Charlcie lut le désir sur son visage.

– John Cable, je sais à quoi vous pensez et permettez-moi de vous dire sans détour que la serre de ma mère n'est pas un lieu propice à des pensées ou des actes lubriques.

– Lubriques ? demanda-t-il tendrement en la prenant par la taille et en lui appliquant un baiser sur les lèvres.

Elle répondit à son baiser, mit ses bras autour du

cou de Cable et aiguillonna sa langue de la sienne. Il sentit son sexe se durcir. Elle s'écarta de lui.

– Alors, qu'est-ce qu'un acte lubrique ? demanda-t-il en souriant.

– Un acte lubrique, c'est ce qui est en train de pousser dans ta braguette.

Cable la regarda fixement : c'était une femme étonnante et il était en train de s'éprendre d'elle, il le savait.

Ils avaient passé la matinée à bavarder, à plaisanter, appréciant d'être ensemble, s'efforçant de faire fi du lourd climat qui pesait sur eux depuis les événements de la veille. Ils avaient bien tenté de faire partager leurs plaisanteries à Jenny et à Martin, mais en vain, ils étaient aussi distants que la maison était silencieuse. Jenny s'était enfermée dans la salle de séjour avec une pile de vieux livres et de coupures de journaux et avait apparemment plus envie de lire que de discuter avec sa fille ou Cable.

Martin Larchmont avait passé la plus grande partie de la journée dans sa chambre. Il n'en était sorti qu'une seule fois et Cable l'avait rencontré par hasard dans la cuisine. Il lui avait alors demandé pourquoi il ne lui avait jamais parlé de l'intérêt qu'il portait à la religion yézidi et à la progéniture démoniaque d'Iblis.

Larchmont lui avait fourni une explication toute simple et pertinente.

– On ne confie pas ce que l'on sait à quelqu'un, si cela peut lui coûter la vie, avait-il dit. Il y a environ vingt-cinq ans, Jenny et Patrick McKenzie sont venus à Ravina afin de découvrir pourquoi tous ces gens s'étaient suicidés dans les années 1880, 1890. Je suis venu ici pour la même raison. Et aussi parce que je savais que Ravina était l'ultime destination des fidèles d'Iblis. Patrick McKenzie, lors de ses recherches, avait appris quelque chose, ce qui lui a coûté la vie. Comme je te l'ai déjà dit, la police a conclu au suicide mais Jenny et moi croyons que sa mort a été maquillée ou qu'il a été poussé à se tuer par un pouvoir maléfique. John, les forces qui ont tué Patrick McKenzie sont toujours là et je tiens à ce que Charlcie et toi faisiez vos valises et déguerpissiez d'ici avant qu'il ne vous arrive quelque chose...

Comme Charlcie entrait dans la cuisine, il leur avait conseillé à tous les deux de quitter la ville le plus tôt possible.

– Comme c'est curieux, avait-elle répondu, ma mère m'a conseillé la même chose. J'apprécie l'intérêt que vous nous portez, mais je n'ai pas l'intention de partir. Et où est-ce que j'irais ? A San Jose ? La dernière fois que j'y suis allée, mon futur ex-mari m'a cassé la gueule.

– Je comprends ton inquiétude, avait dit Cable à Larchmont mais je n'ai pas non plus l'intention de partir.

– Idiots ! s'était écrié Larchmont. Triples crétins ! Vous ne vous rendez donc pas compte que vous risquez d'y laisser votre peau ? Enfin, qu'est-ce qu'il faut faire pour vous convaincre ?

– Martin, il n'y a pas de quoi se mettre en colère.

– Oui, je sais, je sais. Seulement, je vous aime beaucoup tous les deux et je me fais vraiment du souci à votre sujet. Vous risquez des ennuis en restant ici... Je suis désolé, je m'emporte... Je ne ramènerai plus ça sur le tapis, je vous le promets.

Puis il était allé retrouver Jenny dans la salle de séjour.

Charlcie et Cable, quant à eux, éprouvaient le besoin d'échapper à l'atmosphère oppressante de la maison, et étaient allés se réfugier dans la serre. Il s'agissait d'une construction luxueuse, en séquoia, dont les vitres étaient passées au blanc d'Espagne.

– Tiens, des fougères, dit Cable en s'éloignant de l'orchidée cramoisie et si « belle ».

– Oh non, gémit Charlcie. Pas encore un amateur de plantes en pots et d'orchidées !

Il sourit.

– J'ai moi-même une serre. J'aime les fougères.

Il faisait sombre. Charlcie tourna un commutateur et deux néons clignotèrent, révélant de vertes cascades de fougères de toutes espèces. Certaines étaient suspendues au plafond dans des paniers de mousse, leurs feuilles s'échappant de rhizomes bruns et blancs qui ressemblaient vaguement à des pattes d'écureuil ou de lapin. D'autres jaillissaient de clayettes couvertes de mousse comme des bois d'orignal ou de daim.

– Regarde un peu la taille de ce *polypodium aureum mandaianum*, dit Cable.

Il paraissait vouloir l'épater, et c'était le cas.

Charlcie fit la moue comme si elle venait de se faire enlever John par une danseuse de cabaret.

– Passionnant ! grogna-t-elle.

– Mais regarde sa taille. Elle est énorme. Tu sais ce que *polypodium* signifie ? lui demanda-t-il, cherchant toujours à l'impressionner.

Le feuillage lui cachait le visage de Charlcie.

– *Poly* veut dire « plusieurs » et *podium* veut dire « pied ». Plusieurs pieds.

– Merci, maître, répondit-elle depuis un coin plus sombre de la serre.

Cable écarta le panier et lui jeta un regard penaud.
– Excuse-moi si j'ai l'air de vouloir la ramener.
– Ce n'est pas que tu la ramènes, mais tu te trompes.
– Je me trompe ? Comment ça ?
– Cette fougère est un *polypodium aureum taffelata.*
Cable examina l'extrémité des feuilles et remarqua qu'elles se ramifiaient en glands délicats.
– Mais tu as raison, dis donc.
Il fronça les sourcils puis sourit.
– Toi aussi, tu es une passionnée de fougères ?
– Pas autant que ma mère mais j'ai réussi à emmagasiner pas mal d'informations à leur sujet, dans ma petite cervelle.
Contournant la fougère géante, Cable regarda Charlcie venir vers lui et la prit dans ses bras. Il pencha la tête de côté dans l'attente d'un autre baiser, mais ne trouva sous sa bouche qu'une touffe de cheveux. Intrigué, il s'écarta.
Avant qu'il ait pu dire quoi que ce soit, elle mit ses doigts sur ses lèvres.
– Tu me plais, John. Tu me plais beaucoup mais, lorsque tu m'embrasses, j'ai du mal à contrôler mes pensées et mes émotions. J'ai envie de m'abandonner, mais, alors, mon expérience conjugale refait surface, la violence surtout. Puis toute cette horreur et cette violence qui nous entourent m'assaillent, et ça me glace.
Cable continuait à la serrer contre lui, attentif.
– S'il ne s'agissait que des mauvais souvenirs de mon mariage et de ce que j'ai souffert, ce ne serait rien. Mais il y a autre chose : ma mère est là, assise comme un zombie dans la salle de séjour, et Martin,

qui tourne en rond dans la maison, nous demande de quitter la ville et nous traite d'idiots. Je connais deux médecins et un shérif qui doutent sérieusement de la santé mentale des deux personnes qui nous sont le plus chères. Je ne peux pas m'empêcher de penser que Martin a prédit la disparition des deux enfants. Et chaque fois que tu m'embrasses et que je ferme les yeux, je vois les manchettes des journaux.

Elle était au bord des larmes, Cable lui prit le menton.

– Allez, calme-toi. Rien ne presse. On a tout le temps de se guérir de ton mariage et du mien... De quelles manchettes parles-tu ?

– Au sujet des deux gosses disparus. Tu n'es pas au courant ?

Il ferma les yeux.

– Ça va ? demanda la jeune femme.

– Oui, répondit-il en ouvrant les yeux mais en évitant de la regarder. Seulement, ce à quoi je pense n'a rien de réjouissant.

– C'est-à-dire ?

– Que Martin et ta mère ont raison : tout ce qu'ils ont dit hier soir se vérifie ; il y a réellement des créatures démoniaques quelque part à Ravina. Tout à coup, rester dans cette ville me donne les foies. Tu ferais peut-être bien de suivre le conseil de Martin et de t'éloigner de Ravina pour quelques jours.

– Tu m'accompagnerais ?

– Je ne peux pas. Martin est mon meilleur ami. Hier soir, j'ai mis ses paroles en doute. Maintenant, je commence à croire ce qu'il a dit. S'il a raison, il va avoir besoin du maximum d'aide.

– Je crois que ça correspond à ce que j'éprouve moi-même, approuva-t-elle. Ma mère est impliquée là-dedans jusqu'au cou et on est amies, elle et moi, depuis peu. Je reste aussi.

Elle prit la main de Cable et ils quittèrent la serre. De retour dans la cuisine, elle se tourna vers lui et voulut dire quelque chose, mais Cable la fit taire d'un baiser. Ils s'étreignirent violemment et Cable se sentit submergé de désir. Il éprouvait pour cette femme un mélange d'amour et de tendresse.

Lorsqu'ils se séparèrent finalement, elle leva vers lui son regard intense.

– Tu sais qu'il arrive parfois aux femmes de changer d'avis ?

Il fit signe que oui.

– Alors, fit-elle, on va dans ta chambre ou dans la mienne ?

– Dans la mienne.

Main dans la main, ils longèrent le couloir sur la pointe des pieds en direction de l'escalier. A l'autre bout du corridor, Martin Larchmont parlait au téléphone.

Ils montèrent l'escalier à pas feutrés ; ils étaient presque à l'étage lorsque Larchmont les appela :

– Il faut que nous allions à l'hôpital le plus vite possible.

Charlcie donna un coup de poing sur la rampe. Cable grommela et répondit à Larchmont d'une voix forte :

– Qu'est-ce qui se passe ?

– Le shérif a été blessé et un policier a été tué. C'est Childress qui vient de téléphoner. Je ne sais pas ce qui leur est arrivé, à lui ou à Seafront, mais ils ont l'air de nous prendre au sérieux, tout à coup. Vite ! Je veux aller à l'hôpital et rentrer avant la tombée de la nuit.

Charlcie et Cable restèrent un moment debout dans l'escalier à se dévisager, puis dévalèrent les marches en direction du vestibule. Au bas de l'escalier, elle passa son bras sous le sien.

– On dirait bien que malgré mes efforts, je vais conserver ma vertu.

– Tu parles, grogna Cable. Moi, je commence à avoir l'impression d'être un puceau professionnel.

– C'est vrai que tu as une serre à Vancouver ?

– Oui, mais elle n'est pas aussi grande que celle de ta mère et...

– Sa grandeur, on s'en fiche. Tout ce que je veux savoir, c'est si je pourrai aller y jeter un œil lorsque tout cela se sera tassé.

Il l'attira contre lui.

– Ecoute, il y a des choses qu'il faut que tu saches à mon sujet. J'ai des défauts. Après tout, ma femme m'a quitté et...

– Et moi alors ? Tu crois que je suis parfaite ? Si on a l'occasion d'aller à Vancouver, on s'occupera de nos défauts respectifs. Mais là n'est pas la question. Ce voyage devrait être pour nous une occasion de mieux nous connaître et de voir si on est faits l'un pour l'autre. Mais, pour l'amour du ciel, cesse de te ronger les sangs avant même que l'on ait commencé. Ça ne te va pas, de faire de l'introspection comme ça.

Il esquissa un sourire.

– C'est tes seins que j'ai envie de ronger.

– John, tu es sûr qu'on ne va pas trop vite ? Ça ne te semble pas prématuré ?

– Quoi ? demanda-t-il. Envisager une vie commune avec toi ?

Il lui caressa la joue, puis les cheveux.

– Si, bien sûr, mais c'est comme ça que ça me plaît.

Elle allait ajouter quelque chose, mais sa voix fut couverte par celle de Larchmont, dans le living :

– Allez, vous deux. Il faut y aller !

18

Les quatre passagers de la vieille Mercedes de Jenny McKenzie firent le trajet jusqu'à l'hôpital sans dire un mot. Le soleil était bas dans le ciel et, comme la nuit précédente, un épais brouillard commençait à envelopper la ville.

Le parking de l'hôpital était rempli de voitures de police noir et blanc mais le hall d'entrée était désert. Ils prirent l'ascenseur jusqu'au deuxième étage, où Martin était convenu de retrouver Childress, Seafront et Henry Sutton. A la différence du hall d'entrée, le deuxième étage grouillait de monde, des policiers en uniforme pour la plupart.

On les attendait. Lorsque les portes de l'ascenseur s'ouvrirent, deux policiers vinrent à leur rencontre. L'un était grand et avait des cheveux crépus. L'autre était un petit homme aux longs bras, affublé d'un visage qui avait tout du chimpanzé. Les adjoints Griffith et Bender se présentèrent puis firent signe aux arrivants de les suivre dans le couloir.

Les uniformes s'écartèrent pour les laisser passer. Tous avaient le visage creusé par la tension, la peur et la tristesse, et ils dévisagèrent Larchmont avec insistance.

Le plus petit des policiers ouvrit la porte de la salle de repos des médecins. Larchmont, Jenny, Charlcie et Cable y entrèrent, Bender et Griffith les suivirent avant de refermer la porte.

William Seafront était assis dans un fauteuil capitonné et Cable fut stupéfait de constater le changement qui s'était opéré en lui. Le médecin avait l'air d'avoir vieilli de dix ans en vingt-quatre heures. De nouvelles rides étaient apparues sur son visage, des cernes sous ses yeux, et Cable put constater, même de là où il se trouvait, qu'il avait un tic nerveux sous l'œil droit.

Henry Sutton était assis sur une table, la tête penchée, les yeux fixés sur le sol. Mark Childress lui prenait sa tension. Il eut un rapide regard vers Larchmont et les autres, et pressa la poire en caoutchouc de son appareil, tout en vérifiant le pouls de l'officier avec un stéthoscope. Son examen terminé, il ôta le bracelet du manomètre qui enserrait le bras gigantesque de Sutton.

– Je suis heureux que vous ayez pu arriver aussi vite, monsieur Larchmont, dit Childress sans lever les yeux.

– Vous avez dit que c'était important.

– Si l'on peut employer cet euphémisme, dit Seafront en se levant lentement. Quelle journée de fou !

– C'est ce que Mark m'a dit au téléphone, reprit Larchmont. Mais il ne m'a pas donné beaucoup de détails.

Cable observa Sutton. Descendre de la table avait l'air de lui demander beaucoup de concentration et d'efforts et, lorsqu'il fut complètement debout, Cable remarqua ses yeux.

Des yeux qui ont vu l'enfer, se dit-il ; il se rappela l'époque où il faisait son service comme brancardier au Viêt-nam et songea à la seule fois où il avait vu les yeux de Henry Sutton. A présent, il ressemblait aux hommes traumatisés, hébétés de s'être trop longtemps battus dans la jungle, d'avoir vu et survécu à des horreurs indescriptibles. Il se demanda quelle pouvait bien être la cause de la douleur et du chagrin qui se lisaient dans ce regard.

– Bill a raison, dit Childress. Une journée de fou, comme vous allez bientôt le constater par vous-même.

Il jeta un regard en direction de Jenny et Charlcie McKenzie puis revint à Larchmont.

– Puis-je savoir pourquoi vous avez amené Mme McKenzie et sa fille avec vous ?

– Parce qu'elles sont plus en sécurité avec moi que seules chez elles.

La réponse de Larchmont provoqua un silence gêné dans la pièce, silence que Seafront rompit finalement.

– Je vous dois des excuses, monsieur Larchmont, dit-il en s'approchant du petit homme. Hier soir, je vous ai pris pour un cinglé et j'ai eu des paroles peu aimables à votre endroit. Mais je me trompais. Lourdement. Je tiens à vous présenter mes excuses.

Il tendit la main à Larchmont.

Celui-ci prit la main du médecin légiste.

– Ne vous excusez pas. Si vous m'aviez tenu les mêmes propos, j'aurais probablement réagi comme vous.

Larchmont jeta un œil sur sa montre, puis s'approcha de l'une des fenêtres de la salle de repos des médecins. Entrouvrant les lattes du store vénitien, il regarda le jour qui déclinait et se tourna vers l'assistance.

– Il ne faut pas que cette réunion s'éternise. Le soleil va bientôt se coucher et il nous faut prendre certaines précautions avant la nuit. Mark, vous pourriez peut-être me mettre au courant des événements.

Childress acquiesça et déclara :

– Tout ce que vous avez dit hier soir est en train de se vérifier. Deux enfants ont disparu. Il y a eu un autre décès la nuit dernière et il se passe des tas de choses bizarres. Sutton, êtes-vous prêt à dire à Martin ce qui s'est passé la nuit dernière et aujourd'hui ?

Sutton fit un signe lugubre de la tête et mit Larchmont au courant de ce qu'Andrew Slatkin avait découvert au cimetière. Il décrivit en détail les blessures de Louellen Mae Harnes et l'expression de son visage, racontant en détail comment sa voiture avait été déchiquetée. Il ajouta aussi une brève description de la manière dont on avait trouvé les cadavres du mari et du père de la défunte. Lorsqu'il eut fini, Bender et Griffith le relayèrent. Ils parlèrent à Larchmont des tombes ouvertes, ajoutant leur propre hypothèse selon laquelle elles semblaient avoir été forcées de l'intérieur. L'expression de Larchmont ne trahissait pratiquement rien de sa pensée. Il les écouta, impassible, décrire les empreintes de pas qui partaient des tombes.

Mais lorsque Bender mentionna les petits disques qu'il avait trouvés dans la voiture des Harnes et à côté, sur le sol, Larchmont s'agita, gêné, et le sang parut se retirer de son visage.

Tandis que Bender et Griffith continuaient à parler, le soleil se couchait lentement derrière Horrcove Hill.

Trois étages plus bas, à la morgue, le corps qui avait jadis appartenu à Louellen Mae Harnes recommençait à bouger.

Les policiers terminèrent en s'excusant. Ils avaient passé la plus grande partie de l'après-midi à examiner et à analyser ce qu'ils avaient rapporté de la scène du crime et n'avaient rien trouvé. Même un examen des disques au microscope n'avait rien donné.

– Vu leur structure cellulaire, nous pensons que ces disques proviennent de quelque chose de vivant, expliqua Griffith. Mais nous ne saurions vous dire de quoi il s'agit, sinon que c'est quelque chose de gros.

Seafront se joignit alors à Mark Childress pour tenter d'expliquer ce qui était arrivé à la morgue : comment la défunte avait bougé et parlé, et comment une main appartenant à un cadavre vieux de neuf mois avait agrippé sa blouse.

– Ce qui s'est passé en bas ne rime à rien, dit-il en regardant Larchmont.

Le médecin légiste n'avait pas l'air de croire lui-même à son histoire, mais toutes les personnes présentes dans la pièce savaient que ce n'était qu'une impression, de sorte qu'elles y croyaient elles aussi.

Childress se tourna finalement vers Henry Sutton. Ils étaient amis depuis des années et Childress était l'une des rares personnes de Ravina qui connût sa liaison avec Jackie Fairmont.

– Henry, tu es sûr de vouloir nous parler de tout cela ? Tu sais, je peux moi-même leur rapporter ce que tu m'as raconté et toi, tu reviendrais plus tard et répondre aux questions qui pourraient se poser.

Sutton hocha la tête et se dressa de toute sa carrure dans la pièce, tel un colosse triste et désemparé. A voix basse, il fit une brève description de Jackie Fairmont, parlant d'elle comme d'une collègue, son bras droit. Tous les assistants comprirent presque aussitôt qu'il avait été son amant.

L'endroit où se tenait Sutton n'allait pas sans présenter une cruelle ironie. Sur le mur derrière lui, on avait collé un énorme poster multicolore sur lequel un Snoopy tout sourires gambadait dans un décor de fleurs psychédéliques. *Ça plane pour moi !* disait la légende, contrastant terriblement avec Sutton debout, épuisé, l'uniforme éclaboussé de son propre sang et de celui de Jackie.

Sutton commença par parler de l'appel téléphonique de Johnny Joe Sloams. Ses yeux brillèrent de colère lorsqu'il décrivit l'altercation qu'il avait eue avec les frères Horrcove et le projet de Jackie et lui de revenir chez les deux frères avec un mandat de perquisition.

– Aviez-vous fait mention de ce projet en présence des frères Horrcove ? interrompit Larchmont.

– Oui, répondit Sutton d'une voix atone.

Larchmont hocha la tête et laissa le shérif poursuivre.

A la morgue, Louellen Mae Harnes réussit lentement à s'asseoir. De manière timide et maladroite, elle posa une jambe sur le sol, puis l'autre. Les mouvements de la défunte étaient hésitants et spasmodiques. Ses yeux secs et grumeleux étaient ouverts, fixés droit devant elle, ne voyant rien...

Henry Sutton essayait de décrire ce qui s'était passé dans la voiture de patrouille quelques minutes après leur départ de la résidence Horrcove. Il parvenait à maîtriser sa voix mais, lorsqu'il lui fallut décrire le sang qui jaillissait de l'oreille de Jackie Fairmont, les mots lui restèrent dans la gorge et il dut marquer deux pauses avant de pouvoir continuer.

Il fit de son mieux pour décrire la force puissante et invisible qui les avait collés contre le siège de la voiture juste avant sa chute dans l'inconscience. Il parvenait très bien à raconter ce qui s'était passé mais n'en continuait pas moins à chercher ses mots, comme si sa description ne rendait pas compte de la terrible force qui s'était emparée de la voiture de patrouille.

C'est le visage gris comme cendre et tout tremblant qu'il acheva son récit. Incapable de soutenir l'expression de sympathie qu'il lisait sur le visage de ceux qui l'écoutaient, il leur tourna le dos et se retrouva face au poster. Il écarquilla les yeux et fit demi-tour, de nouveau face à l'assistance, un masque de fureur et d'angoisse sur le visage – de souffrance et de peine aussi. Toutes les personnes présentes détournèrent les yeux.

– Rien ne vous oblige à rester ici pendant que j'explique à Larchmont ce qu'il en est de Jackie, dit Childress dans l'espoir d'épargner de nouvelles souffrances à Sutton.

Celui-ci acquiesça de la tête.

– Poursuivez.

Childress soupira.

– J'ai accompagné l'ambulance sur le lieu de l'accident. Henry était inconscient à notre arrivée. La conductrice, éjectée du véhicule, est morte sur le coup. J'ai ramené Henry aux urgences : contusions, hématomes subduraux sans gravité et ecchymoses. Pour l'essentiel, il va bien. Je n'ai eu l'occasion d'examiner le corps de Jackie Fairmont qu'en fin d'après-midi... Enfin, Henry, êtes-vous certain de vouloir rester ? Il m'est très difficile de présenter les choses concrètement en votre présence.

– Ça va, répondit Sutton, les yeux fixés sur le mur blanc de l'autre côté de la pièce. Finissez ce que vous avez commencé à dire.

Childress revint à la charge.

– Henry, il s'agit de choses que vous n'avez pas besoin de savoir... Enfin, ce n'est pas d'un morceau de viande que je vais parler, Henry, mais de Jackie... votre Jackie.

Sutton tourna un visage las vers Childress.

– D'accord, je vais vous faciliter les choses.

Sa voix était tendue et dure, comme l'expression de son visage.

– Je sais que Jackie était morte avant que la voiture ne heurte le chêne. Je sais aussi ce que les branches de l'arbre ont fait à son corps.

– Vous ne pouvez pas tout savoir, vous étiez dans le cirage lorsqu'on vous a trouvé.

Sutton l'interrompit d'un geste.

– Il vous a fallu du temps pour arriver et, entretemps, je suis revenu à moi plusieurs fois. J'ai vu Jackie, j'ai vu ce que les branches lui avaient fait.

– Mais... vous ne pouviez pas savoir qu'elle était morte avant que la voiture heurte l'arbre, insista Childress.

– J'ai vu le sang jaillir de son oreille avant d'être

projeté contre le tableau de bord, et peut-être même avant d'être sonné. Allez, on continue.

Childress se tourna vers les autres, trahissant la gêne qu'il éprouvait. Il fit un geste en direction de Seafront.

– Nous n'avons examiné Jackie Fairmont que superficiellement, et cela pour plusieurs raisons. D'abord, nous n'avons pas eu beaucoup de temps. Ensuite, la morgue est fermée à clé. Nous avons dû utiliser les urgences, où nous avons installé un paravent. Au début, nous avons cru, Billy et moi, que Jackie était morte parce qu'elle était passée à travers le pare-brise et était venue s'empaler sur des branches. Nous faisions fausse route. Ce qu'on a découvert, c'est qu'une force a détruit le cerveau de Jackie et lui a enlevé le cœur, que ce pouvoir est littéralement entré en elle avant que la voiture ne quitte la route. Ni Bill ni moi ne pouvons vous dire comment la chose s'est passée mais nous pensons que l'accident de voiture n'a rien à voir avec le traumatisme subi.

Les deux pieds par terre, les fesses appuyées contre la table d'autopsie, Louellen Mae Harnes essayait de tenir debout sans appui. Mal coordonnés, ses mouvements étaient hiératiques et intermittents comme ceux d'un robot dont le circuit est défectueux.

Childress regarda Seafront.

– A vrai dire, les résultats de l'autopsie ne nous ont pas surpris, étant donné le nombre d'impossibilités médicales dont nous avons été témoins ces derniers jours. Mais, comme je l'ai dit, il s'agissait d'un examen superficiel. Il nous est impossible de retourner à la morgue tant que ces cadavres y sont encore...

– Vous voulez dire que les corps trouvés dans le cimetière sont encore là ? demanda Larchmont d'une voix tendue.

Childress esquissa un geste vague.

– Où voulez-vous qu'ils soient ?

Larchmont courut à la fenêtre, écarta le store et regarda dans la nuit.

– Oh, bon Dieu, le soleil est couché ! Elles vont être plus fortes maintenant.

– Qui ? demanda Seafront.

Le petit archéologue tourna le dos à la fenêtre en laissant retomber le store.

– Les forces du mal. Elles sont plus puissantes après le coucher du soleil. Il faut que nous partions maintenant. Rester ici est dangereux.

– Pourquoi ? demanda Childress. Il s'agit d'un hôpital, que diable.

– Il y a ici trois corps liés d'une manière ou d'une autre aux forces du mal dont nous parlons. Si je ne me trompe, ces corps sont commandés à distance et utilisés contre nous.

– Contre nous ? demanda Seafront. Vous en êtes sûr ?

Larchmont se tourna vers le médecin.

– Si un corps peut se lever dans une morgue et vous dire de le laisser tranquille, il peut tout aussi bien vous prendre en chasse et vous tuer de ses mains, fussent-elles mortes.

– Déguerpir d'ici m'a tout l'air indiqué, dit Seafront.

– Si nous partons d'ici, demanda Sutton, où irons-nous ?

– Chez Jenny McKenzie, répondit Larchmont. On sera davantage en sécurité là-bas. Je vous expliquerai pourquoi plus tard.

– Et mes hommes dans le couloir ?

– Ils ne risquent rien tant qu'ils ignorent ce qui se passe. Vous vous souvenez de ce que je vous ai dit hier soir : ces forces maléfiques ont plus que tout peur d'être démasquées. Eh bien, je pense que vous n'êtes pas loin d'en savoir trop long à leur sujet et c'est pour cette raison qu'elles ont tué l'agent Fairmont et ont essayé de vous avoir aussi. Cela vaut pour toutes les personnes présentes dans cette pièce. Nous savons de quoi il retourne et nous représentons donc un danger pour ce qui rôde dans le coin. Cela peut nous coûter la vie. Les policiers en faction dans le couloir ne savent rien, ce qui les protège momentanément. A propos, cela ne vaut pas pour vos adjoints, Griffith et Bender. Ils vont devoir nous accompagner.

Sutton se tourna vers ces derniers.

– Vous avez entendu ?

Les deux policiers acquiescèrent d'un air sinistre.

Un peu plus tôt, en partant de chez Jenny, Larchmont avait emporté un sac de papier brun qu'il avait gardé à la main durant toute la réunion. Il l'ouvrit.

– Il me reste une chose à faire avant de partir.

Louellen Mae Harnes commença à marcher dans la morgue. La rigidité cadavérique de son corps limitait ses mouvements et les rendait saccadés. Elle se déplaçait bras tendus devant elle, les yeux ouverts comme une poupée. Son visage n'était qu'un masque mortuaire d'une pâleur extrême dont les lèvres et les dents faisaient un rictus. Elle était morte en heurtant de la tête le volant de sa voiture. A ce moment, sa circulation s'était arrêtée et son sang s'était figé en caillots dans la partie inférieure de son corps et de son visage à la manière de pierres au fond d'un torrent. L'hémorragie avait taché les parois des vaisseaux sanguins et les tissus voisins. Comme sa tête était penchée, une partie de son sang avait coagulé et laissé des marques à différents endroits de son visage : au milieu du front, sur les joues, au bout du nez et dans le cou. Ces endroits, maintenant couperosés, avaient pris une teinte violacée. Elle avait quelque chose de ces poupées représentant les puissances infernales dans l'art primitif.

Larchmont fouilla dans son sac de papier brun et en sortit plusieurs colliers rudimentaires faits d'un lacet. A chaque lacet était attachée une bourse en tissu. Il fit voir l'un des colliers à la ronde.

– Il ne s'agit que d'un lacet auquel est attaché un petit morceau de tissu replié de façon à former une bourse. Chaque bourse contient une petite quantité de sel. J'en ai fabriqué une douzaine cet après-midi et je tiens à ce que chacun de vous en porte une à partir de maintenant.

Seafront se leva et prit l'un des colliers.

– Certains éléments naturels ont la capacité de repousser les sorts ou les malédictions, expliqua Larchmont. Comme j'avais du sel sous la main, j'en ai fait des amulettes.

Il se tourna et s'adressa à Sutton.

– Je ne sais pas encore avec certitude comment vous avez survécu au sortilège dont vous avez été victime cet après-midi. Vous êtes peut-être doté d'un pouvoir quelconque, mais j'ignore lequel. J'aimerais que nous parlions un peu plus tard de vos antécédents familiaux. Peut-être pourrons-nous alors comprendre ce qui vous a sauvé la vie, ce qui a empêché la force qui vous a agressé de vous déchirer le cœur en deux comme elle l'a fait à votre collègue.

Henry Sutton ferma les yeux et poussa un soupir. Après un moment, il fouilla dans la poche de sa chemise et en retira le sachet de sel tout froissé venant du restaurant.

Il considéra le minuscule sachet qu'il tenait dans son énorme main. Chacun reçut son amulette rudimentaire sans faire de plaisanteries ni manifester de scepticisme. Puis ce fut le tour de Sutton. Il fixa un instant encore le sachet de sel en regrettant qu'il ne se soit pas trouvé dans la poche de Jackie plutôt que dans la sienne. Puis il le jeta dans une poubelle et accepta le talisman que lui tendait Larchmont.

La surveillante de nuit de l'hôpital ferma sa voiture à clé puis traversa le parking en direction d'une porte, rarement utilisée, donnant accès au sous-sol. Il était 19 heures passées. Elle avait deux heures de retard mais ne s'en faisait pas trop. En tant que surveillante en chef, elle faisait la pluie et le beau temps à l'hôpital dès la nuit tombée. Elle aimait le pouvoir dont elle jouissait et n'avait de comptes à rendre à personne. C'était une femme compétente qui dirigeait l'hôpital d'une poigne de fer. Aimée de ses supérieurs et de l'administration, elle l'était moins de ses subordonnés, mais elle s'en fichait. Voilà ce que c'était que d'avoir du pouvoir.

L'une de ses maximes était : « Faites ce que je dis, pas ce que je fais. » Elle s'y tenait. Arriver en retard était un luxe qu'elle avait gagné et mérité. Si ses subordonnés s'étaient avisés de faire comme elle, ils auraient été licenciés sur-le-champ. S'ils avaient protesté ou essayé de lui faire remarquer que de temps à autre elle arrivait en retard, ils auraient eu droit à son petit refrain puis auraient pris la porte illico.

Plutôt quelconque en dépit du pouvoir dont elle disposait, Elizabeth Bates était une femme trapue à la poitrine généreuse, âgée de quarante-six ans, et dont la coiffure était à mi-chemin entre le chignon de grand-maman et la choucroute. C'était cet échafaudage capillaire qui expliquait son retard. Ça et le plombier hospitalisé au troisième étage de l'hôpital.

Elle venait de passer deux heures chez le coiffeur. On lui avait teint, brossé, laqué et gonflé les cheveux. Elle était maintenant prête à aller prendre le pouls du plombier. Comme beaucoup d'infirmières, Elizabeth Bates était animée d'un puissant désir maternel qui, chez elle, prenait des proportions démesurées. En trente années de métier, elle avait épousé trois de ses patients dont elle avait par la suite divorcé. Leur maladie était chaque fois différente, mais les raisons du divorce restaient les mêmes. Les hommes en question se remettaient au point de ne plus requérir ou de ne plus tolérer les soins attentifs qu'elle avait besoin de leur dispenser.

Elizabeth Bates se refusait à tirer la leçon de ses échecs. Son autre devise était : « L'introspection, c'est comme la nitroglycérine. Un petit peu vous fait du bien, trop vous fait éclater la tête. » Ainsi donc, elle convoitait pour le moment un patient du troisième étage, plombier grisonnant aux yeux d'un bleu inquiétant. Il souffrait d'une hernie inguinale, d'hémorroïdes et de problèmes de prostate. L'idée de bientôt retaper l'oreiller du plombier ou de vérifier sa perfusion mettait Elizabeth Bates de bonne humeur. Elle ne s'était jamais intéressée à un homme affligé d'un problème de prostate, et voyait là un défi à relever. La quantité de soins que cet homme allait requérir en sortant de l'hôpital était positivement ahurissante.

Elle déverrouilla la lourde porte métallique et s'engagea dans un couloir faiblement éclairé. Alors qu'elle passait devant la porte de la morgue, de légers grattements attirèrent son attention. Elle s'arrêta net et fit demi-tour pour poser son oreille contre la porte. Elle ne tarda pas à comprendre ce qui se passait : deux de ses subordonnés se livraient à des activités pas très catholiques dans la morgue. Elle eut les mains moites à la pensée qu'ils étaient en train de se rouler, nus et en sueur, sur la table de dissection. La perspective de licencier dare-dare deux personnes lui fit battre le cœur.

Elle essaya d'ouvrir la porte. Fermée à clé. Aussi doucement que possible, elle sortit son passe-partout. Avec de lents mouvements, sans précipitation, elle le glissa dans la serrure, la fit jouer et recula d'un pas tout en tirant la porte.

– Mon Dieu !

Le cadavre de Louellen Mae Harnes était debout dans l'embrasure de la porte, à moins de quarante centimètres d'Elizabeth Bates. Avant que celle-ci ait le temps de se rendre compte de ce qu'elle voyait, le cadavre abattait sur elle ses mains, semblables à des serres. Elles se posèrent sur la nuque de la surveillante, dont les jolis traits se froissèrent et s'affaissèrent comme un masque de mardi gras en plastique.

Le cadavre lâcha sa prise et le corps d'Elizabeth Bates resta debout, témoin muet de la force terrible qui l'avait tuée. Les yeux de l'infirmière étaient toujours ouverts et reflétaient le choc et la stupeur éprouvés en ouvrant la porte. Il n'y avait pas eu effusion de sang mais le visage de la défunte témoignait de la gravité de ce qu'elle venait de subir : ses traits étaient déformés comme une voiture qui aurait percuté un mur de béton.

Sans se retourner, la chose qui avait jadis été Louellen Mae Harnes passa près du corps encore chaud d'Elizabeth Bates et se mit lentement en marche, d'un pas vacillant, en direction de la sortie.

Comme un seul homme, les neuf personnes qui se trouvaient dans la salle de repos des médecins se dirigèrent vers l'entrée de l'hôpital, brillamment éclairée, et débouchèrent sur le parking couvert de brouillard. Ils ne se lâchaient pas d'une semelle, les hommes en uniforme s'étant spontanément disposés autour d'eux de manière à assurer leur protection. Sutton ouvrait la marche. Bender et Griffith couvraient les flancs. Toujours groupés, ils firent d'abord halte à la hauteur de la Mercedes de Jenny McKenzie. Tandis que celle-ci et Martin montaient à l'avant et Cable et Charlcie à l'arrière, les deux médecins et les trois policiers se dirigeaient vers une voiture de patrouille que Sutton avait réquisitionnée auprès de l'un des agents restés à l'hôpital.

Jenny McKenzie se mit au volant et fouilla dans son sac à la recherche de ses clés. Larchmont, qui avait pris place à côté d'elle, jouait nerveusement avec la bourse de sel qu'il portait au cou. Charlcie se rongeait les ongles et John Cable venait tout juste de remarquer une forme sombre qui s'approchait, lorsque tout se déchaîna.

Le corps de Louellen Mae Harnes était là, debout, à côté de la voiture des McKenzie. Avant même que Cable puisse crier, la voiture fut envahie de verre brisé et de hurlements tandis que la défunte passait les mains par la fenêtre pour essayer de saisir Martin Larchmont. Glacé d'effroi, Cable vit les mains saisir le veston de Larchmont. Puis l'apparition se mit à reculer en s'efforçant de tirer Larchmont par la fenêtre dont la vitre avait volé en éclats.

Sans réfléchir, Cable se précipita vers le siège avant. Il tomba sur les bras de la créature et essaya de retenir Larchmont. Ses jambes étaient coincées à l'arrière, seul le haut du corps pouvait empêcher son ami d'être entraîné par la fenêtre. Cable réussit à prendre appui sur le tableau de bord. Son cou heurta le rebord du pare-brise tandis que ses côtes pliaient sous le poids de Larchmont.

Immobilisé contre la fenêtre de la voiture, le souffle coupé, Cable réussit à libérer une de ses mains. Il attrapa l'un des doigts qui retenaient Larchmont et tira dessus jusqu'à ce que le doigt rigide craque. La créature tint pourtant bon.

Soudain, couvrant les cris des femmes, il y eut un crissement de pneus. L'instant d'après, Cable sentit un courant d'air dans son dos lorsqu'une autre voiture passa près d'eux à grande vitesse. Les mains qui retenaient Larchmont lâchèrent soudain prise et Cable se retrouva entre le siège avant et la portière. Son épaule heurta la poignée et la porte s'ouvrit. Il tomba sur le sol, roula sur lui-même, se mit à quatre pattes et regarda autour de lui.

Les phares de la voiture des McKenzie jetaient une lumière vive sur la scène. Sutton avait dû voir la femme attaquer la voiture des McKenzie. Il avait accéléré et était passé assez près de la Mercedes de Jenny pour heurter l'apparition. La collision avait projeté la femme cinq mètres plus loin au moins. Elle était maintenant étendue, ne formant plus qu'un tas de membres chiffonnés spectaculairement éclairé par les phares de la voiture de Jenny McKenzie et par l'un de ceux de la voiture de Sutton, l'autre ayant été brisé sous le choc. Tout en se relevant lentement, Cable entendit des portières s'ouvrir et fut soulagé de voir arriver médecins et policiers.

Il était indemne, Martin Larchmont aussi, et tout le monde se sépara pour rejoindre les véhicules. Puis Jenny McKenzie se mit à hurler. Cable regarda dans la voiture : elle était toujours au volant, les yeux fixés droit devant elle. Il regarda alors dans la même direction et ce qu'il vit faillit le faire hurler lui aussi.

Le corps déchiqueté de Louellen Mae Harnes recommençait à bouger. Il s'était retourné sur le ventre et était en train de se redresser. Il avait réussi à s'accroupir lorsque la voiture de Sutton passa à l'action, fonçant en direction du cadavre maintenant debout.

Elle passa sur le corps vacillant telle une locomotive. Sutton fut consterné de constater que le visage de la défunte ne changeait pas d'expression. Un éclair éblouissant animait ses yeux, et elle regardait la voiture comme s'il ne s'agissait que d'un insecte.

Le véhicule heurta le corps à plus de quatre-vingts kilomètres à l'heure, le projetant en l'air ; il vint s'écraser sur l'asphalte avant de rouler sur lui-même plusieurs fois, comme une poupée de chiffon prise dans une rafale de vent. Sutton fit faire lentement demi-tour à son véhicule et s'arrêta lorsque son phare éclaira le corps de la femme.

Pendant un long moment, ni le corps ni la voiture

ne bougèrent. Puis l'un des doigts de Louellen Mae Harnes remua d'un coup sec. Une de ses jambes tressauta et elle commença à se relever.

Henry Sutton embraya et secoua la tête.

– Crève donc, saleté !

Cable et les autres virent la voiture s'élancer, et entendirent les pneus passer sur le corps. L'instant d'après, tout le monde fit la grimace lorsque la voiture passa en marche arrière. Les mêmes craquements se produisirent lorsqu'elle repassa sur le corps. N'en ayant toujours pas fini avec le cadavre, Sutton embraya et se dirigea de nouveau vers ce qu'il restait de Louellen Mae Harnes.

Cable s'écarta de la voiture des McKenzie et vomit. Quelques instants plus tard, le policier aux cheveux crépus et le médecin des urgences se joignirent à lui.

19

Une fois tout le monde arrivé chez les McKenzie, Cable et Charlcie se virent confier une étrange mission, dont ils suivaient maintenant les instructions à la lettre. Cable portait une grande bouteille d'eau distillée d'une main et, de l'autre, un sac de papier plein d'oignons. Charlcie, elle, tenait un sac de sel et quelques verres.

Leur tâche consistait à déposer un verre rempli d'eau distillée et de sel sur le seuil de chacune des portes de la maison donnant sur l'extérieur. Chaque verre était recouvert hermétiquement d'un grand oignon blanc. Lorsqu'ils en eurent fini avec les portes, ils passèrent aux fenêtres, aussi bien au rez-de-chaussée qu'à l'étage. Ces drôles de garnitures étaient bien un peu curieuses, mais, après tout ce qui s'était passé, ils n'allaient pas discuter les instructions de Larchmont.

Ils allaient de fenêtre en fenêtre sans un mot. Le baiser dans la serre, les projets de vie commune, tout leur semblait si loin dans le passé. Les sentiments qu'ils éprouvaient n'avaient pourtant pas changé. Il faisait nuit dehors. La maison baignait dans l'obscurité et, après ce qui s'était passé sur le parking, les terreurs que recelait la nuit étaient tout à coup devenues bien réelles.

Lorsqu'ils eurent fini, ils retournèrent dans le living où tout le monde s'était calmement réuni. La plupart des personnes présentes leur adressèrent un petit signe.

Seul Henry Sutton ne parut pas les voir. Assis dans une bergère, il n'adressait la parole à personne et gardait les yeux fixés sur l'âtre. Il avait enfin vu l'horreur presque incompréhensible contre laquelle il luttait, et cela sous la forme d'un cadavre ambulant qui avait attaqué la voiture des McKenzie. Le tuer, lui passer sur le corps à plusieurs reprises lui avaient apporté quelque soulagement, mais c'était trop peu : cela n'avait pas assouvi son appétit de vengeance. Jackie Fairmont était morte et on allait le payer cher. Tuer cette créature n'avait qu'une valeur symbolique. Ce qu'il voulait, c'était la puissance du Mal qui avait ranimé la morte. Il ne serait satisfait que lorsque ce pouvoir serait détruit. Henry Sutton n'avait qu'une idée en tête : quelqu'un – quelque chose – avait tué la femme qu'il aimait et allait mourir d'aussi atroce façon que Jackie. Ce n'était pas une menace en l'air. Ce qui se cachait derrière cette folie furieuse allait périr, à n'importe quel prix.

Martin Larchmont se leva et Henry Sutton fit un effort considérable pour faire abstraction de sa haine, de sa rage et de son chagrin, afin d'être attentif à ce que Larchmont avait à leur dire.

Glacé et ne se sentant pas très bien, Johnny Joe Sloams était assis dans sa camionnette garée dans un bosquet au fond du cimetière Horrcove et il essayait d'insérer le reste d'un bouchon de liège dans le goulot d'une bouteille de vin. La bouteille était presque vide et la tâche à laquelle il se livrait exigeait de lui la plus grande concentration. Finalement, après avoir laissé échapper le bouchon à deux reprises et la bouteille une fois, Sloams résolut le problème en buvant le vin qui restait et en jetant la bouteille par la fenêtre.

Il était ivre et d'humeur massacrante. Il avait passé une mauvaise journée, la pire de sa vie probablement. Après avoir téléphoné à la police pour rapporter ce qu'il avait vu dans le cimetière, il était resté près du téléphone de 8 heures à midi, dans l'attente de l'appel qui lui annoncerait qu'il avait touché la récompense. Le téléphone n'avait pas sonné. A midi et demi, Sloams avait commencé à appeler la police, d'abord toutes les heures puis, le vin aidant, tous les quarts d'heure. Il avait finalement abandonné, à 18 heures, lorsqu'un sergent exaspéré l'avait menacé d'envoyer des policiers lui arracher son téléphone et sa langue.

Bouillant de fureur, soucieux de toucher sa récompense, Sloams était parti à son travail après avoir entamé une nouvelle bouteille. Au milieu de la soirée, il s'était enfin décidé à ressortir pour aller au cimetière chercher le garçon disparu. Seule la cupidité le poussait à agir ainsi : le gosse, il s'en fichait comme de sa première chemise. Ce qui l'intéressait, c'était la récompense, laquelle représentait plus d'argent qu'il n'en verrait jamais de toute sa vie. L'idée de toutes les putes et de toutes les bouteilles qu'il pourrait se payer avec cet argent le motivait encore plus que le vin.

Le funérarium Horrcove était à moins de cinq cents mètres. Pas une lumière ne brillait aux fenêtres de la vieille demeure mais le néon vert luisait faiblement dans le brouillard. L'enseigne permit à Sloams de s'orienter lorsqu'il se mit en marche d'un pas incertain, en titubant. Il avançait lentement et les tombes gênaient sa progression. Il se mit à parler tout seul en cherchant son chemin.

– C'est ça, bon Dieu, à droite, maintenant à gauche. Voilà, t'as évité cette saleté de tombe. Doucement. Vas-y mollo. On va juste aller jeter un petit coup d'œil à c'te vieille baraque et p'têt' ben trouver le gosse, puis on r'viendra en ville voir le shérif et empocher le fric. Et à nous la grande vie ! Saleté de shérif ! Trop dégueulasse pour rappeler ce bon vieux Joe Sloams ! J'vais lui montrer, moi. J'vais le r'trouver, c'gosse. J'vais pas le secourir, j'vais seulement le r'trouver et alors le shérif sera bien obligé de me croire, de cracher la récompense, de faire tout ce que ces saletés de shérifs font...

En entendant le bruit, Sloams trouva d'abord curieux que l'on batte un tapis au beau milieu de la nuit dans un cimetière. Il se rapprochait, grave et sourd, à deux temps. Flap-flap... Flap-flap... Flap-flap... FLAP-FLAP.

Le bruit se fit soudain plus fort. Il paraissait provenir d'en haut. L'ivrogne se laissa durement tomber dans l'herbe épaisse et humide et protégea sa tête de ses bras tandis qu'un lourd souffle de vent qu'on aurait dit produit par des ailes géantes s'abattait sur lui et restait là une éternité, suspendu au-dessus de son corps aplati sur le sol.

Puis, avec une lenteur mortelle, le vent qui battait

l'herbe autour de lui s'éloigna et, le danger passé, les terribles battements cessèrent.

Sloams se releva prudemment en essayant de voir ce qui avait bien pu produire ce bruit et ce vent. Il aperçut aussitôt une immense ombre volante qui battait des ailes, se découpant sur le fond de l'enseigne verte. Vision cauchemardesque. Ses rêves de vin et de femmes faciles s'évanouirent, il se leva et se mit à courir vers sa camionnette, aussi vite que le lui permettaient ses pieds mutilés. Il courut comme s'il avait à ses trousses une gargouille sortie tout droit de l'enfer. C'était justement le cas.

Un silence bienvenu l'entoura lorsqu'il parvint à son véhicule. Ce n'est qu'après avoir mis le moteur en marche qu'il entendit de nouveau le double battement sourd. Puis quelque chose vola au-dessus du toit de son camion. Horrifié et soudain dessoûlé, Sloams tordit littéralement le levier de vitesse en démarrant et fit sauter l'embrayage et appuya à fond sur l'accélérateur. Des mottes de gazon volèrent derrière la camionnette lorsque celle-ci s'arracha du bosquet et s'engagea sur l'étroite route asphaltée. Il alluma les phares et les brillants faisceaux de lumière illuminèrent non seulement la route devant lui, mais aussi une créature ailée qui venait sur lui.

Sloams faillit s'étouffer en voyant cette énorme apparition volante, de forme humaine, propulsée par deux immenses ailes de chauve-souris. La créature s'abattit sur le pare-brise et la dernière chose que vit Sloams avant de se jeter sur le siège fut les gigantesques serres osseuses qui lacéraient le toit de sa camionnette.

Ecroulé dans la cabine de son véhicule, dont il avait perdu le contrôle, Sloams s'agrippa au siège tandis que la forme monstrueuse arrachait le toit tout entier et l'emportait dans la nuit. Le véhicule quitta la route et s'engagea dans une petite pente au milieu de laquelle il commença à cahoter. Puis, avec une lenteur mortelle, il bascula.

Après avoir fait un tonneau, la camionnette retomba sur ses roues. Sloams était indemne, comme seuls le sont les bébés et les ivrognes après un accident. Le silence et le brouillard enveloppèrent le véhicule. Seuls les petits bruits métalliques du moteur surchauffé ponctuaient le silence.

Sloams se redressa comme un diable qui sort de sa boîte. Bizarrement, la créature ailée ne le préoccupait guère. Il s'était déjà convaincu que cette apparition était tout simplement annonciatrice d'une autre crise de *delirium tremens*. Il vérifia rapidement l'état de sa camionnette, constata que celle-ci était désormais décapotable et conclut que le toit avait dû être arraché au moment du tonneau.

Il essaya de démarrer. En vain. Il actionna la poignée de la portière. En vain également. Il se jeta de tout son corps contre la portière. Celle-ci s'ouvrit et Sloams, emporté par son élan, roula cul par-dessus tête et alla atterrir sur le dos dans l'herbe mouillée d'où il put contempler un ciel noir.

Ainsi étendu, les bras en croix, il se mit à glousser à la pensée de la chute qu'il venait de faire. Une fraction de seconde plus tard, son rire lui resta dans la gorge, lorsqu'il entendit un bruissement d'ailes si grandes qu'on aurait dit d'immenses drapeaux battant au vent.

Flap-flap. Flap-flap.

Oh, bon Dieu, pensa-t-il, ça va mal. Ce truc a des serres plus dures que des tiges d'acier.

Flap-flap. Flap-flap.

Et Johnny Joe Sloams s'en voulut de s'être couché sur le plancher de la camionnette lorsque la bête ailée avait attaqué. Ah, si seulement il... flap-flap... était resté assis, la bête lui aurait arraché la tête en même temps que le toit... flap-flap... Cela aurait été beaucoup plus simple... flap-flap... plus rapide...

Au-dessus de lui, les ailes battaient l'air en longues ondulations et faisaient se coucher l'herbe, comme un hélicoptère géant immobilisé au-dessus de sa tête. La créature descendit tout en le fixant de ses yeux de serpent, comme s'il n'était qu'un morceau de viande crue. Alors, dans un instant de suprême lucidité, Sloams sut que son heure était venue.

Martin Larchmont était assis sur le bras de la causeuse à côté de Jenny McKenzie, s'efforçant de répondre aux questions qu'on lui posait.

– Alors, cette femme dans le cimetière, qu'est-ce qui l'a tuée ? demanda William Seafront.

Larchmont pencha la tête de côté.

– De laquelle parlez-vous ? De la prostituée ou de la femme qui s'est relevée à la morgue et m'a attaqué par la suite ?

– De celle qui s'est relevée pour traverser le parking.

Larchmont fit un geste en direction de Bender et de Griffith.

– Tout à l'heure, l'un de vous a dit avoir trouvé des disques blancs près de la voiture de Louellen Harnes. Ces disques ainsi que l'expression de son visage et ses blessures m'incitent à penser qu'elle a été tuée par un démon nommé Garnath qui effraie ses victimes à mort avant de prendre leur sang. La légende raconte que Garnath était mi-femme, mi-elfe, et était couvert d'écailles semblables à celles d'un dragon.

En entendant évoquer les écailles, Griffith et Bender échangèrent un regard.

– L'un de vous, je crois, a pensé que ces objets ressemblaient à des écailles de poisson, si je ne me trompe ?

Griffith acquiesça sans conviction.

– Pour moi, continua Larchmont, il s'agit d'écailles de dragon, à condition toutefois que la légende qui a cours au Kurdistan ait quelque fondement.

– Pourquoi nous as-tu fait déposer partout dans la maison de l'eau, du sel et des oignons ? demanda Cable.

– Vous voulez bien répéter votre question ? demanda l'un des policiers.

– Je voulais savoir pourquoi Martin nous a demandé de déposer de l'eau, du sel et des oignons devant toutes les portes et les fenêtres de la maison.

– Lors de mes recherches, je suis tombé sur des textes qui faisaient allusion à des substances qui, si on les utilise bien, sont censées repousser les êtres démoniaques. En Chine, par exemple, le sable noir et le riz constituent un cordon qui empêche le mal de pénétrer dans les maisons. Aux Philippines, une corde de chanvre trempée dans le sang d'un agneau fraîchement tué est parfois accrochée aux portes et aux fenêtres pour tenir l'innommable à distance. De nombreuses tribus nomades d'Iran et du Kurdistan utilisent de l'eau, du sel et des oignons à des fins identiques. Cette association m'a frappé parce que j'avais étudié en Italie des tablettes étrusques qui prescrivaient la formule même à laquelle on recourt au Kurdistan. Les Etrusques, cependant, renforçaient cette barrière de feuilles et de fruits de plantes vénéneuses, comme des branches de laurier, de glycine, ou des feuilles de ciguë.

– J'ai vu des branchages sur le perron tout à l'heure. C'est toi qui les as mis là ? demanda Cable.

– Ce sont des feuilles de glycine. Je pense qu'il vaut mieux occuper tout le terrain.

– Pourrais-tu me dire où tu les as trouvées ? demanda froidement Jenny McKenzie.

Larchmont répondit en regardant toujours Cable :

– Comme je l'ai dit, les Etrusques croyaient...

– Dis-moi, tu n'aurais pas par hasard coupé mes glycines ? demanda Jenny comme si elle s'adressait à Jack l'Eventreur.

Larchmont lança à Cable un regard qui voulait dire « regarde ce que tu viens de faire ».

– Elles vont repousser.

– Dans trente ans, rouspéta Jenny.

Cette querelle écologique détendit l'atmosphère. Henry Sutton, malgré son chagrin, trouva même le moyen de sourire.

– Vraiment, Martin, n'importe quelle plante vénéneuse aurait fait l'affaire. Le jardin est rempli de lauriers-roses. Pourquoi ne les as-tu pas coupés ?

– Je n'y ai pas pensé, répondit Larchmont.

Il allait ajouter quelque chose lorsque Mark Childress l'interrompit en se dirigeant vers Jenny et lui.

– Je crois que c'est le moment de prendre votre pouls.

Larchmont hocha la tête.

– J'en ai assez qu'on prenne mon pouls. J'en ai assez qu'on prenne ma tension. J'en ai assez de répéter que je me sens bien. J'ai mal au cou et quelques égratignures mais c'est tout. Je n'ai pas mal à la poitrine, je n'ai pas les bras engourdis, ma respiration est régulière et je vais bien.

Larchmont adressa un sourire au jeune médecin.

– Mais si jamais je sens que je vais avoir un infarctus, vous serez le premier prévenu. Merci de l'intérêt que vous me portez.

Childress s'inclina et retourna s'asseoir.

Larchmont s'adressa à Cable :

– A propos de remerciements, le moment est venu, je pense, de te remercier pour la façon dont tu es venu à mon secours dans la voiture tout à l'heure. Sans toi, cette créature m'aurait tiré par la fenêtre et Dieu sait ce qui se serait passé.

Cable se sentit rougir. Charlcie lui serra la main. Gêné, il se trémoussa sur le canapé en espérant que Larchmont changerait de sujet.

C'est Henry Sutton qui le fit.

– Ces agents répulsifs... l'eau, le sel, les feuilles... peuvent vraiment agir sur ces créatures ?

Larchmont hocha la tête d'un air dubitatif.

– Comme le feraient des produits destinés à éloigner les requins, pas davantage.

La haine brilla dans le regard de Sutton.

– Alors, qu'est-ce qui peut en venir à bout ?

– Je n'en sais rien, reconnut Larchmont, les yeux baissés vers le tapis.

William Seafront se redressa sur son siège.

– Mais, bon Dieu, si vous vous ne le savez pas, qui le sait ?

– Personne, répondit Martin Larchmont.

– Vous avez pensé à un prêtre ? demanda Seafront. Si on demandait à un prêtre de venir faire un exorcisme ?

Le médecin, cherchant quelque soutien à sa proposition, regarda tout le monde dans la pièce.

– Et des crucifix ? De l'eau bénite ? On pourrait leur jeter de l'eau bénite, ça marcherait peut-être, non ?

Larchmont soupira.

– Ce n'est pas à des vampires qu'on a affaire, docteur, mais au Mal incarné. Ces créatures n'appartiennent pas au manichéisme occidental, au système du Bien et du Mal. Si c'était le cas, des exorcismes seraient peut-être efficaces, mais les monstres que nous devons affronter se serviraient des crucifix comme cure-dents.

– Dans ce cas, que pouvons-nous faire ? demanda Henry Sutton.

Larchmont fit un geste évasif qui ne plut à personne.

– Le feu pourrait marcher, tout comme l'eau. Mais pour que ces deux éléments puissent agir il faudrait d'abord savoir où se trouvent nos ennemis.

– Que voulez-vous dire ? grogna Sutton. A l'hôpital, vous nous avez parlé des deux frères qui dirigent le salon funéraire. Il est impossible que ces deux salopards ne soient pas mêlés à tout ça. Les créatures sont chez eux, là-bas sur la colline.

– Je suis d'accord avec vous, Henry, dit Larchmont. Je pense que les démons sont restés toutes ces années dans le funérarium. Toutefois, l'attaquer avec des torches, de l'essence, de l'eau ou ce que vous voudrez serait un suicide. Les créatures sont probablement enterrées dans une cave. Si nous allions là-bas, comme vous semblez le vouloir, il nous faudrait les chercher et, pendant ce temps, nous nous trouverions directement sous le pouvoir des frères Horrcove. Vous comprenez, le fait de rester à distance de ces créatures et des frères Horrcove nous protège un peu. Pas beaucoup, mais un peu. Et ce que vous proposez reviendrait à nous jeter dans la gueule du loup. Nous n'aurions pas une chance de nous en tirer.

Sutton eut un regard sceptique à l'adresse de Larchmont, qui poursuivit :

– Excusez-moi de remettre ça sur le tapis, Henry, mais ce qui vous est arrivé cet après-midi à plusieurs kilomètres du cimetière ne serait rien, comparé à ce qui nous arriverait si nous nous rendions au funérarium. Les frères Horrcove nous balaieraient d'un froncement de sourcils dès que nous approcherions d'eux.

Larchmont regarda à la ronde.

– Je sais que les réponses que je vous apporte ne sont guère satisfaisantes mais ce sont au moins des réponses honnêtes. N'oubliez pas que personne, pour autant que l'on sache, n'a affronté avant nous ces créatures et les frères Horrcove.

– Des gens l'ont fait, il y a cent ans, dit Henry Sutton. Ils étaient arrivés jusque là-haut.

– Ils ont eu de la chance. Comme je vous l'ai déjà dit, la foule avait déclenché son attaque durant la phase finale de régénérescence des créatures. Le mal était faible physiquement. Si les habitants de la ville étaient montés sur la colline quelques minutes plus tôt ou plus tard, ils ne seraient même pas arrivés jusqu'en haut. De toute façon, ils n'ont pas eu le dessus. N'oubliez pas que la plupart d'entre eux sont morts dans les deux années qui ont suivi. Il faut pourtant leur accorder qu'ils avaient choisi leur moment avec une précision d'ordinateur.

Larchmont marqua une pause et esquissa un sourire.

– Cette histoire d'ordinateur me permet d'enchaîner sur ce que je crois être notre espoir...

Soudain, la maison tout entière fut enveloppée de mugissements et de craquements comme si des arbres gigantesques s'écrasaient sur le toit. Les lampes, les plateaux, les tasses et les vases furent jetés à bas des tables. Les tableaux accrochés à un mur tombèrent et glissèrent sur le tapis jusqu'au mur opposé. La maison se mit à chanceler sur ses fondations. Une chaise alla buter contre un mur.

Mark Childress sauta sur ses pieds.

– Un tremblement de terre ! hurla-t-il avant qu'une autre secousse ne le précipite au sol.

Charlcie retint son souffle et s'accrocha à Cable tandis que les grondements continuaient. La maison semblait tanguer. Les assiettes de porcelaine quittèrent le manteau de la cheminée, ajoutant à la cacophonie ambiante. Une énorme lampe de cuivre tomba, une étagère pleine de cristaux taillés fut précipitée à travers la salle à manger. Les prises électriques disposées sur un mur explosèrent dans une pluie d'étincelles, puis une fissure de la largeur d'un poing lézarda tout un mur tandis que le plâtre tombait du plafond, comme de la neige. Les lumières de la maison vacillèrent, puis s'éteignirent.

Cable attira la tête de Charlcie sur sa poitrine et la tint serrée contre lui, s'attendant à voir d'un instant à l'autre le plancher se dérober sous eux.

Les ombres projetées par le feu de la cheminée dansaient dans la pièce, illuminant la destruction et la terreur.

Puis les violentes secousses et les tremblements

cessèrent. Ce fut le silence. Personne ne disait mot. Personne ne respirait.

Alors, comme s'il venait de très loin, un nouveau son se fit entendre, un sifflement. Faible mais perceptible, il s'intensifia, devint halètement, puis hurlement, et enfin grondement ; alors, un gigantesque coup de vent qui semblait venir de l'enfer s'engouffra dans la maison. Le feu s'éteignit brusquement. La chaleur, l'énergie et les flammes furent aspirées dans la cheminée et un rideau de nuit s'abattit sur les personnes présentes dans le living.

Le calme, le froid et l'obscurité régnèrent dans la pièce tandis qu'un nouveau silence envahissait la maison, aussi intense que la tempête qui venait de déferler. Une seconde plus tard, les lumières se rallumèrent en vacillant.

Cable vit que le shérif et ses deux adjoints étaient debout, l'arme à la main. Il s'aperçut que l'arme de Sutton convenait bien à son propriétaire : il s'agissait d'un gros pistolet à barillet d'au moins trente centimètres de long.

Bender demanda :

– Vous voulez que je sorte jeter un coup d'œil ?

– Vous seriez mort avant d'arriver sur le perron, dit Larchmont.

Le policier adressa un regard sceptique à Larchmont puis se tourna vers Sutton. Larchmont secoua la tête.

– Ne le laissez pas sortir, Henry. Il ne s'agissait pas d'un tremblement de terre. C'étaient les frères Horrcove et les créatures qui essayaient de nous atteindre. Je vous le dis, si vous laissez votre homme sortir, vous ne le reverrez plus jamais... pas vivant en tout cas.

Sutton acquiesça et les policiers rengainèrent leur arme. Larchmont se tourna vers Cable.

– On dirait que l'eau et le sel ont agi. Mais je pense que l'on devrait prendre la même précaution pour la cheminée.

Cable ne se le fit pas dire deux fois. Il lâcha la main de Charlcie et se rendit à la cuisine où il prit quatre litres d'eau ainsi qu'un sac de sel et un d'oignons. Les bras chargés, il s'engagea dans le couloir en direction du living. Il y était presque lorsque le téléphone du vestibule se mit à sonner. Il s'arrêta et regarda l'appareil. La sonnerie avait quelque chose d'étrange, une tonalité différente, plus grave que la normale, et les intervalles entre les tintements étaient trop courts. Il mit cela sur le compte de la tension qui affectait sa perception et entreprit de poser ses paquets afin de pouvoir décrocher. Le policier qui venait de proposer de sortir surgit devant lui. La voix de Bender était vive et agréable :

– Je vais le prendre. Ce doit être pour le shérif.

Au moment même où le récepteur allait toucher l'oreille du policier, Martin Larchmont hurla depuis le living :

– Non ! Ne touchez pas au téléphone !

– Allô ! dit le policier.

Cable était à moins d'un mètre de lui et assista à la scène dans toute son atrocité, comme si elle se déroulait au ralenti sur un écran de cinéma.

A l'instant même où l'homme décrocha, les yeux commencèrent à lui sortir de la tête comme si on lui avait pompé de l'air comprimé dans le cerveau. Un millième de seconde plus tard, deux jets de sang mousseux s'échappèrent de ses narines et un autre torrent de sang jaillit de son oreille droite avec une telle force que le jet traversa le couloir et alla éclabousser le papier peint.

Cable laissa tomber tout ce qu'il transportait et se précipita sur le corps ensanglanté du policier qui s'affaissait. D'une main, il tenta de soutenir Bender tout en essayant de lui arracher le récepteur. Le poids du policier le prit au dépourvu. Ils s'écroulèrent tous les deux contre un mur et vinrent s'écraser sur le meuble de l'entrée.

Cable n'avait qu'une seule idée en tête : lui arracher le téléphone, qu'il tenait encore étroitement collé à son oreille. Sans réfléchir, Cable saisit l'appareil et poussa un cri : c'était comme s'il avait saisi du métal brûlant. Le récepteur était si chaud qu'il avait fondu dans la main du policier et s'était incrusté en elle. En hurlant, Cable s'en saisit néanmoins. Des morceaux de chair calcinée se détachèrent avec l'appareil.

Cable était maintenant seul à tenir le téléphone et jamais il n'avait désiré à ce point se débarrasser d'un objet. Mais il en était incapable. Une énergie terrible, semblable à celle d'un rayon laser, irradiait du récepteur et passait dans son bras. L'appareil était en train de fondre dans sa main, lui infligeant une brûlure profonde.

Poser le récepteur sur le combiné, se dit-il. C'était là le seul moyen de couper l'énergie, la force ignoble qui sortait de l'appareil. Il laissa tomber le policier et s'approcha en titubant de la table du téléphone, le corps raidi sous l'effet de l'électricité et de la douleur. Cable tomba sur les genoux puis, avec une lenteur exaspérante, réussit à poser le récepteur. La douleur diminua aussitôt et les ondes électriques qui lui traversaient le corps cessèrent. Il resta agenouillé un moment, les yeux posés sur le récepteur qui s'enfonçait doucement dans le plastique fondu du combiné. Tout en grinçant des dents, il éloigna sa main. Sous le choc, ne pensant presque plus à la douleur qu'il éprouvait, il continua de regarder l'appareil se déformer pour devenir un tas de plastique noir informe.

Une fraction de seconde plus tard, John Cable s'effondra à côté du policier. Il était fatigué, il souffrait et accueillit avec reconnaissance l'obscurité dans laquelle il sombrait.

20

Cable émergea du sommeil dans lequel l'avaient plongé des somnifères et, sans bouger ni ouvrir les yeux, il essaya de deviner où il se trouvait. Il savait qu'il était dans un lit, nu, le corps enveloppé dans des draps amidonnés. Il savait aussi qu'il n'était pas dans sa chambre. La sienne, rarement occupée, sentait la poussière et l'antimite. Cette chambre-ci avait plusieurs odeurs : de fleurs, de savon, de parfum, toutes agréables, toutes des odeurs féminines, des odeurs appartenant à Charlcie McKenzie.

Il la sentait toute proche, ce que son ouïe lui confirma lorsqu'elle se mit à chantonner *Greensleeves* à voix basse, si basse, que le vieil air populaire lui arrivait à peine dans un murmure. La voix, douce et mélodieuse, paraissait déplacée au sein du cauchemar surréaliste qu'il venait de vivre. Bon Dieu, combien de temps s'était-il écoulé depuis qu'il était arrivé dans cette ville, depuis qu'il avait fait ses adieux à une jolie prostituée dans un restaurant et avait adressé un appel désespéré à Martin Larchmont ?

D'autres souvenirs lui revinrent : un téléphone dans le vestibule des McKenzie ; un policier ensanglanté qui s'écroulait sur le sol. Il remua et ouvrit les yeux tout en essayant de soulever sa main blessée. Charlcie la lui fit reposer sur le drap. Elle avait les paumes moites. Elle rompit le silence :

– Les médecins ont dit que tu n'étais pas censé bouger ta main.

Il s'entendit parler, sa voix résonnant comme s'il avait la gorge remplie de gravier.

– Comment se fait-il que j'aie l'impression d'être mort ?

– Childress t'a fait une injection. Il a dit que ça t'aiderait à dormir et atténuerait la douleur.

– Cela a été efficace. Ma main va bien.

– Tu ne le croiras peut-être pas, mais lorsque Childress et Seafront t'ont examiné, ta main avait été brûlée jusqu'à l'os. Martin a alors mis du sel et de l'eau dessus. Childress était dans tous ses états, il a gueulé que c'était la dernière chose à faire mais il s'est produit comme un miracle. Ta main a commencé à guérir. Je n'ai pas pu voir ce qui se passait parce que tout le monde faisait cercle autour de toi mais les médecins n'en revenaient pas. Ils ont dit que la chair calcinée de ta main se transformait et guérissait à vue d'œil. Tu aurais dû les voir. Childress l'a pansée quand même, se disant qu'il était inutile de courir des risques d'infection.

L'horreur de ce qui s'était produit se précisa alors dans l'esprit de Cable.

– Comment va Bender ?

Charlcie ne répondit rien. Son silence confirma les soupçons de Cable. Il essaya de s'asseoir.

– Non, reste allongé.

Elle l'empêcha de se redresser en posant sa tête et

ses épaules sur sa poitrine. Une fermeté aussi charmante lui ôta toute envie de bouger.

– Tu dois rester au lit jusqu'à demain, un point c'est tout. Ce sont les ordres des médecins.

Il lui caressa les cheveux de sa main valide.

– Ecoute, je me sens bien et il faut que j'aille retrouver les autres. Je veux savoir ce que Martin a à dire.

Elle releva sa tête posée sur la poitrine de Cable pour le regarder.

– A quoi bon ? Tout le monde est couché.

– Couché ?

– John, il est 3 heures du matin. Ça fait cinq heures et demie que tu dors.

Il poussa un gémissement.

– Je n'ai pas pu être inconscient si longtemps.

– Mais tu l'as été et maintenant tout le monde dort. Il n'y a que moi qui puisse te raconter ce qui s'est passé. Tu ferais donc mieux de rester couché.

Il sentit dans la voix de Charlcie une pointe de défi.

– Que s'est-il passé après que je me suis évanoui ?

– Des tas de choses. La maison a été attaquée à deux autres reprises. Nous n'avons rien vu mais les assiettes ont volé en éclats, les postes de télé et de radio ont implosé et, à un moment donné, on a essayé de forcer la porte d'entrée. Celle-ci a été fracturée mais ils n'ont pas réussi à entrer. Mon Dieu, on entendait des trucs aller et venir à pas pesants sur le perron et dans le jardin mais tout ce que l'on a vu, ce sont des ombres aux formes atroces à travers les rideaux. Ensuite, il y a eu des explosions qui paraissaient venir du centre de la ville. On ne savait trop ce qui se passait mais, un peu plus tard, on a entendu des voitures de pompiers se diriger vers le centre. Martin avait l'air de penser que, si les créatures qui rôdaient dehors étaient incapables de nous atteindre, en revanche elles pouvaient s'en prendre à d'autres personnes et même à des églises. Depuis les explosions, on n'entend plus la cloche de l'église presbytérienne. C'est effrayant, ça dépasse l'entendement. On dirait que le monde extérieur a cessé d'exister. On est coincés ici sans pouvoir sortir. Childress ne peut pas aller retrouver sa famille, Seafront non plus, et personne ne peut téléphoner. Martin prétend toutefois que leurs familles sont en sécurité puisque les créatures ne s'attaquent qu'à ceux qui connaissent leur existence.

Raconter ainsi les horreurs de la nuit commençait à fatiguer Charlcie. Ses propos devenaient confus et Cable devina sa tension. Il passa ses doigts dans sa chevelure et attira sa tête sur sa poitrine. Lorsqu'elle eut retrouvé son calme et repris le cours de son récit, il sentit sa bouche contre sa poitrine, son haleine sur sa peau. C'était une sensation excitante.

– J'ai perdu le fil. Je ferais peut-être mieux de tout reprendre depuis le moment où tu t'es évanoui. Childress et Seafront ont examiné le policier et ont dit qu'il était mort avant de toucher le plancher. Beaucoup d'entre nous t'ont aussi cru mort.

Elle lui tapota doucement la poitrine de son index.

– Ne me refais plus jamais ça, John Cable. C'est moi qui t'ai découvert près du téléphone et j'ai cru mourir à l'idée de te perdre.

Elle cessa de lui tapoter la poitrine et le prit dans ses bras. Cable s'était heurté les côtes en tombant dans le couloir et il grimaça de douleur sous la pression de son étreinte.

– Je te fais mal ?

– Non, répondit Cable en retenant son souffle.

– Tu ne le sais pas mais, pendant que Childress t'examinait, tu as gémi et j'ai su que tu étais vivant. Martin et moi, on s'est mis en même temps à pousser des cris de joie. On s'est mis à sauter, à s'embrasser alors que le corps du policier était toujours là, par terre. Après, tu es revenu à toi, et Martin a dit aux médecins de s'écarter. C'est là qu'il t'a mis de l'eau et du sel sur la main. Ensuite, Sutton t'a transporté dans ma chambre. Childress t'a fait une injection pour calmer la douleur afin que tu puisses dormir. J'ai voulu rester près de toi mais les médecins ont dit que ce n'était pas nécessaire. Maman et Martin m'ont convaincue de revenir dans le living de manière à être témoin des événements et à pouvoir tout te raconter par la suite. A toi maintenant. Des questions ?

L'esprit de Cable était assailli de questions sans nombre. Il s'en tint finalement aux plus évidentes.

– Que dit Martin du rôle des frères Horrcove dans toute cette histoire ?

– Il pense que les deux frères sont les fils de l'un des fidèles qui avaient fait venir les démons du Kurdistan et qu'ils sont les derniers survivants de la secte. Il pense que leurs parents faisaient partie du groupe qui a essayé de s'emparer de Dove Harbor lorsqu'ils ont débarqué en Amérique. Ils ont probablement rencontré une résistance inattendue et ont fini par détruire la ville, afin de dissimuler ce qu'ils avaient fait subir à ses habitants. Ils se sont ensuite déplacés et ont envoyé certains des leurs chercher d'autres endroits où s'installer. Ceux-ci ont finalement découvert Ravina. Ils ont acheté le cimetière et le funérarium, sachant que cela leur procurerait non seulement un bon endroit où cacher leurs dieux mais aussi une source intarissable de revenus. Ensuite, ils ont emmené les créatures jusqu'à Ravina dans des roulottes. Une fois sur place, ils ont essayé de ressusciter leurs dieux, ce qui a échoué lorsque la population de la ville a attaqué et lynché ce qu'elle croyait être des gitans.

Cable caressa les cheveux de Charlcie.

– Et les frères Horrcove ?

– Martin est tenté de penser qu'ils sont nés à l'époque même où la secte est arrivée à Ravina.

Cable en eut le souffle coupé. Charlcie garda sa tête sur sa poitrine et poursuivit :

– Je sais bien. Ça leur ferait une centaine d'années. Mais ça n'a pas l'air d'étonner Martin. Il a dit que certaines personnes dans ces tribus du Kurdistan vivaient parfois jusqu'à cent trente ans. Martin croit que les deux frères ont été élevés par les fidèles de la secte de manière à pouvoir assumer un jour le rôle de gardiens de leurs divinités démoniaques. Il croit que la mission confiée aux frères Horrcove est triple : ils veillent sur les démons endormis, décident à quel moment le temps est venu pour ces derniers de revenir à la vie et accomplissent les rituels de résurrection. Ce sont eux qui ont enlevé les deux gosses et, lorsque Sutton a dit qu'il reviendrait avec un mandat de perquisition, ils ont essayé de le tuer afin qu'il ne trouve pas les créatures endormies.

Cable soupira.

– Qu'est-ce que Martin a dit au sujet de leurs pouvoirs ? Ils ont tué Jackie Fairmont alors qu'ils étaient à des kilomètres d'elle... et, hier soir, il a suffi que le policier réponde au téléphone... Comment font-ils ?

– D'après Martin, de nombreux fidèles de la religion yézidi ont des pouvoirs télécinétiques. Tu sais, le pouvoir de déplacer les objets à distance par la seule force de l'esprit. Les frères Horrcove ont développé ce don au point non seulement de déplacer les objets, mais aussi de diriger leur énergie mentale dans les airs ou par téléphone comme s'il s'agissait d'une balle de gros calibre. Martin pense que le fait d'être jumeaux leur permet de faire fusionner leurs deux esprits, le pouvoir qu'ils arrivent alors à déclencher passe les limites de l'imagination. Seuls de rares objets peuvent dévier leur puissance... le sel, l'eau, les oignons.

Elle marqua une pause, prit une profonde inspiration et continua lentement :

– Ils peuvent même exercer ce pouvoir sur les morts. C'est ce qui a permis à la femme défunte de se lever, de marcher et d'attaquer la voiture hier soir. Il dit que les morts qu'ils commandent sont comme vivants, puisqu'ils font tout ce que les frères exigent d'eux.

Elle haussa les épaules, des larmes roulèrent sur ses joues.

Cable la prit dans ses bras. Il laissa s'écouler quelques minutes et, lorsqu'elle fut apaisée, demanda :

– Charlcie, juste avant la première attaque, Martin a fait allusion à quelque chose de réglé comme un ordinateur.

Il sentit que Charlcie acquiesçait sur sa poitrine.

– Tout cela m'a paru très bizarre, dit-elle calmement, probablement parce que je ne connais rien à l'informatique. Martin a dit qu'il avait recueilli des informations sur cette religion depuis la mort de papa, il y a vingt-cinq ans. Il a décrit ses informations comme un stock de « données hypothétiques non raccordées les unes aux autres » et il a ajouté qu'une grande partie de ses informations étaient de tradition orale et constituées principalement de mythes et de récits recueillis dans différents villages du Kurdistan. Il doit s'agir d'informations à caractère historique, très parcellaires et puisées à de nombreuses sources, peu dignes de foi pour la plupart. Certaines de ces données proviennent d'observations faites par d'autres archéologues ou missionnaires qui ont vécu parmi les fidèles yézidis durant ce siècle-ci. Maman a dû lui être aussi de quelque utilité grâce aux recherches qu'elle a effectuées à Ravina. De toute façon, il a dit qu'il avait un entrepôt, c'est le mot qu'il a employé, littéralement rempli de documents, à ne plus savoir qu'en faire.

Cable fut stupéfait de l'énergie insoupçonnée que son ami avait dépensée dans cette affaire, en grande partie à son insu.

– Bon Dieu, ce type m'étonnera toujours.

– Je suis d'accord. Mais il y a autre chose. Savais-tu que c'est entre autres à cause de ce stock d'informations qu'il est revenu à l'enseignement à l'Université de Californie à Los Angeles ? Son poste lui permettait d'avoir librement accès à l'un des ordinateurs les plus élaborés du monde, sur le campus. Pendant ces sept dernières années, il y a entré toutes les informations qu'il avait accumulées. Cet ordinateur m'a tout l'air d'être une sacrée machine. Ses programmes peuvent être rendus inaccessibles aux autres utilisateurs et il est capable de formuler des hypothèses. Autrement dit, on lui fournit l'information, on l'interroge et l'ordinateur va jusqu'à proposer des réponses. Tu as déjà entendu parler d'une machine pareille ?

Cable en avait entendu parler.

– Ce doit être un Téléphase Mark IV.

– Oui, c'est comme ça qu'il l'a appelé.

– C'est une sacrée machine, Charlcie. On en a un à l'université de Colombie britannique. Je lui donnais des informations recueillies sur mes sites indiens, tu vois, l'emplacement du site, la manière dont on ensevelissait les morts, la composition chimique des tessons de poterie, la distance où nous nous trouvions de la côte. En retour, il me renvoyait une sorte d'analyse du type de culture à laquelle on avait affaire et il allait même jusqu'à nous donner des indications sur la taille de la tribu que nous étudiions, sur ses habitudes alimentaires, ses terrains de chasse, son caractère, sédentaire ou non, son rapport à la nature, les dieux qu'elle adorait. Le *nec plus ultra* était que, si on ne voulait pas d'une analyse écrite, elle vous en donnait une verbale.

Cela les détendait de ne plus parler des créatures et des frères Horrcove. Charlcie s'étonna.

– Tu veux dire qu'elle parlait ?

– Oui. Elle peut sortir des réponses sur listing ou les énoncer verbalement. C'est assez fréquent aujourd'hui en informatique.

– C'est peut-être ce à quoi il faisait allusion lorsqu'il a dit qu'il laisserait l'ordinateur s'occuper des démons.

– Je ne te suis pas.

– Martin a dit que son logiciel avait deux aspects. L'un des deux consistait à faire entrer dans l'ordinateur les faits et les informations qu'il détenait au sujet de la culture yézidi et de la religion d'Iblis. L'autre partie de son logiciel portait sur la manière de venir à bout des divinités démoniaques qu'il avait décrites à l'ordinateur. Tout est à Los Angeles, John.

– Ça ne nous sert pas à grand-chose ici.

Un soupçon d'excitation pointa dans la voix de Charlcie.

– Martin part pour Los Angeles demain. Le shérif va l'y conduire après le lever du soleil. Ils espèrent être de retour avant la nuit.

– Avec quoi ? demanda Cable d'une voix sombre. Ils n'ont qu'un logiciel. Qu'est-ce qu'ils comptent en faire ? Lancer les disquettes sur le funérarium ?

– Non. Je n'ai pas très bien compris mais, apparemment, il y a un ordinateur compatible à l'hôpital du colonel Seafront.

Cable sentit l'excitation l'envahir en comprenant ce que Martin Larchmont avait en tête.

– C'est juste. Seafront est officier à la base aérienne de Vandenberg. Ils ont l'un des ordinateurs les plus performants du monde, là-bas.

Fatiguée de ressasser le détail de la rencontre de la veille, Charlcie interrompit Cable :

– C'est ce que Martin et Seafront ont dit. Il est prévu que Martin aille chercher le programme à l'université de Los Angeles. Ensuite, le shérif le conduira à la base aérienne. Pendant que le colonel introduira le logiciel dans l'ordinateur de la base, Martin et le shérif se rendront au cimetière. A un moment convenu, Seafront mettra l'ordinateur en marche et...

– Attends, dit Cable. Je ne comprends pas. L'hôpital est à plus de trente kilomètres d'ici. Quel effet pourrait avoir un ordinateur à une telle distance du cimetière ?

– C'est passablement compliqué mais Martin

compte prendre à la fac un ordinateur portable équipé d'un haut-parleur et d'un... récepteur. En principe, l'ordinateur de l'armée de l'air devrait émettre le programme que Martin a mis au point. L'émission sera captée par le système de réception de l'ordinateur qu'il emportera avec lui au cimetière.

Cable lui coupa la parole. Il était épuisé et aussi impatient qu'elle de mettre fin à la conversation.

– Et tout à coup son ordinateur portable va se mettre à diffuser des incantations ou des invocations que le programme de Martin croit capables de détruire les créatures ?

Charlcie leva la tête et le regarda. La faible lumière qui éclairait la chambre illuminait ses traits réguliers. Elle souriait et Cable s'en voulut des paroles qu'il prononça ensuite.

– Ça ne marchera pas, Charlcie. Il y a trop de choses qui ne tiennent pas. Enfin, regarde ce que les deux frères ont fait au policier par téléphone.

Il l'attira de nouveau sur sa poitrine.

– Tu ne vois donc pas ce qui cloche dans son projet ?

– Il le sait, répondit doucement Charlcie. Il a dit que ça pouvait rater. Il espère seulement que la puissance de l'ordinateur dépasse celle des démons et des frères Horrcove.

– Qu'est-ce que les autres pensent de son plan ?

– Ils sont comme toi et moi. Ils vont le soutenir parce que l'on n'a rien d'autre. Childress va en profiter demain pour faire quitter la ville à sa femme et à ses enfants. Seafront de même.

– Tu penses que les médecins vont revenir demain soir ? demanda Cable.

– Je ne sais pas. S'ils filaient, ce n'est pas moi qui les en blâmerais.

– Et Sutton ?

– Il n'a pas dit grand-chose. Il avait l'air plutôt paumé, perdu dans son monde. D'après ce que j'ai compris, son adjointe comptait beaucoup pour lui. Childress a l'air de penser qu'ils étaient amoureux l'un de l'autre. A moi, il a paru absent. On aurait dit qu'il avait la tête ailleurs. Je sais en revanche que Martin est content d'aller à Los Angeles en compagnie du shérif. Si Sutton fait fonctionner sa sirène et son gyrophare, ils arriveront plus vite. Martin a dit qu'il leur fallait à tout prix faire l'aller et retour de jour et que, s'ils se retrouvaient sur la route après la nuit tombée, ils ne reviendraient pas du tout.

– Je vais accompagner Martin à Los Angeles, dit Cable.

– Je m'y attendais. Fais seulement en sorte de revenir sain et sauf, d'accord ?

Cable fit signe que oui et Charlcie se leva pour aller fermer la porte de la chambre. Un rai de lumière filtrait et découpait vaguement la silhouette de la jeune femme. Cable ne fut pas autrement surpris lorsqu'elle se mit à déboutonner son chemisier. Les mouvements qui suivirent dans l'ombre furent gracieux, sans pudibonderie, ni affectation. Pour Cable, la regarder se dévêtir fut l'une des expériences érotiques les plus intenses qu'il avait jamais faites. Cloué sur place et ravi, il aurait voulu, en regardant Charlcie McKenzie se dénuder, fixer à jamais cette image dans sa mémoire. Quelque chose lui disait que ce n'était pas nécessaire, qu'elle serait à lui pour toujours. Mais une autre voix en lui, une voix plus sombre, lui rappela que le lendemain apporterait la mort, que ce serait leur première et dernière nuit ensemble.

Lorsqu'elle fut enfin nue, elle s'approcha de lui et tira les couvertures tout en le regardant dans les yeux.

Il était déjà en érection et fut le premier à s'en étonner : n'avait-il pas été attaqué par une morte-vivante puis presque tué au téléphone ?

Elle lui sourit.

– Tu as l'air d'aller mieux.

– C'est l'eau et les oignons, dit-il en tendant la main vers elle pour l'attirer près de lui.

Elle l'ignora et posa ses doigts sur les lèvres de Cable.

– Prends-moi, dit-elle doucement, d'une voix pressante. Prends-moi tout de suite.

Elle se mit à califourchon sur lui et le guida en elle. Puis elle posa ses mains sur les épaules de Cable et commença avec une infinie lenteur à onduler des hanches. Cable allait réagir en projetant son bassin en avant mais elle lui fit signe de ne pas bouger.

– Les médecins ont dit que tu ne devais pas faire d'effort. Reste tranquille.

Elle se pencha sur lui et lui embrassa le menton et les lèvres.

– Délicieux, chuchota-t-elle en se redressant et en recommençant son mouvement giratoire des hanches.

Puis elle jouit. Un moment plus tard – des minutes peut-être –, Cable explosa en elle. Alors, elle se laissa tomber dans ses bras et s'étendit près de lui, la tête appuyée dans le creux de son bras.

– C'était bon.

Ce fut tout ce qu'il trouva, sachant que cela voulait tout dire.

Elle se blottit contre lui.

– Il va falloir que l'on remette ça le plus souvent possible, dit-elle d'une voix voilée par le sommeil. Je n'avais jamais joui si fort.

Cable tourna la tête afin de pouvoir voir son profil.

– Je n'ai rien fait. Tu ne me l'as pas permis.

– Tu aurais pu me jouer des tours.

Cable l'embrassa sur la tempe et dans le cou.

– Tu as sommeil ?

– Je suis épuisée, murmura-t-elle.

Curieusement, il sentit une nouvelle érection en lui embrassant la gorge. Il dessina alors avec sa langue de petits cercles humides autour de ses mamelons tout en se déplaçant pour la lécher sous les seins.

– Tu dors ? demanda-t-il, croyant qu'elle était déjà endormie.

– Moi ? Je n'ai jamais été aussi réveillée, John.

Toujours étonné du retour inattendu de son érection, Cable se mit à cheval sur le corps de Charlcie.

– A mon tour, dit-il.

Ils s'enlacèrent, se touchant, se tâtant, s'explorant et s'appréciant. Leurs mouvements cette fois étaient lents et prolongés, comme s'ils avaient voulu capturer le temps, l'arrêter et se servir de leur étreinte pour retarder à jamais l'aurore.

21

Sutton était seul dans le living. Chacun s'était retiré plus tôt, certains montant à leur chambre tandis que d'autres, les médecins et Griffith, s'étaient éclipsés dans la salle de séjour ou la bibliothèque après avoir deviné le farouche besoin de solitude et d'intimité de Sutton.

Assis dans le fauteuil à haut dossier qu'il affectionnait, tel un roi défunt sur un trône, il se tenait très droit, les bras sur les accoudoirs. Pas un muscle de son corps ne bougeait. Sa respiration elle-même était imperceptible.

Ses yeux seuls montraient qu'il était vivant. Rougis comme les braises de l'âtre, ils fixaient sans ciller l'obscurité devant eux.

Sutton était plein de fureur, de celle qui fait baisser la tension et ralentit les battements du cœur en dessous de la normale. La rage qui bouillonnait en lui ne le poussait pas à la vengeance mais le laissait au contraire froid, d'une froideur calculatrice propice à la lucidité.

Henry Sutton était bien éveillé, l'esprit en quelque sorte hypervigilant, chose cruelle pour un homme qui venait de se voir priver de celle qui comptait le plus pour lui. Durant l'heure qui venait de s'écouler, il avait passé sans complaisance sa vie en revue : deux mariages ratés, les enfants qu'il aurait voulus et n'avait jamais eus, sa solitude. Ces réflexions douloureuses avaient cédé la place à la fierté qu'il éprouvait pour les années consacrées au service de Ravina en tant que chef de la police : là comme à Chicago, il avait fait du bon travail.

Mais aussitôt, tel un oiseau blessé, ses pensées s'étaient de nouveau assombries et des noms avaient défilé dans son esprit.

Lynn Langley... morte.

Robert Calms... mort.

Louellen Mae Harnes... morte.

Gaylord Bender... mort.

Sachant quel nom venait ensuite, Sutton voulut mettre un frein à ses pensées, mais en vain.

Jacqueline Fairmont... MORTE.

Son nom raviva en lui les sentiments qu'ils avaient éprouvés l'un pour l'autre et lui fit repenser à des paroles qu'ils ne s'étaient jamais dites : il l'avait aimée, désirée, avait voulu en faire sa femme mais ne le lui avait jamais dit. Maintenant, elle était morte et il ne le lui dirait jamais. Elle n'entendrait jamais ses mots d'amour, ne connaîtrait jamais les sentiments qui étaient les siens. Les paroles qu'il aurait pu lui dire, qu'il aurait *dû* lui dire, accompagnaient de manière obsédante le cours de ses pensées. Ces réflexions le mettaient au supplice ; il n'avait jamais éprouvé pareil chagrin. C'était comme si son âme s'était imposé quelque douloureux rite d'expiation pour avoir perdu Jackie. Sa Jackie. Parvenu au terme de son voyage intérieur, Sutton se retrouva exténué et en sueur dans la pièce froide.

Il s'arracha au passé et mobilisa son esprit contre la cause de tout : les frères Horrcove et les créatures.

Faisant un nouvel effort de concentration, il ferma les yeux et s'efforça de se remémorer tout ce que Martin Larchmont avait dit au sujet de ces démons. Il repassa dans sa tête chaque épisode des propos de Larchmont comme une projection cinématographique, jusqu'à pouvoir se rappeler la moindre expression, la plus infime nuance employée par le vieux professeur pour décrire les créatures et leurs gardiens.

Ses ongles s'enfoncèrent profondément dans les accoudoirs lorsqu'il fit se dérouler les événements qui avaient eu lieu au domicile des frères Horrcove. Ce fut douloureux, parce que Jackie était à ses côtés dans ces souvenirs.

Il se remit en mémoire les portes massives, le vestibule, puis la rencontre désagréable avec les deux étranges individus. Rien. Pas d'indices, rien qui puisse l'aider à détruire le Mal qui vivait sur cette colline.

Il repassa la scène dans son esprit.

Cela remonta lentement du fond du souvenir qu'il gardait : deux vieillards debout dans une pièce lambrissée au plafond en stuc ouvragé... Oui, il tenait la preuve : il avait vu ce qu'ils craignaient.

A cet instant, Henry Sutton comprit qu'il pouvait détruire les créatures et leurs gardiens.

Epuisé, trempé de sueur, il s'affaissa contre le dossier de sa chaise et s'abandonna à une sensation de soulagement. Fatigué, il n'en fit pas moins un effort mental pour mettre au point un plan imparable destiné à tirer parti du point faible dont il connaissait désormais l'existence chez l'ennemi. Il resta assis dans l'obscurité et laissa à ses émotions et à sa haine le soin de tramer elles-mêmes ce plan.

Celui-ci prit forme peu à peu.

Il utiliserait une arme à double tranchant. D'une part, le plan de Larchmont, qu'il soutiendrait par tous les moyens ; d'autre part, son plan à lui. Si jamais celui de Larchmont venait à échouer, il mettrait le sien en application.

Sutton jeta un coup d'œil à sa montre. Le soleil allait se lever dans une heure et il y avait encore beaucoup à faire. Il se leva et se dirigea à tâtons dans le living obscur vers l'une des seules lampes qui n'avaient pas été brisées lors des attaques de la veille. Il l'alluma, trouva un bloc-notes dans la serviette ouverte de Larchmont et retourna s'asseoir. Il marqua une pause pour rassembler ses idées puis se mit à écrire à un rythme effréné pendant une heure, sans prendre la peine de ponctuer ni de se relire. Lorsqu'il s'arrêta enfin, le soleil se levait. D'une main ankylosée par l'écriture, il fourra les six feuillets noircis dans une grande enveloppe, trouvée elle aussi dans la serviette de Larchmont. Il écrivit l'adresse, la plia en deux et la glissa dans une de ses poches-revolver.

Avec une lenteur infinie, le soleil inonda le living d'une pâle lueur couleur pêche. Henry Sutton se leva, s'étira dans la chaude lumière puis se dirigea vers la porte d'entrée qui avait presque volé en éclats. Il ramassa le verre d'eau salée posé sur le seuil et l'examina. La veille, l'eau était claire et l'oignon blanc et gros. Maintenant, l'eau était sombre et trouble et l'oignon n'était plus qu'une minuscule cendre refroidie qui flottait comme une tête de poisson calcinée.

Sutton ouvrit la porte brisée, sortit sur le seuil et eut un mouvement de recul instinctif devant le spectacle sinistre qui s'offrait à ses yeux. Le corps de Louellen Mae Harnes était étendu, contorsionné et écartelé, sur le perron.

– Bon Dieu, murmura Sutton en se rendant compte que la défunte devait être cette force destructrice qui s'était jetée à plusieurs reprises sur la massive porte de chêne.

Bien que le corps ne fût plus qu'une masse confuse d'ossements et de chairs écrasées qui n'avaient rien d'humain, Sutton avait tout de suite reconnu la femme. Douze heures auparavant, il avait fait passer plusieurs fois sa voiture de patrouille sur son corps qui ne cessait de se relever. Ce qu'il avait vu à ce moment-là, dans le faisceau du phare unique de sa voiture, s'était gravé en lui à jamais.

Hochant la tête d'un air méditatif, il enjamba le cadavre comme s'il s'était agi d'une limace et suivit l'allée jusqu'à sa voiture. Il ouvrit le coffre, en retira des sacs en plastique noir et revint à la maison, faisant une brève halte pour regarder ce qui restait du jardin naguère si soigné de Jenny McKenzie. On aurait dit un champ de bataille. La pelouse était jonchée de branches brisées et de feuilles roussies. Les massifs luxuriants de fougères et de camélias qui bordaient la maison ressemblaient maintenant à des touffes de mauvaises herbes. Les branches basses des cèdres et des pins devant la maison semblaient avoir été brûlées au lance-flammes. Des volutes de fumée montaient encore des branches noircies.

Sutton revint à la maison et monta les marches.

Martin Larchmont l'attendait sur le perron. Le petit homme, habillé et rasé, observait le corps de Louellen Mae Harnes d'un air impassible. Aucun des deux hommes ne parla.

Sutton s'agenouilla sur le perron et déroula le sac destiné à recevoir le cadavre. Larchmont rompit le silence :

– Je peux vous épargner cette peine.

Toujours agenouillé, Sutton leva les yeux vers le fragile vieillard. Celui-ci tenait à la main le verre d'eau boueuse qui avait protégé la porte d'entrée.

– Reculez un peu, je vous prie, reprit-il.

Sutton se leva et fit un pas en arrière. Aussitôt, Larchmont versa le contenu du verre sur le cadavre. La réaction fut instantanée. Le corps commença à frémir, comme de l'eau dans une poêle à frire, la peau se ratatina et sécha comme un rôti trop cuit. Le cadavre commença à se tortiller et à se tordre sur le perron dans une obscène danse au ralenti. Sutton porta instinctivement la main à son pistolet. Son compagnon posa une main sur son coude.

– Ce n'est pas nécessaire.

Henry Sutton continua de regarder les gestes saccadés du cadavre. Celui-ci roula sur le côté puis s'affala sur le dos. Il émit alors un son semblable à un sifflement tout en repliant les genoux sur sa poitrine et en rapprochant les poings dans une grotesque parodie de prière. Sutton eut d'abord un mouvement de recul devant cette posture puis se rappela que c'était celle que prend naturellement un corps dont la mort est causée par le feu, qui entraîne une contraction des muscles et des tendons.

– Bon Dieu, murmura-t-il.

Cette posture grotesque ne fut visible qu'un instant. Soudain, la chair calcinée commença à s'émietter comme de la croûte de pain. Le corps se replia sur lui-même puis la chair et les os se désintégrèrent jusqu'à ce qu'il ne reste plus qu'un tas de matière informe qui évoquait vaguement le fond d'un barbecue. Une légère brise emporta aussitôt les feuilles d'azalée et les cendres de Louellen Mae Harnes. Un moment plus tard, il ne restait plus d'elle que des lambeaux de robe de chambre et une alliance bon marché.

Larchmont suivit Henry Sutton dans la resserre, où l'on avait déposé Gaylord Bender. Sutton se mordit la lèvre en s'agenouillant près de ce dernier et entreprit de faire glisser le cadavre dans le sac. Il allait le fermer lorsque Larchmont l'arrêta. Non sans une marque de respect, il s'agenouilla près de Sutton et versa un clair filet d'eau distillée sur l'uniforme du policier. Puis il jeta plusieurs poignées de sel sur le corps et fit signe à Sutton qu'il pouvait continuer.

Gaylord Bender avait été un adjoint de Sutton et davantage encore un ami. Sutton détourna les yeux pour ne pas voir son visage puis remonta la fermeture Eclair du sac. Celle-ci fit le bruit d'un linceul que l'on déchire.

Larchmont ferma la porte de la resserre, qu'il protégea aussi avec un verre d'eau salée. Il se tourna vers Sutton.

– J'aurais voulu ne pas avoir à faire cela avec votre adjoint, mais il le fallait. Il y a quarante-huit heures, la femme qui est sur le perron était probablement elle aussi quelqu'un de très gentil qui n'aurait pas fait de mal à une mouche. Ce qui lui est arrivé pourrait arriver à votre ami.

– Vous n'avez pas à vous justifier, dit Sutton qui

tira une cigarette de sa poche tout en regardant sa montre.

Il était plus tard qu'il ne pensait. Le voyage que Larchmont comptait faire à Los Angeles l'obligeait à hâter ses propres préparatifs. Il alluma sa cigarette et en exhala la fumée.

– J'ai deux ou trois choses à faire avant que nous partions pour L.A.

Il remarqua l'expression soucieuse de Larchmont.

– Il nous faut une autre voiture. La mienne a été endommagée et il faut que je me change. Si on se fait contrôler en route, j'aurai du mal à expliquer pourquoi je suis dans cette tenue. Je vais faire vite. Une heure tout au plus.

– Vous savez que nous devons être de retour avant le coucher du soleil.

Sutton acquiesça.

– Combien de temps vous faudra-t-il pour sortir votre programme informatique ?

Larchmont haussa les épaules.

– Il va me falloir dix à quinze minutes pour interroger l'ordinateur puis il lui faudra peut-être trente secondes pour sortir la réponse.

Etrange, pensa Sutton. Trente secondes pour concocter un moyen de détruire des créatures qui existaient depuis des siècles. Il espéra que le programme marcherait. Mais dans le cas contraire, il avait toujours son propre plan en réserve.

– Ne vous en faites pas. Avec le gyrophare et la sirène, on devrait pouvoir faire l'aller-retour en six heures, peut-être moins.

Sutton entendit des pas à l'étage et de l'eau que l'on faisait couler. Quelqu'un tira la chasse d'eau. Le monde s'éveillait. Drôle de monde, songea-t-il en sortant sur le perron et en voyant le jardin dévasté et sa voiture en piteux état : elle avait perdu sa grille de radiateur, les deux ailes et le pare-chocs avant étaient cabossés. Seul l'un des phares était intact et un morceau de la robe de chambre de Louellen Mae Harnes pendait au capot. Sutton l'arracha et le vent l'emporta.

Il passa d'abord chez lui, prit une douche, se rasa et enfila un uniforme propre. Avant de partir, il alla à son bureau, dans un tiroir duquel il prit un énorme porte-clés qui retenait trente clés soigneusement étiquetées. Il fouilla ensuite dans un autre tiroir d'où il retira son livret de caisse d'épargne et d'autres documents. Il les mit dans une enveloppe qu'il adressa au nom de son commandant de nuit, Andrew Slatkin, et la posa en vue sur son bureau. Puis, laissant la porte d'entrée entrebâillée, il retourna à sa voiture de patrouille sans même se retourner.

Dix minutes plus tard, il se garait devant la grille du parc automobile municipal, qu'il ouvrit avec l'une des clés du trousseau. Il était encore tôt. Aucun des préposés à l'entretien ne se présenterait au travail avant une heure. Sutton fut heureux de se trouver seul.

Il revint à sa voiture, pénétra dans le parc automobile et se gara près d'un grand atelier de réparations. Il y pénétra à l'aide d'une autre clé de son trousseau.

Elle était à l'abri sous une grande bâche de toile au fond du garage. Il s'en approcha, retira la bâche et recula en un mouvement d'admiration muette.

Ce que Henry Sutton admirait ainsi, c'était une vieille voiture de police noir et blanc, la dernière du genre à Ravina. Après la crise pétrolière, des années auparavant, la municipalité avait cessé d'acheter des grosses cylindrées qui consommaient trop d'essence. L'année précédente, les constructeurs automobiles les avaient retirées de la circulation.

Sutton se rappelait parfaitement le jour où cette voiture, ainsi que d'autres de ses semblables, avait été mise aux enchères afin de laisser place à de la camelote. Il l'avait lui-même achetée avant que les mécaniciens ne la dépouillent de ses emblèmes officiels, de son gyrophare et de sa sirène. Il ne s'était rendu compte qu'après coup qu'il ne savait pas où la garder. Il avait donc fait jouer ses relations à la mairie et avait obtenu de la garer là. Il ne l'avait pas payée cher, mais depuis le jour où il l'avait achetée, il ne s'en était plus guère préoccupé. Il savait en revanche qu'elle était en de bonnes mains pour l'avoir confiée à un mécanicien bossu surnommé cruellement le Beau George. Celui-ci appréciait autant que lui la construction entièrement en métal du véhicule et son moteur puissant. Sutton avait une telle confiance dans les talents du mécanicien qu'il ne fut pas autrement surpris de voir le moteur démarrer au quart de tour.

Le garage fut aussitôt rempli d'un grondement de tonnerre lorsque les quatre cent quarante chevaux du moteur se déchaînèrent. Sutton s'adossa à son siège pour savourer un moment de plaisir en écoutant le ronronnement de la machine parfaitement réglée. Il ne savait toujours pas pourquoi il avait acheté cette voiture. Peut-être était-ce parce qu'elle lui rappelait l'époque où la loi représentait quelque chose et où les tribunaux s'employaient à protéger le citoyen et non le criminel. Il y avait eu une époque dans sa vie où l'uniforme de policier signifiait quelque chose. Mais désormais, c'était différent : tout le monde, sauf l'innocent, avait des droits, et le criminel était une espèce en voie de disparition : il n'y avait plus que des laissés-pour-compte de la société ou des produits d'une éducation malheureuse. Un jour, pensait-il, le balancier pencherait dans l'autre sens et les choses reprendraient leur juste perspective, mais cela, il ne le verrait pas de son vivant.

Un sourire triste passa sur le visage de Sutton, assis dans la voiture en attendant que le moteur chauffe, lorsqu'il se rappela la manière dont Jackie Fairmont avait réagi à son achat impulsif.

– Henry, avait-elle dit en riant, cette voiture est juste bonne pour un macho qui veut se donner des couilles. Tu n'as plus qu'à t'acheter un pistolet doté d'un canon de trente centimètres et le tableau sera complet.

Son sourire s'effaça et il passa la marche arrière pour sortir du garage. Il lui restait une course à faire avant de passer prendre Larchmont.

Durant le trajet vers le vieux dépôt d'armes que son service partageait avec la Garde nationale, la voiture parut s'emballer et Sutton dut lutter pour l'empêcher de filer plus vite que le vent.

Lorsqu'il se gara finalement devant la maison des McKenzie pour prendre Larchmont, il ne fut pas surpris que John Cable monte dans la voiture à la suite du professeur, ni que ce dernier lui remette un autre de ses colliers improvisés. Il retira le talisman qu'on lui avait donné la veille et l'examina. Le sac de tissu blanc et le sel qu'il contenait avaient pris une teinte brune durant la nuit. Tout en se dirigeant vers l'échangeur de l'autoroute 101, il se demanda s'il existait encore quelque chose qui pût l'étonner.

22

Le soir tombait. Le soleil était bas sur l'océan Pacifique, semblable à une plaque de marbre brillant sur une moquette grise et terne. Vu de l'autoroute, le paysage était spectaculaire et Cable vit de justesse passer un écriteau qui annonçait : *Ravina, 15 km.* Il fut surpris d'arriver à le lire car, piégé comme il l'était dans une voiture de patrouille qui filait à cent quatre-vingts à l'heure, il était déjà étonnant qu'il puisse voir ne fût-ce que le coucher de soleil.

Cable jeta un œil du côté de Henry Sutton. La lueur du couchant laissait une traînée rougeâtre sur la vitre du conducteur, découpant le profil de Sutton et lui conférant un air songeur. Il n'avait rien fait d'autre que conduire, mais il fallait voir comment. John Cable eut un hochement de tête en repensant à la manière dont Sutton dépassait les voitures les plus lentes, son gyrophare leur intimant de lui céder le passage. Dans les rares occasions où le gyrophare n'avait pas fonctionné, Sutton avait poussé des jurons et fait hurler la sirène tout en regardant le véhicule lent se rabattre.

Cable hocha encore une fois la tête en silence, stupéfait à la pensée des records de vitesse que Sutton avait dû battre sur le chemin de Los Angeles. A trois reprises, des policiers de la route les avaient pris en chasse et leur avaient ordonné par radio de se ranger sur le bas-côté, se demandant ce qu'une voiture de patrouille vieille de dix ans pouvait bien faire à cent cinquante à l'heure, sirène au maximum, sur le tronçon de route dont ils avaient la responsabilité. Sutton avait répondu à leur appel radio en leur expliquant qui il était, ajoutant qu'il devait conduire un donneur de cœur à un hôpital de Los Angeles. La police de la route avait gobé son histoire et on lui avait même proposé de lui ouvrir la voie.

– Enchanté, avait répondu Sutton dans le micro. J'espère seulement que vous pourrez me suivre.

Le conducteur de la voiture de patrouille routière, une Camaro noir et blanc, avait ri tout en les dépassant pour venir se placer devant eux mais, quinze kilomètres plus tard, de la fumée blanche avait commencé à s'échapper derrière la Camaro et le policier n'avait trouvé qu'une piètre excuse :

– On a des ennuis mécaniques. Il va vous falloir continuer tout seul.

Cable avait cru qu'un shérif de petite localité comme Sutton ne serait plus à la hauteur une fois dans les gigantesques embouteillages de Los Angeles. Il se trompait. Réduisant sa vitesse à cent dix à l'heure, Sutton avait si aisément conduit par les autoroutes et les voies rapides encombrées qu'ils étaient arrivés à l'université de Californie juste avant midi. Suivant les indications de Larchmont, Sutton avait pénétré sur le campus et était venu se garer devant la faculté des sciences et d'informatique.

Sutton était resté dans la voiture tandis que Larchmont et lui récupéraient le programme.

Une fois dans l'édifice, le nom et la réputation de Larchmont leur avaient permis d'accéder immédiatement à l'ordinateur. Plus tard, dans une autre partie du bâtiment, Larchmont n'avait eu qu'à montrer un laissez-passer pour qu'on lui remette une boîte en aluminium qui ressemblait à un attaché-case. Cable savait que cette boîte contenait un portable haut de gamme doté d'un système de réception et d'un haut-parleur mais il avait été stupéfait que l'on recommande à Larchmont d'y faire attention, car il valait cent trente-cinq mille dollars.

Cable transportant le programme tandis que Larchmont portait la coûteuse mallette métallique, ils étaient revenus sur le parking juste à temps pour voir Sutton déposer une épaisse enveloppe dans une boîte aux lettres proche. Dix minutes plus tard, ils étaient de nouveau sur l'autoroute, filant vers le nord.

Ils avaient mis quatre heures pour faire le trajet jusqu'à Los Angeles. Il aurait dû en être de même pour le trajet du retour. Près de Camarillo, un camion-citerne de la Shell, rempli d'essence, s'était mis en travers et avait provoqué un carambolage entre une douzaine d'autres voitures et deux camions, ce qui avait bloqué les voies nord et sud de la 101. L'accident s'était produit juste devant eux et, avant de savoir ce qui se passait, ils avaient freiné brutalement et s'étaient retrouvés entourés d'une mer de véhicules immobilisés. Se rendant compte qu'il n'y avait rien à faire, Sutton s'était croisé les bras comme un bouddha massif et s'était endormi tandis que Larchmont, assis à l'arrière, regardait alternativement sa montre et le soleil. Cable avait essayé de dormir mais en avait été incapable. Il était encore sous le charme des images tendres et des sensations de la nuit précédente. Dès qu'il fermait les yeux, Charlcie flottait dans son esprit. Elle l'avait étreint et lui avait donné une chaleur, un bien-être et une sécurité qu'il n'avait pas connus depuis des années. Il pouvait encore à cet instant sentir son parfum agir telle une force catalysante qui l'entraînait dans un kaléidoscope confus de souvenirs.

Presque trois heures plus tard, la police et les ouvriers de la société d'autoroute avaient finalement réussi à dégager la voie nord et toutes les voitures qui les précédaient avaient commencé à avancer. Larchmont avait annoncé à Sutton d'une voix lugubre qu'ils avaient trois heures de retard sur leur programme. Sutton s'était contenté d'acquiescer sans se retourner. Puis il avait montré à ses passagers de quoi ils étaient capables, lui et sa voiture.

On aurait dit à la fois une fusée sur une rampe de lancement et un rouleau compresseur. Cable avait d'abord essayé de ne pas regarder le compteur mais il avait fini par être fasciné par l'aiguille. A un certain moment, il avait crié :

– On fait du cent quatre-vingts !

– Je pense que le compteur marque au moins quinze kilomètres au-dessus du temps chrono, avait répondu Sutton, les yeux fixés sur la route.

– Dans ce cas, ça va, avait dit Cable. Ça me rassure de penser que nous ne roulons qu'à cent soixante-cinq à l'heure.

Sutton avait un instant quitté la route des yeux

pour lui adresser un regard narquois. C'est alors que Cable s'était aperçu qu'ils ne roulaient pas à cent soixante-cinq mais à cent quatre-vingt-dix kilomètres à l'heure !

Cable avait vérifié sa ceinture de sécurité, s'était retourné et avait fait de même pour celle de Larchmont puis s'était adossé à son siège et avait gardé les yeux fixés sur la route. Mais au fil des kilomètres, il s'était peu à peu détendu. Aucun doute là-dessus, Henry Sutton savait conduire.

Une heure après avoir quitté le lieu de l'accident, Sutton avait quitté l'autoroute et s'était engagé sur une petite route en lacet qui conduisait à la base aérienne de Vandenberg. Un panneau indiquait qu'il y avait trente kilomètres de l'autoroute à la base. Sutton avait couvert la distance en onze minutes.

Le colonel William Seafront, inquiet, les attendait à l'entrée de la base. Dès que Sutton s'était arrêté, il avait couru vers la voiture et, tout excité, avait expliqué qu'il avait réussi à obtenir de l'un des spécialistes en informatique de la base qu'il les aide à relier l'ordinateur de l'hôpital au Téléphase Mark IV qui se trouvait dans un laboratoire informatique souterrain fortifié. Le spécialiste pensait que les deux ordinateurs étaient compatibles, mais n'en serait sûr que lorsque le portable de Larchmont serait branché. Comme le spécialiste en informatique de Seafront lui avait déclaré qu'il lui faudrait deux heures, deux heures et demie peut-être, pour relier les deux ordinateurs de l'armée de l'air, il avait été convenu que celui de l'hôpital militaire – aidé du Téléphase Mark IV – commencerait à sortir le programme de Larchmont à 19 h 30 précises. Lorsque Larchmont lui eut remis le programme, que tout le monde eut réglé sa montre à la même heure comme des acteurs dans un film de guerre, ils s'étaient séparés. Dix minutes plus tard, Sutton les ramenait sur la 101.

Tandis qu'ils remontaient vers le nord, Cable avait demandé à Larchmont ce qui se passerait lorsque 19 h 30 sonneraient. Le vieil homme, assis sur le siège arrière et tenant solidement sa mallette métallique, avait donné à Cable des réponses évasives. Ce n'étaient pas ses réponses embarrassées qui avaient préoccupé Cable, mais le fait que Martin Larchmont évite son regard.

Quelques instants plus tard, Larchmont avait collé son menton contre le dossier du siège avant.

– John, il m'est impossible de savoir ce qui se passera ce soir. Je garde espoir mais c'est à peu près tout. Si l'on gagne la partie, on les écrasera pour de bon et le monde ne le saura probablement jamais. Si nous perdons, nous mourrons probablement, et pas mal de gens avec nous.

Personne n'avait rien dit durant plusieurs kilomètres et c'est Larchmont qui avait finalement pris la parole :

– Je ne veux pas que tu m'accompagnes ce soir. Je tiens à ce que tu restes avec Charlcie et Jenny. Même chose pour vous, Sutton. Je peux m'occuper de cela tout seul. Ça va se dérouler d'une manière pour ainsi dire complètement automatique.

Sutton, tout comme Cable, acquiesça.

Un ou deux kilomètres plus loin, Larchmont reprit :

– Je n'arrive pas à le croire. Trois hommes pour faire cette course de fou alors qu'un seul aurait suffi. L'un se fait une fierté de mettre à l'épreuve les acquis de sa sagesse et de débarrasser le monde d'un fléau.

Un autre le fait à la fois par ignorance et par amitié. Et le dernier le fait... Henry, pourriez-vous me dire ce qui vous motive ?

Sutton ne quitta pas l'autoroute des yeux.

– Je suis payé pour. C'est mon boulot.

Le soleil était presque couché et le panneau qui indiquait quinze kilomètres jusqu'à Ravina était loin derrière eux. On voyait Ravina au loin dans la pénombre, ses lumières et ses édifices voilés par des nuages orageux et le brouillard qui flottait sur la ville comme une bête ailée. Tout à coup, Sutton lâcha un juron en donnant un coup d'œil sur la jauge du tableau de bord.

– Qu'est-ce qu'il y a ? demanda Larchmont.

– Il faut prendre de l'essence, répondit Sutton.

Larchmont grommela un mot de protestation.

– Le soleil est presque couché.

– Si on ne prend pas d'essence, on va devoir faire le reste du chemin à pied.

Sutton emprunta la première sortie et s'arrêta à une station-service Arco. L'endroit était immense, moderne, aseptisé, avec un bâtiment en forme de boîte blanche et une trentaine de pompes disposées au milieu de plusieurs arpents d'asphalte noir. Durant la saison touristique, de longues files de voitures devaient y faire la queue mais là, elle était déserte.

Deux préposés d'âge moyen sortirent du bâtiment blanc. L'un contourna la voiture de patrouille vers les pompes, tandis que l'autre s'approchait de la vitre de Sutton, prenait la commande de ce dernier et hurlait à l'autre par-dessus le toit de la voiture :

– Le plein, Joe. Du super. Et au plomb.

– Au plomb ?

– C'est ce que j'ai dit, répondit le préposé tout en commençant à gratter les insectes sur le pare-brise.

Dans la voiture, Sutton, Cable et Larchmont attendaient en silence que le pompiste ait fini. Sutton avait fermé les yeux comme s'il voulait faire un somme. Larchmont regardait le soleil s'enfoncer dans l'océan. Cable observait le laveur de vitres lorsqu'il remarqua une expression étrange sur le visage de ce dernier, tourné vers l'arrière de la voiture. L'émoi et l'inquiétude que trahissait son expression incitèrent Cable à se retourner sur son siège pour voir ce qui se passait. Par la lunette arrière, il vit partiellement la silhouette en uniforme du pompiste. Tout avait l'air normal. Il s'apprêtait à détourner la tête lorsqu'il entendit l'homme qui lavait les vitres crier :

– Joe, mais qu'est-ce que tu fais ?

Cable se baissa sur son siège pour mieux voir le pompiste. Le visage figé et les yeux exorbités, celui-ci était debout, immobile, dans une posture raide et contrainte. Il tenait en l'air le bec du tuyau à essence et la laissait couler à flots au-dessus du coffre de la voiture.

Un court instant, Cable pensa que le pompiste était victime d'un malaise, mais il vit alors la main gauche de l'homme sortir de la poche de son pantalon un briquet aux couleurs vives. Le préposé aux vitres cria de nouveau :

– Joe, mais enfin, qu'est-ce que tu fous ?

Cable n'en croyait pas ses yeux. Le pompiste tenait le briquet au milieu du jet d'essence qu'il essayait d'enflammer. Les frères Horrcove, réalisa soudain Cable.

Henry Sutton avait ouvert les yeux et s'était redressé, cherchant à voir ce qui terrorisait le préposé qui lavait le pare-brise.

Cable prit Sutton par le coude.

– Fichons le camp d'ici.

Il avait parlé avec un calme qui le surprit lui-même.

– Allez-y.

Le message était clair, sans ambiguïté, et il déclencha chez le shérif une série de mouvements souples et coordonnés. Sans hésiter, Sutton mit le contact, appuya sur l'accélérateur.

Dans un crissement de pneus, la voiture s'écarta des pompes en bondissant telle une gazelle effarouchée. Le mouvement brusque du véhicule surprit le laveur de vitres qui fut entraîné, le corps en travers du capot et du pare-chocs. Il attrapa un essuie-glace et s'y agrippa tandis que la voiture gagnait de la vitesse.

Cable se retourna sur son siège et vit le spectacle dément qu'offrait le pompiste toujours debout comme une statue près des pompes, tenant encore le tuyau à essence pointé vers le ciel. L'essence qui en jaillissait retombait sur l'homme, aux pieds duquel elle faisait comme une mare explosive de plus en plus grande. De la main gauche, le pompiste tentait toujours d'allumer son briquet.

Rien ne se passa et Cable crut l'espace d'une seconde que le briquet était trop mouillé. Mais tout à coup une boule de feu enveloppa l'homme, et les pompes qui se trouvaient près de lui explosèrent, une vague de liquide enflammé, haute de trois mètres, roula sur le sol. Cable eut l'impression que la voiture de patrouille était pourchassée par le soleil.

Une bouffée d'air chaud s'engouffra dans la voiture. Au même moment, la terre trembla sous le choc de l'explosion, et la voiture fit une embardée. L'homme qui se trouvait sur le capot hurla lorsque l'essuie-glace auquel il se retenait se brisa. Il glissa, rebondit et roula comme une balle de tennis sur l'asphalte. On aurait dit qu'il n'en finirait jamais de rouler sur lui-même. Cable sentit que la voiture ralentissait et il se tourna vers Sutton. Le shérif avait tout vu dans son rétroviseur. Freinant brusquement, il cria à Cable :

– Il faut retourner le chercher avant que les cuves explosent...

Derrière eux retentit alors le bruit de deux violentes explosions et de nouvelles vagues de chaleur pénétrèrent dans la voiture. Cable se retourna à temps pour voir les flammes s'élever comme des geysers d'immenses cratères, à l'endroit où se dressaient auparavant les pompes. L'une d'elles, encore intacte, explosa et fut projetée en l'air comme une fusée.

Sutton fit demi-tour pour retourner chercher l'homme sans défense. Il accélérait lorsque, droit devant eux, une énorme plaque d'asphalte se mit à gonfler, comme si une créature géante tentait de s'échapper du sol. Cable se prépara au pire. De l'endroit où il se trouvait, on aurait dit qu'ils allaient éventrer une montagne noire en formation. Il entendit quelqu'un crier :

– Les cuves !

C'était sa propre voix.

Sutton braqua à fond et tira violemment sur le frein à main, tout en appuyant sur l'accélérateur. Cable et Larchmont furent projetés sur leur siège tandis que la voiture faisait un tête-à-queue parfaitement contrôlé. L'instant d'après, ils laissaient derrière eux le laveur de vitres et la montagne d'asphalte tandis que la puissante voiture s'éloignait à pleins gaz de la station-service. Ils savaient tous qu'ils ne pouvaient rien pour l'homme qu'ils abandonnaient à son sort. Si la chute qu'il avait faite ne l'avait pas tué, l'explosion imminente des cuves souterraines le ferait.

Ils étaient à une centaine de mètres de la station-service lorsque celle-ci se produisit. Un vent chaud secoua la voiture qui fut criblée de métal tordu et d'asphalte, la vitre arrière se transformant en une toile d'araignée de verre. Cable vit une énorme boule de feu envelopper tout ce qui était visible, station-service, pompes, laveur de vitres, puis venir vers eux. Plus rapide que la voiture, elle atteignit le coffre dont elle fit se boursoufler la peinture avant de transformer l'intérieur en brasier. Puis, aussi rapidement qu'elle était venue, l'avalanche de flammes se retira et la voiture de patrouille se retrouva indemne.

Ils étaient à deux cent cinquante mètres de la station-service en flammes et Sutton conduisait toujours comme un dément. Il jeta un regard à Cable.

– On n'est pas encore tirés d'affaire. La station compte au moins trente pompes. Ce qui veut dire qu'il y a encore huit ou neuf cuves prêtes à exploser.

Il avait raison. La déflagration qui suivit dégagea plus de lumière que le soleil. La route se souleva et ondula comme un pont de corde par grand vent. Enfin, ce fut l'accalmie. Les secousses cessèrent, l'obscurité revint et Sutton prit la route qui devait les conduire au cimetière Horrcove.

23

Il était 19 heures passées lorsque les phares de la voiture vinrent se poser sur les hautes grilles du cimetière. Sutton les éteignit, coupa le moteur et se retourna sur son siège pour s'adresser à Larchmont :

– Il est 19 h 10. Seafront ne va pas mettre l'ordinateur de l'hôpital en marche avant vingt minutes. Vous voulez rester ici ou monter ?

Larchmont avait ouvert sa mallette et s'activait sur les pièces et les touches délicates de l'ordinateur portable.

– Je pense que nous ferions mieux de rester ici, répondit-il sans lever les yeux. Nous n'avons déjà pas beaucoup de protection, si nous arrivons là-haut trop tôt, les frères Horrcove pourraient mettre ces quelques minutes à profit pour nous pulvériser.

Il referma la mallette et leva finalement les yeux, d'abord sur Sutton, puis sur Cable.

– Je sais que j'en ai déjà parlé, mais il me faut me répéter. Une seule personne suffit pour transporter cet ordinateur jusqu'au funérarium. Je peux conduire la voiture et porter l'ordinateur seul. Je suggère donc que vous retourniez tous les deux chez Jenny et organisiez la même défense qu'hier soir – l'eau et le sel.

Les deux hommes refusèrent en secouant la tête. Larchmont soupira.

– Ecoutez, j'essaie seulement de vous faire comprendre que je n'ai qu'une confiance toute relative en cette petite merveille électronique.

Il posa ses mains sur la mallette.

– Réfléchissez, je vous en prie.

Ses deux interlocuteurs secouèrent de nouveau la tête. Larchmont marmonna quelque chose qu'ils ne purent saisir, rouvrit la mallette et recommença à en examiner les cadrans et les commandes.

Cable s'enfonça sur le siège avant et contempla les grilles massives. Il avait les lèvres gercées et la bouche sèche. Il fouilla dans sa poche à la recherche d'un morceau de chewing-gum puis se tourna vers la puissante silhouette de Sutton.

– Vous avez du chewing-gum ?

– Regardez dans la boîte à gants.

Cable suivit son conseil et ne trouva rien. Il ne voulait pas toutefois que la conversation s'arrête là.

– Avez-vous aussi peur que moi ?

Il ne voyait pas le visage de Sutton mais devinait son sourire ironique dans l'obscurité.

– C'est rien de le dire.

– Quand avez-vous commencé à avoir peur ?

Cela avait l'air d'une question idiote, mais Cable était curieux et ne voulait pas rester assis en silence jusqu'à 19 h 30.

Henry Sutton parut se concentrer.

– Je ne sais pas. Peut-être est-ce lorsqu'on a pratiqué l'autopsie sur cette fille, Lynn Langley, à moins que ce ne soit lorsqu'on l'a pratiquée sur l'un de mes adjoints. Je ne sais pas. Ensuite, après la mort de Jackie, ma peur s'est dissipée. Même lorsque j'ai vu la morte marcher sur le parking, ce n'est pas de la peur que j'ai ressenti, mais seulement de la haine. Ce soir, lorsque la station-service a sauté, j'ai recommencé à avoir peur. La haine est toujours là et j'ai toujours envie de me venger mais, oui, j'ai aussi peur que vous.

Sutton se tourna vers Larchmont.

– Comment comptez-vous procéder ?

Larchmont leva les yeux et se gratta un sourcil.

– En attaquant au centre, comme on dit au football.

– Vous voulez foncer droit sur le funérarium ?

– Ils savent déjà que nous sommes là. Ce qui vient de se produire le prouve. Le soleil est couché. Leurs pouvoirs sont plus grands maintenant. Je parierais qu'ils nous attendent là-haut, impatients de passer à l'action. Je ne pense pas qu'ils nous considèrent comme vraiment dangereux pour eux. Ils doivent voir en nous des empêcheurs de tourner en rond qui pourraient perturber les ultimes rites de résurrection.

– Qui sont-ils exactement ? demanda Sutton.

– Ce sont les gardiens, les familiers des créatures démoniaques. Cette fonction se transmet de père en fils.

– Ce sont des êtres humains ? demanda Cable.

– Je pense que oui. Certainement plus que les créatures dont ils s'occupent. Mais, humains ou non, ils possèdent certains dons... des talents qui ont été cultivés et affinés par leurs ancêtres et qui se sont transmis de génération en génération. Oui, ce sont des humains, très particuliers et dotés de pouvoirs incroyables.

– Comme le don de télékinésie ? demanda Cable.

– Oui. Ils ont des pouvoirs télékinésiques, le pouvoir d'agir sur l'esprit, des dons de seconde vue, et la capacité de commander aux morts. Dans tous les cas, leurs pouvoirs sont décuplés du fait qu'ils sont jumeaux.

– Je ne vous suis pas, dit Sutton. Qu'est-ce que la seconde vue ?

– La seconde vue est la capacité de lire dans l'avenir. Je ne pense pas que les frères Horrcove en soient capables. Ce que je crois, en revanche, c'est qu'ils sont capables de savoir ce qui se passe autour d'eux dans le présent. Autrement dit, ils savaient où Jackie Fairmont et vous-même vous trouviez lorsqu'ils ont entrepris de vous détruire à distance. La même chose s'est produite hier soir à l'hôpital. Ils savaient que nous allions quitter l'hôpital et sortir sur le parking. Avec le don de seconde vue dont ils disposent, ils ont été en mesure d'envoyer Louellen Mae Harnes contre nous. Puis il y a eu cet... incident à la station-service. Ils nous ont vus dans leur esprit, ils ont su que nous nous arrêterions, à quel moment nous le ferions, et ils ont alors dirigé ce pauvre pompiste.

– Que se passe-t-il lorsque le rituel de résurrection est achevé et que les créatures reviennent à la vie ? demanda Cable.

– Je n'en suis pas sûr, mais je sais que vous ne voudriez pas vivre dans ce monde-ci si les frères Horrcove réussissaient.

Sutton regarda Cable puis Larchmont.

– Est-il possible de les tuer ?

– Je pense que oui. Malgré leurs pouvoirs, ce sont des mortels.

– Si on les tue, demanda Sutton, est-ce que les créatures vont mourir avec eux ?

– Non. La résurrection est déjà presque arrivée à son terme. Des enfants ont disparu, des gens sont morts. Au moins quatre des créatures ont goûté à la vie et sont en train d'y revenir. Avec ou sans les frères Horrcove, ce n'est plus qu'une question de temps. Il faut tout détruire. Les frères, les créatures, tout. Nous n'avons pas le choix.

– Qu'allons-nous faire pour les deux gosses disparus ?

Martin Larchmont baissa les yeux sur l'ordinateur.

– Ils sont morts la nuit même où ils ont été enlevés. La religion yézidi est impitoyable. Iblis et sa progéniture sont des dieux sanguinaires. On n'aurait rien pu faire pour eux, je le regrette.

Sutton alluma le plafonnier, regarda l'heure sur sa montre et éteignit.

– Il est 19 h 22. Je calcule qu'il faut deux minutes pour passer les grilles et trois pour arriver jusqu'au funérarium.

Larchmont approuva d'un signe de tête.

– J'aimerais être garé devant chez eux lorsque Seafront mettra l'ordinateur en marche. Sa puissance sera peut-être assez grande pour débarrasser cette colline de ces salopards et de leurs divinités. Attendons trois minutes puis allons-y.

Cable aurait été bien en peine de dire si les trois minutes en question furent les plus longues ou les plus courtes de sa vie. Sa montre indiquait 19 h 25 lorsqu'il sentit le moteur se mettre en marche.

Sutton fit avancer centimètre par centimètre la voiture jusqu'à ce que le pare-chocs touche les lourdes grilles fermées à clé. Puis il appuya sur l'accélérateur. La voiture fit une embardée, les grilles plièrent vers l'intérieur mais résistèrent. Il repassa la première et accéléra une nouvelle fois. Le moteur gronda, les pneus arrière crissèrent en patinant sur le pavé mouillé. Les grilles résistèrent un long moment mais le poids et la puissance de la voiture finirent par venir à bout d'elles et, lentement, tels des arbres qu'on abat, les énormes grilles et les piliers noirs qui les soutenaient basculèrent et s'écrasèrent sur la route dans une explosion de terre, de gravats et de métal tordu.

Sutton fit passer la voiture sur les grilles détruites.

– Voilà, commenta-t-il, s'ils n'étaient pas au courant de notre arrivée, maintenant c'est fait.

Le shérif dirigea sans hâte sa voiture vers le sommet de la colline. Ils apercevaient l'immense bâtiment de pierre sombre aux lignes gothiques obscurcies par le brouillard et la brume.

Cable sentit des frissons glacés lui traverser tout le corps comme si un cadavre avait gratté un tableau noir avec ses ongles. L'air était moite et sentait le moisi, la mort. Un mouvement sur la droite de la voiture attira son regard. Il scruta la pénombre sans rien voir.

Les yeux toujours fixés sur le cimetière, il lui sembla apercevoir quelque chose bouger. On aurait dit que des fragments d'ombre sautillaient pour disparaître dès qu'il scrutait les ténèbres, un peu comme ce que l'on voit lorsqu'on presse ses poings trop fort contre ses paupières : des taches de lumière, des morceaux d'ombre, des éclats sans forme, sans signification.

Il demanda à Sutton :

– Vous n'avez pas l'impression qu'il y a quelque chose... là, dehors ?

– Je vois du coin de l'œil des ombres qui se déplacent mais dès que je regarde, il n'y a rien.

Cable vit devant lui les deux énormes lions de pierre qui gardaient l'entrée de l'allée circulaire. Les phares éclairèrent au passage une nappe de brouillard. Non, pensa Cable, c'est trop épais pour être du brouillard. Cela avait une forme.

– Vous avez vu ça ?

– Quoi ? demanda Sutton.

Cable fut sur le point de le lui indiquer mais se radossa à son siège.

– Il n'y a plus rien. Je ne sais pas ce que c'était mais on aurait dit... on aurait dit une femme vêtue de brouillard.

Il hocha la tête.

– Laissez tomber. J'ai des visions. Excusez-moi.

– Ne vous excusez pas, dit Sutton d'une voix tendue tandis que la voiture passait entre les deux lions. Dans un endroit comme celui-ci, on a le droit d'avoir des visions. Bon Dieu, quelle nuit affreuse !

Il fut interrompu par la lueur brutale de phares qui venaient derrière eux et l'éblouissaient en se reflétant dans le rétroviseur.

– Mais qu'est-ce que... ? dit-il entre ses dents tout en détournant le rétroviseur. Vous pouvez voir qui vient derrière nous ?

Cable se retourna sur son siège.

– Non, c'est trop loin, les phares sont trop forts. Mais ils nous rattrapent à toute vitesse.

– Quelle sorte de voiture ? demanda Sutton.

– Je ne saurais le dire.

Sutton arrêta l'auto devant les grandes marches de

marbre du perron. Derrière eux, le véhicule se rapprocha jusqu'à ce que son pare-chocs touche presque celui de la voiture de patrouille. Cable et Sutton sortirent. Cable mit ses mains en visière pour se protéger de la lumière aveuglante et essayer de voir qui se trouvait dans la voiture. Le conducteur de cette dernière coupa le moteur et éteignit ses phares. A cet instant, Cable reconnut les formes compactes de la vieille Mercedes de Jenny McKenzie. Il courut vers la voiture et ouvrit la porte du côté passager. Ses pires craintes furent confirmées : Charlcie était assise à la place du passager.

– Mais enfin, qu'est-ce que tu fais ici, toi ?

– On n'allait pas rester à la maison à attendre. Il fallait qu'on vienne.

La voix de Cable se fit cassante sous l'effet de la colère :

– Mais ça ne va pas, non ? Il n'y a pas d'endroit plus dangereux ! Ne restez pas ici !

Jenny McKenzie sortit de la Mercedes et adressa un regard sans aménité à Cable par-dessus le toit de la voiture.

– Qu'est-ce qui vous fait penser qu'on serait plus en sécurité à Ravina ? demanda-t-elle.

Elle avait pris un ton aussi cassant que le sien. Puis elle se radoucit.

– Il y a des chances pour que l'on soit aussi en sécurité ici qu'en ville.

Cable regarda les autres passagers. Le policier efflanqué du nom de Griffith était assis sur le siège arrière, les genoux repliés jusqu'au menton. Il regarda Jenny McKenzie puis Cable et articula :

– Pas le choix.

Joignant les mains, le Dr Mark Childress confirma.

– Nous étions forcés de venir, John, dit Charlcie. Nous étions tous à l'hôpital lorsque Seafront nous a téléphoné de Vandenberg. Il nous a dit à quelle heure l'ordinateur allait être mis en marche et nous avons donc décidé de venir vous retrouver. Comme dit maman, nous n'étions pas en sécurité en ville. Regarde ce qui est arrivé à l'hôpital hier soir.

Cable hocha la tête. Il prit la main de Charlcie et l'aida à descendre de voiture en la prenant par la taille. Martin Larchmont passa lui aussi son bras autour des épaules de Jenny McKenzie. Leurs retrouvailles étaient moins énergiques que celles du jeune couple mais elles avaient la même intensité et leurs sentiments étaient identiques.

Larry Griffith, le policier, réussit à s'extirper de la voiture, non sans se cogner, et se retrouva face à face avec un Henry Sutton colossal et fort en colère.

– Griff, lui lança-t-il, vous allez me payer ça. Je vous avais confié ces gens. Pourquoi diable les avoir laissés venir jusqu'ici ?

Levant les yeux au ciel, Griffith chercha ses mots.

– Je n'avais pas le choix. Ils ne m'ont pas demandé mon avis. J'ai essayé de les arrêter, je leur ai même barré le chemin.

Il montra Jenny McKenzie du doigt.

– Vous savez ce qu'elle a dit lorsque j'ai voulu l'empêcher de partir ?

Sutton ne quittait pas son subordonné des yeux.

– Non, mais vous allez me le dire, n'est-ce pas ?

– Elle a dit que si je ne m'écartais pas de sa route, elle me menottait le nez à...

Griffith se pencha et chuchota le reste des paroles de Jenny McKenzie à l'oreille de Henry Sutton.

Lorsque Griffith eut terminé son récit, Sutton s'adressa à Jenny McKenzie :

– Vous lui avez dit ça ?

La vieille dame mit ses poings sur les hanches et acquiesça d'un signe de tête. Sutton se tourna vers Larchmont.

– Si votre ordinateur vous lâche, vous pourrez toujours utiliser la langue de Mme McKenzie à la place.

Malgré la tension, ils réussirent à rire.

Ils furent interrompus par une série de projecteurs installés sur le toit qui s'allumèrent, baignant tous ceux qui se trouvaient au bas de l'escalier dans une lumière blanche aveuglante. Les immenses portes d'entrée s'ouvrirent alors et les formes minuscules de Bartholomew et Alexander Horrcove surgirent de l'intérieur faiblement éclairé. Ils s'avancèrent sur le haut perron, jusqu'au sommet des marches, pour regarder les êtres humains à leurs pieds.

Pendant un long moment, ni les frères Horrcove ni les autres n'ouvrirent la bouche. Puis Alexander Horrcove rompit le silence :

– C'est gentil à vous de venir nous rendre visite, professeur Larchmont.

Celui-ci avait déposé la mallette sur la dernière marche de l'escalier. En entendant prononcer son nom, il jeta un regard distrait sur les deux frères puis reporta son attention sur l'ordinateur portable.

Alexander Horrcove fit signe aux autres personnes debout derrière Larchmont.

– C'est aussi gentil à vous d'avoir amené toutes ces personnes si bien renseignées. Ça nous fait gagner du temps. N'est-ce pas, Bartholomew ?

– Absolument. A l'exception du médecin militaire qui va d'ailleurs bientôt mourir à l'hôpital, il semble que tous ceux qui savent quelque chose à notre sujet se trouvent maintenant devant nous. Voilà qui nous facilite les choses, professeur Larchmont. Veuillez accepter nos sincères remerciements.

– Comme ça, professeur Larchmont, dit Alexander, vous avez donc amené votre joujou électronique ?

Les deux frères se mirent à rire et Cable sentit un picotement dans son dos, comme s'il était en train de mâcher du papier d'aluminium : les frères Horrcove ne craignaient ni Martin Larchmont, ni son ordinateur, ni celui de la base aérienne.

Martin Larchmont semblait le savoir. S'activant toujours sur les touches de l'ordinateur, il avait l'air confus et désemparé. C'est le visage trempé de sueur qu'il se releva en tenant la mallette dans ses mains.

– Il est 19 h 30 passées, annonça Sutton, debout à côté de lui. Mettez-le en marche.

Larchmont s'exécuta et l'appareil qu'il tenait se mit à vibrer et à ronronner. Tenant la mallette loin de son corps comme s'il s'agissait d'une baguette de sourcier, Larchmont tourna les haut-parleurs vers les frères.

Au même moment, ceux-ci se rapprochèrent l'un de l'autre jusqu'à ce que leurs épaules se touchent. Ils fermèrent les yeux, le menton sur la poitrine.

Pendant un certain temps, tout fut calme. Puis une force invisible catapulta Larchmont en l'air. Il retomba dans l'allée à trois mètres de l'escalier et heurta violemment le sol. La mallette glissa sur le gravier jusque sur un pneu de la voiture de patrouille.

Sutton, les yeux fixés sur les deux frères, défit la courroie de son étui de revolver tandis que Cable courait aider Larchmont. Son ami était secoué et abasourdi, mais indemne. Il l'aida à se remettre debout et fut surpris de se voir repousser par Larchmont.

– Reste à distance. Si tu t'approches de moi, leur pouvoir va t'atteindre.

Impuissant, Cable regarda Larchmont reprendre en boitillant la direction de l'ordinateur. Il s'appuya d'une main sur la voiture de patrouille et se pencha pour saisir la mallette métallique.

Seul Henry Sutton vit les frères Horrcove rassembler de nouveau leurs pouvoirs en courbant la tête.

Comme la première fois, Larchmont fut soudain projeté en l'air comme une poupée de chiffon. Il retomba sur le visage et la poitrine, les bras et les jambes écartés. Jenny McKenzie gémit et poussa un cri d'angoisse. Cable courut vers son ami. Il entendit, venant d'en haut, la voix presque féminine de l'un des deux frères :

– Vraiment, professeur Larchmont, vous ne trouvez pas que ce petit jeu a assez duré ?

Larchmont s'était déjà mis à quatre pattes lorsque Cable arriva près de lui. Il le prit par les épaules et l'aida à se remettre sur ses pieds.

– Aide-moi à aller jusqu'à l'ordinateur, fit Larchmont entre ses dents.

Le soutenant et le portant à la fois, Cable se dirigea en titubant vers l'appareil qui continuait à ronronner et à gémir sous les yeux des frères Horrcove. Cable prit la mallette et la mit dans les mains ensanglantées de Larchmont. Celui-ci dévisageait les deux frères, soutenant sans broncher leur regard implacable.

– Mets le son, dit-il tranquillement à Cable.

Il tenait toujours la mallette.

– C'est le gros bouton au bout.

Cable trouva le bouton et le tourna complètement vers la droite une seconde avant qu'un puissant coup de vent ne s'empare de lui et ne le projette par-dessus l'épaule de Martin et la voiture de patrouille. Tandis qu'il était en l'air, il avait l'esprit si clair et si vif qu'il put entendre Charlcie crier son nom. Il atterrit de l'autre côté de la voiture dans une chute qui sembla lui rompre les os, lui érafla les genoux et un coude. Il roula sur lui-même et se releva le plus vite possible. Si Larchmont, cet homme de soixante-dix ans, avait trouvé la force de se remettre debout, il le pouvait lui aussi. Il y parvint et se dirigea vers la voiture. Une de ses jambes se déroba sous lui et il tomba sur les mains. Il leva la tête pour voir les deux maudits jumeaux.

La vue qu'il avait des deux frères fut tout à coup bloquée par la carcasse de Henry Sutton. Une main puissante le prit par le bras et le tira pour le remettre debout. Ils se trouvèrent nez à nez.

– Tuez-les, Henry, cria-t-il, tuez-les avant que ce soient eux qui nous tuent.

Sutton lâcha Cable et s'éloigna. Il n'était pas nécessaire de le pousser à agir : il avait déjà décidé de les tuer. Il prit son .357 Magnum à deux mains et le leva lentement. Le néon vert se reflétait vivement sur le canon bleu-noir. Il centra le viseur sur Alexander Horrcove juste à temps pour voir les deux frères courber de nouveau la tête. Ah non, se dit-il, ils remettent ça.

Aussitôt, des milliers de cailloux quittèrent le sol de l'allée et se jetèrent sur Sutton. Celui-ci laissa tomber son pistolet et se couvrit le visage des deux bras pour éviter d'être aveuglé par l'assaut des pierres aux arêtes vives. La douleur fut foudroyante. Il eut l'impression de marcher sous une grêle de balles et de fléchettes.

Ce mitraillage intempestif cessa aussi brusquement qu'il avait commencé. Stupéfait, Sutton hocha la tête, essayant de retrouver l'usage de ses yeux ; du sang coulait d'une entaille à une arcade sourcilière.

Ses yeux retrouvèrent leur convergence à temps pour voir Griffith dégainer à son tour. Sutton se retourna : les frères Horrcove étaient épaule contre épaule et souriaient à son subordonné. Ils fermèrent les yeux et penchèrent la tête.

Sutton se retourna, vit son adjoint en train de viser les deux petites cibles sur le perron. Il voulut crier mais les mots lui restèrent dans la gorge lorsque le pistolet du policier explosa dans un éclair d'un jaune aveuglant. Sutton se protégea les yeux. Lorsqu'il regarda de nouveau, il faillit vomir. Griffith était toujours debout dans la posture classique du tireur, jambes écartées, genoux pliés et coudes rapprochés. Mais il n'avait plus d'arme. Ni de mains. Abruti par le choc, Griffith examina calmement l'endroit où étaient naguère ses mains. Il comprit alors ce qui se passait et se mit à hurler. Il courut en direction des deux lions de pierre à l'entrée de l'allée.

Dans un état de panique aveugle, il fuyait l'horreur, désespérément. Il n'entendit pas la voix doucereuse d'Alexander Horrcove parvenir jusqu'à ceux qui se tenaient, abattus, au bas de l'escalier :

– Regardez bien, professeur Larchmont. Regardez, vous allez être témoin de l'ampleur de nos pouvoirs.

Cette fois, les frères Horrcove se prirent la main comme deux enfants.

Le policier hystérique courait toujours éperdument. Le lion dont il se rapprochait fut soudain nimbé d'un halo tremblotant, comme si un néon bleu s'était allumé à l'intérieur de son corps. Au même moment, la statue se mit à geindre et à crépiter comme une ligne à haute tension brisée. Le halo bleu se fit plus brillant. L'air s'emplit d'une odeur d'ozone et d'électricité.

Aveuglé par la terreur, le policier ne s'aperçut de rien mais Cable, lui, comprit. Sutton aussi. Tous virent ce qui se passait.

Le policier était à dix mètres du socle du lion lorsque l'énorme tête en granit de l'animal commença à se retourner avec une lenteur exaspérante pour regarder la forme qui courait. Baignant toujours dans une lumière bleue vacillante, le lion leva une patte de pierre géante au-dessus du socle. Lorsque le policier passa à sa hauteur, il l'abattit sur lui comme un chat attrape une souris. Des griffes de granit affûtées comme l'acier tranchèrent l'air en direction de la tête du policier qu'elles arrachèrent. Tel un poulet décapité, Griffith continua à courir et disparut dans l'obscurité du cimetière.

Les horribles griffes rentrèrent dans l'immense patte de pierre et celle-ci reprit sa position initiale sur le socle. Puis la tête du lion tourna en grinçant jusqu'à ce qu'elle soit de nouveau tournée vers son *alter ego*. L'intense lumière bleue s'éteignit et le lion de pierre s'immobilisa. Charlcie McKenzie laissa échapper un cri. Jenny McKenzie se mit à vomir et Henry Sutton, tout aussi écœuré, essaya de ne pas regarder la tête coupée de son adjoint, par terre sur le gravier. Cable et Larchmont s'étaient précipités vers la scène du drame mais comprirent la futilité de leur geste et firent demi-tour.

Durant cet épisode cauchemardesque, Larchmont avait réussi à se saisir de l'ordinateur. Il le tenait d'une main et, de l'autre, il en manipulait les touches. Presque aussitôt, les ronronnements de l'appareil se firent plus forts et l'ordinateur émit des sons méconnaissables, sans signification. Puis un mécanisme serveur se mit en marche. L'appareil parut fonctionner plus vite, la tonalité augmenta rapidement, jusqu'à ce que les sons deviennent normaux, presque humains, et enfin tout à fait humains. Mais la langue parlée par l'appareil était incompréhensible. C'était une langue ancienne, gutturale et monotone comme une incantation. Une langue morte. Personne au monde n'était capable de la comprendre. Personne, sauf Bartholomew et Alexander Horrcove.

Cable leva les yeux et fut surpris de voir qu'ils réagissaient. Leur visage exprimait de la souffrance et ils s'étaient tous les deux bouché les oreilles avec leurs mains. L'un des deux commençait à faiblir. L'autre vacillait d'un côté et de l'autre.

– Grand Dieu ! murmura Cable. Ça marche !

Mais son enthousiasme fut de courte durée. Les deux frères retrouvèrent leurs forces presque immédiatement. L'état de choc et de souffrance dans lequel les avait plongés la voix provenant de l'ordinateur était maintenant passé. Pire, ils se tenaient tous les deux bien droits et se prenaient par la main. Une fois encore, ils courbèrent la tête en une grotesque parodie de prière et de dévotion. Mais il y avait cette fois autre chose. Un halo verdâtre flottait autour de leurs mains jointes. Cable comprit que ce qui se préparait serait plus horrible que ce que le lion avait fait au policier. Il retint sa respiration, s'attendant au pire.

Rien ne se produisit... du moins pas tout de suite.

De faibles grattements provenant du grand cimetière qui s'étendait derrière eux firent se retourner Cable et Sutton. Ils scrutèrent l'obscurité. Les bruits qu'ils entendaient étaient étranges, impossibles à identifier, sourds et lointains. C'étaient de petits coups répétés, qui venaient de partout dans le cimetière. On entendit bientôt des bruits d'objets froissés dans l'obscurité, comme un journal poussé dans une allée par le vent. Cable et Sutton échangèrent un regard inquiet, redoutant ce qui allait surgir des ténèbres.

Sutton dégaina son revolver et vérifia le chargeur. Il était plein mais son arme ne le rassurait guère. Il leva les yeux pour scruter les ténèbres et vit le premier cadavre qui arrivait en traînant les pieds. Il s'agissait d'une femme, pâle, boursouflée et nue. Une énorme cicatrice verticale allant du sternum à la région pubienne était par trop visible, de même que les points de suture noirs qui retenaient ensemble les lambeaux de chair. Sutton considérait avec stupéfaction ce cadavre ambulant lorsqu'il entendit Cable dire d'une voix haletante :

– C'est... Lynn Langley !

Cable avait raison. Il s'agissait bien de la prostituée qu'il avait vue sur la table de la morgue. Derrière elle, d'autres formes commençaient à sortir des ténèbres et entouraient le petit groupe d'humains. Une armée de défunts récents et de cadavres très anciens marchait sur eux, lentement, de manière hésitante, tenant à peine debout, horde de corps cadavériques, revêtus pour certains des loques des costumes et des robes coûteuses dans lesquels on avait jugé digne de les enterrer. Certains membres de l'armée des frères Horrcove étaient incapables de marcher.

Leurs muscles, tendons et ligaments séchés cédaient et les squelettes s'effondraient alors dans l'herbe, impuissants. Même les pouvoirs des frères Horrcove étaient incapables de créer quelque chose avec de la poussière. Cable vit un squelette s'écrouler en un tas de bâtonnets gris. En regardant attentivement, il vit une main aux os retenus par des lambeaux de chair tendre les doigts pour agripper la terre puis les refermer, se tirant sur le sol, avançant à coups de griffes vers les humains debout près de leurs voitures.

Dégoûté jusqu'à la nausée, Sutton leva le canon de son Colt et ajusta la mire sur le corps titubant de la prostituée. Il tira une fois et l'œil gauche, la joue et l'oreille de la femme explosèrent. L'impact de la balle la fit pivoter sur une jambe comme une mauvaise danseuse du ventre. Elle s'éloigna du shérif en faisant des pirouettes avant de s'immobiliser, dos tourné. La stupéfaction se lut sur le visage de Sutton lorsque le cadavre se retourna dans l'ombre, le regardant d'un air féroce de son unique œil desséché puis, lentement, en hésitant, revint sur lui.

– Merde ! dit-il, tout en soutenant le regard de la défunte.

Il songea à tirer de nouveau sur elle mais comprit que ce serait peine perdue : si une balle dans la tête n'avait rien donné, rien ne marcherait. A supposer même que la balle eût accompli son office, que la morte fût tombée et restée par terre, trop de cadavres venaient sur eux et il n'aurait jamais assez de munitions. Il examina l'armée de cadavres en train de gagner lentement du terrain. Ils ne seraient pas sur eux avant quatre ou cinq minutes. Il était encore temps de mettre son plan en pratique.

Il courut vers Cable.

– Je vais essayer autre chose. Si ça ne marche pas, rentrez tous dans la Mercedes. Vous y serez quelque temps en sécurité.

– Que comptez-vous faire ? demanda Cable.

Sutton fit un geste en direction de Larchmont étendu sur les marches au bas de l'escalier. La voix étrange s'échappait toujours de son ordinateur mais elle se faisait de plus en plus faible et Larchmont semblait trop blessé ou fatigué pour y remédier.

– Cet ordinateur ne sert à rien.

Sutton leva les yeux vers les frères Horrcove et s'aperçut qu'ils vacillaient légèrement, comme s'ils commençaient à fatiguer.

– On va maintenant utiliser *mon* plan. Ça peut marcher comme ça peut ne pas marcher, mais il faut que j'agisse pendant qu'ils sont occupés.

Il leva une dernière fois les yeux en direction des frères Horrcove. Concentrés, les yeux fermés, ils se tenaient toujours par la main et vacillaient sur le haut perron. C'est le moment, se dit Sutton. Il tourna le dos à Cable et se dirigea vers la voiture de patrouille. Il entendit à peine Cable lui crier d'une voix lointaine :

– Henry, attendez ! Ne partez pas ! On peut encore les avoir ! L'ordinateur marche encore. Henry !...

La voix se tut brusquement lorsque Sutton ouvrit la portière de la voiture. Il mit le contact et le grondement du moteur produisit un son qui lui parut doux. Il passa en première et appuya à fond sur l'accélérateur. La voiture réagit violemment et s'éloigna du funérarium dans une avalanche de gravier et de fumée. Dérapant parfois, la voiture vira, puis se dirigea presque d'elle-même vers la pente abrupte qui s'élevait à droite de la maison. Elle quitta l'allée, atterrit brutalement sur la terre humide, glissant sur l'herbe comme un caillou qui ricoche sur un plan d'eau. Elle heurta de plein fouet les cadavres titubants et les faucha comme s'il s'agissait de mauvaises herbes. Sutton appuyait toujours à fond sur l'accélérateur. La voiture tangua et dérapa quelque peu en prenant de la vitesse vers le haut de la colline ; plusieurs fois le volant échappa des mains de Sutton, allant même jusqu'à lui casser un pouce en tournant trop vite sur lui-même pour se remettre en position. Tout à sa conduite, Sutton ne sentit même pas la douleur. Il accéléra, dirigeant comme il pouvait son véhicule qui fonçait sur la pente abrupte, ratant de peu certaines pierres tombales, en réduisant d'autres en poussière.

Dans un suprême effort, la voiture parvint sur la crête de la colline et Sutton freina brusquement. Il attendit un moment dans la voiture pour voir s'il y avait quelque danger qu'elle glisse au bas de la pente. Elle ne bougea pas. Il coupa le moteur et descendit. Il se trouvait exactement là où il le voulait. L'énorme véhicule était en équilibre instable au sommet de la colline, son pare-chocs arrière tourné vers le bas de la pente, presque braqué sur le funérarium, deux cent cinquante mètres plus bas.

– Bon travail, dit Sutton à voix basse comme si la vieille voiture de patrouille pouvait l'entendre. Bravo !

Il regarda la grande demeure sinistre tapie à ses pieds et repensa à la visite qu'ils avaient faite aux frères Horrcove, Jackie et lui.

– Espèces d'ordures, vous m'avez fait comprendre malgré vous ce que vous redoutiez le plus : un extincteur sur chaque mur, un système anti-incendie dans chaque pièce, un bâtiment de pierre, un toit d'ardoises. Vous vous croyiez drôlement puissants, drôlement malins, drôlement supérieurs. Vous m'avez livré le pot aux roses dès que j'ai passé la porte. Larchmont a dit que l'eau ou le feu viendraient à bout de vous, mais qu'il ne savait pas comment s'y prendre pour vous y faire goûter. Moi, je le sais.

Il se retourna, ouvrit le coffre de la voiture, fouilla dans le noir et sentit la forme familière d'un lance-flammes M-42 de l'armée et de ses deux réservoirs cylindriques. Ceux-ci contenaient quatre-vingts livres de produits chimiques volatils, de liquides et de gaz si hautement inflammables et explosifs que même cinquante ans après leur mise en service contre les Japonais, la formule des éléments chimiques contenus dans les réservoirs était encore top secret.

Sutton tâta les réservoirs et ses mains montèrent jusqu'à la détente logée sur le long tube métallique qui tenait lieu de canon. Il appuya dessus, puis la bloqua au moyen d'une pierre ramassée le matin même au dépôt d'armes de la Garde nationale. Théoriquement, l'appareil aurait dû cracher un arc de flammes mais cela ne se produisit pas. Douze heures auparavant, après avoir volé le M-42 au dépôt, Sutton avait à demi neutralisé l'arme en sectionnant les fils qui allaient de la batterie, située dans le boîtier de la détente, à un système d'allumage électrique à l'extrémité du canon. La détente coincée en position de marche, le lance-flammes se trouvait désormais capable de vomir le contenu des deux réservoirs qui remplissaient le vaste coffre de la voiture.

En se retirant du coffre, sa main droite effleura deux caisses en bois contenant chacune dix-huit bâtons d'une livre de dynamite enfouis dans de la sciure. Tout comme le lance-flammes, Sutton les avait trouvés dans le dépôt de la Garde nationale.

Il referma le coffre et essuya de la salive séchée sur ses lèvres. Tout était en place.

Le moment était venu.

Il se retourna pour jeter un dernier regard à ses pieds. Les démons ambulants se rapprochaient des humains près de la Mercedes. Larchmont était agenouillé au bas des marches et, toujours agrippé à son ordinateur, il résistait aux tentatives de Jenny et de sa fille pour l'amener vers la voiture. Mark Childress et John Cable encadraient le trio qui luttait autour de l'ordinateur. Cable avait un cric à la main et Childress un levier, armes dérisoires comparées aux cadavres qui arrivaient sur eux en masse.

Tous ces gens étaient devenus chers à Henry Sutton. Ce qu'il s'apprêtait à faire l'envahit comme une grande vague noire parce qu'il tenait à eux. Il se mordit la lèvre dans un effort inconscient pour ne pas s'apitoyer sur lui-même. Mais cet afflux d'émotion se retira lorsqu'il remarqua que certains des cadavres s'étaient détachés du groupe des attaquants et essayaient maintenant de monter jusqu'à lui.

Les jeux sont faits..., se dit-il.

Il se tourna alors vers sa voiture de patrouille.

– Allons-y.

D'un coup de poing, il fit voler en éclats la vitre arrière déjà fendillée, se coupant jusqu'à l'os sans y prendre garde. Il alla jusqu'à la portière et, sans réfléchir, commença à réciter l'*Ave Maria*.

– *Je vous salue, Marie, pleine de grâce...*

Il se mit au volant.

– *... le Seigneur est avec vous. Vous êtes bénie entre toutes les femmes...*

Il mit le contact. Le puissant moteur démarra dans un grondement de tonnerre. Il relâcha le frein à main, passa en marche arrière tout en appuyant à fond sur la pédale de frein pour retenir un instant encore la voiture prête à bondir. Il se retourna, le bras appuyé sur le dossier du siège pour regarder par la vitre arrière maintenant dégagée. Puis il retira son pied et appuya sur l'accélérateur.

– *Sainte Marie, Mère de Dieu...*

La voiture s'arracha à la colline et bondit sur la pente qu'elle se mit à dévaler tel un cheval affolé. Les pneus tournant à toute allure en marche arrière, le moteur hurlant, la voiture continua à prendre de la vitesse en donnant dangereusement de la bande. Les statues de granit et les énormes pierres tombales volaient en éclats au passage et, malgré tout, Sutton gardait la voiture sur sa trajectoire en la guidant d'une seule main, surpris de constater combien il était facile de diriger en marche arrière une voiture lancée à toute vitesse à flanc de colline.

– *... Priez pour nous, pauvres pécheurs, maintenant et à l'heure de notre mort...*

Le funérarium Horrcove se profila et grossit dans la vitre arrière. Juste avant que la voiture ne le frappe de plein fouet, Henry Sutton murmura :

– *Jackie, fais que ça ne soit pas douloureux...*

Il ne souffrit pas. Par miracle, Henry Sutton mourut avant que le choc ne se produise.

L'arrière de la magnifique voiture de patrouille vint donner violemment contre les fondations de la résidence à plus de cent trente kilomètres à l'heure. Le poids de la voiture, sa vitesse et son terrible élan la propulsèrent à travers le mur de pierre jusqu'à l'intérieur de la maison avant que l'explosion se produise.

La dynamite et les liquides volatils explosèrent avec la sauvagerie et la puissance d'un volcan, faisant sauter le rez-de-chaussée et l'étage jusqu'au toit d'ardoises, réduisant en poussière le moindre objet à l'intérieur des massifs murs de pierre.

Dans cet enfer de dévastation, disparurent instantanément six immenses sarcophages ornés, entreposés dans une grande cave voûtée. Cinq d'entre eux contenaient des créatures dans un état indescriptible.

Le sixième était vide.

Alexander et Bartholomew Horrcove étaient toujours debout sur le perron, les yeux fermés, la tête baissée et les mains jointes lorsque la vague de flammes fit exploser les portes derrière eux. La boule de feu les enveloppa avant qu'ils n'aient le temps de se sauver. Poussant des cris incompréhensibles, ils surgirent de la bourrasque infernale et s'engagèrent dans l'escalier telles deux torches vivantes, se tenant par la main. Au milieu des marches, ils s'écroulèrent et leur corps, amas de chairs calcinées, s'effrita en infimes lambeaux.

Des poutres en flammes et de grosses ardoises tombaient en pluie sur les formes qui essayaient toujours de tirer Martin Larchmont loin des marches. Ils avaient tous été précipités au sol sous le choc de la terrible explosion mais John Cable se releva et courut aider Jenny McKenzie et Charlcie à ramener son ami à la voiture.

Mark Childress, qui tenait toujours le levier à la main, se mit difficilement sur ses pieds. Mais il n'y avait plus rien à redouter. L'armée de cadavres s'écroulait autour d'eux, les morts mourant une seconde fois.

Soulagé mais toujours effrayé, Childress alla vers les autres au bas de l'escalier. Il n'arriva jamais jusqu'à eux : un morceau d'ardoise gros comme le poing le heurta à l'arrière de la tête et il tomba, face contre terre.

Les deux femmes et Cable s'efforçaient encore de faire lever Larchmont lorsque la première secousse les jeta à genoux. Elles essayèrent de se relever lorsqu'une seconde secousse plus violente les plaqua au sol.

Cable, à genoux, vit les solides murs qui entouraient encore le brasier osciller comme blé au vent. Il cria à Larchmont :

– Ça y est ! Ils sont morts ! Fichons le camp d'ici avant que les murs nous tombent dessus !

Larchmont était obsédé par son ordinateur. Il s'arracha aux deux femmes, se leva et se dirigea en titubant vers son précieux appareil.

– C'est notre unique espoir ! cria-t-il. L'ordinateur va tuer les deux frères et les démons, il va les tuer !

Cable passa en courant près de Charlcie, se précipitant vers son ami pour essayer de l'arracher à l'ordinateur : il se refusait à accepter la mort des frères Horrcove et semblait ne pas se rendre compte du danger. Larchmont repoussa Cable tout en donnant des coups de pied à Jenny et à Charlcie.

La terre trembla de nouveau et, cette fois, une énorme faille de la largeur du lit d'une rivière fendit le sol juste au-delà des lions de pierre. Puis, tel un immense serpent noir, la tranchée mouvante commença à zigzaguer en direction des humains comme si elle était vivante, à la recherche des survivants de l'holocauste. Déchirant l'asphalte, la fissure toujours plus large écartait et rejetait la terre sur tout ce qui se trouvait sur son chemin. Puis elle disparut sous le brasier qu'était désormais le funérarium. Cette fente violente prit Cable, Charlcie, Jenny et Larchmont par surprise : le sol se déroba sous eux et ils culbutèrent dans une large tranchée, sous une avalanche de pierres et de poussière.

Leur chute fut brève et douloureuse. Ils finirent au fond, bras et jambes entremêlés. Charlcie et Jenny hurlèrent et Cable sentit quelques-unes de ses côtes et son avant-bras gauches se casser net. Serrant les dents pour résister à la douleur, il se remit debout tant bien que mal. Le spectacle qui s'offrit alors à lui n'était pas beau à voir.

Ils étaient coincés dans une tranchée de près de deux mètres de profondeur et de plus de deux mètres de large au sommet. Les murs de la maison semblaient sur le point de s'écrouler. Et, si ce n'étaient pas eux, ce seraient les énormes colonnes de granit qui soutenaient le porche monumental. Cable ne s'y connaissait pas beaucoup en tremblements de terre, mais il savait qu'une autre secousse refermerait la faille et qu'ils seraient pris au piège.

Cable se mit à l'œuvre comme un possédé. Il attrapa Jenny McKenzie de sa main valide, la souleva et la fit sortir de la tranchée. Il fit de même avec Charlcie.

Il saisit ensuite Martin Larchmont, le mit debout et le poussa jusqu'à ce qu'il ait le torse sur la terre ferme, ses pieds seulement demeurant suspendus dans la fissure.

Cable s'agenouilla en tenant Larchmont par les chevilles. Il s'apprêtait à le soulever hors de la tranchée lorsqu'un souffle puissant le jeta par terre. La poussière et les pierres volèrent tout autour tandis qu'une paire d'ailes géantes battait l'air et la terre à une allure cauchemardesque.

Tenant toujours les jambes de Larchmont, Cable leva les yeux et ne vit rien d'autre qu'un nuage aveuglant de poussière qui tourbillonnait au-dessus de lui. Tout à coup, une force invisible essaya de lui faire lâcher les jambes de Larchmont. Cable tint bon et hurla, les bras pratiquement arrachés. On aurait dit une lutte à la corde, son ami inconscient faisant office de corde.

Puis cela cessa. Le vent faiblit et le nuage de poussière commença à se dissiper. Cable n'entendait plus que le hurlement terrifiant de Jenny, qui semblait ne devoir jamais s'arrêter. Il poussa les jambes de Larchmont sur l'asphalte puis grimpa à son tour hors de la tranchée pour l'aider. Il se mit à genoux et observa le ciel noir et orangé pour voir ce qui avait tenté de lui arracher son ami : une bête ailée, une gargouille géante qui semblait échappée de Notre-Dame de Paris. Cable comprit en un éclair sinistre qu'il s'agissait d'une rescapée. Elle avait dû flairer la menace et s'envoler avant que Sutton ne se jette sur la maison avec sa voiture.

Elle descendit en tournoyant dans d'atroces croassements semblables à ceux d'un condor en colère. La lumière produite par le feu éclairait les yeux protubérants de la créature, ses crocs et son expression de haine vengeresse.

Comme elle se rapprochait d'eux, Cable écarquilla les yeux. Dans une vive lumière orangée, il put apercevoir les serres de trente centimètres, couvertes de sang et de lambeaux de chair humaine. Tout à coup, il comprit... il comprit ce que les serres avaient fait à Martin Larchmont.

Jenny McKenzie hurla lorsque la gargouille passa près d'eux. Elle se mit alors à faire de grands cercles au-dessus de la bâtisse en flammes. Toujours à genoux, Cable posa enfin les yeux sur son ami. Celui-ci était étendu sur le côté, les yeux grands ouverts. Il avait l'air quelque peu défait mais ce n'était pas à cause de la douleur. Au moins, il ne souffre plus, se dit Cable en regardant les atroces blessures béantes sur le haut du corps de Larchmont. Il soupira et lui ferma les yeux avant de regarder de nouveau le ciel pour tenter d'apercevoir le monstre qui avait fait cela à son ami.

La bête était là, battant des ailes et faisant des cercles lents, méthodiques, comme si elle prenait le temps de décider à quel humain elle allait maintenant s'en prendre.

Cable se remit tant bien que mal sur ses pieds et courut vers Charlcie. Il l'attrapa et la jeta littéralement dans la vieille Mercedes. Se retournant, il courut vers Jenny McKenzie au moment où la créature s'apprêtait à attaquer en piqué comme un lourd bombardier. Elle volait en rase-mottes, ses serres géantes tendues et acérées comme des lances de métal. Jenny McKenzie s'était précipitée vers Martin Larchmont et était agenouillée près de lui lorsque Cable arriva par-derrière et se jeta sur elle de tout son poids, l'écrasant contre le sol alors que la bête arrivait sur eux.

Les ailes de la gargouille soulevèrent de la poussière et des cailloux lorsqu'elle descendit au ras du sol pour les attaquer. Ses serres manquèrent Cable de quelques centimètres et elle exprima son dépit par de stridents croassements de frustration qui déchirèrent la nuit comme le sifflet d'une locomotive.

Cable se releva aussitôt en essayant de tirer Jenny McKenzie, hystérique, vers la voiture. Toujours sous le choc de ce qu'elle venait de voir, Jenny repoussa Cable en criant que Martin avait besoin d'elle. Du coin de l'œil, Cable vit la bête ailée tournoyer, se préparant à un nouvel assaut. Il comprit qu'il ne réussirait pas à amener Jenny à la voiture à temps. Il la lâcha et chercha des yeux autour de lui une arme, quelque chose qu'il puisse utiliser contre cette créature mythique.

Il n'avait jamais rien connu de tel que la fureur qui le démangeait. Il ne voulait plus qu'une chose : affronter la créature et la détruire. La tuer. Lui faire payer ce qu'elle avait fait à Martin Larchmont.

Au milieu d'une lente descente en vol plané, la créature orienta ses ailes en vue d'une nouvelle attaque. Cable regardait toujours autour de lui à la recherche de quelque chose qui pourrait tenir lieu d'arme. Il vit le cric mais comprit que cela ne ferait pas l'affaire : autant attaquer un crocodile avec une allumette.

Le monstre se rapprochait dans un bruit de tonnerre. Derrière Cable, l'ordinateur, toujours dans sa mallette, ronronnait de son étrange voix mécanique. Cable pivota sur lui-même, les yeux fixés sur l'appareil. Il était plus lourd et plus volumineux que le cric et il n'y avait rien d'autre. Il fonça vers la mallette tandis que les battements d'ailes se faisaient de plus en plus forts.

La saisissant par la poignée, il se retourna pour affronter la créature, maintenant à trente mètres de lui, les serres sorties, les yeux fixés sur Jenny McKenzie prostrée.

John Cable, le théoricien censé n'avoir rien d'un homme d'action, se mit à courir vers le monstre en proférant des menaces insensées d'une voix couverte par le vrombissement des ailes. Soudainement distraite, la créature ralentit sa descente et demeura suspendue au-dessus de Jenny. Ses petits yeux étroits qui faisaient une mince fente, comme ceux d'un serpent, vinrent se poser sur Cable. La bête le regarda fixement.

Cable s'arrêta net dans sa course et rendit à la bête ailée un regard méprisant.

– Viens, murmura-t-il, viens, saleté.

On eût presque dit que la créature avait entendu les paroles murmurées par Cable. Elle poussa un cri strident à son intention tout en battant plus vite des ailes. Puis elle passa à l'attaque.

Tenant toujours la mallette de métal, Cable prit son élan et se mit à courir vers la bête. Celle-ci poussa un cri strident, battit encore plus fort des ailes et chargea.

Elle était presque au-dessus de lui, à moins d'un mètre, quand Cable lança violemment la mallette vrombissante sur son bec géant qui faisait des claquements secs. La poignée quitta en douceur sa main et il vit la mallette faire un demi-cercle, les reflets orange et jaune de l'incendie brillant sur ses flancs métalliques ; il comprit qu'il ne pouvait rater la bête à cette distance.

Il avait le temps de se jeter par terre et de se couvrir la tête de ses bras, mais il ne le fit pas. Au lieu de cela, il fit face à la créature et attendit.

La lourde mallette vint s'écraser sur le bec du

monstre. Elle sembla pousser aussitôt un cri hystérique, un double cri fait de mots étranges et de croassements infernaux. Désorientée et assommée, la créature changea de direction pour se jeter sur Cable. Une serre de la taille d'un rail de chemin de fer l'accrocha juste sous l'œil et lui lacéra la peau. Le vent d'ouragan produit par le battement des ailes géantes projeta Cable sur les genoux.

Levant les yeux, il vit la créature déséquilibrée perdre de l'altitude, virer à droite puis à gauche en tentant de remonter. Désemparée, désorientée, elle n'y parvint pas. Elle tournoya puis vira vers la maison en flammes. Elle voulut changer de direction pour éviter la collision mais en fut incapable. Elle battit frénétiquement des ailes dans l'espoir de prendre du champ, de s'élever au-dessus des murs incandescents, mais en vain. Elle alla s'écraser, la tête la première, contre un mur de pierre massif juste au-dessus de l'entrée de la résidence Horrcove.

Il y eut une terrible explosion, puis une autre. De la chair brûlée et des pierres retombèrent en pluie dans l'allée, et la façade du funérarium bascula lentement au milieu de la carcasse calcinée de la vieille bâtisse.

Curieux, se dit Cable en se relevant. La gargouille leur avait probablement sauvé la vie : si elle n'avait pas été se jeter contre le mur, c'est sur eux que celui-ci se serait écroulé.

Quelques instants plus tard, les trois autres murs s'effondrèrent dans un tourbillon de feu et de fumée qui parut symboliser la destruction finale de tout ce qui avait fait partie de l'héritage des frères Horrcove.

Charlcie McKenzie, ahurie et silencieuse, soutint

sa mère jusqu'à la voiture. Aidé de Cable, Mark Childress réussit à se relever et à marcher jusqu'à la Mercedes.

Lorsque tout le monde fut dans la voiture, Cable prit le temps d'examiner les dégâts tout autour. La résidence était un tas de pierres fumantes, l'allée jonchée de cadavres. Il vit les restes de Lynn Langley et évita de poser les yeux sur le corps minuscule de Martin Larchmont. Il n'éprouva pas grand-chose sur le coup. Il se sentait abasourdi, trop ébranlé pour ressentir quoi que ce soit. Mais il sut qu'un jour il aurait du chagrin, une peine immense. Cet homme avait été plus qu'un ami pour lui. Il avait été pour John Cable le père que celui-ci n'avait jamais connu.

– Bonne chance, Martin, fit Cable à voix basse.

Le feu qui dévorait la maison illuminait la colline voisine. On voyait nettement la trace des pneus de la voiture de Sutton. Debout près de la Mercedes, les yeux secs, un bras cassé et une joue tailladée jusqu'à l'os, Cable écarta ses sentiments pour Larchmont et essaya de trouver une parole pour Sutton. Il ne trouva rien. Peut-être, se dit-il en refoulant ses larmes, y a-t-il trop à dire...

– J'ai vu ce que vous avez fait. Je vous ai vu sacrifier votre vie. Vous ne le savez peut-être pas, mais vous les avez eus. Vous avez détruit les frères Horrcove et nous vous devons la vie...

S'agrippant au toit de la voiture, Cable se baissa pour prendre place au volant. Charlcie, à l'arrière, tenait sa mère dans ses bras. Childress s'était endormi sur le siège du passager, la tête appuyée contre la vitre. Il fallut un moment à Cable pour se rappeler que le sommeil était souvent un symptôme de commotion.

Tenant le volant et passant les vitesses d'une seule main, Cable conduisit malaisément la Mercedes hors du cimetière et dans les rues tortueuses de Ravina. Le trajet jusqu'à l'hôpital prit neuf minutes.

ÉPILOGUE

PREMIÈRE PARTIE

Jenny McKenzie mourut d'une crise cardiaque deux heures après son admission à l'hôpital de Ravina.

Le Dr Mark Childress fut hospitalisé pour commotion. Trente-six heures plus tard, il était sur pied, mais il lui fut interdit de quitter l'hôpital car une foule d'enquêteurs, tant municipaux que fédéraux, voulaient avoir le cœur net sur ce qui se passait à Ravina. Tandis que les enquêteurs étaient à la cafétéria, Childress se mit à ouvrir son courrier. L'une des lettres provenait du laboratoire de Los Angeles et contenait les résultats de l'analyse des tissus granuleux qui entouraient les ongles et les dents de Lynn Langley. L'analyse consistait pour l'essentiel en une déclaration de stupéfaction ponctuée de remarques selon lesquelles les tissus soumis au laboratoire avaient subi une métamorphose moléculaire complète. Le directeur du laboratoire avait pris la peine d'indiquer que cela ne pouvait se produire à moins que des radiations en quantités importantes n'affectent les tissus. L'échantillon qu'ils avaient reçu ne contenait aucun signe de telles radiations. Le reste du rapport consistait en une batterie de questions accompagnées d'un post-scriptum qui laissait entendre que les Drs Childress et Seafront avaient dû faire erreur et leur envoyer des tissus d'origine non humaine.

Une autre lettre provenait du même laboratoire et Childress devina qu'il devait s'agir cette fois de l'analyse, tout aussi embarrassée, des tissus et des fluides corporels de Robert Calms. Mettant de côté la lettre encore cachetée, Mark Childress prit le téléphone et répondit à une offre d'emploi que lui avait faite une clinique privée de Portland, dans le Maine. La conversation qu'il eut avec le directeur du personnel de la clinique fut brève. Childress accepta le poste, convint du salaire et informa le directeur qu'il lui fallait donner deux semaines de préavis à l'hôpital qui l'employait actuellement. Avec ou sans l'accord des enquêteurs, il partirait pour le Maine dans quinze jours.

Il fallut au colonel William Seafront moins de deux semaines pour obtenir les papiers lui donnant droit à la retraite pour raisons médicales. Cela fait, il quitta la base avec femme et enfants. Sa retraite de l'armée de l'air s'imposait, il n'avait pas le choix. On ne peut pas souffrir de surdité à cinquante pour cent et rester dans l'armée de l'air. Un étrange accident informatique l'avait rendu à moitié sourd. Il estimait néanmoins avoir eu de la chance, car un technicien de la base, lui, était devenu sourd à cent pour cent.

L'accident s'était produit lorsqu'un ordinateur portable déposé dans une mallette métallique était entré en contact avec une créature ailée infernale. La collision de la chair et du génie électronique avait produit une explosion si puissante que les ondes d'énergie allant de l'ordinateur central de l'hôpital à la mallette avaient été inversées. L'onde de haute fréquence, amplifiée démesurément, avait fait retour sur l'ordinateur de l'hôpital comme l'éclair électrique surchargé d'un orage, faisant sauter les composantes et les puces de l'ordinateur en moins d'un dixième de seconde. L'intensité du son, semblable à l'effet d'un laser, qui avait envahi la chambre des ordinateurs durant ce dixième de seconde, avait jeté le technicien à bas de sa chaise et lui avait percé les tympans. Seafront, qui, quelques mètres plus loin, était appuyé contre un mur, n'avait souffert que d'une lésion aux tympans, ne perdant l'ouïe qu'à moitié.

Six semaines après le début de sa retraite, Seafront, grâce à deux appareils auditifs, entra dans le privé, activité de tout repos cette fois. Refusant désormais de pratiquer des autopsies, ayant rompu à jamais avec la médecine légale, le Dr William Seafront devint généraliste dans une petite clinique du nord de la Californie.

John Cable fut admis à l'hôpital de Ravina pour blessures multiples. Il avait une fracture aggravée au bras gauche, plusieurs côtes brisées et une sévère lacération au visage qui exigea vingt-deux points de suture. Vingt-quatre heures après son admission à l'hôpital, le médecin qui le soignait autorisa toute une bande d'enquêteurs à pénétrer dans sa chambre. Ils l'auraient dévoré vif s'il avait pu leur livrer la clé du mystère qu'ils voulaient élucider.

Ils lui posèrent des centaines de questions, toutes plus pertinentes les unes que les autres, auxquelles John Cable répondit par un gloussement inarticulé. Non qu'il ne voulût pas collaborer, mais il en était incapable. Il était, tout comme les enquêteurs, victime de son médecin traitant qui croyait que les gens qui souffrent ne devraient pas ressentir de douleur. Le médecin était aussi un fervent partisan de la dose de Démerol toutes les trois heures pour calmer la douleur. Dans l'état où il se trouvait, John Cable était trop abruti pour donner aux enquêteurs son nom et sa date de naissance, et encore moins un quelconque renseignement concernant les mystères de Ravina.

Les interrogatoires de Childress et de Cable s'achevèrent soixante-douze heures après l'incendie du funérarium Horrcove, grâce à Andrew Slatkin, chef de l'équipe de nuit, qui se présenta à l'hôpital un soir, peu après 18 heures, porteur d'une lettre arrivée chez lui quelques jours auparavant. Cette lettre était celle que Henry Sutton avait écrite dans le living des McKenzie juste avant la dernière aube de sa vie.

Slatkin, qui était maintenant chef de la police de Ravina, fit usage de sa toute nouvelle autorité pour réunir les enquêteurs locaux et fédéraux dans la chapelle de l'hôpital. Une fois tout le monde assis, il posa l'épaisse missive sur le pupitre, expliqua qui en était l'auteur et entreprit d'en faire la lecture.

Henry Sutton commençait son récit par les décès de Lynn Langley, du policier Robert Calms et de Louellen Mae Harnes. Venaient ensuite une description laconique de sa rencontre avec les frères Horrcove et une autre tout aussi laconique de la mort de Jackie Fairmont. Suivaient la résurrection de Louellen Mae Harnes, et sa deuxième mort dans le terrain de stationnement de l'hôpital. Après un exposé détaillé de la façon dont le policier Gaylord Bender était mort en répondant au téléphone, Sutton faisait une synthèse des faits.

Il brossait un tableau complet de l'affaire, y compris les observations et les énigmatiques découvertes faites par Childress et Seafront lors des autopsies qu'ils avaient pratiquées. Il exposait les hypothèses de Martin Larchmont et faisait même un résumé de ce que Ben-Admid Tomar avait écrit sur son parchemin. Rien ne manquait : les morts, les mystères, l'horreur, leur explication, l'idée qu'avait eue Martin Larchmont de se servir d'un ordinateur pour détruire les créatures démoniaques et les frères Horrcove.

Dans la dernière partie de sa lettre, Sutton expliquait pour quelle raison il doutait que le plan de Larchmont puisse réussir et faisait état de ses résolutions en cas d'échec de celui-ci. Slatkin avait pris connaissance du contenu de la lettre chez lui. Sa voix s'étrangla d'émotion, lorsqu'il donna lecture de la conviction exprimée par Sutton que les démons et leurs gardiens pouvaient être détruits par le feu et de son projet d'incendier le domicile des deux frères.

A un moment donné, Slatkin crut presque entendre Henry Sutton rire doucement, lorsqu'il en vint à cette partie de la lettre où ce dernier lui souhaitait bonne chance dans les tentatives qu'il allait devoir faire pour expliquer au commandant local de la Garde nationale ce qu'il était advenu du M-42, le lance-flammes de la compagnie.

Andrew Slatkin faillit s'effondrer en lisant la dernière page. Cette partie de la lettre n'était destinée à nul autre que lui mais il en fit néanmoins la lecture, désirant que l'assistance, composée d'agents du F.B.I., de détectives et d'enquêteurs, sache qui était Henry Sutton : un homme pleinement maître de lui-même. Un homme qui disait à Andrew Slatkin où il trouverait un chèque de cinq mille dollars établi à son ordre. Cet argent devrait être utilisé pour s'assurer les services d'un avocat compétent et expérimenté qui veillerait à ce que tout ce que Henry Sutton possédait – y compris ce que rapporteraient la vente de sa maison, ses économies, ses polices d'assurance – soit versé sur un compte au nom de Courtney et Brook Fairmont, les jumelles de Jackie Fairmont.

Sutton terminait sa lettre par une simple requête. Il indiquait à Slatkin le nom de la sœur aînée de Jackie Fairmont, qui s'occupait désormais des deux fillettes, et le priait d'employer l'argent de sa succession de manière que l'on veille au mieux à leurs besoins et à leurs intérêts.

« Veille, Andy, écrivait-il, à ce que l'avocat fasse en sorte que les filles aient bien tout ce qui m'appartient et tout ce qui appartenait à Jackie. Je n'aime pas plus que toi les avocats mais, si tu en trouves un bon, paie-le bien et surveille-le. Assure-toi que les filles ont ce qui leur revient. Merci, Andy, et excuse-moi de te créer tous ces ennuis. »

Les membres de l'assistance, assis bien droits sur leur chaise, fixaient Slatkin dans un silence ahuri. Celui-ci les regarda avec la sévérité d'un pasteur intégriste.

– Vous savez maintenant ce qui s'est *réellement* passé. Mais à votre place je serais prudent. Dans deux minutes, cette lettre n'existera plus. C'est pourquoi, si vous étiez amenés à y faire allusion en public ou devant vos supérieurs, on vous prendrait soit pour des incompétents, soit pour des fous. J'ai choisi de vous la lire pour deux raisons. La première concerne les survivants. Je pense que le temps est venu de laisser Cable, Charlcie McKenzie et les deux médecins tranquilles.

Slatkin prononça les paroles suivantes comme s'il maniait un couperet :

– La deuxième raison est que je vais avoir besoin du maximum d'aide pour enterrer toute cette affaire.

A la suite de la lettre de Henry Sutton, les enquêteurs tatillons non seulement fichèrent la paix à Cable, mais se mirent à le traiter comme s'il était l'une des créatures démoniaques décrites par Sutton. Leur attitude inquiète et effrayée s'avéra contagieuse. Dans l'heure qui suivit, le personnel hospitalier se mit à regarder la porte fermée de la chambre de Cable comme si derrière elle était tapie une créature capable de mordre la main de quiconque s'aviserait de l'ouvrir.

Cable n'y attacha pas d'importance. Il avait besoin d'être seul. Il demeura dans l'obscurité de sa chambre en s'efforçant de ne pas penser, de ne rien ressentir. En vain. Malgré le Démerol, malgré ses efforts, il revivait sans cesse la nuit passée dans le cimetière. Il revoyait aussi la mort de Martin Larchmont, éprouvant toujours de la douleur et du chagrin. Surtout du chagrin.

Il maintint sa chambre dans l'obscurité pendant deux jours, refusant les injections de Démerol et presque tous les repas. Le chagrin qu'il éprouvait pour Larchmont ne s'apaisa pas, mais son état s'améliorait et, chose plus importante encore, il avait les idées claires.

En recommençant à y voir plus clair, il se rendit compte qu'il était hospitalisé depuis cinq jours et qu'il n'avait pas vu Charlcie ni eu de nouvelles d'elle. Il appela une infirmière et s'enquit auprès d'elle de son amie. Il ne reçut que des réponses évasives qui ne lui apprirent rien.

Préoccupé, il regarda l'infirmière sortir de la chambre. Dès que la porte se fut refermée, il l'entendit converser avec l'agent du F.B.I. qui avait tenté de l'interroger quelques jours auparavant. Mû par l'intuition, Cable tira son corps raide hors du lit, alla d'un pas incertain jusqu'à la porte et y posa l'oreille. Ce qu'il entendit le glaça jusqu'aux os. Charlcie McKenzie les avait fait hospitaliser, Childress, sa mère et lui-même, avec une force dont le stoïcisme avait impressionné le personnel et les policiers. Ensuite, elle s'était assise dans la salle d'attente, s'efforçant de répondre de son mieux aux questions dont l'assaillaient une cohue de policiers effrayés. Durant tout ce temps, elle avait gardé contenance, se tenant droite, les mains sur les genoux. Elle était restée dans cette position même après qu'un médecin et une infirmière étaient venus lui annoncer que sa mère était morte.

Les policiers lui avaient donné un bon quart d'heure pour se ressaisir avant de recommencer à l'interroger. Elle n'avait même pas essayé de parler. Elle était restée là, les yeux fixés sur un petit bibelot en plastique posé sur le poste de télévision de la salle d'attente et qui représentait des mains jointes en prière.

Après plusieurs minutes, l'un des policiers avait remarqué que les mains de Charlcie avaient pris la même position que celles du bibelot sur le téléviseur, et que les yeux de Charlcie n'avaient pas cillé et n'avaient cessé de fixer le bibelot depuis qu'elle avait appris la terrible nouvelle.

Quelques instants plus tard, Charlcie McKenzie prenait l'ascenseur pour les urgences psychiatriques au cinquième étage de l'hôpital.

Cinq jours après son hospitalisation, l'état de Charlcie s'était amélioré au point qu'elle aurait pu parler si elle en avait eu envie, mais ce n'était pas le cas. Elle savait ce qui se passait autour d'elle, ce qui lui arrivait, mais cela lui était indifférent.

Sutton était mort. Childress était mort. Sa mère était morte. Et John Cable était mort, elle le savait. Elle l'avait vu s'écrouler aux urgences, du sang s'écoulant de sa tête. Il était mort et les médecins avaient préféré attendre pour le lui annoncer qu'elle soit plus forte, plus en mesure d'affronter la nouvelle.

Un psychiatre, qui avait été la voir à plusieurs reprises depuis son hospitalisation, était maintenant à ses côtés. Irrité ou intimidé par le silence persistant et l'attitude catatonique de Charlcie, il essayait de lui expliquer la nature des dispositions qu'il avait prises pour qu'on la transporte dans une petite clinique psychiatrique du comté de San Luis Obispo, spécialisée dans les maladies exigeant des soins prolongés. Lors du dialogue à sens unique qui avait suivi, il lui avait expliqué que le service où elle se trouvait ne gardait les malades que pour un bref séjour et qu'ils pouvaient quitter l'hôpital moins de soixante-douze heures après leur admission. Il prit la peine de lui faire comprendre que l'on avait déjà passé outre au règlement en la gardant aussi longtemps. Il entreprit ensuite de lui faire signer des documents autorisant son transfert et son admission à l'hôpital de San Luis Obispo, ajoutant avec tact que, si elle ne signait pas, lui-même et l'assistante sociale de l'hôpital allaient devoir la faire interner d'office. Il n'utilisa pas ces mots, mais cela transparaissait dans tous ses propos et se lisait sur son visage.

Charlcie, assise dans un fauteuil, soupira et laissa

errer son regard pendant que le médecin y allait de son petit discours...

L'infirmière qui parlait à l'agent du F.B.I. de l'autre côté de la porte de la chambre de Cable faisait preuve de moins de tact que le psychiatre. Désirant faire impression sur l'agent, qui était beau garçon, en recourant à son faible vocabulaire médical, elle employa les termes *internement d'office* et *catatonique* à plusieurs reprises.

Cette description sans ménagement de l'état de Charlcie et de ce qui l'attendait traversa la porte et vint se ficher dans l'oreille de Cable comme un glaive. Les paroles de l'infirmière l'arrachèrent à l'isolement qu'il s'était imposé et firent éclater la bulle d'autoapitoiement dans laquelle il s'était réfugié. Il s'éloigna de la porte et se précipita vers le placard. Il enfila rapidement ses vêtements, sans se préoccuper qu'ils soient déchirés, sales et tachés de sang.

Quelques instants plus tard, John Cable fit irruption dans le couloir de l'hôpital. Son apparence épouvanta le personnel. Dans son jean et son veston couverts d'éclaboussures de sang, il avait l'air d'un boucher et les points de suture qui lui balafraient un côté du visage n'étaient pas sans lui conférer une lointaine ressemblance avec le monstre du Dr Frankenstein.

Il ne s'arrêta qu'une fois avant d'arriver à l'ascenseur, au poste des infirmières. Il s'adressa à l'infirmière stupéfaite en des termes menaçants et sans réplique :

– Appelez Mark Childress... Dites-lui de venir me retrouver au cinquième étage.

La lourde porte du service psychiatrique était fermée à clé. Un écriteau intimait aux visiteurs d'appuyer sur le bouton qui se trouvait près de la porte.

Cable appuya sur la sonnette. Rien. Il attendit une bonne minute, pressa de nouveau le bouton, ignorant que le personnel du service était assemblé devant le poste de télévision pour sa série préférée. Personne ne se déplaça pour répondre à son appel.

Trente secondes plus tard, la porte du service se fendit en deux sous la botte de Cable. Le bruit surprit les infirmiers, le geste les choqua. Jamais personne n'était *entré* par effraction dans un service psychiatrique.

Le Dr Mark Childress sortit de l'ascenseur juste à temps pour voir Cable donner un coup de pied dans la porte. Il le rejoignit et l'empêcha de défigurer une aide-soignante. Tandis que Childress apaisait le personnel, Cable fonça dans le couloir dans un bruit de portes violemment ouvertes et fermées.

Il trouva Charlcie dans le bureau du psychiatre.

Celui-ci s'évertuait toujours à lui faire signer des documents lorsqu'une silhouette apparut à la porte de son bureau. Le médecin dévisagea l'homme au regard furieux qui se dressait devant lui et se jeta sous son bureau.

Charlcie se retourna à deux reprises pour regarder l'intrus ; une première fois pour voir qui avait fait disparaître le médecin de la sorte, une deuxième fois dans un mouvement de reconnaissance, de surprise, de larmes et d'émotion déchirante.

Elle courut se jeter dans les bras de Cable avec une telle énergie que Childress, qui se trouvait dans le couloir, observant leurs retrouvailles, cilla devant le choc de leur étreinte. Tout en tenant dans ses bras la femme qui souriait à travers ses larmes, Cable dit quelque chose d'inaudible pour elle.

Childress n'en était pas sûr mais il avait cru entendre les mots « c'est fini maintenant » et « Canada ». Bonne chance, pensa Childress en adressant un sourire au psychiatre dont on ne voyait que les yeux dépasser du rebord du bureau.

Childress accompagna le couple au bureau des admissions et resta derrière eux tandis que Cable donnait à la secrétaire son adresse à Vancouver, promettant par écrit de payer la porte qu'il avait brisée. Puis Childress cosigna les formulaires de sortie en laissant entendre à haute voix que la municipalité paierait probablement leurs frais d'hospitalisation, et les accompagna jusqu'au parking.

Quelqu'un avait cloué une grande planche de contre-plaqué sur la porte d'entrée de la maison de Jenny McKenzie. Ils passèrent par la porte arrière, firent leurs bagages et, avant de partir, allèrent s'entendre avec un gamin de quatorze ans qui habitait en face pour qu'il prenne soin des fougères de la serre. Ils se mirent d'accord pour vingt dollars par mois et versèrent au gamin six dollars d'acompte.

Deux jours après leur sortie de l'hôpital, Charlcie McKenzie et John Cable quittaient Ravina par la route. Le temps était nuageux sur Portland, il pleuvait à Seattle et il neigeait à Vancouver. A aucun moment durant leur voyage le long de la côte ils ne rencontrèrent la moindre trace de brouillard.

ÉPILOGUE

DEUXIÈME PARTIE

Le lendemain de l'incendie au cimetière Horrcove, arrivèrent à Ravina des agents du F.B.I., des inspecteurs de San Luis Obispo et des enquêteurs de la police de l'Etat de Californie. L'intensité de leurs premières investigations n'eut d'égale que celle de l'incendie qui avait réduit la bâtisse en cendres. Leur zèle fut toutefois de courte durée. Moins de quarante-huit heures plus tard, il n'était pas un inspecteur qui ne fût déconcerté, furieux, voire effrayé. Leur présence était requise pour résoudre les difficultés d'une ville en émoi et terrorisée, ainsi que pour enquêter sur la disparition mystérieuse de deux enfants et sur plusieurs morts inexpliquées. Ils avaient déjà progressé dans leur enquête lorsqu'ils découvrirent que cinq membres du corps de police de Ravina étaient morts à la suite de cette histoire, ce qui ne fit qu'accroître leur peur. Ils étaient arrivés confiants, s'attendant à résoudre les mystères rapidement. Ce qu'ils avaient trouvé, ce n'étaient pas des indices et des solutions mais un chaos et des énigmes amenant à des questions qui débouchaient elles-mêmes sur d'autres énigmes. Un vrai nœud gordien de cadavres, de ténèbres et de brouillard.

C'est alors qu'Andrew Slatkin avait usé de ses nouvelles prérogatives pour convoquer les enquêteurs et leur lire la lettre de Henry Sutton. Certains des hommes qui assistaient à la réunion avaient accordé foi à ce qu'ils y avaient entendu. D'autres non. Mais tous les hommes présents avaient fait une chose sans précédent dans les annales de la justice : tous, que ce fussent les inspecteurs du comté, les agents fédéraux ou les policiers de l'Etat de Californie, s'étaient unis dans un effort commun pour jeter un voile sur les mystères et les horreurs du cimetière Horrcove.

Six jours après l'incendie, une audience eut lieu à la mairie de Ravina. La réunion se tint à huis clos mais certains représentants des médias y furent admis. Il fut déclaré que les dommages subis par le cimetière et le salon funéraire Horrcove étaient dus à une fuite de gaz. On fit valoir des indices permettant de penser que l'accumulation d'émanations de gaz pouvait seule expliquer une telle déflagration. Un géologue du service public apporta sa contribution en ajoutant qu'elle avait été déclenchée par une petite fuite souterraine située très profondément dans le sol de la colline. Cela avait entraîné des secousses telluriques qui avaient atteint 2,2 sur l'échelle de Richter.

Il supposait que ces secousses étaient à l'origine du glissement de terrain qui avait mis au jour plusieurs tombes.

Au milieu de la conférence, un journaliste qui s'était renseigné au préalable prit la parole et laissa entendre que tout cela était de la poudre aux yeux, ajoutant qu'il n'y avait pas de conduites de gaz à moins de deux kilomètres du cimetière. On l'expulsa de la salle et on le mit aux arrêts durant seize heures. Heures durant lesquelles de hauts fonctionnaires s'entretinrent avec le rédacteur en chef du journaliste en question. Celui-ci et son supérieur avaient ensuite eu un petit tête-à-tête au terme duquel le journaliste lui avait remis les photocopies du réseau local des conduites de gaz et d'eau et avait renoncé à poursuivre les fonctionnaires qui l'avaient fait placer en garde à vue.

Vers la fin de l'audition, on annonça que les plus hautes décorations étaient décernées à titre posthume aux shérifs adjoints Gaylord Bender et Larry Griffith ainsi qu'au shérif Henry Sutton. Une médaille du courage était aussi décernée au Pr Martin Larchmont. Les quatre citations accompagnant les décorations mentionnaient que les récipiendaires avaient donné leur vie pour sauver deux vieillards d'un incendie qui détruisait leur maison.

Vingt-quatre heures plus tard, les quatre hommes eurent droit à des obsèques officielles dans l'autre cimetière de Ravina, un morceau de terrain marécageux nommé Highland's View. L'intensité de l'incendie avait – on l'a dit – réduit le corps des sauveteurs en cendres. Ce que le public ne sut jamais, c'est que les différentes instances mêlées à l'enquête s'étaient empressées d'expédier discrètement les dépouilles de Bender, Griffith et Larchmont vers un dépôt mortuaire de San Luis Obispo, où ils avaient été incinérés. Cette initiative avait été jugée nécessaire et justifiée par les fonctionnaires afin d'assurer la paix sociale.

Un article paru en première page du quotidien de

Ravina raconta comment une infirmière du nom d'Elizabeth Bates avait été victime d'un tragique accident de voiture causé par un chauffard sur le parking de l'hôpital. Le fait que l'on y ait trouvé du verre brisé et de la peinture écaillée accréditait cette thèse. Quant à la découverte du corps dans le sous-sol de l'hôpital près de la morgue, le journal émettait l'hypothèse que la femme avait pu survivre à l'impact de la voiture lancée à toute vitesse, puis s'être traînée jusqu'à l'hôpital où elle avait succombé à ses blessures avant de pouvoir être secourue.

L'après-midi où Elizabeth Bates fut portée en terre au cimetière de Highland's View, on enterrait d'autres corps dans le cimetière Horrcove. Le père de Louellen Mae Harnes fut – de nouveau – inhumé, ainsi que son deuxième mari. Des corps et des cadavres sans nombre, certains morts depuis vingt ou trente ans, furent ainsi enterrés par un détachement de la Garde nationale. La tenue portée par les fossoyeurs et les porteurs aurait décontenancé les proches des défunts : tous étaient revêtus de combinaisons anticontamination, avec masque protecteur, filtre à air en fibre de verre. Ils avaient endossé cet uniforme semblable à la tenue des astronautes pour se protéger contre les bactéries mortelles qui pouvaient se rencontrer dans de vieilles sépultures contenant des corps qui n'avaient jamais été embaumés. Les bactéries étaient cependant le cadet des soucis des hommes de la Garde nationale. Ce qu'ils redoutaient avant tout venait des folles rumeurs qui avaient circulé parmi eux depuis leur arrivée. Il s'agissait pour l'essentiel de théories concernant la cause possible de la destruction quasi complète du cimetière, du funérarium et des tombes. On évoquait aussi bien la présence d'extraterrestres que le sabbat de sorcières. Ces rumeurs avaient incité les hommes à travailler le plus vite possible. On n'avait pas pris le temps d'identifier les cadavres et tous les morts avaient été remis en terre dans une grande fosse commune, tout près des ruines de la résidence Horrcove.

Comme il est de règle en cas d'enlèvements non élucidés, le F.B.I. garda ouverts les dossiers de Michael Shehane et d'Anthony Fiori Jr. Ils ne contenaient pas beaucoup d'informations et, dans leur rapport final, aucun des agents du F.B.I. présents dans la chapelle ne fit mention de la lettre de Henry Sutton.

Celle-ci, elle n'existe plus. Fidèle à sa parole, Andrew Slatkin l'a effectivement détruite.

Une semaine après, les hommes de la Garde nationale achevaient leur tâche dans le cimetière. Les corps avaient disparu, les vieilles tombes ouvertes avaient été refermées et la nouvelle fosse commune, recouverte de chaux vive et de terre avant d'être dissimulée par un bosquet de jeunes bouleaux. La quarantaine imposée au cimetière fut levée et les hommes de la Garde nationale renvoyés dans leurs foyers. Le lendemain eut lieu à la mairie une réunion des différents services d'hygiène. Il fut décidé qu'on n'enterrerait désormais plus personne dans le cimetière Horrcove. La terre de la colline était trop meuble, le terrain trop instable. La même chose risquait de se reproduire si une conduite de gaz défectueuse se remettait à faire des siennes. Cette décision fut chaudement approuvée par les propriétaires du cimetière de Highland's View.

Lorsqu'il fut enfin rouvert au public, le cimetière

Horrcove reçut un nombre étonnamment faible de visiteurs. Au début les curieux, qui portaient un intérêt morbide aux vestiges du vieux funérarium où six hommes avaient perdu la vie, furent de loin plus nombreux que ceux qui venaient se recueillir sur les tombes. La première chose que l'on remarquait en entrant dans le cimetière était un grand trou au pied d'un monticule. Peu à peu on en vint à se demander pourquoi rien ne poussait parmi les pierres et les gravats carbonisés, puis les visiteurs finirent par ne plus faire attention à l'endroit qui, naguère, avait abrité les frères Horrcove.

Science-fiction

Depuis 1970, cette collection est leader du genre en France. Tous les grands de la S-F sont présents : Asimov, Van Vogt, Clarke, Dick, Vance, Simak mais également de jeunes auteurs qui seront les écrivains de premier plan de demain : Tim Powers, David Brin...
Elle publie aussi des titres Fantasy (Conan, Gor...), genre en plein redéploiement aux Etats-Unis.

ANDERSON Poul
La reine de l'air et des ténèbres 1268/**3**
La patrouille du temps 1409/**3**,

APRIL Jean-Pierre
Berlin-Bangkok 3419/**4** Inédit

ASIMOV Isaac
Les cavernes d'acier 404/**4**
Les robots 453/**3**
Face aux feux du soleil 468/**3**
Tyrann 484/**3**
Un défilé de robots 542/**3**
Cailloux dans le ciel 552/**3**
La voie martienne 870/**3**
Les robots de l'aube 1602/**3** & 1603/**3**
Le voyage fantastique 1635/**3**
Les robots et l'empire 1996/**4** & 1997/**4**
Espace vital 2055/**3**
Asimov parallèle 2277/**4** Inédit
Le robot qui rêvait 2388/**6** Inédit
La cité des robots 2573/**6** Inédit
Cyborg (La cité des robots 2) 2875/**6**
Refuge (La cité des robots 3) 2975/**6**
Robots et extra-terrestres
- Le renégat 3094/**6** Inédit
- L'intrus 3185/**6** Inédit
- Humanité 3290/**6** Inédit
Robots temporels
- L'âge des dinosaures 3473/**6** Inédit

BALLARD J.G.
La forêt de cristal 2652/**3**
Le monde englouti 2667/**3**
Salut l'Amérique ! 2704/**3**
La plage ultime 2859/**3**
La région du désastre 2953/**3** Inédit

BESSIERE Richard
Les 7 anneaux de Rhéa 2848/**2**

BLAYLOCK James
Homunculus 3052/**4** Inédit

BLISH James
Semailles humaines 752/**3**

BRIN David
Marée stellaire 1981/**5** Inédit
Le facteur 2261/**5** Inédit
Elévation 2552/**5** & 2553/**5**

BROOKS Terry
Le glaive de Shannara 3331/**8** Inédit

CANAL Richard
Swap-Swap 2836/**3** Inédit
Ombres blanches 3455/**4** Inédit

CARD Orson Scott
Abyss 2657/**4** Inédit

CARROLL Jonathan
Le pays du fou rire 2450/**4** Inédit
Ombres complices 2718/**3**

CHERRYH C.J.
Chasseurs de monde 1280/**4**
Les adieux du soleil 1354/**3**
Les Seigneurs de l'hydre 1420/**4**
Chanur 1475/**4**
L'Opéra de l'espace 1563/**3**
L'épopée de Chanur 2104/**3**
La vengeance de Chanur 2289/**4** Inédit
Le retour de Chanur 2609/**7** Inédit
Les légions de l'enfer 2814/**5** Inédit
Cyteen 2935/**6** & 2936/**6** Inédit
Volte-face 3144/**5**
Forteresse des étoiles 3330/**7**
Temps fort 3417/**8** Inédit

CLARKE Arthur C.

2001 : l'odyssée de l'espace 349/**2**
2010 : odyssée deux 1721/**3**
2061 : odyssée trois 3075/**3**
Les enfants d'Icare 799/**3**
Avant l'Eden 830/**3**
L'étoile 966/**3**
Rendez vous avec Rama 1047/**7**
Rama II 3204/**7** Inédit
Les fontaines du Paradis 1304/**3**
Les chants de la terre lointaine 2262/**4**
Base Vénus :
- **Point de rupture** 2668/**4** Inédit
- **Maelström** 2679/**4** Inédit
- **Cache-cache** 3006/**4** Inédit
- **Méduse** 3224/**4** Inédit
- **La lune de diamant** 3350/**4** Inédit
- **Les lumineux** 3379/**4** Inédit

CURVAL Philippe	***Le ressac de l'espace*** 595/**3**
	La face cachée du désir 3024/**3**
DANIELS Les	***Le vampire de la Sainte Inquisition*** 3352/**4** Inédit
DE HAVEN Tom	***D'un monde l'autre*** 3186/**5** Inédit
	Le Mage de l'Apocalypse 3308/**5** Inédit
DICK Philip K.	***Dr Bloodmoney*** 563/**4**
	Le maître du Haut Château 567/**4**
	A rebrousse-temps 613/**3**
	Les clans de la lune alphane 879/**3**
	L'homme doré 1291/**3**
	Le dieu venu du Centaure 1379/**3**
	Blade Runner 1768/**3**
DICK et NELSON	***Les machines à illusions*** 1067/**3**
DICKSON Gordon R.	***Le dragon et le georges*** 3208/**4** Inédit
	Le Chevalier Dragon 3418/**8** Inédit
DONALDSON Stephen R.	***L'éternité rompue*** 2406/**6**
FARMER Philip José	***Les amants étrangers*** 537/**3**
	L'univers à l'envers 581/**2**
	Des rapports étranges 712/**3**
	La nuit de la lumière 885/**3**
	Le soleil obscur 1257/**4**
FERGUSSON Bruce	***L'ombre de ses ailes*** 3226/**5** Inédit
	Le poids des âmes 3474/**7** Inédit
FOSTER Alan Dean	***Alien*** 1115/**3**
	AlienS 2105/**4**
	Alien 3 3294/**4**
FRÉMION Yves	***Rêves de sable, châteaux de sang*** 2054/**3** Inédit
GIBSON William	***Neuromancien*** 2325/**4**
	Mona Lisa s'éclate 2735/**4** Inédit
	Gravé sur chrome 2940/**3**
GODWIN Parke	***En attendant le bus galactique*** 2938/**4** Inédit
HABER Karen	***Le super-mutant*** 3187/**4** Inédit
HALDEMAN Joe	***La guerre éternelle*** 1769/**3**
	Immortalité à vendre 3097/**5** Inédit
HAMILTON Edmond	***Les rois des étoiles*** 432/**4**
	Le retour aux étoiles 490/**4**
HARRISON Harry	***Le rat en acier inox*** 3242/**3**
HEINLEIN Robert A.	***Une porte sur l'été*** 510/**3**
	Etoiles, garde à vous 562/**4**
	Double étoile 589/**2**

3476

Photocomposition Assistance 44-Bouguenais
Achevé d'imprimer en Europe (France)
par Brodard et Taupin à la Flèche (Sarthe)
le 14 mai 1993. 1813H-5
Dépôt légal mai 1993. ISBN 2-277-23476-1

Éditions J'ai lu
27, rue Cassette, 75006 Paris
Diffusion France et étranger : Flammarion

HEINLEIN (suite)	**Vendredi** 1702/**5**
	Le chat passe-muraille 2248/**6** Inédit
	Au-delà du crépuscule 2591/**7** Inédit

HOWARD Robert E.

Conan le barbare 1449/**3**
(avec Sprague de Camp)
Conan le destructeur 1689/**2**
(avec R. Jordan)
Conan 1754/**3**
Conan le Cimmérien 1825/**3**
Conan le flibustier 1891/**3**
Conan le vagabond 1935/**3**
Conan l'aventurier 2036/**3**
Conan le guerrier 2120/**3**
Conan l'usurpateur 2224/**3**
Conan le conquérant 2468/**3**
Conan le vengeur 3289/**3**
Conan le boucanier 3378/**3**

JETER K. W.	**Machines infernales** 2518/**4** Inédit
	Horizon vertical 2798/**4** Inédit
	Madlands 3309/**3** Inédit
JONES Raymond F.	**Renaissance** 957/**4**
KEYES Daniel	**Des fleurs pour Algernon** 427/**3**
KING Stephen	*La tour sombre :*
	- Le pistolero 2950/**3** Inédit
	- Les trois cartes 3037/**7** Inédit
	- Terres perdues 3243/**7** Inédit
KLEIN Gérard	*La saga d'Argyre :*
	- Les voiliers du soleil 2247/**2**
	- Le long voyage 2324/**2**
KRESS Nancy	**Le prince de l'aube** 3166/**4** Inédit
LEE Tanith	*La saga d'Uasti :*
	- La déesse voilée 1690/**4** Inédit
	- La quête de la Sorcière Blanche 2042/**4** Inédit
LEIGH Stephen	**Le cri du tyrannosaure** 3307/**4** Inédit
LEINSTER Murray	**La planète oubliée** 1184/**2**
LÉOURIER Christian	**Mille fois mille fleuves...** 2223/**2** Inédit
	Les racines de l'oubli 2405/**2** Inédit
	La loi du monde 2736/**3** Inédit
	Les masques du réel 2976/**3** Inédit
LEVIN Ira	**Un bonheur insoutenable** 434/**4**
	Les femmes de Stepford 649/**2**
LOVECRAFT Howard P.	**L'affaire Charles Dexter Ward** 410/**2**
	Dagon 459/**5**
MAC AVOY R. A.	**Le troisième aigle** 2835/**4** Inédit
McMASTER BUJOLD Lois	**Mike Vorkosigan** 3288/**5** Inédit
	Barrayar 3454/**5** Inédit
MARTIN George R.R.	**L'agonie de la lumière** 2692/**5**
MERRITT Abraham	**Les habitants du mirage** 557/**3**
	La nef d'Ishtar 574/**3**
	Le gouffre de la lune 618/**4**
	Un visage dans l'abîme 886/**4**
MOORE Catherine L.	**Shambleau** 415/**4**
MORRIS Janet E.	**La grande Fornicatrice de Silistra** 1245/**3**
MORROW James	**L'arbre à rêves** 2653/**4**
	Notre mère qui êtes aux cieux 3131/**5** Inédit
NOLAN et JOHNSON	**L'âge de cristal** 3129/**3**

NORMAN John	Le tarnier de Gor 3168/4
	Le banni de Gor 3229/4
	Les prêtres-rois de Gor 3351/5
	Les nomades de Gor 3435/5
OLIVER Chad	Les vents du temps 1116/3
OTTUM Bob	Pardon, vous n'avez pas vu ma planète ? 568/3
PADGETT Lewis	L'échiquier fabuleux 689/2
PARIS Alain	Daïren 2484/3
POHL Frederik	A travers la Grande Porte 3332/4 Inédit
POWERS Tim	Les voies d'Anubis 2011/5
	Sur des mers plus ignorées... 2371/4 Inédit
	Le Palais du Déviant 2610/4
	Le poids de son regard 2874/6 Inédit
RAY Jean	Malpertuis 1677/2
RAYER Francis G.	Le lendemain de la machine 424/4
ROBINSON Kim Stanley	La Côte Dorée 2639/6 Inédit
	Le géomètre aveugle 2922/4 Inédit
RODDENBERRY Gene	Star Trek 1071/3
SADOUL Jacques	Les meilleurs récits de Weird Tales 2556/6
SILVERBERG Robert	L'homme dans le labyrinthe 495/4
	Les ailes de la nuit 585/2
	Jeu cruel 800/3
	Les chants de l'été 1392/3
	Pavane au fil du temps 2631/4 Inédit
	Le château de Lord Valentin 2656/8
	La saison des mutants 3021/5 Inédit
	Opération Pendule 3059/3 Inédit
	Tom O'Bedlam 3111/5
	Lettres de l'Atlantide 3167/2 Inédit
	Thèbes aux cent portes 3227/4
SIMAK Clifford D.	Demain les chiens 373/3
	Dans le torrent des siècles 500/4
	Le pêcheur 609/4
	Chaîne autour du soleil 814/3
	Au carrefour des étoiles 847/3
	Une chasse dangereuse 903/4
	Les visiteurs 1194/3
	Projet Vatican XVII 1367/4
	La planète aux embuches 1588/3
	Au pays du mal 1781/3
	Le chemin de l'éternité 2432/4 Inédit
	La Confrérie du Talisman 2760/4 Inédit
SIMPSON Pamela	Du sang sur la piste temporelle 3145/5 Inédit
SPIELBERG Steven	Rencontres du troisième type 947/3
	E.T. l'extra-terrestre 1378/3
	E.T. la planète verte 1980/3
	Gremlins 1741/3
STABLEFORD Brian	Le bord du monde 3380/2
STEINER Kurt	Le disque rayé 657/2

STURGEON Theodore	Les plus qu'humains 355/3
	Cristal qui songe 369/3
	Killdozer/Le viol cosmique 407/4
	Les talents de Xanadu 829/4
	Le cœur désintégré 3074/3
SWANWICK Michael	Stations des profondeurs 3436/5 Inédit
TEPPER Sheri S.	Un monde de femmes 2907/5 Inédit
	Rituel de chasse 3244/7 Inédit

VANCE Jack

Cycle de Tschaï :
- Le Chasch 721/3
- Le Wankh 722/3
- Le Dirdir 723/3
- Le Pnume 724/3

Le monde magique 836/2
Marune : Alastor 933 1435/2
Cugel l'astucieux 707/3
Cugel saga 1665/4
Trullion : Alastor 2262 1476/3
Wyst : Alastor 1716 1516/3
Rhialto le Merveilleux 1890/3 Inédit
Au-delà du village enchanté 2150/4

VAN VOGT A.E.

Le monde des A362/3
Les joueurs du A 397/3
La fin du A 1601/3 Inédit
A la poursuite des Slans 381/2
La faune de l'espace 392/3
L'empire de l'atome 418/3
Le sorcier de Linn 419/3
Les armureries d'Isher 439/3
Les fabricants d'armes 440/3
Le livre de Ptath 463/4
La guerre contre le Rull 475/4
Destination univers 496/4
Ténèbres sur Diamondia 515/3
Créateur d'univers 529/3
Des lendemains qui scintillent 588/3
Invasion galactique 813/3
Le Silkie 855/2
L'horloge temporelle 934/2
Rencontre cosmique 975/3
L'été indien d'une paire de lunettes 1057/2
Les monstres 1082/2
Le colosse anarchique 1172/3
La machine ultime 1548/3
A la conquête de Kiber 1813/2
Au-delà du village enchanté 2150/4

VINGE Joan D.	Finismonde 1863/3
	Cat le Psion 3114/7 Inédit
	Les yeux d'ambre 3205/4
	La Reine des Neiges 1707/5 Inédit
	La Reine de l'Eté 3405/6, 3406/6 & 3407/6
	(Egalement en coffret 3 vol. FJ 6660)
WALDROP Howard	Histoire d'os 2719/3
WILLIAMSON Jack	La légion de l'espace 3262/3
WIILSON Robert Charles	Vice versa 3263/3 Inédit
WINTREBERT Joëlle	Cnromoville 1576/3
	Le créateur chimérique 2420/4
WOLFE Gene	Le sortilège de Castleview 3165/5 Inédit
ZELAZNY Roger	L'île des morts 509/2
ZELAZNY & THOMAS	Le masque de Loki 3274/5 Inédit
ZELAZNY & SABERHAGEN	Le trône noir 3456/5 Inédit
ZINDELL David	Inexistence 2691/7 Inédit